환야

GENYA by Keigo Higashino

Copyright ⓒ 2004 Keigo Higashino
All rights reserved.
First published in Japan in 2004 by SHUEISHA Inc., Tokyo.
Korean translation rights in Korea arranged by SHUEISHA Inc., Tokyo
in care of Tuttle-Mori Agency, Inc., Tokyo through EntersKorea Co., Ltd., Seoul.

환야 2

초판 1쇄 펴낸 날 2020년 3월 1일 2쇄 펴낸 날 2025년 1월 10일
지은이 히가시노 게이고 **옮긴이** 김난주 **펴낸이** 박설림 **펴낸곳** 도서출판 재인 **디자인** 오필민디자인
등록 2003. 7. 2. 제300-2003-119 **주소** 서울시 강남구 언주로 30길 13 대림아크로텔 1812호
전화 02-571-6858 **팩스** 02-571-6857

ISBN 978-89-90982-87-2 03830 ISBN 978-89-90982-85-8(세트)
Copyright ⓒ 재인, 2020 Printed in Korea.

책값은 뒤표지에 표시되어 있습니다. 잘못된 책은 바꿔 드립니다.

환야

幻夜

2

히가시노 게이고

김난주 옮김

재인

차례

7장

●

1

이십 대 초반으로 보이는 커플이 들어왔다. 양쪽 모두 머리를 갈색으로 물들였고, 여자 쪽은 짧은 머리지만 남자 쪽은 어깨까지 내려온 장발에 수염이 가뭇가뭇 나 있었다.

바깥쪽 쇼윈도를 꽤 오래 들여다보고 있었으니 가능성은 있어 보인다. 그러나 크게 기대할 수는 없다. 기껏해야 1, 2만 엔짜리 디자인 링을 사는 정도일 것이다.

"어서 오세요."

그래도 그는 살갑게 두 젊은이를 맞이했다.

"저 바깥쪽에 있는 빨간 돌이 박힌 목걸이 좀 보여 주세요."

여자가 말했다.

"빨간 돌이라고요. 어느 걸까……."

"빨간 돌을 조그만 뱀이 휘감고 있는 거요."

"아아."

그는 쇼윈도 안쪽에서 유리문을 열고 손을 뻗어 반지를 집은 다음 여자 앞에 내놓았다.

"이거 말씀이죠?"

"네, 맞아요. 아, 예뻐라."

"그렇죠? 마노입니다."

"흠."

여자는 가운데 박힌 돌에는 별로 관심이 없는 눈치였다. 자세히 알고 싶어 하면, 이건 인공 착색된 것이라고 가르쳐 주려고 했지만, 그럴 필요가 없어 보였다. 여자는 돌을 둘러싼 조그만 뱀 장식이 마음에 드는 듯하다. 연인으로 보이는 남자는 그녀가 빨리 쇼핑을 마치기만 한다면 뭘 사든 상관없다는 듯이 따분한 표정을 짓고 있었다.

"이거, 여기 있는 가격 그대로 파시나요?"

반지를 손에 쥔 채 여자가 물었다. 요즘 젊은이들은 물건 값을 깎는 데 거리낌이 없다. 이 가게에 온 후 그가 절실히 느낀 사실이다. 전에 있던 곳에서는 한 번도 볼 수 없었던 장면이다.

물론 가격 흥정은 가능하다. 그걸 감안하고 가격표를 붙이기 때문이다. 얼마나 깎아 줄지는 그의 재량에 달려 있다.

"소비세 정도는 서비스해 드릴 수 있습니다."

그의 대답에 갈색 머리 아가씨가 얼굴을 찡그렸다.

"아이, 조금 더 깎아 주세요."

3천 엔 더 깎아 주시죠, 하고 남자가 말했다. 조금은 거들어 줘야 가게를 나간 후 그녀에게 싫은 소리를 안 듣는다.

"그럼 저희는 남는 게 없습니다."

그가 웃으면서 말했다.

"에이, 거짓말."

아가씨가 입술을 뾰족 내민다.

3천 엔 정도는 깎아 줘도 괜찮겠다고 생각하는 참에 문이 열리더니 다른 손님이 들어왔다. 어서 오십시오, 하고 반사적으로 내뱉던 그는 상대의 얼굴을 보고 흠칫 놀랐다.

아는 얼굴이었다. 손질하지 않아 제멋대로 자란 머리카락, 텁수룩한 수염, 그리고 날카로운 눈매와 움푹 파인 뺨. 어디선가 본 적이 있었다. 보석상인가? 아니다. 다른 곳에서 만났다. 그것도 나로서는 그리 달가운 상대가 아니다. 그 점만은 확신할 수 있다. 그래서 흠칫한 것이다.

"아저씨, 2천 엔만 더 깎아 주세요. 현금으로 낼 테니까요."

고작 2만 엔짜리 물건을 사면서 현금 지불을 과시하는 게 황당했지만 그는 일단 이 커플을 빨리 내보내고 싶었다.

"알겠습니다. 요즘 아가씨들에게는 당해 낼 재간이 없다니까요."

그의 대답에 젊은 커플이 환호를 올렸다. 나중에 들어온 남자가 힐끔 그를 봤다. 눈이 마주치자 왜 그러는지 히죽 웃어 보인다. 기분이 좋지 않았다.

그 순간 그의 기억 일부가 선명하게 재생되었다. 남자가 누군지 확실히 떠올랐다. 그는 얼어붙었다.

"아저씨, 왜 그러세요?"

"아, 아니요. 죄송합니다."

상품을 포장하는 손이 바들바들 떨렸다. 이제 와서 무엇 때문에? 내게 무슨 볼일이 있을까. 또 뭔가 얼토당토않은 일로 나를 걸고넘어지려는 건가. 그로서는 만나고 싶지 않은 상대였다.

물건을 받아 든 커플이 가게에서 나간 후에도 그는 남자에게 말을 걸지 못했다. 그러자 마침내 남자가 그에게 다가왔다. 그는 고개를 숙였다.

"저를 기억하는 모양이군요."

아아, 맞아, 하고 그는 생각했다. 분명히 이 목소리였다. 이 목소리로 윽박지르고 몰아세웠다. 끔찍한 과거다.

"그렇죠, 하마나카 씨?"

그가 할 수 없이 얼굴을 들었다. 눈이 마주치자 저도 모르게 깜박거렸다.

"네, 기억합니다."

"오랜만이군요. 그러니까, 3년…… 만인가?"

"가토 씨, 가토 형사님, 맞죠?"

"이름까지 기억하시다니, 영광입니다."

가토가 수염이 덥수룩한 얼굴에 미소를 떠올렸다. 그 모습이 하마나카 요이치에게는 불길한 바람을 몰고 온 사신이 혀를 날름거리는 것처럼 보였다.

하마나카는 마른 입술을 혀로 축이고 나서 입을 열었다.

"무슨 일입니까? 더는 제게 볼일이 없을 텐데요."

"제가 온 게 몹시 싫으신 모양입니다."

가토가 쓴웃음을 지었다.

"하마나카 씨가 여기 있다는 건 부인에게 들었습니다. 아, 실례했습니다. 전 부인이라고 해야겠죠."

고의겠지, 하고 하마나카는 속으로 이를 갈았다.

"함부로 남에게 알리지 말라고 못을 박았건만……."

그도 나름으로 빈정거렸지만 형사에게는 통하지 않은 듯하다. 가토는 고개를 끄덕이며 주머니에서 담뱃갑을 꺼냈다. 이남자가 골초였다는 사실을 하마나카는 떠올렸다. 취조실이늘 연기로 자욱했다.

"나가노 올림픽 기념 메달도 파는군요. 이번에는 일본이 힘을 낸 모양이던데. 스키 점프 선수단의 활약으로 이런 물건의가치도 조금이나마 오르려나……."

가토가 진열장 안을 들여다보았다.

"오카치마치에 귀금속점이 즐비하다는 건 알고 있었지만 들어와 보기는 아마 이번이 처음일 거예요. 유명한 가게치고는값이 상당히 저렴하네요. 아까 그 젊은 커플 같은 사람들도부담 없이 들어올 정도로 말이에요."

그리고 그가 얼굴을 들었다.

"긴자의 '하나야'와는 근본적으로 다르군요."

"그런 기분 나쁜 소리나 하려고 여기까지 온 겁니까?"

자, 자, 하며 가토는 담배에 불을 붙였다.

"3년 전 사건이 불쾌한 기억을 떠올리게 하겠죠. 하지만 그건 피차 마찬가지 아니겠어요? 하마나카 씨도 우리에게 의심을 살 만한 점이 많았잖아요."

하마나카는 옆으로 고개를 돌렸다. 떠올리고 싶지도 않은 일이었다.

"독가스 사건 당시 나는 처음에는 하마나카 씨를 의심하지 않았어요. 지금이니까 하는 말인데, 가스 발생 장치가 상당히 정교해서 비전문가는 만들기 어렵다고 봤거든요."

"하지만 나는 굉장히 심하게 당했다고 생각했어요."

"그러니까 당신 잘못도 있었다고 했잖아요. 타이밍이 나빴다고도 할 수 있겠지만 말입니다. 한쪽에서는 독가스 사건이 발생하고 다른 한쪽에서는 스토커가 날뛰니 그 둘의 상관관계를 의심할 수 있지 않겠어요?"

"그 스토커도 그래요."

"당신은 모르는 일이라고 말하고 싶죠? 압니다."

하마나카는 한숨을 내쉬며 바깥쪽을 내다보았다. 싸구려 물건을 사도 좋으니 손님이 들어왔으면 좋겠다고 생각했다.

"하지만 당신은 한 사람에 대해서는 인정했어요. 신카이 미후유 말이죠. 그녀를 쫓아다닌 건 사실이잖아요."

"이제 와서 그건 뭐 하러 묻습니까?"

"묻는 말에 대답하는 게 좋을 거예요. 아니면 뭡니까, 또 그 골치 아픈 과정을 거치겠다는 거예요? 나는 그래도 상관없지만 당신은 아마 곤란할걸요."

가토는 입에 물었던 담배를 손가락 사이에 끼우고 그 손으로 진열장을 톡톡 두드렸다.

"애써 취직했는데 옛날 일을 이것저것 들춰내면 좋겠어요? 그러니 속 시원히 털어놓는 게 어떨까요."

이 사람은 틀림없이 친구 하나 없을 거라고 하마나카는 생각했다.

"그때도 말씀드렸지만, 나는 그녀와 사귀는 사이였습니다."

"그래요, 그렇게 들었어요. 보고서에도 그렇게 썼고요. 하지만 신카이 미후유는 부인했죠."

형사가 그녀의 이름에 존칭을 붙이지 않는 것이 마음에 걸렸지만 하마나카에게는 그 전에 하고 싶은 말이 있었다. 그는 바닥에 시선을 둔 채 입을 열었다.

"제대로 조사했으면 알아냈을 겁니다. 우리는 사귀고 있었습니다. 분명한 사실이에요."

"흐음……."

형사가 연기를 내뿜는 기척이 느껴졌다. 보나 마나 히죽거리고 있을 거라고 생각하며 하마나카는 고개를 들었다. 그런데 가토의 표정이 심각했다.

"그녀가 왜 부인했을까요?"

"그야,"

하마나카가 한숨을 내쉬었다.

"스토커 소동으로 제가 의심받는 상황이었으니 저와 엮이기 싫었겠죠. 모든 여직원을 쫓아다닌 남자와 한때나마 사귀었다고 알려지면 세상 사람들이 어떤 눈으로 볼지 모르니까요. 회사에서도 입장이 곤란해질 테고요."

"그 후에 그녀와 얘기를 나눠 봤어요?"

"그럴 리 있겠습니까."

하마나카가 고개를 저었다.

"몇 번이나 연락을 시도했지만 헛수고였습니다. 더 집요하게 굴면 괜히 제 입장만 우스워질 것 같아서 포기했어요. 결국 사태는 크게 나아지지 않았지만요."

경찰에서 풀려날 때 하마나카는 당분간 자택에서 근신하라는 명령을 받았다. 그 후 그를 기다리고 있던 것은 한직으로 이동하는 일이었고, 사표를 내라는 무언의 압박까지 있었다. 더 버텼다면 좋았을지도 모르지만 그때는 그럴 만한 정신력도 체력도 남아 있지 않았다. 퇴직금이라도 받겠다는 생각에 결국 사표를 냈다.

그러나 그를 덮친 악몽의 파도는 그뿐이 아니었다. 얼마 있
다가 아내가 이혼을 요구했다. 응하지 않으면 변호사를 선임
하겠다고 했다. 재판하게 되면 승산이 없었다. 무엇보다 그
가 신카이 미후유와 사귀는 사이라고 경찰에서 증언했기 때
문이다.

집과 아이를 빼앗기고, 양육비까지 지불하기로 약속했다. 그
로서는 비참하기 짝이 없는, 그야말로 인생을 구렁텅이에 몰
아넣은 사건이었다. 자살까지 생각했을 정도다.

"하마나카 씨. 당신 말이죠."

가토가 그를 똑바로 바라보았다.

"혹시 누군가에게 원한을 산 적이 있습니까?"

"내가요? 왜 그런 걸 묻죠?"

"너무 안됐어서요."

가토가 또 기분 나쁜 미소를 지었다.

"여자를 쫓아다닌 건 잘못한 일이지만, 그 후의 전개를 생각
하면 하마나카 씨가 운이 나빴다는 생각이 들거든요. 비슷한
짓을 저지르는 사람이 세상에는 얼마든지 있는데 다들 어떻
게 해서든 잘 빠져나가요. 그런데 당신의 경우는 그렇지 않았
어요. 독가스 사건이 발생했을 뿐만 아니라 다른 여직원들을
이상한 남자가 쫓아다니는 소동까지 벌어졌죠. 물론 그런 일

들을 당신이 하지 않았다는 전제하에 하는 말입니다만."

"둘 다 제가 한 일이 아닙니다."

하마나카가 형사를 노려보았다.

"만일 그렇다면 우연이 지나쳐도 너무 지나쳐요. 독가스 사건이나 스토커 사건이나, 모두 여러 가지 정황 증거가 당신을 가리키고 있었어요. 그게 우연이었을까요?"

"그래도 나는 아닙니다."

"그러니까 말입니다."

가토가 답답하다는 듯이 말하고 담배를 재떨이에 비벼서 껐다.

"당신이 한 짓도 아니고 우연도 아니다. 그렇다면 누군가 당신을 궁지에 몰아넣으려고 했던 것 아닐까요?"

하마나카가 가토를 바라보았다. 그와 시선이 마주친 형사는 두세 번 고개를 끄덕였다.

"누가 그런 짓을……."

"그래서 묻는 겁니다, 원한을 산 적이 있느냐고요."

"그런 기억은……."

"그렇게 쉽게 대답하지 말고 신중히 생각해 보세요."

가토가 두 개비째 담배를 입에 물었다. 그러나 불을 붙이지 않은 채 말을 이었다.

"가령 신카이 미후유라든지……."

입에 문 담배가 위아래로 까딱거렸다.

"그녀가요? 왜…… 설마……."

"왜 그녀의 우편물을 훔쳤느냐는 질문에 당신은 이렇게 대답했어요. 다른 남자가 생긴 것 같아서 그 상대를 확인하려고 그랬다고요. 그 말이 사실이라면 그녀는 당신과 헤어지고 싶어 했을 가능성이 있어요."

"그럴 수도 있지만……, 그래서 그녀가 나를 함정에 빠뜨렸다는 말입니까?"

"그럴 가능성도 있다는 거죠."

"말도 안 돼요."

하마나카가 손을 휘휘 저었다.

"그녀가 그렇게 일을 꾸밀 필요가 있었겠습니까? 저는 처자식이 있는 몸이니 헤어지고 싶다고 하면 어쩔 도리가 없는걸요. 하지만 그녀는 헤어지자고 말하지 않았습니다. 결과적으로 헤어지게 되었지만, 그건 그 사건 때문이지……."

"그녀에게 남자가 있었던 건 사실이잖아요."

"그건…… 모르겠어요, 지금은."

하마나카가 고개를 저었다.

"그때는 무슨 이유로 신카이 미후유에게 남자가 있다고 의심했죠?"

"이유라면……."

"무슨 근거가 있었을 거 아닙니까. 그러니까 우편물을 훔치고 미행을 했을 테지요."

가토의 말 한 마디 한 마디에 가시가 들어 있었다.

하마나카는 얼굴을 문질렀다. 가게 앞쪽으로 눈길을 돌려 보았지만 여전히 손님이 들어올 기미는 없었다.

"'하나야'의 다른 여직원에게 들었습니다."

"신카이에게 애인이 있는 것 같다고요?"

"그렇게 직접적으로 표현하지는 않았습니다. 미후유가 통화할 때 엿들었는데 데이트 약속을 하는 것 같았다고 했어요."

"그 직원의 이름이 뭡니까?"

하마나카가 한숨을 쉬었다.

"하타케야마입니다."

가토가 주머니에서 수첩을 꺼내 펼치더니 손가락으로 그 위를 더듬었다.

"아하, 기록이 있군요. 하타케야마 아키코 씨. 스토커 피해를 호소한 여성 중 하나예요. 신카이에게 남자가 있는 것 같다는 말을 그녀에게 들었단 말이죠?"

"네."

"하지만 통화 상대가 남자라는 걸 어떻게 알았을까요? 여자 친구와 만날 약속을 했을 수도 있잖아요."

"나도 그렇게 생각했지만, 하타케야마 씨가 남자가 틀림없다고 단언하는 바람에……. 그때는 하타케야마 씨가 아직 스토커에게 피해를 입기 전이라서 내게 스스럼없이 그런 얘기를 해 준 겁니다. 그녀 말이, 여자가 민낯을 보이는 건 좋아하는 상대 앞에서뿐이라고……."

"민낯이라니, 무슨 뜻이죠?"

"그때 미후유가 통화하면서 사투리를 썼다는 거예요. 간사이 사투리 말입니다. 게다가 친구를 대하는 말투가 아니라 좀 더 어리광을 피우는 것 같았다고요. 하타케야마 씨의 표현이 그랬습니다."

"간사이 사투리란 말이죠."

가토가 골똘히 생각하는 표정을 지었다.

"그 말을 듣고 짚이는 점은 없었습니까?"

"좀 이상하다고 생각했어요. 미후유는 지진으로 부모를 잃고 간사이를 떠난 지 오래되어서 그쪽에 아는 사람이 전혀 없다고 했거든요. 그 말이 사실이라면 미후유가 간사이 사투리로 대화할 만한 상대가 누가 있겠어요."

"그래서 남자가 있다고 여겼군요."

"그렇게 여겼다기보다, 확인하고 싶었습니다. 우편물을 훔친 이유도 간사이에서 온 편지가 있는지 확인하고 싶어서였습니다."

그 당시 일을 떠올리자 하마나카는 온몸이 화끈거리는 것만 같았다. 왜 그렇게 그 여자에게 미쳤었는지, 그리고 왜 이제 와서 이런 얘기를 털어놓아야 하는지 분한 마음이 일었다.

"이제 충분하죠, 형사님? 뭘 조사하고 싶은지는 모르지만, 지금 저는 '하나야'와도 미후유와도 아무 상관이 없어요. 제발 그만하십시오."

그러나 가토는 마치 그 말을 듣지 못한 것처럼 질문을 계속했다.

"우편물만 훔쳤습니까? 그것 말고 조사한 건 없어요?"

"그 외에는 딱히……."

"정말입니까?"

가토가 훑는 듯한 눈초리로 그를 바라보았다.

"우편물을 멋대로 훔쳐본 사람이 그 정도로 만족했을 것 같지 않은데요."

하마나카가 침묵하자 가토는 새 담배에 불을 붙였다.

"쓰레기봉투도 뒤졌을 거 아니에요. 미행도 했을 테고요."

"아, 정말 화가 나는군요."

하마나카가 상대를 노려보았다.

"이미 다 끝난 일이잖아요. 왜 지금 와서 뭘……."

"끝난 일이니까 이제 와서 당신을 어쩌려는 생각은 없습니다. 그러니까 그저 솔직히 털어놓으면 됩니다."

배 속에서 울리는 것처럼 낮은 목소리로 가토가 말했다.

"아까도 말했지만, 당신은 지금의 생활을 지키고 싶을 거예요. 여기서 쫓겨나면 이젠 정말 갈 곳이 없을 텐데요."

"……그녀가 대체 무슨 짓을 했습니까? 왜 이제 와서 그렇게 집요하게 조사를 합니까?"

가토는 담배를 입에 문 채 히죽 웃었다.

"당신은 알 필요 없어요."

"하지만……"

하마나카가 뭔가 말하려 하는데 가토가 안주머니에서 뭔가를 꺼내 진열장 위에 올려놓았다. 조그맣게 접힌 팸플릿 같은 것이었다. 보석과 귀금속 사진이 보이고, '하나야'라는 로고가 눈에 들어왔다. 하마나카는 손을 대고 싶은 마음이 들지 않았다.

"뭡니까, 이게?"

"'하나야'가 새로 태어났답니다. 알고 있었어요? '하나야'가 'BLUE SNOW'라는 회사와 업무 제휴를 해서 종전과는 콘셉트가 전혀 다른 귀금속을 팔기 시작했다는 거예요."

업무 제휴를 했다는 회사 이름이며 '하나야'가 새로운 상품을 출시하고 있다는 얘기며, 모두 하마나카에게는 금시초문이었다. '하나야'와 관련된 정보는 최대한 가까이하지 않으려고 해 왔던 것이다.

"표정을 보아하니 모르는 모양이군요."

"관심이 없으니까요."

"그래요? 하지만 그 'BLUE SNOW'의 사장이 신카이 미후유라는 말을 들으면 어떨지 모르겠군요. 관심이 좀 생기려나 ……."

하마나카가 수염이 텁수룩한 가토의 얼굴을 뚫어지게 바라보았다.

"설마……."

"설마 하던 일이 실제로 일어나는 세상입니다. 말이 나온 김에 놀랄 만한 일을 하나 더 알려 드릴까요. 신카이 미후유는 지금 '하나야' 사장의 부인이기도 해요. 따라서 이제는 이름이 아키무라 미후유죠."

"네에?"

하마나카가 눈을 휘둥그렇게 떴다.

"아키무라 사장과 결혼을……, 그녀가요?"

"어떤 경위로 그렇게 되었는지는 나도 모릅니다. 신카이 미후유가 '하나야'에서 일하던 시절에 사장이 눈독을 들였는지, 아니면 'BLUE SNOW'와의 관계로 만난 일이 계기였는지 말이에요. 어찌 됐든 신카이 미후유는 공적으로나 사적으로나 '하나야'를 장악하는 데 성공한 셈입니다."

"믿기지 않아요."

"나도 마찬가지입니다. 당신과의 일로 말썽이 일어났을 때가 겨우 3년 전이에요. 그런데 벌써 거기까지 올라가다니 말이에요. 한편 당신은 어떻습니까. 이런 보잘것없는 가게에서 궁상맞은 커플을 상대로 싸구려 액세서리나 팔고 있잖아요. 해도 너무하지 않습니까?"

굴욕적인 표현에 화가 치밀었지만 하마나카는 대꾸할 기력조차 없었다. 세상에는 계단을 헛디디는 사람이 있는가 하면 행운의 엘리베이터에 올라타는 사람도 있는 법이다. 그걸 모르는 바는 아니지만, 자신이 너무 비참하다는 생각이 들었다.

"그러니까 하마나카 씨."

가토의 말투가 갑자기 부드러워졌다.

"아무리 사소한 일이라도 괜찮으니 신카이 미후유에 관해 조사했을 때 알아낸 흥미로운 점이 있으면 말해 봐요. 남자관계가 아니라도 상관없어요."

"그런 건 없었습니다."

"자, 자, 그러지 말고."

"정말입니다. 남자관계뿐 아니라 그녀의 모든 걸 상세히 알고 싶었던 건 사실입니다. 그녀를 진심으로 좋아했으니까요."

마치 그의 심정을 충분히 헤아린다는 듯이 가토는 몇 번이나 고개를 끄덕였다. 거기에는 야유하는 느낌도 짙게 배어 있었다.

"휴일을 틈타서 그녀의 고향에 찾아간 적도 있었어요. 당시는 아직 지진 직후라서 복구 공사도 제대로 마무리되지 않았을 때인데 말입니다. 조금이라도 그녀를 아는 사람이 있지 않을까 싶어서 온종일 돌아다녔습니다."

"그래서요?"

가토가 몸을 앞으로 기울였다.

"그뿐입니다."

하마나카가 양손을 펼쳐 보였다.

"그녀의 부모님이 살았다는 곳을 찾은 게 고작이에요. 일단 교통수단부터 확보하기 힘들었으니까요. 무너진 집의 잔해를 찍고 돌아왔을 뿐입니다. 그녀를 아는 사람은 한 명도 만나지 못했어요."

"그때 찍은 사진은 어떻게 되었습니까?"

"글쎄요."

하마나카가 고개를 갸웃했다.

"집에 놔뒀던 것 같으니 아마 아내가 처분했을 겁니다."

"그때 일을 신카이 미후유에게 얘기했어요?"

"아마…… 얘기했을 겁니다. 아, 그래요, 얘기했어요. 그 사진을 보여 준 기억이 있습니다. 당신 고향에 찾아갔었다면서요."

"그녀의 반응은요? 놀라는 것 같던가요?"

"그렇지는 않았지만, 왜 그런 짓을 하느냐고 약간 화를 내더군요. 당신의 모든 걸 알고 싶었다고 대답했던 기억이 있습니다. 바보 같다고 생각하시겠지만요."

가토는 대답 대신 슬그머니 미소를 지었다. 그래, 바보네, 하고 그 얼굴에 쓰여 있었다.

"후회하고 있습니다. 하지만 그때는 진지했어요. 그 여자를 놓치고 싶지 않았어요. 그래서 그녀의 일이라면 뭐든지 알고 싶었습니다. 그 여자에게는 그런 식으로 남자를 미치게 하는 뭔가가 있어요."

하마나카의 말에 가토는 고개를 끄덕였다. 어쩐 일인지 그 얼굴에는 조금 전까지 어려 있었던 야유하는 듯한 기색이 사라지고 없었다.

"이제 됐죠? 더 캐물어 봤자 제게서 나올 건 없습니다. 그보다, 이제 가르쳐 주시죠, 왜 이제 와서 그런 걸 조사하는지 말입니다. 그녀가 무슨 짓을 저지르기라도 했나요? 뭔가 사건에 관련되었습니까?"

가토는 그에게 눈길을 주지 않은 채 담배와 라이터를 주머니에 집어넣었다.

"실례가 많았어요."

그리고 문 쪽으로 향했다.

"형사님!"

출입문을 연 가토가 그런 채로 뒤를 돌아보았다.

"당신이 방금 말했잖아요. 그 여자는 남자를 미치게 한다고.

신카이 미후유가 한 짓은 바로 그겁니다."

그리고 히죽 웃더니 또 오겠다며 밖으로 나갔다.

가토가 사라진 후에도 하마나카는 한동안 멍하니 그 자리에 있었다. 가슴속에 쌓여 있던 것을 모두 토해 내자 허탈감이 밀려들었는지도 모른다. 퍼뜩 정신을 차린 그는 의자로 가서 앉았다.

미후유의 반듯한 얼굴과 보기 좋게 균형 잡힌 몸매는 지금도 생생히 떠올릴 수 있다. 지금까지 관계한 여자들 중 가장 매력적인 여자였다.

그러나 처음 만났을 때는 그렇게까지 매력을 느끼지는 못했다. 1층 가방 매장에서 일하게 된 신카이입니다, 하고 인사하러 왔을 때는 제법 예쁜 아가씨라고만 생각했지 불륜 상대로는 꿈에도 생각하지 않았다.

하지만 몇 번인가 얼굴을 마주치는 사이에 점차 끌리게 되었다. 강한 듯하면서도 언뜻언뜻 엿보이는 가련함과 위태로움에 그만 손을 내밀고 싶어졌다. 그런데 한편으로 그녀에게는 남의 도움을 거부하는 완고함이 있었다. 그것이 차갑게 느껴질 때가 있는가 하면 씩씩해 보일 때도 있었다. 그 조절이 절묘했다. 덧붙여 그녀의 눈에는 다른 여자들이 도저히 흉내낼 수 없는 마력이 있었다. 그녀가 바라보면 마음을 속속들이 들킬 것만 같고 그 눈길에 빨려들 것 같기도 했다.

워낙 바람기가 있어 아르바이트하는 점원에게 손을 대기도 한 하마나카였지만, 정식으로 채용된 여직원과 불륜에 빠진 적은 한 번도 없었다. 그런데 신카이 미후유는 각별했다. 아니, 그녀를 향한 마음이 각별했다고 할까. 그리고 미후유 역시 자신을 원하는 게 아닐까 하는 느낌도 있었다. 그래서 접근하면 반드시 잘될 거라고 확신했다.

그의 예상은 적중했다. 미후유가 '하나야'에 온 지 2주가 지났을 무렵 둘은 은밀하게 호텔에서 만나는 사이로 발전했다.

"당신이랑 같은 곳에서 일하고 싶어."

미후유가 하마나카의 품속에서 속삭였다.

"언제나 당신이랑 함께 있고 싶으니까."

"다른 직원들이 수상하게 여길 거야."

"아직은 괜찮아. 내가 신참이라서 당신과의 관계를 의심하지 않을 거야."

"그건 그렇겠군."

플로어 매니저인 하마나카에게는 인사에 의견을 낼 권한이 있었다. 그는 미후유가 3층 보석 귀금속 매장으로 옮기도록 일을 꾸몄다. 그리고 그 계략은 이내 결실을 맺었다.

직장에서는 일을 잘하는 플로어 매니저와 신입 사원으로 철저히 연기하고, 침대에서는 그동안 억눌렀던 마음을 보상하듯이 그녀의 육체에 탐닉했다. 하마나카는 그런 생활이 만족스러웠다. 가정을 깨뜨릴 생각은 없었지만 미후유를 놓치고 싶지도 않았다.

"언젠가는 내 오리지널 브랜드를 만들고 싶은 꿈이 있어."

그는 침대에서 미후유의 어깨를 끌어안고 종종 말했다.

"그래서 금속 가공을 공부했고, 집에 작업대도 있어. 생각해 둔 디자인도 몇 가지 있고."

미후유가 그 디자인을 보고 싶다고 했다. 어느 날 하마나카 는 집에서 도면을 몇 장 들고 와서 그녀에게 보여 주었다. 그 걸 본 그녀는 눈을 빛냈다.

"하나같이 멋져. 여태 본 적 없는 것들뿐이야."

그녀의 칭찬이 사탕발림으로 들리지는 않았다.

"그렇지? 나도 자신이 있어."

"이건 특히 대단하네. 보석이 2단으로 겹쳐 있어."

"보석을 평면적으로 배치하는 디자인은 무수히 많지만 입체 적으로 배치한 디자인은 없지. 이건 특허를 낼 수도 있어."

사실 하마나카는 자신의 디자인이 사람들에게 얼마나 통할 지 자신이 없었고, 독립하겠다는 꿈도 어차피 꿈으로 끝날 것 이라고 체념한 상태였다. 그래도 미후유와 얘기를 나누는 동 안만은 가슴이 부풀었다.

그런 여자는 두 번 다시 만날 수 없겠지, 하고 하마나카는 생각했다. 모든 것이 그 일련의 사건으로 무너지고 말았다.

문득 진열장 위로 눈길을 주었을 때였다. 가토가 두고 간 '하나야'의 팸플릿이 보였다. 그는 얼굴을 찡그리며 그 팸플릿을 쓰레기통에 버리려 했다. 그런데 손을 놓아 버리기 직전에 생각을 바꿨다. 심호흡을 한 번 하고 나서 그걸 펼쳤다.

'하나야'는 이제 새로운 무대로, 그런 캐치프레이즈가 눈에 들어왔다. 그 밑에 최근 발표되었다는 새로운 반지의 사진들이 나열되어 있었다.

아무 생각 없이 그것들을 들여다보던 하마나카의 눈이 갑자기 험악해졌다. 팸플릿을 든 손이 떨리기 시작했다.

"이런 말도 안 되는 일이……."

그가 신음하듯이 내뱉었다.

●

2

다음 날 하마나카는 아오야마 거리에 있는 'BLUE SNOW'를 찾아갔다. 얕보이면 안 된다는 생각에 오랜만에 양복을 차려입었다. 가장 최근 양복인데도 4년 전에 산 것이었다.

회사는 4층에 있었다. 그는 자신이 주눅이 들어 있다는 사실을 깨닫고는 자기혐오를 느꼈다. 불과 몇 년 전에는 제아무리 대단한 사람을 상대한다 해도 동요하지 않을 자신이 있었다. 그런데 지금은 어떤가. 엘리베이터를 탔을 뿐인데도 벌써 안절부절못하고 있다.

쇼룸을 겸한 'BLUE SNOW'의 사무실은 사방이 유리로 되어 있고, 통로 쪽에 상품이 진열되어 있었다. 귀금속뿐 아니라 건강식품도 진열되어 있다.

그가 들어서자 안내 담당인 젊은 여직원이 "어서 오세요." 하며 웃는 얼굴로 인사했다. 그는 품에서 명함을 꺼내며 다가갔다. 지금 근무하는 가게에 취직하자마자 만든 것이지만 다른 사람에게 건넨 적이 거의 없다. 그럴 일이 없었던 것이다.

"사장님을 만나고 싶은데요."

하마나카의 말에 안내 담당 직원은 뜻밖의 말을 들었다는 듯한 눈으로 그를 새삼 바라보았다. 그리고 웃음을 잃지 않은 채 잠시 기다리라며 돌아섰다.

그녀는 거기서 조금 떨어진 자리에 앉아 있던, 나이가 약간 들어 보이는 여자에게 다가가 뭔가 얘기를 주고받았다. 손에는 하마나카의 명함이 들려 있었다.

하마나카는 고개를 돌려 옆에 있는 진열장 안을 들여다보았다. 'B.S. original no.1'이라는 설명이 붙은 반지가 있었다. 그 디자인을 보고 그는 숨을 크게 들이쉬었다. 소리를 지르고 싶었지만 애써 참았다.

이윽고 안내 담당 직원이 나이 든 여자와 함께 그에게 다가

왔다.

"죄송합니다만, 약속이 잡혀 있지 않군요."

여자가 말했다.

"네, 뭐……."

그의 반응에 그녀는 금테 안경 속 눈을 차갑게 빛내면서 입가에만 미소를 지었다.

"용건을 알 수 있을까요? 저희가 알 만한 내용이라면 말씀해 주세요."

"신카이 사장님을 직접 만나서 할 얘기가 있습니다. 그렇게 전해 주세요. 만일 외출 중이라면 여기서 기다리겠습니다."

그도 웃는 얼굴로 말했다. 형식적인 미소를 짓는 데는 익숙했다.

금테 안경 여자는 살짝 난처한 표정을 지었지만 그 태도에는 흔들림이 없었다.

"사장님은 지금 손님이 계셔서…… 말이죠."

그리고 그녀는 그의 명함으로 눈길을 떨어뜨렸다.

"하마나카 씨……이시군요. 사장님께 꼭 전해 드리겠습니다."

말은 그렇게 했지만 실제로 전할 의사는 없는 듯했다. 예상했던 반응이라서 별다른 생각은 들지 않았다. 예전에는 그 역시 이 여자와 비슷한 입장이었다.

하마나카는 양복 주머니에서 두 번째 명함을 꺼냈다. 가능하면 사용하고 싶지 않았지만, 이대로는 일이 풀릴 것 같지 않았다. 그는 그것을 금테 안경 여자에게 내밀었다.

"그럼 이 명함을 지금 곧 사장님께 가져다주실 수 있겠습니까? 그래도 사장님이 관심을 보이지 않는다면 단념하고 돌아가겠습니다."

'하나야'에 근무하던 시절의 명함이었다. 언젠가는 버려야지 하면서도 서랍에 넣어 둔 채 지내 왔다. 그중에서 석 장 정도를 오늘 가져왔다.

아니나 다를까, 상대의 얼굴에 당혹스러운 빛이 스쳤다. '하나야' 사람이라면 함부로 쫓아 버릴 수 없는데, 들어 본 적 없는 이름이라 어떻게 대처해야 좋을지 몰라 갈팡질팡하는 것이다. 그녀는 독가스 사건을 모를 터였다.

"'하나야'의 보석 귀금속 매장 플로어 매니저라면 사쿠라기 씨가……"

과연 잘 알고 있다. 사쿠라기라는 이름을 듣자 하마나카는 불쾌감에 휩싸였다. 그 애송이가 내 자리를 꿰차다니.

"신카이 사장님에게 보여 드리면 알 겁니다. 부탁드리겠습니다."

미소를 지으며 그는 고개를 숙였다.

금테 안경 여자가 잠시 생각하다가, 여기서 기다리십시오, 하고 안으로 사라졌다. 하마나카는 한숨을 내쉬고는 그때까지 옆에 서 있는 안내 담당 직원을 보았다. 그녀는 뭘 어째야 좋을지 모르겠다는 듯이 머뭇거렸다.

"수상한 사람 아닙니다."

그가 상냥하게 웃자 그녀도 웃는 표정으로 돌아와 자기 자리에 앉았다.

"건강식품도 취급하나 보군요."

하마나카가 물었다.

"네. 미용에 도움이 되는 건강 보조 식품들이에요. 샘플이 있는데……."

"아, 괜찮습니다. 겉모습에 신경을 쓸 나이가 아니라서요."

하마나카가 말하는데 안쪽에서 아까 그 여자가 나타났다.

"만나시겠답니다. 이쪽으로 오세요."

"잘됐군요."

안내 담당 직원에게 미소를 지어 보이고 나서 하마나카는 걸음을 옮겼다.

사무실 안쪽으로 가니 문이 있었다. 금테 안경 여자가 노크 후에 문을 열고 "모셔 왔습니다."라고 말한 뒤 하마나카에게 고개를 끄덕였다.

그가 들어갔을 때 미후유는 응접세트 너머에 있는 책상에서 서류를 들여다보고 있었다. 이윽고 고개를 든 그녀가 하마나카에게는 눈길도 주지 않은 채 그의 뒤에 서 있는 금테 안경 여자에게 "내가 부를 때까지 아무도 들여보내지 말아요."라고 지시했다.

알겠습니다, 하고 금테 안경 여자는 방을 나갔다. 문이 닫히자 미후유가 자리에서 일어섰다. 그리고 하마나카를 똑바로 바라보며 성큼성큼 다가왔다.

"오랜만이군요."

"당신이 어떻게 활약하고 있는지는 들었어. '하나야'의 팸플릿도 봤고."

"앉으세요. 마실 거라도 드릴까요?"

그녀는 마치 하마나카의 말이 귀에 들리지 않는다는 듯이 행동했다.

"마실 건 됐어. 얘기나 나눴으면 좋겠어."

"정말 오랜만이에요. 명함을 보고 굉장히 놀랐어요. 일단 앉으세요."

그녀가 다시 한 번 하마나카에게 소파를 권한 뒤 자신도 맞은편에 앉았다.

하마나카는 그녀의 얼굴을 바라보며 자리에 앉았다. 그리고 다시 한 번 실내를 둘러보았다. 불필요한 집기는 전혀 없다고 해도 과언이 아니었다. 눈에 띄는 것이라고는 유리문이 달린 캐비닛 정도로, 그나마 안에 든 물건은 이 회사 상품인 것 같았다.

"솔직히 말해서, 만나 주지 않을 거라고 생각했어."

"왜요? 이런저런 사람들을 만나는 것도 사장이 할 일이라고 생각하는데요. 특히 우리처럼 규모가 작은 회사의 경우는 말이죠."

"말은 그렇게 해도 벌인 일은 대단하던데. '하나야'와도 손을 잡았다면서. 아, 그렇군. 축하하는 걸 깜박했어."

하마나카는 무릎을 모으고 고개를 숙였다.

"결혼 축하드립니다."

물론 비아냥거릴 심산으로 한 말이다. 어지간히 불쾌한 얼굴을 하고 있겠지 생각하며 고개를 들었다. 그런데 미후유는 동요하기는커녕 의연하다고 할 만한 모습으로 천천히 고개를 끄덕였다.

"감사합니다. 둘 다 너무 바빠서 아직 결혼했다는 실감이 나지 않아요."

"미후유가 그 사람과 결혼했다는 얘기를 듣고 상당히 놀랐어."

하마나카는 끈질기게 이 화제를 물고 늘어지기로 했다.

"설마 '하나야' 사장이 상대일 줄이야."

철저하게 잡아뗄 작정인 모양인데, 그렇다면 이쪽도 각오한 바가 있지. 하마나카는 자세를 고쳐 앉으며 헛기침을 한 번 했다.

"묻고 싶은 일이 몇 가지 있는데."

"뭐죠?"

미후유가 손목시계를 보았다. 노닥거릴 시간은 없다는 걸 나타내려는 동작일 것이다. 그러나 하마나카는 무시하기로 했다.

"우선 3년 전 일 말인데, 미후유도 떠올리고 싶지 않겠지만 그건 나도 마찬가지야. 하지만 분명히 해 두고 싶어서 그래. 이제 와서 왜 들추느냐고 묻고 싶겠지만 내가 그러는 원인은 미후유한테 있어. 뭐, 그건 나중에 얘기하지. 일단 3년 전 일부터. 나와 사귄 적이 없다고 경찰에 얘기했다면서? 왜 그런 거짓말을 했지?"

미후유의 얼굴에서 미소가 사라졌다. 그녀는 입술을 꾹 다문 채 코로 숨을 크게 내쉬었다. 그런 다음 팔짱을 끼고 하마나카를 바라보며 고개를 저었다.

"아직도 그런 얘기를 하나요? 그쯤 하지 그래요?"

"뭐, 나와의 관계를 숨기고 싶어 했던 심정은 이해해. 당시에는 내가 어처구니없는 일로 의심을 사고 있었으니까. 나와의 불륜 관계가 세상에 알려졌다면 당신도 더는 하나야에 있을 수 없었겠지. 하지만 알다시피 나는 범인이 아니었어. 독가스 사건의 범인도 아니지만 다른 여직원들을 스토킹하지도 않았어. 그러니 내게 사과의 말이라도 한마디 해야 하지 않을까? 그때 당신이 나와의 관계를 인정하기만 했어도 나를 향한 의심은 일찌감치 풀렸을 거야."

미후유가 딱하다는 눈빛으로 하마나카를 바라보았다.

"내가 그걸 인정할 거라고 생각해요?"

"지금은 아무도 없잖아. 여긴 당신과 나뿐이야. 거짓말해서 미안하다고 한마디만 해 주면 돼."

미후유가 고개를 저으며 일어섰다.

"돌아가세요."

문을 가리키며 말한다.

"이봐, 잠깐만."

"사실은 만나고 싶지 않았어요. 하지만 잠시나마 신세를 졌던 상사니까 잠깐 만나는 거야 괜찮겠지 하고 생각을 바꿨는데, 설마 이런 말을 꺼낼 줄은 몰랐어요."

"내 말을 들어 봐, 미후유."

"함부로 부르지 마세요."

미후유가 책상으로 다가가서 수화기를 들었다. 사람을 부를 작정인 듯했다.

"얘기가 아직 안 끝났어. 'B.S. original no.1'이라고 했던가? 그 얘기야. 그 반지 말이야."

그녀가 버튼을 누르려다 말고 움직임을 멈췄다. 수화기를 귀에 댄 채로 그를 돌아봤다.

"그게 어쨌다는 거죠?"

"보아하니 이 회사의 첫 번째 시제품인 모양이더군."

"그래요."

"누가 디자인했지?"

"제가 했는데요."

미후유가 수화기를 도로 내려놓았다.

"하고 싶은 말이 뭐죠?"

하마나카는 소파에 몸을 기대며 다리를 꼬고 미후유를 올려다보았다.

"태연한 얼굴로 잘도 그런 말을 하는군. 그 반지는 내가 디자인했어. 그때 뭐라고 했더라. 고토구에 있는 호텔에서 당신에게 도면을 보여 줬을 때 말이야."

미후유는 웃으면서 고개를 저었다.

"무슨 말인지 전혀 모르겠는데요."

"시치미 떼지 마. '하나야'의 팸플릿을 자세히 살펴봤어. 그중에 내 디자인을 기초로 제작한 상품이 최소한 다섯 개는 있었어."

"터무니없는 소리 하지 말아요. 그건 전부 우리와 '하나야'가 함께 개발한 거예요. 제삼자의 디자인이 아니란 말이에요."

"당신의 기억을 빌려 내 디자인을 도용했겠지. 내 디자인은 내가 알아."

하마나카가 일어서서 캐비닛으로 다가갔다. 그 안에도 반지가 몇 점 전시되어 있었다.

"이것도 내 디자인이군. 오른쪽에서 두 번째 반지 말이야."

그리고 그는 미후유를 돌아보았다.

"보석을 입체적으로 배치하는 것 자체가 내 아이디어야. 팸플릿을 보니 특허를 취득했다고 씌어 있더군. 특허를 낼 수 있다고 말한 사람도 나야. 침대 안에서 말이지."

이쯤 되면 틀림없이 얼굴이 붉으락푸르락할 줄 알았는데 미후유는 여전히 침착했다. 그녀는 숨을 크게 내쉬고 나서 한쪽 손으로 책상을 짚었다. 입가에 미소까지 어려 있는 모습을 본 하마나카는 약간 낭패스러운 심정이 되었다.

"그 특허에 대해서는 여러 방면에서 문의가 들어오고 있어요. 문의라기보다 항의라고 하는 편이 낫겠네요. 똑같은 디자인을 자신도 생각했었다, 그러니 당신네의 독자적인 디자인이라고 주장하면 곤란하다, 그런 내용이죠."

"내가 하고 싶은 말은……."

"그런 항의에 대해 이런 식으로 대답하고 있어요. 특허와 관련해서 할 말이 있으면 특허청을 통해 소정의 절차를 밟아라, 그리고 만일 이전부터 똑같은 디자인을 생각하고 있었다면 그 증거를 보여라, 하고요. 물론 도면이나 완성품 따위는 아무 의미가 없어요. 우리 제품을 모방했다고 여겨질 뿐이니까요."

즉 하마나카도 증거를 보이라는 뜻이다. 물론 잠자리에서 들은 아이디어를 훔쳤다는 자각은 있을 터였다. 그러나 그녀가 지적한 대로 그 증거는 어디에도 없었다.

"난 말이지, 특허가 어떻다느니 디자인 비용을 지불하라느니, 그런 말을 하고 싶은 게 아니야. 여기서 얘기해 주면 충분해. 내 디자인으로 당신이 성공을 거뒀다면 잘된 일이지. 다만 나는 당신 입으로 듣고 싶어. 내 디자인을 임의대로 사용했고, 그래서 고맙게 여기고 있다고 말이야. 더 나아가 교제한 사실을 숨겨서 미안하다고 말해 주면 만족이야. 그럼 나는 기분 좋게 여기서 나갈 거야."

미후유는 말도 안 된다는 듯이 양손을 벌렸다. 그리고 오른손으로 수화기를 쥐었다.

"이봐, 미후유."

"함부로 부르지 말라고 했죠. 내가 왜 이런 얘기를 듣고 있어야 하는지 모르겠군요."

"그렇게 말해도 괜찮을까? 당신과의 일을 아키무라 사장에게 말하겠어."

그때 노크 소리가 나더니 문이 열렸다. 그리고 아까 그 금테 안경 여자가 얼굴을 들이밀었다.

"손님이 가신다니 배웅해 드려요."

미후유가 감정 없는 목소리로 말했다.

"잠깐만. 아직 할 얘기가 남았어."

"이걸로 충분해요. '하나야'에서 잘린 사람의 얘기나 들어 줄
만큼 한가하지 않아요."

"내가 누구 때문에 잘렸는데?"

"당신 자신 때문이겠죠."

미후유가 태연하게 말했다.

"당신이 비열한 스토킹을 했기 때문이잖아요."

금테 안경 여자의 표정이 굳어졌다. 더러운 것이라도 본 듯
한 눈초리였다.

"돌아가세요. 사장님은 바쁘십니다. 나가시지 않으면 경비
를 부르겠어요."

"기억해 둬. 틀림없이 후회하게 될 거야."

하마나카는 금테 안경 여자를 밀치고 방을 나왔다.

●

3

(······특허와 관련해서 할 말이 있으면 특허청을 통해 소정의 절
차를 밟아라. 그리고 만일 이전부터 똑같은 디자인을 생각하고 있
었다면 그 증거를 보여라, 하고요. 물론······)

거기까지 듣고 가토는 녹음기 스위치를 껐다. 수염에 뒤덮인 턱을 긁으며 한숨을 한 번 쉬고 담배를 꺼냈다.

"어떻습니까?"

하마나카가 물었다.

그러나 형사는 곧바로 대답하지 않았다. 연기를 뿜어낸 후 가게 안에 놓여 있는 관엽 식물 화분을 바라보았다. 두 사람은 가스미가세키에 있는 찻집 구석 자리에 있었다. 하마나카가 가토를 불러낸 것이다.

"가토 형사님, 뭐라고 말씀 좀 하세요."

가토가 마지못해 하마나카에게 눈길을 주었다.

"무슨 말을 하란 말입니까?"

"어떻게 생각하느냐고 묻잖아요. 내 말이 거짓말이 아니라는 걸 알겠죠?"

"나는 당신이 딱히 거짓말을 했다고 생각하지 않아요. 3년 전에도 그랬어요."

가토는 담뱃재를 떨었다.

"하지만 이런 테이프는 아무짝에도 쓸모가 없습니다."

"왜요? 내가 당당히 그 여자에게 항의했잖아요."

"당신이 항의한 건 분명해요. 그러나 그 여자는 인정하지 않았죠. 애초에 테이프라는 게 증거 능력이 부족한 데다, 이런 상태라면 말할 가치도 없어요."

"물론 미후유는 부정하고 있지만……, 하지만 말입니다, 만약 내가 터무니없는 소리를 하는 거라면 이렇게 당당히 그녀에게 항의하러 갈 수 있었을까요? 교제 건만 해도 그래요. 실제로 아무 관계가 아니었다면 상대에게 왜 우리 사이를 숨겼느냐고 따질 수 있겠습니까? 만일 그랬다면 머리가 이상한 사람이죠."

필사적으로 항변하는 하마나카의 얼굴을 냉담한 눈초리로 바라보던 가토의 어깨가 살짝 흔들렸다. 그는 웃고 있었다.

"그래, 당신은 그저 머리가 이상한 사람일 뿐이야."

"무슨……."

말을 잇지 못하는 하마나카에게 가토가 연기를 뿜었다.

"이 테이프만 들어서는 그렇게 판단해도 어쩔 수 없다는 말이에요. 하마나카 씨, 당신, 녹음기를 숨겨 가지고 들어갔다가 만일 신카이 미후유가 사실대로 말하는 걸 녹음했다면 대체 어쩔 작정이었어요?"

"그러니까, 그걸 증거로…… 증거 능력이 부족해서 재판에서는 질지도 모르지만, 매스컴 같은 데 흘리면 반드시 화제가 될 테니……."

"하하, 그걸 미끼로 미후유를 협박할 작정이었군."

가토가 히죽 웃었다.

"아니, 협박한다기보다, 나는 다만……."

"상관없어요. 그야 어찌 됐건."

가토가 귀찮다는 듯이 손을 내저었다.

"하지만 말이야, 그 여자가 그걸 예상하지 못했을 거라고 생각하나?"

"네?"

하마나카가 눈을 껌벅거렸다.

"당신, 어떤 차림새로 쳐들어갔지? 가방을 들고 갔나?"

"가방을요? 아니, 빈손이었어요. 와이셔츠에 넥타이를 매고, 양복 입고……."

"비참한 꼴은 보이고 싶지 않았던 모양이군."

"그런 건……."

하마나카가 고개를 숙이고 말을 우물거렸다. 정곡을 찔렸던 것이다.

"하지만 그래서는 안 되는 일이었어."

가토가 말했다.

"그 여자는 당신이 녹음기를 숨기고 있다는 사실을 알았을 거예요. 어쩌면 만에 하나 갖고 있을 경우에 대비해서 한마디 한마디에 주의를 기울이며 당신을 상대했겠지."

하마나카는 가슴에 손을 댔다. 그때 녹음기를 넣어 두었던 양복 안주머니 언저리였다. 그때의 감촉을 떠올렸다.

"설마……."

"나는 당신 말을 믿어요. 믿고서 이 테이프를 들으면, 그 여자가 철저하게 연기하고 있다는 게 느껴진단 말이지. 전혀 빈틈이 없어요. 당신이 몇 번이나 말했듯이 두 사람 외에는 아무도 없는데도. 다시 말해서 그 여자는 자신의 말이 녹음될 경우를 계산에 넣은 거예요."

하마나카는 망연하게 커피 잔 안의 검은 액체를 내려다보았다.

"이봐요, 하마나카 씨. 당신은 이제 손을 떼는 게 좋겠어."

가토가 나지막이 말했다. 하마나카는 고개를 들었다.

"손을 떼라니요?"

"그 여자는 당신이 감당할 만한 상대가 아니라는 말이에요. 이런 식으로 섣불리 대들다가 당하는 쪽은 당신일 거요."

"하지만 이대로 물러설 수는 없어요. 내 인생을 통째로 빼앗긴 이유도 따지고 보면 그 여자 때문이란 말입니다. 게다가 반지 디자인까지 빼앗기고……. 도저히 조용히 물러날 수 없어요. 어떻게든 되갚지 않으면 분이 풀리지 않을 겁니다."

"글쎄 그건 내게 맡기란 말이오. 하마나카 씨는 정보만 제공해 줘요. 오늘처럼 말이지. 이 테이프는 도움이 되지 않지만, 반지 디자인 운운하는 얘기는 흥미로웠어요. 아주 귀중한 정보야. 앞으로도 이런 식으로 해 줘요."

가토의 말투는 하마나카를 치켜세우는 것 같기도 하고 살살

약을 올리는 것 같기도 하면서 한편으로는 바보 취급하는 것 같기도 했다.

하마나카는 두 주먹을 불끈 쥐고 테이블을 쾅 내리쳤다.

"그렇게는 못 합니다!"

"도무지 모르는군."

가토가 지겹다는 듯이 말했다.

"당신처럼 순진한 사람이 얼쩡거리면 곤란하다 이 말이에요. 그렇지 않아도 방어막이 단단한 여자를 당신 같은 사람이 잘못 흔들어 놓으면 상대는 꼬리를 드러내기는커녕 동굴 속으로 깊이 숨어서 손도 대지 못하게 될 우려가 있어요."

하마나카는 눈을 치켜뜨고 형사를 노려보았다. 왜 그러냐는 듯이 가토도 그를 마주 보았다.

"당신은 내 심정을 몰라."

그가 동전 지갑에서 자신의 커피 값을 꺼내 테이블 위에 놓았다. 그리고 녹음기를 집어 든 뒤 자리에서 일어섰다.

"잠깐만요, 하마나카 씨. 화를 내면 어쩌자는 거예요?"

가토가 하마나카의 팔을 잡았다.

"내게 맡기라잖아요. 일단 앉아 봐요."

하마나카가 자리에 앉자 잘 생각했다는 듯이 가토는 고개를 끄덕였다.

"하마나카 씨가 반지를 디자인한다고 신카이 미후유에게 얘기했을 때가 그녀와 사귀고 나서입니까 아니면 그 전입니까?"

"그건 전에도 말씀드렸는데요."

"다시 한 번 말해 봐요, 확인의 의미로."

그리고 가토는 히죽 웃었다.

하마나카는 한숨을 쉬고 나서 "사귀고 나서입니다."라고 대답했다.

"틀림없죠?"

"그래요. 반지를 디자인한다는 얘기는 친한 사람에게도 한 적이 없어요."

"그렇군요."

"있잖아요, 형사님. 아까 본인에게 맡기라고 하셨는데, 정말 그 여자에게 되갚을 수 있겠습니까?"

그러자 가토가 어깨를 흔들며 씁쓸하게 웃었다.

"나는 신카이 미후유에게 원한이 있는 게 아니니 되갚는다는 말은 옳지 않아요. 굳이 말하자면 요괴의 가면을 벗기고 싶다고 할까."

"하지만 그 여자를 체포할 수 있는 것은 아니잖아요. 법을 어기지도 않았는데."

그 질문에 가토는 대답하지 않고 그저 히죽히죽 웃기만 했다.

"전에 고베에 다녀온 적이 있다고 했죠?"

가토가 물었다.

"신카이 미후유에 관해 알아보려고 말이에요."

"고베가 아니라 니시노미야 근처였어요."

"어디든 상관없어요. 구체적으로 뭘 조사했어요?"

"그것도 전에 말씀드렸지만, 지진으로 무너진 그녀의 집이라든가 그 근처를 둘러봤었죠."

"그러고요?"

"거기서는 그것밖에 못 했습니다. 실은 교토 쪽도 둘러보고 싶었지만 시간이 없어서 포기했어요."

"교토를요?"

"그녀의 부모님이 원래는 교토에 살았답니다. 그래서 그녀도 초등학교와 중학교는 교토에서 나왔다고 하기에 그 무렵의 일을 알고 싶어서요."

가토가 진지한 눈빛으로 그를 바라보았다.

"교토 시절의 주소를 알아요?"

"주소는 모르지만 어느 학교에 다녔는지는 압니다. 이력서에 쓰여 있었거든요."

"그녀의 이력서를 훔쳐봤군요."

하마나카가 입을 비죽거리는 것도 아랑곳하지 않고 가토는 다시 물었다.

"그 이력서가 지금도 있습니까?"

"설마요. 버렸습니다."

"그래도 출신 학교는 기억할 테죠. 그만큼 열을 올렸던 상대니까 말이에요."

"기억하고 있다면 어쩌려고요?"

"가르쳐 줘요."

가토가 안주머니에서 수첩을 꺼냈다.

하마나카가 가토와 헤어져 가게로 돌아와 보니 셔터가 반쯤 열려 있어 깜짝 놀랐다. 나가기 전에 분명 닫았을 터였다. 달려가서 셔터를 밀어 올리는데 가게 안에 사람 그림자가 어른거렸다. 그것이 고이즈미라는 사실을 확인하고서야 그는 가슴을 쓸어내렸다. 고이즈미는 가게 주인이다. 이 가게 외에도 세 군데를 더 경영하고 있다.

"나갔다 왔어?"

전표를 체크하고 있던 고이즈미가 하마나카를 보더니 언짢은 목소리로 물었다. 칙칙한 색깔의 폴로셔츠에 후줄근한 웃옷을 걸치고 있었다. 가게 주인이면 차림새에 좀 더 신경을 쓰면 좋을 텐데, 하고 하마나카는 생각하지만, 구두쇠인 고이즈미는 들으려 하지 않는다.

"뭘 좀 사려고⋯⋯."

"흐음."

고이즈미의 부루퉁한 표정은 달라지지 않는다.

"자네, '하나야'의 상품에 불만을 얘기하러 갔었다면서?"

하마나카는 그 자리에 우뚝 멈춰 섰다.

"어떻게 그걸……?"

"역시 그랬군."

고이즈미가 매출 장부를 내려놓았다. 입 모양이 일그러져 있었다.

"대체 어쩔 셈이야? '하나야'와 문제를 일으키지 않겠다고 약속해서 사정이 있는 자네에게 가게를 맡긴 거잖아."

하마나카는 상황이 짐작되었다. 미후유가 남편 아키무라 다카하루에게 하마나카의 일을 일러바친 것이다. 아마 말도 안 되는 트집을 잡더라고 표현했을 것이다.

"'하나야'에 불만을 얘기하러 갔던 건 아닙니다. 신상품을 개발했다는 제휴 회사의……."

고이즈미가 고개를 저었다. 더 듣기를 거부한 것이다.

"그런 건 중요치 않아. 디자인을 훔쳤다느니 도둑맞았다느니 하며 트집을 잡았던 건 사실이잖아."

"트집이 아니에요."

하마나카가 입술을 핥았다.

"들어 보세요, 사장님. 그 신상품이라는 게 원래 제가 생각해 낸 디자인입니다. 그걸 'BLUE SNOW'의 사장이 무단으로 훔쳤단 말이에요."

고이즈미가 이번에는 양손을 얼굴 앞에서 흔들었다.

"그런 얘기는 듣고 싶지 않아. 잘 들어. '하나야'를 적으로 돌리고 우리같이 조그만 보석 가게가 살아남을 거라고 생각하나? 중간 도매상에게 따돌림을 당하면 당장 굶어 죽고 말 거야."

"……무슨 말을 들으셨어요?"

"들었고말고. 넌지시, 이번만은 봐주겠다고 하더군. 그러니까 나도 이번 한 번은 너그럽게 봐줌세. 다시는 이런 일이 없도록 하게."

잔뜩 퍼부으며 고이즈미는 하마나카의 얼굴에 삿대질을 해 댔다. 때가 낀 고이즈미의 손끝을 바라보며 하마나카는 조금 전에 가토에게 들은 말을 떠올렸다.

이런 식으로 섣불리 대들다가 당하는 쪽은 당신…….

●

4

하마나카와 헤어진 가토는 밤바람을 맞으며 역을 향해 걸었다. 머릿속에서 갖가지 생각이 소용돌이치다가 형태를 이루어 가고 있었다.

신카이 미후유가 하마나카를 처음 유혹했을 때는 그에게 반지 디자인에 관한 독창적인 아이디어가 있다는 사실을 몰랐을 것이다. 그렇다면 유혹 그 자체의 목적은 '하나야'에서 지위가 상승하는 것뿐이었다고 생각된다. 하마나카를 발판 삼아 도약하자는 것이다. 실제로 그녀는 하마나카의 도움으로, 입사한 지 얼마 안 되어 '하나야'의 중추인 보석 귀금속 매장에 배치되었다.

그런데 하마나카와 교제를 계속하다가 그녀는 그에게 또 다른 이용 가치가 있다는 사실을 깨달았다. 바로 획기적인 반지 디자인이다. 그걸 잘만 활용하면 자신이 사업을 일으킬 수도 있겠다고 생각했다.

그래서 하마나카의 디자인을 가로채려고 했는데, 그러자니 오히려 그의 존재가 걸림돌이 되었다. 디자인 도용으로 시끄러워지지 않으려면 그를 '하나야'에서 내쫓아야 했다. 더 나아가 나중에라도 귀찮게 굴지 못하도록 할 필요가 있었다.

그래서 꾸민 일이 그 일련의 사건이었던 것이다.

여직원 모두를 스토킹한다는 아이디어는 상당히 기발했다. 미후유 한 사람에게만 그랬다면 하마나카가 잘리지는 않았을 것이다. 하지만 그 대상이 여직원 전원이다 보니 '하나야'로서도 무시할 수 없었던 것이다. 그리고 여러 피해자 중 하나라는 입장을 고수한 덕분에 미후유는 하마나카와의 관계를 지속적으로 부인할 수 있었다.

하지만 '하나야'에서 쫓겨났다고 해서 하마나카가 미후유에게 집착하지 않으리라는 보장은 없었다. 그래서 사건을 하나 더 꾸몄다. 그것이 독가스 사건이다.

지하철 사린가스 사건으로 경찰 전체가 긴장해 있던 시기다. 독가스 유출 사건이 발생하자 심지어 공안까지 출동했다. 설사 모방범이라 하더라도 반드시 체포해야 한다는 분위기가 수사진 내부에 감돌았다. 범인으로 의심되는 사람을 장기간 감시하는 일도 마다하지 않았다. 그 결과 하마나카는 미후유는 물론이고 '하나야' 관계자 그 누구에게도 접근할 수 없었다. 그것이야말로 미후유의 목적이 아니었을까.

신카이 미후유는 정말 끔찍한 여자다. 자신의 목적을 이루기 위해서라면 그 누구든 봐주지 않는다. 남의 불행에는 전혀 아랑곳하지 않는다는 가치관을 지녔다.

그렇다 해도, 그런 식으로까지 하마나카를 쫓아낼 필요가 있었을까. 뒤에서 잘 조종해 계속 이용하는 방법도 있지 않았을까.

마음에 걸리는 점은 하마나카가 미후유의 고향을 방문했다는 사실이다. 그때 그녀는 화를 냈다고 한다. 그러고 나서 사건이 발생했다.

'그때는 진지했어요. 그 여자를 놓치고 싶지 않았어요. 그래서 그녀의 일이라면 뭐든지 알고 싶었습니다. 그 여자에게는 그런 식으로 남자를 미치게 하는 뭔가가 있어요.'

하마나카가 간절한 눈빛으로 했던 말이 되살아난다.

옆에서 보기에는 우스꽝스럽지만, 하마나카의 행동이 이해되지 않는 것은 아니다. 그러나 그것이 미후유에게는 꺼림칙했던 것 아닐까.

또 하나 가토의 뇌리를 스치는 것이 있었다. 소가 다카미치 실종 사건이다. 소가는 신카이 미후유가 부모님과 함께 찍은 사진을 그녀에게 전하려고 했다. 그런데 그러기 직전에 사라졌다. 지금도 소식을 알 수 없다.

하마나카와 소가, 두 사람은 신카이 미후유의 과거를 건드리려고 했다. 그리고 결국 그녀 앞에서 모습을 감추고 말았다. 소가는 생사조차 확인되지 않는다.

이번에는 내가 스토커가 될 수밖에 없는 건가.

밤의 어둠을 향해 가토는 슬그머니 미소를 지었다.

8장

1

1999년 1월 1일.

아키무라 저택에서는 연례행사인 신년회가 열리고 있었다. 1층 거실과 응접실은 칸막이를 걷어 내게 되어 있어, 그 두 공간을 합치면 20평 정도의 연회장으로 변신한다. 그곳에 테이블들이 펼쳐져 있고, 예전부터 이용해 온 요릿집에서 배달해 온 설 음식이 그 위에 차려져 있다. 테이블을 둘러싼 사람들은 모두 친척이다. 그중에는 '하나야'의 중역도 있다.

누군가 큰 소리로 웃었다. 아키무라 다카하루의 외삼촌이다. 옛날부터 술만 들어갔다 하면 상대가 누구건 가리지 않고 연설을 하는 버릇이 있는데, 나이가 들면서 그 버릇이 더 심해졌다.

"옛날에는 말이지, 21세기란 차가 공중을 날아다니는 세상일 거라고 생각했어. 만화 같은 데 그렇게 그려져 있었거든. 만화뿐이 아니지. 잘난 학자들까지 똑같은 소리를 했어. 누구나 우주여행을 하게 될 거라고도 했고 말이야. 그런데 어때? 기껏해야 너도나도 휴대 전화를 들고 다니는 정도잖아. 자동

차는 여전히 땅 위를 굴러다니고, 낡은 기상 위성을 처리하지 못해서 애를 먹고 말이야. 문명의 발달이라는 게 결국은 그런 정도야."

조금 전까지만 해도 자신이 이 나이까지 살아 있을 줄 몰랐다느니 건강에 유의하며 살기를 잘했다느니 하는 얘기를 늘어놓고 있었는데 모두가 적당히 맞장구를 치는 사이에 연설의 주제가 바뀌었나 보다.

그런 외삼촌에게 미후유가 술병을 들고 다가갔다. 내친김에 술을 따라 주기까지 한다. 외삼촌의 벌건 얼굴에 함박웃음이 번졌다.

"아니, 그런데 다카하루도 참 엉큼해. 그 나이를 먹도록 장가를 안 가서 애를 태우더니, 뭐야, 이렇게 좋은 사람을 숨겨 두고 있었잖아. 이런 미인이 있으니까 우리가 아무리 혼담을 건네도 들은 척도 하지 않았던 거야."

그의 말에 고개를 끄덕이는 사람도 있었지만, 대개는 피식거리며 웃었다. 다카하루가 미후유와 결혼한 지도 1년 가까이 지났다.

"이제 그 얘기는 식상해요. 해도 바뀌었는데, 다른 얘기를 하시죠."

집주인 다카하루가 넌더리가 난다는 표정으로 손사래를 쳤다. 그는 기모노 차림이었다. 지은 지 얼마 되지 않은 것으로,

옷감을 미후유가 골랐다고 한다. 미후유 역시 기모노 차림이다. 옷매무새가 빼어나고, 그런 차림으로 움직이는 데 익숙해 보였다.

그러면 말이야, 하고 다른 친척이 아이 얘기를 꺼냈다. 다카하루 내외가 하루빨리 후계자를 낳지 않으면 안심할 수 없다는 내용이다. 다른 친척들도 그 얘기에는 동조했다. 그게 어디 사람 뜻대로 되는 일이냐고 다카하루가 대답했다. 미후유는 조금 부끄러운 듯이 고개를 숙이고 있다가 이내 주방으로 들어갔다.

"그만들 해요. 새색시를 그렇게 놀리면 못써."

숙모가 사람들을 나무랐다.

"미후유를 놀린 게 아니라 우리 '하나야'의 젊은 사장을 놀린 거야. 열대여섯 살이나 어린 데다 미인이기까지 한 신부를 맞아들인 행운아를 말이야."

"다카하루 형이 행운아인 건 사실이에요. 형수님이 미인일 뿐만 아니라 능력도 있으니까 말이에요. 그런데도 젠체하지 않잖아요. 게다가 불손하게 굴지도 않고. 다카하루 형한테는 아까워요."

다카하루보다 두 살 아래인 사촌 동생이 말했다.

"이럴 줄 알았으면 나도 서둘러 결혼하는 게 아니었는데 ……. 느긋하게 기다릴 걸 그랬나 봐요."

"무슨 소리야. 다카하루 씨니까 이 나이라도 괜찮은 거지, 당신 같은 배불뚝이한테 누가 오겠어?"

옆에 앉아 있던 그의 아내의 말에 웃음판이 벌어졌다.

1년 전 홀연히 아키무라 집안으로 시집온 신부를 집안사람들은 그런대로 호의적으로 바라보는 것 같았다. 작년 여름 제사 때문에 모였을 때도 그녀의 적절한 처신과 분별력 있는 태도에 모두가 감탄했다. 젊은 사람이 대단하다. 저 정도면 다카하루의 반려자로 손색이 없다는 의견들이었다.

오늘도 미후유는 아침부터 부지런히 움직이고 있다. 가사 도우미 두 명에게 일을 지시하는 데도 빈틈이 없었다. 속속 찾아오는 친척들에게 인사할 때도 다카하루를 먼저 치켜세우고, 상대가 기분 좋게 느끼도록 대응하는 데 실수가 없었다.

그러다 보니 그녀에 대한 평판이 좋은 건 당연하지만, 구라타 요리에만은 그런 상황을 싸늘한 눈으로 바라보았다. 그녀는 사람들이 자신을 놀려 대는데도 싫어하지 않는 동생의 모습을 보며, 저 아이는 도무지 철이 들지 않는다고 한심해했다.

요리에는 다카하루보다 세 살 위다. 학업 성적도 리더십도 동생에게 뒤진다고 생각한 적이 한 번도 없지만, 자신이 '하나야'의 후계자가 된다는 의식은 어렸을 때부터 가져 본 적이 없다. 부모님이 예전부터 후계자는 다카하루라고 못을 박아 뒀기 때문이다. 그래서 그녀는 고등학교 시절부터 화가를 꿈꿔

왔다. 여자 대학을 다니던 시절에는 1년간 파리에 유학하기도 했다. 하지만 아쉽게도 화가는 되지 못하고 대학 졸업 2년 후에 중매결혼을 했다.

"요리에 언니는 이제 걱정거리가 하나도 없겠어."

옆에서 사촌 동생이 말을 걸었다.

"고이치도 어엿한 성인이 되었고, 다카하루 오빠도 드디어 가정을 꾸렸으니 말이야."

고이치란 요리에의 장남이다. 올해 스물다섯이 된다. 의대를 나와 지금은 대학 병원에서 일하고 있다.

"고이치는 아직 어엿한 성인이라고 말하기 힘들어. 다카하루 걱정은 해 본 적도 없고."

"언젠가는 신붓감이 나타날 거라고 믿었던 말이야?"

"그게 아니라, 시답잖은 상대와 결혼하느니 독신으로 지내도 괜찮지 않을까 싶었어. 도우미 아주머니가 있어서 그리 불편해 보이지도 않았거든."

"그래도 일단은 안심이잖아. 저렇게 젊고 야무진 사람이 들어왔으니."

"그렇지, 뭐."

사촌 동생의 의견이 자신의 생각과는 전혀 달랐지만, 요리에는 그냥 그렇다고 해 두기로 했다.

요리에 남매의 아버지는 7년 전에 세상을 떴다. 그 직전에 아버지는 그녀를 머리맡으로 불러 다카하루를 잘 부탁한다고 말했다. 아버지는 당신이 암에 걸렸으며 살 날이 얼마 안 남았다는 것을 알고 있었다.

"그 녀석이 일은 잘해. '하나야'도 아마 잘 꾸려 갈 거다."

아버지는 야윌 대로 야윈 목을 간신히 움직여 말했다.

"걱정되는 건 가정이야. 내가 그 녀석에게 일만 가르쳤지, 가정을 어떻게 꾸려야 하는지는 가르치지 않았어. 네 어머니가 살아 있었다면 그러지 않았을 텐데 말이다."

남매의 어머니가 돌아가신 지도 20년이 되었을 때였다.

제가 좋은 상대를 찾아 줄게요, 하고 요리에는 아버지에게 말했다. 아버지는 병상에서 고개를 끄덕였다.

"잘 부탁하마. 그 녀석은 제 생각만큼 엄격한 사람이 아니야. 이상한 여자에게 빠지지 않을까 걱정이구나. 여자는 여자가 아는 법이잖니. 그러니 잘 부탁한다."

"알았어요. 하지만 아버지도 기운 내세요. 둘이서 같이 다카하루의 신붓감을 찾아야죠."

그녀의 말에 아버지는 맥없이 미소를 지었다. 형식적인 말에 불과하다는 것을 잘 아는 눈빛이었다.

죽기 전까지 아버지의 가장 큰 걱정거리는 다카하루의 뒤를 이을 자식이 없다는 것이었다. 당대에 '하나야'를 일군 그로서는 어떻게든 그걸 직계 자손에게 물려주고 싶었던 것이다.

아버지의 유언을 받들려고 요리에는 때때로 다카하루에게 혼담을 들이밀었다. 그러나 다카하루는 도무지 귀담아들으려 하지 않았다.

"내 상대는 내가 찾겠어. 다른 사람이 찾아 주기를 바라지 않아."

"그러다가 마흔을 넘겼잖아. 너, 정말 아무도 안 오게 되면 어쩌려고 그래?"

누나의 그런 위협도 효과가 없었다.

"상대를 못 찾으면 못 찾는 대로 괜찮아. 노후에 외롭지 않을 만큼은 친구도 있고. 아무튼 나는 타협해서 결혼하는 멍청한 짓은 하지 않을 거야."

"하지만 자식이 없으면 '하나야'는 어떻게 해?"

"어떻게 하고 말고 할 것도 없어. 우리가 왕족이야? 혈연이 아니라도 우수한 인재에게 맡기면 돼. 회사를 대대손손 물려줘야 한다는 생각은 시대착오적이야."

요리에뿐 아니라 그에게 혼담을 들고 오는 사람 모두가 이런 반격을 당했다. 그리고 마침내는 아무도 그에게 결혼을 권하지 않게 되었다. 요리에마저 포기한 상태였다. 그런데 느닷없이 다카하루가 결혼하겠다고 선언한 것이다.

저녁이 되자 친척들이 하나둘 돌아갔다. 각자 내일의 일정이 있는 것이다. 정월 초하루의 신년회는 일찍 마무리하는 것이 예전부터의 관례였다.

마지막 손님을 배웅하고 난 요리에는 자기 어깨를 주물렀다. 그녀도 집에 돌아가야 하겠지만, 왜 그런지 자꾸만 여전히 본가 사람인 것처럼 행동하게 된다.

"아이고, 이제야 설날 임무에서 해방되었네."

거실에서는 다카하루가 소파에 앉아 다리를 쭉 뻗었다. 술이 제법 센 그인데도 얼굴이 약간 벌겠다. 테이블 위는 이미 대충 치워져 있었다. 주방에서 설거지하는 소리가 들렸다.

"올케는?"

"뒷정리하고 있어. 아주머니에게 맡기라는데도 그러네."

진절머리 난다는 표정을 짓고 있지만 그의 말투에는 아내의 부지런함을 자랑스러워하는 기색이 짙게 배어 있었다.

요리에도 소파에 앉으며 벽 앞 장식장으로 시선을 주었다. 그 위에 놓인 것들에 신경이 쓰였다.

"다카하루, 저거 연하장이니?"

요리에가 동생에게 물었다.

"어? 아아, 응."

"엄청나게 많이 왔네. 몇 장이나 될까?"

"글쎄, 세어 보지 않아서……, 천 장쯤 되나……?"

"전부 너한테 온 거니?"

"저기 있는 건 그래. 아직 내용은 거의 못 봤어. 아버지 앞으로 온 건 없더라."

2, 3년 전까지는 아버지 앞으로도 몇 통은 왔었다.

"올케 앞으로 온 연하장도 있어?"

요리에가 목소리를 낮춰 물었다.

"있지, 물론. 이리로 보내 주도록 신청해 놓았으니까."

"그래도 사업상 아는 사람들은 회사로 보내지 않을까?"

"그야 그렇겠지."

"흠, 몇 장쯤 돼?"

"뭐가?"

"이리로 온 올케 연하장 말이야."

요리에의 질문에 다카하루는 인상을 찌푸렸다.

"그걸 어떻게 알아. 보낸 사람을 체크하다가 미후유에게 온 걸 따로 빼놓았을 뿐인데. 워낙 많아서 보낸 사람을 확인하는 것만도 보통 일이 아니야."

"정확한 숫자가 아니라도 괜찮아. 많은지 적은지 정도는 알 수 있잖아."

"그야 나보다는 적지."

"쉰 장 정도?"

"그렇게 많지는 않은 것 같던데. 그런 걸 왜 물어?"

못마땅한 눈초리로 바라보는 동생을 보며, 이런 표정은 어릴 적과 하나도 달라지지 않았다고 요리에는 생각했다.

"친구나 옛날 지인들한테 온 게 얼마나 되나 싶어서."

"또 그 얘기야?"

다카하루가 입술을 실쭉거리며 담뱃갑으로 손을 뻗었다.

"누나, 너무 집요한 거 아니야?"

"신경이 쓰이니까 그렇지."

"그러니까 그걸 신경 쓰는 사람이 이상하단 말이지. 미후유가 한신 아와지 대지진 때 무슨 일을 당했는지 알잖아. 부모님이 모두 돌아가셨어. 그 탓에 인간관계도 전부 끊겼고. 대체 뭐가 이상하다는 거야?"

"부모님 집이 완전히 무너졌다는 얘기는 들었어. 하지만 올케는 애초에 거기서 나고 자란 게 아니잖아. 그런데 지진으로 그때까지의 인간관계가 모조리 끊겼다는 게 말이 돼?"

"전에도 말했잖아, 부모님과 함께 살 생각으로 귀향했다가 지진을 만나서 주소록이고 앨범이고 전부 잃어버렸다고 말이야. 어쩔 수 없이 도쿄로 올라왔는데, 그녀와 옛날부터 알던 사람들은 그 사실을 모르기 때문에 서로 연락하려고 해도 알 수 없다는 거야."

"상대방은 그럴지 몰라도 올케는 연락하겠다고 마음만 먹으면 무슨 수를 써서라도 할 수 있지 않겠어? 설사 주소록이 불타 없어졌대도 말이야."

"나 참, 누나. 대체 무슨 말이 하고 싶은 거야?"

다카하루는 입에 물려던 담배를 도로 담뱃갑에 집어넣었다. 목소리에 짜증이 배어 있었다.

"아니, 뭐, 딱히. 그저 좀 이상하다는 거지."

다카하루가 한숨을 쉬더니 고개를 저으며 일어났다.

"어디 가?"

"기모노는 움직이기 불편해서 갈아입으려고."

그리고 문으로 향하던 그가 걸음을 멈추고 돌아보았다.

"분명히 말해 두겠는데, 지금 한 얘기, 미후유 앞에서는 절대 하지 마. 아니, 미후유 앞에서뿐만 아니라 다른 데서도 하지 마."

"알았어, 안 해."

요리에의 대답을 들은 다카하루는 입을 한일자로 굳게 다물고 거실에서 나갔다.

문이 닫히기를 기다리던 요리에가 일어서서 장식장 앞으로 다가가 연하장 무더기를 내려다보았다. 아무리 봐도 모두 다카하루 앞으로 온 것이었다. 주위를 둘러보고 서랍도 열어 봤지만 미후유에게 온 연하장은 찾을 수 없었다.

결혼하고 싶은 상대가 있다고 다카하루에게 처음 들었을 때가 재작년 가을이다. 그때 요리에는 단순히 기뻤다. 본인이 꿈꾸던 상대를 찾았다면 더할 나위가 없다고 생각했다. 상대 여성이 최근에 '하나야'와 제휴한 회사의 경영자라는 사실을 알았을 때도 별다른 거부감은 없었다. 앞으로는 여성 기업가가 늘어날 테고, 동생의 결혼 상대가 우연히 그런 여성일 뿐이다. 오히려 이왕 '하나야'의 사장 부인이 될 바에는 사업을 전혀 모르는 사람보다 잘 아는 사람이 낫다고 생각했다. 다만 가정을 꾸려 간다는 측면에서는 아내가 너무 바쁘지 않을까 하고 우려하기는 했다. 그러나 다카하루는 그녀의 우려를 웃어넘겼다.

"미안하지만 누나, 나는 가정을 꾸린다는 의식이 없어. 그녀와 최대한 함께 지내고 싶어서 가장 단순한 방법을 선택했을 뿐이지. 그러니까 그녀에게 집안일을 시키거나 아키무라 집안의 고리타분한 전통을 강요할 생각이 없어. 결혼 후에도 그녀와 좋은 파트너 관계를 유지할 계획이야."

다카하루다운 말이었다. 아버지가 살아 계셨다면 뭐라고 하셨을까 싶었지만 요리에는 잠자코 있기로 했다. 동생이 결혼할 마음을 먹은 것만으로도 기뻤다.

상대 여성과는 그 며칠 후에 만나게 되었다. 동생의 애기로 미루어 활달한 커리어 우먼을 상상했다. 젊은 나이에 회사를 일으켰을 정도니 상당히 기가 센 성격일 터였다. 낡은 인습에 얽매이지 않겠다고 온몸으로 어필할지도 몰랐다. 거기에 대해서는 일단 이러니저러니 하지 않기로 했다.

그런데 다카하루가 데려온 여성은 요리에의 그런 상상과는 전혀 달랐다.

신카이 미후유는 차분하고 조심스러운 여성으로 보였다. 물론 묻는 말에 똑 부러지게 대답하고 자신의 의견이 분명한 점으로 미루어 심지가 굳은 성격인 건 알 수 있었다. 그러나 번번이 다카하루를 앞에 내세우려고 하는 태도나 나서려고 하지 않는 자세 등에 여성 기업가로서의 면모는 엿보이지 않았다. 긴장한 탓인가 생각하기도 했지만, 잠시 얘기를 나누는 동안 그렇지 않다는 걸 깨달았다. 신카이 미후유에게는 여유가 느껴졌다. 결혼 상대의 누나를 만나는 정도는 아무것도 아니라는 듯한 여유였다. 일부러 한발 물러서 약혼자와 그 누나가 나누는 대화를 즐기고 있었다.

나쁘게 표현하자면 연기하고 있는 것처럼 보였다. 물론 그런 자리에서 사람은 어느 정도 연기를 하는 법이다. 그러나 미후유의 태도는 그처럼 단순하고 본능적인 것이 아니었다. 그녀는 아키무라 집안의 며느리로서 걸맞은 여성상을 미리 세워 놓고 완벽하게 그것을 연기하고 있었다. 적어도 요리에에게는 그렇게 보였다.

다카하루에게 미후유가 평소에도 그런 사람이냐고 나중에 묻자 다카하루는 "약간 긴장했나 봐. 보통은 말이 조금 더 많아. 누나가 무서웠던 게지." 하고 쾌활한 목소리로 대답했다.

신카이 미후유는 긴장 따위는 하지 않았고 결코 나를 무서

위하지도 않았다고 요리에는 생각했다. 그리고 그걸 알아채지 못하는 동생을 보며 그 녀석은 제 생각만큼 엄격한 사람이 아니라고 했던 아버지의 말을 떠올렸다. 요컨대 요리에는 여자의 직감으로 그 여성이 다카하루에게는 어울리지 않는다는 사실을 알아챘던 것이다.

그러나 다카하루의 혼사는 일사천리로 진행되었다. 요리에가 끼어들 구석이라고는 없었다. 반대하는 이유를 물었을 때 단순한 직감이라고 대답하면 다카하루에게 바보 취급을 당할 터였다.

신카이 미후유의 신상을 조금 더 조사했어야 하지 않았을까 하고 지금도 요리에는 후회한다. 그런 생각이 전혀 없었던 것은 아니지만, 친정이 지진으로 피해를 입었다는 얘기를 듣고, 그렇다면 조사할 방법이 없겠다고 섣불리 결론짓고 말았다. 미후유가 태어나고 자란 곳이 실은 교토라는 사실은 결혼식이 끝나고 얼마 있다가 알았다.

그리고 '하나야'의 사장이 마침내 신부를 맞이하는 결혼식치고는 소박하고 소규모로 행사가 치러졌다. 다카하루의 의사라고는 하지만 미후유의 의향이 상당히 반영되지 않았을까 하고 요리에는 느꼈다. 신부 측 참석자가 놀랄 만큼 적었기 때문이다. 게다가 몇 안 되는 참석자마저 'BLUE SNOW' 관계자뿐으로, 친척은커녕 학창 시절 친구조차 없었다.

미후유에 대한 요리에의 불신감이 커진 것은 그 무렵부터라고 할 수 있다. 아무리 지진으로 인간관계가 끊겼다고 해도 과거의 인연이 전부 사라졌다는 건 이해하기 힘들었다. 마치 미후유가 과거를 숨기려고 하는 것처럼 느껴졌다.

"지나친 생각이야."

요리에의 염려에 다카하루는 불쾌감을 노골적으로 드러냈다.

"결혼식을 소박하게 치른 건 우리 두 사람이 합의해서 결정한 일이야. 이 나이에 요란을 떨고 싶었겠어? 그녀는 내 생각을 따랐을 뿐이야."

"아무리 그래도 친구 정도는 초대할 수 있었잖아. 혹시 올케에게 부를 만한 친구가 하나도 없는 거 아니야? 그건 그것대로 문제고."

"그녀가 꼭 초대하고 싶은 사람은 모두 초대했어. 그걸로 충분하잖아."

"그래도 옛날부터 알고 지내던……."

그녀의 말을 다카하루가 도중에 가로막았다.

"배려심 없는 소리 좀 하지 마. 그녀가 지진으로 얼마나 고생했는지는 얘기했잖아. 세상에는 과거에 얽매이고 싶지 않은 사람도 있는 법이야."

무슨 말을 해도 다카하루는 귀담아들으려고 하지 않았다.

결혼 후 미후유는 아키무라 집안의 며느리 역할을 더할 나위 없이 잘하고 있다. 그럼에도 요리에는 납득할 수 없었다. 미심쩍은 일이 한두 가지가 아니었다.

몇 년 전에 있었던 '하나야'의 독가스 사건 때, 당시 플로어 매니저였던 하마나카가 체포되었다. 그런데 그 혐의가 독가스 사건과 직접 관련이 있지 않고 부하 직원의 우편물을 훔쳤다는 이유였다. 당시 '하나야'에서는 수상한 남자가 여직원 여럿의 주변을 맴돈 사건도 있었다.

그때 우편물을 도둑맞은 사람이 바로 미후유였다. 하마나카는 결국 독가스 사건과 무관한 것으로 밝혀져 풀려났지만 회사에서는 잘리고 말았다. 하마나카는 신카이 미후유의 우편물을 훔친 건 사실이지만 그건 그녀가 자신의 애인이기 때문이었으며 다른 여직원들을 스토킹하지는 않았다고 일부 상사에게 해명했다. 그러나 미후유는 하마나카의 말을 완강하게 부인했고, 상사들도 하마나카가 괴로운 나머지 거짓말을 한 거라고 판단했다.

요리에는 그 애기를 다카하루가 미후유와 결혼하고 나서야 들었다. 애기한 사람은 그저 우스갯소리를 할 요량이었겠지만, 요리에는 그 일이 마음에 걸렸다. 게다가 최근에는 이상한 소문이 나돌았다. 하마나카가 작년 봄에 'BLUE SNOW'에 나타났다는 것이다.

미후유는 정말 하마나카와 아무 일도 없었을까. 다카하루에게 묻자 예상대로 그는 불같이 화를 냈다.

"그런 옛날 일을 지금 들춰서 어쩌자는 건데? 그 사건에 관해서는 나도 들었고 미후유도 상당히 골치 아팠다고 했어. 하마나카가 일방적으로 미후유를 좋아했던 모양이고 미후유에게는 그런 마음이 전혀 없었다는 거야. 'BLUE SNOW'에 나타난 이유도 괜한 트집을 잡으려고 한 거였어. 두 번 다시 그녀에게 접근하지 못하도록 내가 못을 박았어."

미후유의 말이 사실인지 어떻게 아느냐고 요리에가 묻자 그는 더 화를 냈다.

"그 당시에 경찰이 수사를 대대적으로 했어. 그런데 거짓말이 통했겠어? 하마나카가 다른 여직원들에게 이상한 짓을 했던 건 분명한 사실이야. 놈이 미후유와 특별한 관계라고 말한 이유는 그녀의 우편물을 훔치다가 들켰기 때문이고. 다른 사람을 스토킹하다가 들켰다면 전혀 다른 소리를 했을 거야. 어쨌든 나는 미후유를 믿고, 털끝만큼도 의심하지 않아. 그러니까 누나도 두 번 다시 그런 소리는 입에 담지 마. 그 일로 그녀도 상처를 받았으니까."

분노를 터뜨리면서 한 말이기는 하지만 다카하루의 말에는 일리가 있었다. 그런데도 요리에는 수긍할 수 없었다. 미후유의 첫인상이 자신의 감각을 왜곡했는지는 모르겠지만, 뭔가 정체를 알 수 없는 불길함을 미후유에게서 느꼈다.

다시금 미후유를 조사해 볼까 하는 생각이 때때로 고개를 들었다. 그러나 생각만 할 뿐 실행에 옮기지는 못했다. 결혼 전이라면 모를까 이미 결혼한 마당에 조사원을 고용하기도 뭣했다. 그랬다가 소문이라도 나면 곤란하기 때문이었다.

그렇게 시간이 흘러 벌써 1년이 지났다. 이제 와서 어쩌겠느냐고 스스로를 타일러 보지만, 문득문득 마음에 걸리는 건 어쩔 수 없었다. 연하장만 해도 그렇다. 정말로 미후유는 단지 연락이 안 되어서 예전에 알던 사람들과 교류가 끊겼을까.

소파에 앉아 이런저런 생각을 하고 있는데 미후유가 주방에서 돌아왔다. 기모노 위에 앞치마를 두르고 있다. 시누이를 보자 그녀는 앞치마를 벗으려던 동작을 멈췄다.

"어머, 형님."

"아아, 올케. 오늘 수고 많았어. 피곤하지?"

"형님이야말로 손님을 상대하느라 피곤하시죠? 오늘은 아주버님도 안 계시고……."

요리에의 남편 구라타 시게키는 항공학 박사로 지금은 시애틀에 있다. 현지 항공기 회사와 공동 연구를 진행하고 있다. 정초에 돌아오지 못할 거라는 말은 전부터 해 왔다. 그곳에서 혼자 지내는 생활이 올해로 3년째. 귀국은 1년에 한두 번뿐이다.

"내가 피곤할 일이 뭐가 있어. 옛날부터 잘 아는 친척들뿐인걸. 다카하루가 올케에게 좀 더 신경을 써 주면 좋을 텐데."

"아니에요. 저는 괜찮아요."

미후유도 소파에 앉았다.

"올케는 교토에 가지 않아도 돼?"

요리에가 넌지시 물었다.

"그쪽에도 아는 사람이 있을 거 아니야. 정월에는 한 번쯤 얼굴을 비치는 게 좋지 않을까?"

옷을 갈아입고 오겠다던 다카하루가 좀처럼 나타나지 않았다. 이런 얘기를 꺼낼 기회는 지금뿐이었다.

"교토요……."

미후유는 요리에에게서 시선을 돌리고 먼 곳을 보듯 아련한 표정을 지었다.

"한동안 못 가 봤어요. 간다 해도 제가 태어나고 자란 집은 이제 없지만요."

"그럼 오랜만에 한번 가 보는 게 어때? 학창 시절 친구들은 살고 있을 거 아냐."

"글쎄요, 일단 서로 연락이 전혀 없어서요."

미후유는 요리에를 바라보며 고개를 저었다.

"이렇게 결혼까지 했는데, 그 소식을 아무에게도 전하지 않으면 섭섭하잖아. 특히 교토는 올케에게 그리운 곳일 텐데."

"네, 그야 그렇죠."

"그럼 꼭 한번 가 봐야겠네."

요리에는 약간 힘주어 말하고 나서 미후유의 반응을 살폈다.

"그러네요."

그녀가 선뜻 대답했다.

"저도 틈을 봐서 다녀오려고 했어요. 바빠서 계속 미루기만 했는데, 어쩌면 좋은 기회일지도 모르겠네요."

그녀의 태도에는 조금도 흔들림이 없었다.

"아, 그래! 마침 나도 교토에 가고 싶던 참인데, 우리 같이 갈까? 이삼 일 거기서 느긋하게 지내다 오자. 올케 고향도 구경할 겸."

만일 미후유의 과거에 뭔가 비밀이 있다면 이런 제안을 껄끄러워할 터였다. 요리에는 그녀가 완곡하게 거절할 거라고 예상했다.

그런데 미후유는 표정이 확 밝아지더니 이렇게 말했다.

"그거 좋은 생각이네요. 저도 형님과 함께라면 심심하지 않을 거예요."

요리에의 맥이 빠질 만한 반응이었다.

"그동안 교토도 많이 변했을 거예요. 물론 예전부터 있었던 이름 있는 가게들은 그대로겠지만요. 여기저기 안내해 드릴게요."

그녀의 말투에는 요리에의 제안을 회피하려는 기색이 없었다.

"그럼 지금 정하자. 언제 갈까? 나는 언제라도 괜찮은데."

"그래요? 지금은 스케줄 표가 없어서 확실히 말씀드리기가 힘들지만⋯⋯."

그리고 미후유는 잠시 생각하는 표정을 지었다.

"이번 달 말쯤에는 아마 시간이 날 거예요."

"어머, 정월 연휴 기간에는 안 되겠어?"

"네. 다카하루 씨와 함께 가야 할 약속이 있어서요."

"그래⋯⋯."

"그리고 연휴 끝나고는 회사가 여러모로 바쁘니까 이삼 일이나 자리를 비우기 어려울 거예요. 하지만 월말쯤이면 여유가 생길 것 같은데, 그때는 가기 어려우세요?"

"아니야, 방금도 말했지만, 난 언제든 괜찮아. 그럼 월말에 가는 거로 하자."

"네, 그때가 기다려지네요."

미후유가 웃으며 대답하는데 계단을 내려오는 발소리가 들렸다. 요리에는 서둘러 미후유에게 말했다.

"이 얘기는 다카하루에게는 비밀이야. 괜히 질투하면 곤란하니까."

미후유는 잠시 어리둥절한 표정을 짓더니 이내 환하게 웃으면서 고개를 끄덕였다.

좋았어, 하고 요리에는 생각했다. 함께 미후유의 고향에 가면 뭔가 알아낼 수 있을지 모른다. 그리고 만약 아무 문제가 없다면 그보다 좋을 것이 없다.

"둘이서 뭘 그렇게 속닥거려?"

다카하루가 들어서며 물었다.

"속닥거리기는, 뭘. 그렇지?"

요리에가 미후유에게 눈짓했다.

●

2

마사야가 역으로 걸어갈 때였다. 몇 미터 앞에서 누군가 걸음을 멈췄다. 고개를 숙이고 있던 그에게는 발끝밖에 보이지 않았지만 그는 그 사람이 누군지 직감으로 알았다. 시선을 위로 올리니 다운재킷을 걸친 유코가 그를 지켜보고 있었다. 손에 슈퍼마켓 봉지가 들려 있었다.

마사야는 다시 시선을 떨어뜨리고 발의 방향을 살짝 바꿨다. 그녀의 곁을 스쳐 지나갈 작정이었다.

"마사야 씨."

그녀가 그를 불렀다.

마사야는 걸음을 멈췄다. 그러나 고개는 여전히 숙이고 있었다.

"어디 가요?"

틈을 조금 두었다가 그가 대답했다.

"무슨 상관이야."

"일하러?"

잠자코 있자 유코가 다가왔다. 마사야는 포기하고 고개를 들었다. 그녀와 눈이 마주쳤다.

"머리가 많이 길었네."

그러나 그녀는 그 말에 대꾸하지 않은 채 다시 물었다.

"잘 지내요? 밥은 제대로 먹나?"

마사야가 빙긋이 웃었다.

"엄마 잔소리 같네."

"요즘 통 안 와서요. 이사 갔나 했어요."

"이사 갈 이유가 없지. 그럴 돈도 없고."

"요즘은 밥 어디서 먹어요, 다른 식당?"

"뭐, 그렇지. 내가 만들어 먹기도 하고."

그렇구나, 하고 그녀가 중얼거렸다. 더는 할 말이 떠오르지 않는 듯했다.

어디 가서 차라도, 라는 말을 듣고 싶은지도 몰랐다. 마사야도 오랜만에 그녀와 마주 앉고 싶은 생각이 들었다. 그러나 마주 앉아 봐야 뭘 어쩌겠어, 하는 마음도 있었다. 무엇보다 그럴 시간이 없었다. 오후 5시. 꾸물대다가 늦고 만다.

"우리 가게에 오기 싫어졌어요?"

유코가 다시 물었다.

"그런 건 아니야."

"그럼 왜?"

그녀가 다그쳐 묻자 그는 대답할 말이 궁했다. 차라리 가기 싫어졌다고 대답할 걸 그랬다며 후회했다.

"일단 말해 두겠는데, 나는 아무 신경 안 써요."

유코가 무슨 말을 하는지 이내 알아들었다. 2년쯤 전에 밤참을 들고 집으로 찾아온 그녀를 느닷없이 덮쳤다. 게다가 상대는 누구라도 상관없었다는 말까지 해서 그녀에게 깊은 상처를 주었다.

"만약 아직도 신경이 쓰인다면 마사야 씨가 우리 가게에 올 때는 엄마더러 주문을 받으라고 할게요. 그리고 나는 근처에 얼씬도 하지 않을게요."

마사야는 쓴웃음을 지었다.

"그럴 필요는 없어."

"하지만 그렇게라도 하지 않으면 안 올 거잖아요."

"나 하나 안 간다고 '오카다'에 무슨 지장이 있는 것도 아니잖아."

그녀가 애가 탄다는 듯이 고개를 저었다.

"가게 매상을 얘기하는 게 아니잖아요. 그건 마사야 씨도 알 텐데요. 나, 마사야 씨가 걱정돼요. 우리 집 음식이 맛있다고 했잖아요. 그래서 식사 걱정은 하지 않는다고요. 그런데 오지 않으니까 어쩐지 미안해서 그래요."

"유코가 사과할 필요는 없어. 잘못은 내게 있으니까."

"역시 그때 일을 신경 쓰는군요."

유코의 지적에 마사야는 입을 다물 수밖에 없었다.

"있잖아요, 나는 정말 괜찮으니까 걱정 말고 와요. 아버지도 궁금해하세요. 그 젊은 기술자가 요즘 통 안 보이는데 어떻게 된 일일까, 하고요."

'오카다'의 주인이 자신에게 신경을 쓸 리 없다고 마사야는 생각했다.

"조만간 갈게."

그는 겨우 그렇게만 대답했다.

"정말요? 정말 올 거예요?"

"그래, 갈게."

마사야가 그녀의 눈을 바라보며 대답했다. 그러고 나서 이내 그녀를 외면했다.

"아, 다행이다. 약속했어요. 당분간 기다려도 안 나타나면 내가 집까지 쳐들어갈지도 몰라요."

유코의 쾌활함이 다시 살아난 듯하다. 마사야의 입가가 자신도 모르게 벌어졌다.

"알았어. 꼭 갈게."

"그럼 나, 기다려요. 붙잡아서 미안해요."

아니야, 하고 그는 고개를 저었다. 그리고 그 자리에 선 채 유코가 웃으며 멀어져 가는 모습을 지켜보았다. 여러 가지로 생각이 복잡해졌다.

히키후네에서 아사쿠사로 나간 그는 지하철을 타고 닌교초로 향했다. 문가에 서서 창밖에 흐르는 검은 벽을 바라보며 유코와 나눴던 대화를 되새겨 보았다. 반가움과 애달픔 같은 감정이 그의 내면에서 진자처럼 오락가락했다. 그 진폭이 조금 더 커졌을 때 문득 이런 생각이 들었다.

그런 여자라면 함께 행복한 가정을 꾸렸을지도 모르는데.

평소에는 그런 생각을 하지 않으려고 기를 쓴다. 생각해 봐야 소용이 없다. 자신은 이미 인생을 선택하고 말았다. 이제 무슨 일이 남았든 지금 걷고 있는 길을 눈을 질끈 감고서라도 나아가는 수밖에 없다. 쓸데없는 생각은 하지 않는 거다. 미후유도 그렇게 말했다.

"나를 믿어. 절대 마사야를 불행하게 만들지 않을 거야. 당신을 기쁘게 해 줄게. 쓸데없는 생각은 하지 마."

해가 바뀌고 처음 만난 날 밤 미후유가 그에게 했던 말이다. 그러기 전에 그는 그녀의 입안과 손안에 한 번씩 사정했다. 그녀는 여전히 몸 안에 사정하는 걸 허락하지 않았다. 시내에 있는 시티 호텔에서였다. 결혼 전에 선언한 대로 그녀는 이제 그의 아파트에 찾아오지 않는다.

지하철이 닌교초에 도착했다. 그는 플랫폼에 내려섰다. 시곗바늘이 5시 30분을 향해 가고 있다. 예정대로다. 그는 출구로 이어지는 계단을 올라갔다.

밖으로 나온 뒤에는 신오하시 거리까지 걸어갔다. 건널목 옆에 서서 길 건너에 있는 건물을 올려다보았다. 3층 유리창에 '미후네 도예 교실'이라고 쓰여 있다.

서점에 서서 책을 읽는 척하면서 10분 정도 상황을 살피자니 건물 1층에서 여자 여섯 명이 나왔다. 마사야는 그중 한 명을 응시했다. 하얀 코트를 입고 엷은 색 선글라스를 낀 여자다. 밤색으로 물들인 머리가 어깨 조금 아래에서 찰랑거린다.

여자들의 나이는 대부분 쉰 살 전후로 비슷해 보였다. 다만 마사야가 주목하고 있는 여자만은 조금 젊어 보인다. 몸매가 망가지지 않은 덕분인지도 모른다.

그녀들이 각각 두 명과 네 명으로 갈라져 걷기 시작했다. 하얀 코트 입은 여자는 네 명 쪽에 속해 있다. 마사야는 손에 들고 있던 잡지를 내려놓고 그녀들을 놓치지 않도록 신경을 쓰면서 신호등 옆에 섰다. 신호가 좀처럼 초록으로 바뀌지 않아 조금 초조했다.

다행히 그녀들은 바로 옆에 있는 패밀리 레스토랑으로 들어갔다. 마사야는 마음을 놓으며 그제야 신호가 초록으로 바뀐 건널목을 건넜다.

레스토랑으로 들어서니 맨 안쪽 테이블을 차지한 그녀들 모습이 눈에 들어왔다. 그는 종업원이 안내하는 대로 조금 떨어진 테이블에 자리를 잡았다.

연한 커피를 마시고 담배를 피우면서 하얀 코트 여자를 관찰했다. 그녀는 지금은 코트를 벗고 회색 니트 차림이다. 목걸이를 했는데, 그 끝에서 반짝이는 보석은 진짜 다이아몬드일 것이다. '하나야' 물건이겠지, 하고 마사야는 짐작했다.

그녀는 웃는 얼굴이었지만 어딘지 모르게 따분해 보였다. 네 명 중에서 말수도 제일 적다. 그녀 맞은편에는 뚱뚱하고 차림새가 화려한 여자가 앉아 있다. 말은 대부분 그 여자가 하고, 나머지 세 명은 그녀에게 맞장구를 치는 정도다.

한 시간가량 지나자 마사야가 주시하던 여자가 자리에서 일어섰다. 코트를 손에 드는 것을 보니 돌아가려는 모양이다. 그러나 나머지 세 여자는 일어날 생각이 없어 보였다. 마침 잘되었다고 그는 생각했다.

계산서를 손에 들고 그녀보다 한발 앞서 카운터로 향했다. 찻값을 계산하면서 눈을 돌려 보니 그녀는 아직도 뚱뚱한 여자와 뭐라고 말을 주고받고 있었다. 쉽게 놔주지 않는 모양이다.

레스토랑을 나와 조금 떨어진 곳에서 지켜보았다. 몇 분 뒤

하얀 코트 여자가 나왔다. 그녀가 스이텐구 교차로를 향해 걷기 시작했다.

만일 그녀가 택시를 잡으면 자신도 서둘러 택시를 잡아야 한다. 그렇게 생각하며 마사야는 그녀를 뒤쫓았다. 그러나 한편으로 오늘도 이대로 허탕을 치는 게 아닐까 하는 생각도 들었다. 추적을 계속해 봤자 결국은 시나가와에 있는 그녀의 집 앞으로 가는 게 아닐까. 실제로 지금까지 세 차례 뒤를 밟았지만 결과는 늘 마찬가지였다.

그런데 오늘은 택시를 잡을 기미가 보이지 않았다. 건널목을 건넌 그녀는 스이텐구 쪽으로 걸었다.

마사야는 미행을 계속했고, 그녀는 스이텐구 앞을 지나쳤다. 이윽고 앞쪽에 호텔이 나타났다. 그녀가 정면 현관을 지나 안으로 들어갔다. 그는 잠시 주저하다가 계속 뒤를 쫓기로 했다.

로비에 들어서자마자 프런트로 눈길을 주었다. 체크인하는 게 아닐까 싶었던 것이다. 그러나 거기에는 그녀의 모습이 보이지 않았다. 얼른 주위를 둘러보았다. 왼쪽에 있는 개방형 티 라운지로 그녀가 들어가는 참이었다.

마사야는 그녀의 행동을 주시하면서 로비 안을 서성거렸다. 로비 안에도 소파가 놓여 있는 공간이 있다. 거기서도 라운지 안이 들여다보인다는 걸 알고 일단 라운지 안으로는 들어가지 않기로 했다.

그녀가 코트를 벗고 가장자리에 있는 테이블에 앉았다. 2인용 테이블이다. 누군가와 만날 약속이 있는 듯했다. 그녀가 시계를 힐끗 봤다. 상대가 조금 늦는지도 모른다.

드디어 성공인가, 하는 기대감이 밀려왔다. 기뻐하는 미후유의 얼굴이 떠올랐다.

며칠 전 미후유를 만났을 때 그녀가 사진 한 장을 보여 주었다. 기모노 차림의 여자가 찍힌 스냅 사진이었다.

여자의 이름은 구라타 요리에라고 했다.

"우리 시누이야. 남편은 대학교수. 지금 미국에 있어."

여자에 관해 조사해 달라고 미후유가 부탁했다.

"뭐든 좋아. 취미, 돈 문제, 무엇이든. 하지만 역시 제일 바람직한 건 남자 문제지."

그녀가 입가를 비틀며 웃었다.

무엇 때문이냐고 묻자 미후유의 얼굴에서 웃음기가 싹 가셨다.

"좀 귀찮아서. 나를 의심하잖아."

"의심하다니, 뭘?"

"여러 가지. 하마나카와의 일도 그렇고, 어쩌면 마사야와의 관계도 눈치챘을지 몰라."

"나와의 관계도? 설마……."

"그래, 그건 아직 모를 거야. 하지만 내가 숨기는 일이 있고 따로 애인이 있지 않을까 하는 정도의 의심은 품었을 수도 있어. 아무튼 골치 아파. 그대로 내버려 뒀다가는 탐정 따위를 고용할지도 몰라."

"그건…… 곤란하잖아."

"그러니까 선수를 치자는 거지."

미후유는 요리에의 사진을 손가락으로 톡톡 두드렸다.

"이 세상에 약점이 없는 인간은 없어. 일단 상대의 약점을 쥐면, 어떤 식으로 나오든 안심이잖아."

이런 말을 할 때면 그녀의 온몸에서 냉기를 품은 아우라가 뿜어져 나왔다. 옆에 있는 것만으로 마사야는 한기를 느꼈다.

"원하는 게 뭔지는 알겠는데, 내가 알아낼 수 있을까."

"그렇게 약한 소리를 하면 어떻게 해. 걱정 마. 마사야는 알아낼 수 있을 거야. 내가 눈독 들인 남자니까."

"하지만……."

마사야는 자신이 없었다. 사진 속 여자는 씩씩하고 웬만한 일에는 동요하지 않을 듯한 분위기를 풍겼다.

"만일 약점을 못 찾겠으면 만들어 내면 그만이야. 별일 아니지."

"약점을 만들어 내다니, 어떻게?"

"그건 케이스 바이 케이스. 하지만 어려운 일은 아닐 테니 나를 믿어."

미후유의 힘이 되어 주고 싶은 마음은 있었다. 자신이 뒤에서 도움으로써 그녀가 행복을 손에 쥔다면 그걸로 만족이다. 그러나 지진으로 피해를 입고 도망치듯 도쿄로 왔을 때와는 명백히 상황이 달라졌다. 미후유가 말하는 '행복'이나 '성공'이 마사야에게는 그저 허구로밖에 여겨지지 않았다.

또한 그녀의 요구가 급속도로 과격해진 것도 사실이다. 타인을 함정에 빠뜨리는 정도라면 세상이 이러니 어쩔 수 없다고 생각하겠지만, 극한까지 치닫는 그녀의 제안을 실행할 때마다 마사야는 마음의 고통을 겪었다.

내가 눈독 들인 남자니까. 마사야는 그 말의 숨은 의미를 생각해 보았다. 그 말이 사실이라면 그녀는 대체 언제 내게 눈독을 들인 것일까. 대답은 하나다.

그의 뇌리에 꺼림칙한 기억이 되살아났다. 지진 직후, 고모부의 이마를 기왓장으로 내리쳤다. 미후유가 그 광경을 목격한 게 분명하다. 그걸 본 그녀는 두려움과는 다른 감정을 마음속에 품었다. 이 남자라면 써먹을 수 있겠다. 그렇게 생각하지 않았을까.

그녀가 눈독을 들인 이상 자신에게는 이 길밖에 남지 않은 것일까. 그런 의문을 가진 채 마사야는 구라타 요리에를 계속 감시해 왔다.

드디어 요리에가 반응을 보였다. 고개를 들고 눈길을 입구 쪽으로 향한다. 마침 남자 하나가 라운지로 들어오는 참이었다. 감색 양복 차림에 까만 코트를 손에 들었다. 나이는 쉰 전후일까. 보통 키에 보통 체격, 머리는 뒤로 빗어 넘겼다. 멀리서 봐도 양복이 고급이라는 것을 알 수 있었다. 회사 간부, 아니면 그에 가까운 위치일 것이라고 마사야는 짐작했다.

요리에의 자리까지 간 남자가 고개를 숙였다. 그리고 미안한 듯한 표정으로 뭐라고 말하면서 그녀의 맞은편에 앉았다. 약속 시간에 늦어 미안하다고 사과했을지도 모른다. 연인을 대하는 태도는 아니라고 느꼈다.

남자가 수첩을 꺼내더니 뭔가 열심히 설명했다. 요리에는 들으면서 고개를 끄덕이고, 간간이 말을 하기도 했다. 무슨 대화를 나누는지 듣고 싶었지만 가까이 가는 건 위험했다. 앞으로도 요리에를 계속 감시해야 하므로 그녀에게 인상을 남기고 싶지 않았다.

상대 남자가 갑자기 일어섰다. 휴대 전화가 걸려 온 듯하다. 남자가 전화기를 귀에 대면서 라운지를 나와 마사야가 있는 쪽으로 걸어왔다.

마사야는 순식간에 소파에서 일어나 기둥 뒤로 숨었다. 앞으로의 일을 고려할 때 상대 남자에게 얼굴을 보이는 건 좋지 않다고 판단한 것이다. 경우에 따라서는 이 남자를 미행할 필요가 있을지 모른다.

기둥 옆에 재떨이가 있는 것을 본 마사야는 담배를 피우려고 자리에서 일어섰다는 듯이 코트 주머니에서 담배를 꺼냈다. 그리고 남자의 모습을 살피려고 기둥 뒤에서 얼굴을 내밀었다가 얼른 제자리로 돌아왔다. 남자가 바로 옆에 서 있었기 때문이다.

"……그래, 지금 그 손님과 만나고 있다니까. ……아직 정확한 건 모르겠지만, 수상하게 여기는 것 같지는 않아. 그저 약간 신중해졌을 뿐이야. 금액이 이만저만 큰 게 아니잖아."

남자의 말소리가 귀에 꽂혔다. 남자는 기둥 반대편에 사람이 있다는 걸 모르는 눈치였다.

"……재촉한다고 될 일이 아니잖아, 돈을 내놓는 건 저쪽인데. ……말도 안 되는 소리. 천만 엔이 한계야. 더 욕심냈다가 실패하면 본전도 못 건져. 모처럼 걸려든 봉을 놓칠 셈이야? ……그래, 일단 내게 맡겨. 끊을게."

남자가 자리를 뜨는 기척이 느껴져 마사야도 기둥 뒤에서 나왔다. 남자가 라운지로 돌아가고 있었다. 그가 요리에를 향해 살갑게 웃었다.

일이 재미있게 돌아가는군, 하고 마사야는 생각했다. 아무래도 요리에가 만나고 있는 상대는 그녀에게 뭔가에 투자할 것을 권하는 듯하다. 그리고 그 투자는 그녀에게 이익을 주는 게 아니라 아마도 그 반대일 것이다. 그들에게 그녀는 '봉'인 것이다.

천만 엔의 투자 건을 그녀는 남편에게 얘기했을까. 아마 얘기하지 않았을 것이다. 남자란 그런 일에 좀처럼 현혹되지 않는 족속이다. 하물며 그녀 남편은 과학자다. 사물을 이론적으로 사고하는 습관이 있는 인종은 쉽게 한밑천 잡을 수 있다는 얘기에 기본적으로 회의를 품는다.

남편 몰래 투자했다가 결과적으로 돈을 날리면 어떻게 될까. 대개는 그 일을 숨기려 할 것이다. 게다가 남편은 장기 출장 중이다. 금방 들통날 일은 없다.

미후유가 원하던 대로 요리에의 약점을 잡을 기회다. 문제는 상대 남자의 정체다.

얘기가 일단락되었는지 남자가 코트를 들고 일어섰다. 요리에는 여전히 앉아 있고 남자만 계산서를 들고 카운터로 걸어간다.

마사야는 재빨리 머리를 굴렸다. 요리에는 아직도 홍차를 마시고 있다. 다 마시고 나서 나갈 생각인지도 모른다. 계산을 끝낸 남자가 아래층으로 내려가는 에스컬레이터를 향해 걸어갔다. 요리에와 남자, 어느 쪽을 미행할 것인가.

마사야는 에스컬레이터 쪽으로 성큼성큼 걸어갔다. 요리에가 언제 다시 남자와 접촉할지 알 수 없다. 오늘 놓치면 남자의 정체를 알아낼 기회가 사라질지 모른다.

에스컬레이터를 타고 내려가자 지하철 스이텐구마에역으로 이어지는 통로가 있었다. 지하철이라면 미행하기도 쉽다.

그런데 남자가 통로 중간에서 방향을 틀었다. 주차장 방향이었다. 마사야는 혀를 차며 그를 뒤쫓았다.

지하 주차장에는 고급 차가 즐비했다. 그중 한 대로 다가가는 남자의 등을 주시하며 마사야는 옆에 있는 차 뒤로 몸을 숨겼다.

남자가 올라탄 차는 회색 벤츠였다. 마사야는 주머니에서 수첩과 볼펜을 꺼내 차 번호를 적었다. 언젠가 미후유가 경찰 말고도 차 번호로 소유자를 알아내는 사람이 있다는 말을 한 적이 있다. 그녀는 컴퓨터 네트워크를 이용한 불법적인 거래에 밝았다.

시동이 걸리는 소리가 나고 벤츠가 움직이기 시작하자 마사야는 몸을 숙인 채 잠시 기다렸다. 그리고 더는 소리가 들리지 않아 일어서서 호텔 입구로 향하려던 순간 움찔하고 말았다. 요리에가 있었다.

그녀는 마사야의 부자연스러운 행동을 계속 지켜보고 있었던 것 같다. 수상쩍어하는 표정이 그 사실을 말해 주었다.

그러나 마사야는 그녀를 외면하고 낭패한 기색이 드러나지 않도록 주의하면서 걸음을 내디뎠다. 무엇보다 지금은 이 자리를 빠져나가는 일이 우선이다.

말없이 요리에의 곁을 스쳐 지나갔다. 그리고 지하도로 통하는 문을 열었다. 그런데 그가 그 안으로 들어서려고 할 때 그녀의 목소리가 날아들었다.

"저기, 이봐요."

못 들은 척할까 하다가 소용없을 것 같아 뒤를 돌아보았다. 요리에가 다소 긴장한 표정으로 다가왔다.

"야마가미 씨와 아는 분인가요?"

따지는 말투다.

"야마가미요? 무슨 말씀이죠?"

"방금 숨어서 야마가미 씨의 차를 보고 있었잖아요."

"그런 적 없는데요."

마사야는 어리둥절한 표정을 지었다. 겨드랑이 밑으로 식은 땀이 흘렀다.

요리에는 그의 얼굴을 잠시 바라보다가 아무 말 없이 그를 지나쳐 먼저 주차장을 빠져나갔다. 그리고 빠른 걸음으로 지하도를 걸었다. 그녀의 손에는 휴대 전화가 들려 있었다.

낭패로군, 하고 그는 직감했다. 아마도 그녀는 야마가미에게 연락을 취할 작정인 것이다. 도망치면 한층 수상히 여길 것이고, 앞으로 그녀에게 접근하기란 불가능할 것이다.

마사야는 그녀를 쫓아갔다. 그걸 알아차렸는지 그녀의 걸음이 빨라졌다.

"잠깐만요. 기다려 봐요!"

요리에는 멈춰 서지 않았다. 마사야의 태도가 변하자 의심이 짙어진 모양이다. 에스컬레이터를 올라타서도 그녀는 계속 걸었다.

"기다려요!"

하는 수 없이 그는 최후의 수단을 쓰기로 했다.

"구라타 씨."

요리에가 걸음을 멈췄다. 놀란 표정으로 돌아본다. 마사야는 에스컬레이터에 올라탄 상태로 그녀를 바라보았다.

에스컬레이터에서 내리자 요리에가 기다리고 있었다.

"어떻게 내 이름을……?"

마사야는 순간적으로 둘러댈 말을 찾아야 했다. 그것도 그녀를 충분히 납득시켜야 한다. 또한 미후유의 계획에 지장을 주어서는 안 되었다.

"여기서는 곤란합니다. 일단 앉죠."

그러면서 로비를 가리켰다.

그러나 그녀는 경계를 늦추지 않은 채 고개를 저었다.

"여기서도 괜찮아요. 빨리 설명해 봐요."

추궁하는 눈초리였다. 마사야는 혀로 입술을 축이며 시선을 살짝 떨어뜨렸다. 호텔 내 레스토랑을 소개하는 패널이 빛을 내고 있었다. 옆에서 보기에는 나이 차이가 크게 나는 남녀가 식사를 어디서 할 것인지 의논하는 것처럼 보일지도 몰랐다.

"뭐예요? 빨리 얘기해요. 왜 야마가미 씨를 감시하고 있었죠?"

요리에는 마사야가 미행한 사람이 야마가미라고 여기는 듯했다. 그나마 다행이었다. 이 궁지에서 빠져나가려면 그 착각을 이용하는 수밖에 없었다.

마사야는 마음을 다지고 입을 열었다.

"부탁받았습니다."

"부탁을요? 누구에게?"

"아는 사람에게요. 전에 내가 일했던 공장의 사장입니다."

"무슨 일로 야마가미 씨를 미행하라고 했죠?"

"그건……."

마사야는 조심스럽게 고개를 들었다. 요리에의 매서운 시선이 기다리고 있었다. 그 눈을 바라보며 말했다.

"그 남자가 사기꾼이라면서 증거를 잡아 달라고 했어요."

"사기꾼이라고요?"

요리에의 얼굴에 불안의 빛이 스쳤다.

"사장 부인이 그 남자에게 속아서 돈을 뜯겼대요. 그래서 조사해 달라고……."

요리에의 표정이 확연히 흐려졌다. 그녀가 미간에 주름을 세우며 물었다.

"그게 사실인가요?"

"사실입니다."

그녀의 마음이 동요하는 걸 마사야는 느꼈다.

"댁이랑 얘기를 나누던 도중에 그 남자가 자리를 떴잖아요? 휴대 전화를 받으면서요."

"그랬죠."

"그놈이 통화하는 걸 몰래 들었어요. 지금 구라타라는 여자를 만나고 있다고 하더군요. 그리고 봉이라고……."

봉, 이라고 발음하는 것처럼 그녀의 입술이 움직였다.

"천만 엔 이상 뜯어내기는 힘들다느니 하는 말이 들렸어요. 그 남자에게 그런 큰돈을 맡길 작정이었나요?"

"그건 댁이랑 상관없는 일이잖아요."

여유를 잃은 요리에가 목소리를 떨며 말했다.

"그 남자를 믿으시면 안 됩니다. 속고 계신 거예요."

마사야가 말했다. 요리에는 그에게서 눈길을 돌렸지만 그 눈동자가 갈피를 잃고 오락가락했다. 무언가를 망설이는 듯했다.

그녀가 불쑥 마사야를 올려다보았다. 그리고 눈을 깜박이며 물었다.

"이름을 물어봐도 될까요?"

"이름을 밝힐 만한 사람이 못 됩니다."

"일단 알아 둬야겠어요. 면허증을 보여 줬으면 좋겠는데요."

그녀가 손바닥을 펴 보였다.

머릿속이 혼란스러울 텐데 냉정을 잃지 않는 태도에 마사야는 혀를 내둘렀다.

"미즈하라입니다."

그러면서 그는 운전면허증을 꺼냈다.

●

3

마사야가 얘기하는 내내 미후유는 턱을 괸 채 창밖을 바라보았다. 안경을 끼었지만 도수는 없었다. 변장을 한 것이다. 옷차림도 회색 니트에 검은 스커트로 수수했다.

두 사람은 가사이바시 거리에 있는 패밀리 레스토랑에 있었다. 오후 3시라는 어중간한 시간 탓인지 가게 안에는 손님이 없다.

"면허증을 보이라고 하니 이름을 거짓으로 댈 수는 없었어. 면허증을 가져오지 않았다고 했으면 다른 방법으로 내 신원을 확인했을 거야. 그래서 어쩔 수 없었어."

묵묵히 듣고 있는 미후유의 옆얼굴을 바라보며 마사야는 말을 계속했다.

"아무튼 실수해서 미안하다고밖에 할 말이 없네. 정말 미안해."

그러고서 그는 고개를 숙였다.

그런데도 미후유는 대꾸가 없었다. 찻잔을 들고 밀크티를 마신 뒤 잔을 내려놓고 후, 한숨을 내쉬었다. 그러고서야 겨우 입을 열었다.

"뭐, 하는 수 없지."

"화나지 않았어?"

"마사야한테 화를 내 봐야 무슨 의미가 있겠어. 늘 위험한 일만 시키니까 이런 경우도 각오해야지. 지나간 일은 신경 쓰지 마."

"그렇게 말해 주니까 마음이 좀 편하네."

"게다가 수확이 있었잖아. 그러니까 그렇게 풀 죽을 거 없어."

"수확이래야 이제는 아무 소용이 없을지도 몰라. 구라타 요리에는 아마 야마가미를 조사할 거야. 자신이 속았다는 사실을 알면 돈을 내놓지 않겠지."

그러자 미후유는 마사야를 바라보며 배시시 웃었다.

"그 여자가 돈 벌 구석을 찾아다니며 여기저기 손을 댄다는 건 알고 있었어. 자신에게 경제력이 없다는 점에 상당히 신경이 쓰였을 거라고 봐. 그런 콤플렉스 때문에 재테크를 열심히 하는 거지. 남편이 없는 사이에 한몫 잡으려는 속셈이었을 거야."

"그러다가 실패하면 우리로서는 절호의 기회일 텐데."

"그렇겠지. 하지만 그 야마가미라는 남자에게 쉽게 속았을지 어떨지는 알 수 없어. 그 여자가 얼마나 신중한데. 돈을 내놓기 전에 '하나야'가 이용하는 조사 회사를 통해서 알아봤을 거야."

"그래? 그럼 내 이름만 알려졌지 이렇다 할 수확이 없는 셈이네."

마사야는 입술을 깨물었다. 요리에에게 들킨 일이 새삼스레 분했다.

"그건 생각하기 나름이야. 내가 수확이라고 말한 건 전혀 다른 의미야. 마사야가 그 여자에게 접근했잖아. 그것도 의심을 사지 않고."

"그녀에게 접근해서 무슨 이득이 있는데?"

"미행만으로는 파악할 수 없는 일도 있어. 그러니까 그 여자와 친해져 봐. 그 여자가 도예를 열심히 한다는 건 알지? 같이 배워 보는 것도 좋을지 모르겠다."

"농담하지 마."

그러자 미후유의 눈빛이 진지해졌다.

"농담하는 거 아니야."

그럼 무슨 뜻이냐고 물으려고 하는데 마사야의 점퍼 주머니에서 휴대 전화가 울렸다. 그가 휴대 전화를 사용한 건 재작년부터다.

"별일이네. 마사야 휴대 전화가 다 울리고."

사실이었다. 애초에 미후유와 연락하려고 가지고 다니는 휴대 전화다. 그의 번호를 아는 사람은 거의 없었다. 미후유를 제외하고는 몇 명뿐이다. 그것도 다들 1년 넘게 한 번도 통화하지 않았다.

액정 화면을 본 마사야가 눈을 깜빡거렸다. 며칠 전에 등록한 '구라타 요리에'라는 글자가 표시되어 있었다. 그때 서로 전화번호를 교환했던 것이다.

그가 액정 화면을 미후유 쪽으로 돌렸다.

"호랑이도 제 말 하면 온다더니."

그녀가 히죽 웃었다.

"받아 봐."

마사야는 통화 버튼을 눌렀다.

"여보세요, 미즈하라입니다."

"여보세요, 구라타예요. 지난번에는 실례가 많았어요."

다소 흥분한 듯한 목소리였다.

"저야말로 실례했죠."

"네오 워터 건을 자세히 조사해 봤어요. 역시 그쪽이 말한 대로더군요."

"그랬군요."

야마가미라는 남자가 요리에에게 제안한 투자 건이다. 네오 워터라는 수상한 물을 제조해서 판매하는 사업에 출자하라는 내용이었던 모양이었다.

"지금 제게 그 회사에 관한 조사 자료가 있는데, 혹시 원하시면 보여 드릴 수도 있어요. 그쪽도 누군가의 부탁으로 야마가미 씨를 조사하고 있었던 것 같으니까요."

"괜찮겠습니까, 저 같은 사람한테 그렇게 중요한 자료를 보여 주셔도요?"

마사야가 그렇게 말하자 미후유가 서둘러 수첩에 뭔가를 적었다.

"저야 누구에게 보여 줘도 상관이 없죠. 그리고 이런 정보는 반드시 교환해야 한다고 생각해요."

"아하, 그러시군요."

그때 미후유가 수첩을 그에게 내보였다. 거기에는 '만날 기회가 있으면 거절하지 말 것'이라고 적혀 있었다. 그는 그녀를 향해 고개를 끄덕였다.

"알겠습니다. 그런 정보가 있다니 저도 보고 싶습니다. 시간을 말씀해 주시면 어디든 찾아뵙겠습니다."

"내일 어떨까요? 1시에요."

"좋습니다."

"그럼 내일 1시에 지난번 호텔 라운지에서요."

"알겠습니다."

전화를 끊은 마사야는 통화 내용을 미후유에게 얘기했다. 그녀가 두세 번 고개를 끄덕였다.

"일이 재미있어졌네."

"그럴까, 자료를 보여 준다고 했을 뿐인데?"

"틀림없이 그럴 거야. 이럴 때 내 직감은 빗나가는 법이 없거든."

그녀가 음모로 가득한 눈빛을 보였다.

"내일, 잘해야 해. 옷차림도 제대로 갖추고, 머리도 반듯하게 손질하고."

마사야가 피식 웃었다.

"쉰 살 먹은 아줌마를 상대로 모양을 내서 뭐 하게?"

"쉰 살이라도 여자야. 그걸 잊으면 안 돼."

미후유는 턱을 끌어당기며 낮은 소리로 말했다.

다음 날 마사야는 약속 시간보다 10분쯤 일찍 약속 장소에 도착했다. 커피를 마시면서 기다리고 있자니 얼마 안 있어 요리에가 나타났다. 엷은 보라색 스웨터에 검은색 바지 차림이었다. 손에는 코트와 커다란 가방을 들고 있었다.

"오래 기다렸어요?"

마사야를 알아본 그녀가 생긋 웃었다.

"일부러 연락까지 주시다니 정말 감사합니다."

마사야는 머리를 숙였다.

"저야말로 고맙다는 말씀을 드려야죠. 하마터면 어처구니없는 일을 당할 뻔했는데요. ……아, 저는 로열 밀크티로 할게요."

종업원에게 주문하고 나서 그녀는 곧바로 마사야에게로 얼굴을 돌렸다.

"그때 충고해 줘서 정말 고마웠어요."

"괜한 일을 한 게 아니라면 다행입니다."

"괜한 일이라니 무슨 말씀을요."

그녀가 고개를 저었다.

"사실은 그 사람을 곧이곧대로 믿을 뻔했어요. 특허를 취득한 건 사실이고, 효과를 나타내는 데이터에는 권위 있는 연구 기관의 이름이 들어 있었어요. 게다가 임원 명단에 전직 국회 의원을 비롯해 거물들의 이름이 줄줄이 열거돼 있었거든요."

"그게 전부 사기였다는 말이군요."

"사기라고 해야 할지 어떨지, 좀 미묘해요. 회사가 존재하는 건 사실이고, 그런 물을 만든다는 말도 거짓은 아닌 것 같아서요. 문제는 회사로서의 기능을 하느냐는 거죠."

"그 네오 워터라는 물이 실제로 상품으로 유통되고 있던가요?"

그러자 그녀가 쓴웃음을 지으며 고개를 저었다.

"여러 화장품 회사나 제약사에 문의해 봤지만, 네오 워터라는 이름은 들어 본 적이 없다고 하더군요. 분자 구조를 변화시킨 물을 사용한다는 발상은 예전부터 있었던 모양이지만요."

"터무니없는 거짓말은 아니라는 말씀인가요? 하지만 그런 상황에서 투자를 받아 어쩔 속셈이었을까요? 돈을 들고 튀기에는 밑천이 너무 많이 든 것 같은데요."

"놈들이 노리는 건 따로 있었어요. 제게 출자를 권해 놓고, 다른 루트를 통해서는 소규모 계좌의 회원을 모집했다는 거예요. 회원을 모아 오면 배당이 들어오는 시스템이라고 설명하고서요."

"아하, 그렇군요."

마사야는 크게 고개를 끄덕였다. 구조가 짐작이 갔다.

"이른바 다단계 판매 같은 거군요. 도요타 상사 사건과 비슷하네요."

"실제로 네오 워터라는 상품이 앞으로 시장에 얼마나 나올지는 모르겠지만, 결국 회비로 배당금을 돌려 막는 식이 되지 않을까 싶네요. 그런 식으로 회원에게 믿게 만들어 각 회원이

다시 지인을 끌어들이면 상당한 액수가 모일 테죠. 조사 회사에서 알아낸 바로도 회원이 이미 수백 명에 달한다고 해요."

마사야가 어깨를 으쓱했다.

"피해자도 그만큼 발생했다는 뜻이군요."

"그 사람들은 아직 자기네가 피해자라고 생각하지 않을 거예요. 주식으로 돈을 벌 수 없는 시대이니 어디 확실한 투자처가 없을까 하고 기웃대는 사람이 많거든요."

거기까지 말하고 나서 요리에는 자조적으로 웃었다.

"저야 뭐, 이런 말을 할 자격도 없지만요."

"하지만 결과적으로 마음을 돌리셨잖아요."

"그러니까 미즈하라 씨에게 고맙다는 거죠."

요리에는 가방에서 조사 자료를 꺼냈다. 마사야가 내용을 훑어보니 방금 그녀가 말한 내용을 보충하는 정도였다. 물론 그로서는 야마가미에게도 피해자에게도, 그리고 네오 워터에도 아무 관심이 없었다.

"잘 알겠습니다. 제게 조사를 의뢰한 사장님께도 이 얘기를 전하겠습니다."

자료를 돌려주면서 마사야가 말했다.

"그러시는 게 좋겠어요."

요리에가 자료를 도로 가방에 넣었다. 그때 가방 안에 들어 있는 운동복 같은 게 보였다.

"어디 운동하러 가시나 봐요?"

마사야가 물어보았다.

"아아, 이거요? 아뇨. 도예 교실에 가려고 준비한 거예요. 흙을 만지기 때문에 옷이 금방 더러워지거든요."

맞다, 그렇죠, 하는 말이 저도 모르게 튀어나오려는 것을 마사야는 가까스로 억눌렀다. 그녀가 도예 교실에 다닌다는 사실은 모르는 것으로 해야 한다.

"도예를 배우세요?"

"네, 아직 시작한 지 1년도 안 되었지만요."

로열 밀크티를 마시는 그녀를 바라보며 마사야는 미후유와의 대화를 떠올렸다. 농담하는 게 아니라고 그녀는 말했다.

"도예라……, 부럽습니다."

마사야가 커피 잔을 들어 올리며 말했다.

"손물레질 같은 걸 한번 해 보고 싶어요. 그것 말고 핀칭 기법이라든가 코일링 기법 같은 것도 있죠. 판 성형 기법이라는 것도 있던가……."

어머나, 하며 요리에의 눈썹이 치켜 올라갔다.

"잘 아시네요."

"전에 잠시 배운 적이 있어서요. 해 볼까 했는데, 결국 시간도 안 나고 해서 포기했습니다."

물론 거짓말이다. 도예가 화제로 떠오를 것을 예상하고 어젯밤에 부랴부랴 지식을 머리에 쑤셔 넣었다. 말할 것도 없이 미후유가 지시한 일이다.

"지금은 그럴 마음이 없나요?"

요리에가 바짝 들여다보듯이 마사야를 보았다.

"마음이야 있지만 계기가 없어서요. 게다가 이런 불경기에 취미 생활이나 하고 있기도 뭐하고요."

"일이 인생의 전부는 아니에요. 가끔은 기분 전환도 해야죠."

"뭐, 그렇긴 하죠."

전에 만났을 때 자신은 금속 가공이 본업이지만 요즘에는 일 거리가 별로 없어서 아르바이트나 할 심산으로 탐정 비슷한 일을 하고 있다고 설명했었다.

"도예 교실은 2시 반에 시작하는데, 괜찮다면 같이 가지 않을래요? 1일 체험 같은 것도 있어요. 위치도 요 근처고요. 걸어서 5분 거리."

"하지만 아무 준비도 없이……."

일단은 거절해 본다.

"준비는 필요 없어요. 처음에는 아마 점토를 반죽하는 일이 전부일걸요. 기쿠네리(菊練り)라고 하는 거요."

"들어 본 적이 있습니다. 국화 모양이 생기도록 빚는 것 말이죠?"

"네. 미즈하라 씨는 기술자니까 분명 금방 능숙해질 거예요.

같이 가죠. 비용도 많이 들지 않아요. 한번 해 보고 재미없으면 그만두면 되잖아요."

"저 같은 사람이 가서 못 어울리는 건 아닐까요?"

"젊은 사람도 꽤 많이 와요. 그리고 각자 자기 작품에 열중하느라 남에게는 신경 쓰지 않아요."

요리에는 적극적이었다. 그저 형식적으로 권하는 것 같지는 않았다.

"그럼 잠깐 가서 구경해 볼까요."

마사야의 말에 요리에의 표정이 단박에 밝아졌다.

"그래요. 이것도 인연이라면 인연이니까요."

네, 하고 마사야는 대답했다. 요리에가 시계를 보더니 일어서면서 계산서를 집어 들었다.

"이건 제가 낼게요. 덕분에 큰 손해를 면했으니까요."

냉큼 계산대로 향하는 요리에의 뒷모습을 바라보며 마사야는 이제 돌이킬 수 없는 길에 발을 들여놓았다고 느꼈다.

●

4

오후 2시가 되면 '오카다'는 일단 가게 문을 닫는다. 저녁 영업은 5시부터다. 유코가 준비 중이라는 팻말을 내걸고 있는데 중년 여자가 싱글거리며 다가왔다. 근처에 사는 주부로, 유코 엄마와 친하게 지내는 분이다. 자식들이 모두 독립하고 나니 하루하루가 따분하다고 투덜거리는 소리를 들은 적이 있다. 안녕하세요, 하고 유코가 인사했다.

"엄마는 지금 잠깐 나가셨어요. 금방 돌아오실 것 같으니까 안에서 기다리세요."

유코의 말에 여자는 웃는 얼굴로 고개를 저었다.

"오늘은 유코에게 볼일이 있어서 왔어. 나중에 엄마랑 대장 님에게도 얘기하겠지만."

그녀는 옆구리에 커다란 종이봉투를 끼고 있었다. 그걸 본 유코는 그녀가 말하는 볼일이 뭔지 알아차렸지만 노골적으로 싫은 얼굴을 할 수도 없어서 억지로 웃어 보였다.

"아줌마, 혹시 또 선보라는 얘기예요?"

"이번에는 진짜 마음에 들 거야. 건설 회사에 다니는 서른 살 차남. 집안도 건실하고. 이 이상 좋은 자리는 별로 없어."

"하지만 저는 전에 말씀드린 것처럼 아직 그럴 생각이 없어 요."

"그렇게 태평한 소리나 하다가는 아차 하는 사이에 나이 들 고 말아. 어쨌든 일단 얘기나 들어 봐. 들어 보면 틀림없이 만 나고 싶어질 테니까."

아줌마가 유코의 팔을 잡고 가게 문으로 들어섰다.

한가한 시간을 주체하지 못해서인지 이 아줌마는 걸핏하면 혼담을 들고 나타난다. 벌써 두 번이나 억지로 사진을 보여 주었다. 그때마다 엄마가 아직 좀 이르다며 완곡히 거절해 주었다.

"자, 봐. 서른 살치고 젊어 보이지? 학교 다닐 때는 탁구를 했대. 그래서 체력에는 자신이 있다나 봐. 남자는 역시 체력이지. 외모보다는 말이야."

아줌마가 속사포처럼 늘어놓았다. 유코는 무심한 눈빛으로 신상명세서와 사진을 바라보았다. 남자는 외모가 아니라고 강조한 이유를 알 것 같았다. 사진 속 남자는 여자에게 인기가 있을 만한 용모가 아니다. 옷차림으로 가리고 있지만 살도 많이 쪄 보인다. 키도 크지 않겠지. 그러나 인상은 성실해 보인다. 경력으로 보아 견실한 가정을 꾸릴 것 같기도 하다.

이런 남자와 결혼하면 아마 세상 사람들이 흔히 말하는 행복을 누릴 수 있겠지, 하고 유코는 무심히 생각했다. 그러나 그런 공상을 자신과 연관 지을 수는 없었다.

유코가 건성으로 대답을 되풀이하고 있는데 엄마가 돌아왔다. 아줌마는 엄마를 상대로 사진 속 남자를 소개했다. 엄마는 떨떠름하게 웃으면서 얘기를 들었다.

유코가 적당한 틈을 타 자리에서 일어났다.

"저는 장 보러 가야 해서요."

"어머, 잠깐만. 좀 더 들어 봐."

아줌마가 다급하게 말했다.

"가다랑어포를 사러 니혼바시까지 가야 해요. 다음에 뵐게요."

그리고 앞치마를 벗은 유코는 가지 말라고 붙드는 아줌마의 목소리를 무시하고 가게를 나섰다.

오늘도 엄마가 알아서 거절해 주겠지, 하고 그녀는 생각했다. 그러나 언젠가 그러지 않는 날이 올지도 모른다.

며칠 전이었다. 유코가 가게 문을 닫고 테이블을 닦고 있는데 아버지가 다가왔다.

"그 기술자는 이제 안 오는 거냐?"

"어떤 기술자?"

누구를 말하는지 알았지만 유코는 시치미를 뗐다.

"마사야라는 청년 말이다. 이사라도 갔나⋯⋯?"

"글쎄, 잘 모르겠는데."

"워낙 불황이 심하니 어디 다른 고장으로 옮겼는지도 모르지. 뭐, 떠난 사람 얘기를 해 봐야 소용없겠지만."

그렇게만 말하고 아버지는 안방으로 들어갔다.

주방에서 늘 가게 안을 바라보고 있는 아버지가 딸의 상태를 눈치채지 못할 리 없다. 마사야에게 마음이 있다는 것은 이미 예전에 알았을 것이다. 그가 나타나지 않자 딸이 어딘가 모르게 침울해진 것도 신경이 쓰일 것이다. 그래서 딸이 걱정스럽던 차에 혼담이 들어오면 귀가 솔깃해질지도 모르는 일이었다.

그런 생각을 한 탓인지 그녀의 발걸음이 어느새 마사야의 아파트 쪽으로 향하고 있었다. 도로에서 올려다보면 그의 집 창문이 보인다. 아주 가끔이지만 거기에 빨래가 널려 있을 때가 있다. 그걸 보고 그가 아직 이 동네를 떠나지 않았다는 걸 확인하곤 했다.

창문으로 마사야의 모습이 보였다. 유코는 주차된 트럭 뒤로 숨었다.

마사야는 그녀를 알아보지 못한 듯하다. 방금 빨래를 거둬들였는지 창문을 닫고 있었다.

이윽고 회색 커튼이 닫혔다. 외출하려는 모양이라고 유코는 짐작했다.

그녀는 아파트 정면으로 돌아갔다. 잠시 후 2층에서 마사야가 내려왔다. 손에 스포츠 백이 들려 있었다.

유코는 다시 몸을 숨겼다. 그가 역 쪽으로 가는 듯했다. 그녀도 그의 뒤를 따랐다.

마사야의 등을 바라보며 그녀는 마사야의 행선지를 상상했다. 조금 전 그에게 말을 걸까 했지만 가까이서 그를 본 순간 자신이 없어졌다. 그의 분위기가 평소와는 사뭇 달랐기 때문이다.

어쩐 일로 머리를 단정히 손질했고, 입고 있는 가죽 재킷도 유코가 본 적 없는 옷이었다. 신발도 바지도 늘 입고 다니는 낡은 것이 아니었다. 한마디로 세련된 차림이다.

누군가를 만나러 가나? 만약 그렇다면 상대는 여성이 틀림없다. 근거는 없지만 그렇게 생각할 수밖에 없었다.

히키후네역에 도착한 마사야는 표를 끊고 개찰구를 지났다. 그 모습을 보고 유코도 조금 떨어진 곳에 있는 발매기에서 적당히 표를 샀다.

마사야가 아사쿠사행 전철을 탔다. 아사쿠사에서 도에이 아사쿠사선으로 갈아타지 않을까 하고 유코는 생각했다. 만약 그렇다면 마침 잘된 일이다. 유코도 니혼바시에 갈 예정이었기 때문이다.

예상대로 마사야는 아사쿠사에서 도에이 아사쿠사선으로 갈아탔다. 유코는 옆 칸에 뒤따라 탄 뒤 목을 쭉 빼고 그를 살폈다. 문 근처에 서 있는 그는 뭐가 보이는 것도 아닌데 꼼짝않고 창밖을 바라보았다.

그의 표정을 관찰하던 유코는 그가 여자를 만나러 가는 게 아닌 것 같다는 생각을 하게 되었다. 적어도 데이트는 아니다. 좋아하는 상대를 만나는 거라면 좀 더 즐거워하는 기색이 아닐까. 그런데 마사야는 그런 느낌이 조금도 없었다. 심지어 내키지 않는 곳에 억지로 가는 듯한 느낌마저 있었다.

마사야가 닌교초에서 내렸다. 잠시 망설이다가 유코도 따라 내렸다.

도대체 왜 이런 짓을 하는 거지? 그녀 스스로에게 물었다. 마사야에게 연인이 있든 없든 자신과는 상관없는 일이다. 그 어느 쪽이든 그는 유코를 선택하지 않을 것이다. 그건 명백하다.

자신의 마음을 다잡으려는 것도 아니었다. 실연 따위는 흔히 있는 일이라고 생각한다. 경험이 없는 것도 아니다.

나는 그가 어떤 사람인지 알고 싶은 거야.

마침내 생각이 거기에 이르렀다. 마사야라는 남자의 정체를 모르는 채로는 도저히 결론을 내릴 수 없다.

지하철역에서 지상으로 나온 마사야는 망설이지 않고 성큼성큼 걸음을 내디뎠다. 간혹 손목시계로 눈길을 주는 것이 역시 누군가를 만나기로 한 모양이었다.

이윽고 넓은 건널목을 건넌 그가 옆에 있는 건물로 들어갔다. 엘리베이터를 타는 모습이 보였다. 유코도 서둘러 건물로 들어갔다. 층수 표시를 보니 엘리베이터는 3층에 서 있었다. 벽에 걸린 안내판에 따르면 3층은 '미후네 도예 교실'이다.

마사야가 도예 교실에? 왜……

유코가 우두커니 서 있는데 중년 여성이 건물로 들어왔다. 그녀는 엘리베이터 버튼이 눌려 있지 않은 것을 보고 잠시 의아한 표정을 짓더니 스스로 버튼을 눌렀다.

"저⋯⋯."

유코가 여자에게 말을 걸었다.

"도예 교실에 가세요?"

"네, 그런데요."

여자가 고개를 끄덕였다.

거기에 미즈하라 마사야라는 사람이 있느냐고 묻고 싶었지만 유코는 그 말을 속으로 삼켰다. 자신이 이런 곳까지 따라왔다는 사실을 마사야에게 알리고 싶지 않았다.

"도예 교실이 몇 시부터 몇 시까지인가요?"

순간적으로 질문 내용을 바꿨다.

"요일에 따라 달라요. 오늘은 3시부터 5시까지인데 제가 좀 늦었어요."

"그렇군요."

어쩐지 마사야가 자꾸 시계를 본다 싶었다.

"도예 교실에 들어오려고요?"

"아⋯⋯, 아직 생각 중이에요."

"그래요? 꼭 해 봐요. 재미있어요."

엘리베이터 문이 열리자 여자가 탈 거예요? 라고 묻는 것처럼 고개를 갸웃했다. 유코는 웃어 보이며 손을 가로저었다.

건물에서 나와 3층 유리창을 올려다보았다. '미후네 도예 교실'이라는 글자가 창문 가득 줄지어 있다. 마사야와 도예 교실, 아무리 생각해도 연관성이 없었다.

니혼바시에 가서 가다랑어포를 산 다음 다시 올까, 하고 생각했다. 그래도 5시까지는 시간이 남는다. 어디서 시간을 보내면 좋을지 궁리해 보았다.

"입회하고 싶어 하는 여자애를 밑에서 방금 봤어."

"어머, 데리고 오지 그랬어."

"좀 망설이는 것 같아서. 하지만 또 오지 않겠어?"

"어떤 아이였어? 예뻐?"

"응, 꽤 미인이었어."

"그런 아이가 들어오면 선생님이 또 개만 보겠네."

옆에서 중년 여자 둘이 소곤거렸다. 그들이 여기 오는 가장 큰 목적은 수다라는 것을 마사야는 지난 두 번의 경험으로 알게 되었다. 지금도 그들 앞에 있는 흙은 조금도 모양을 이루지 않았다. 그들은 그저 그 흙을 주물럭거릴 뿐이다.

마사야는 전동 물레 앞에 있었다. 회전하는 흙의 바깥쪽을 왼손으로 받치고 오른 손가락으로 흙을 안쪽에서 밀어서 펼친다. 힘을 주지 않으면 흙은 꿈쩍도 하지 않는다. 그러나 또 힘을 너무 주면 형태가 무너져 버린다. 서두르면 절대로 안 된다.

손가락 끝에 약간 이물감이 느껴졌다. 물레를 멈추고 그 부분을 보니 흙 표면에 조그만 돌기가 있었다.

"그건 거품이에요."

요리에가 옆에서 말해 주었다. 그의 작업을 내내 지켜본 모양이다.

"거품요?"

"흙 속에 공기가 남아 있었던 거지. 그래서 물레에 얹기 전에 흙을 꼼꼼히 반죽해야 해요."

"이건 이제 못 쓰나요?"

"그렇지는 않아요. 구제할 방법이 있지."

요리에가 자신의 작업대에서 가느다란 봉을 들고 왔다. 그 봉 끄트머리에는 바늘이 달려 있었다. 그녀는 마사야 앞에서 몸을 굽히고 그 바늘로 흙에 있는 거품을 찔렀다. 향수 냄새가 마사야의 코끝을 스쳤다.

"자, 이제 됐어요."

몸을 일으키며 그녀가 미소를 지어 보였다. 그 얼굴이 놀랄 만치 가까이에 있었다.

마사야는 그녀가 다듬은 부분을 만져 보았다. 흙 표면에 있던 조그만 돌기가 정말 사라지고 없었다.

"이제 괜찮은 것 같아요."

그가 다시 물레를 돌리기 시작했다. 그러나 요리에는 자기 자리로 돌아가지 않고 마사야 옆에 서서 지그시 그의 손놀림을 지켜보았다.

"역시 기술자는 다르네. 벌써 이렇게 능숙해지다니. 나 같은 사람쯤 금방 앞지르겠어요."

"만드는 건 그렇지만, 문제는 디자인이 아닐까요. 저는 그런 감각이 별로 없어서요."

"그래요? 설계도대로 만드는 건 문제없다는 얘기네."

"뭐, 그렇긴 하죠."

"그런데 말이에요."

요리에가 목소리를 낮추었다.

"오늘 수업 후에 스케줄 있어요?"

"아니요, 없는데요."

"그럼 오늘도 식사하러 갈래요? 맛있는 이탈리안 레스토랑이 있는데."

"괜찮기는 한데, 늘 얻어먹어서 죄송하니 오늘은 제가 사겠습니다."

"그런 건 신경 쓰지 않아도 돼요. 아직 다음 일자리도 못 찾았다면서."

요리에는 그의 무릎을 살짝 치고 자기 작업대로 돌아갔다.

어제 전화로 들었던 미후유의 목소리가 귀에 되살아났다. 그녀는 나지막이 웃으며 말했다.

"그 여자한테 접근하는 데 완벽하게 성공한 것 같네. 그것도 그쪽에서 상당히 마음에 들어 하고 말이야."

그건 아직 모른다고 마사야가 말했지만 미후유의 목소리에서는 웃음기가 가시지 않았다.

"오늘 요리에 씨를 만났어. 한눈에 알겠던걸, 뭐. 여자 얼굴이더라."

"여자 얼굴이라니?"

"여자는 말이지, 남자를 의식하게 되면 금방 얼굴에 나타나는 법이거든. 여자가 사랑에 빠지면 아름다워진다잖아. 같은 얘기야."

"설사 그렇다고 해도 상대가 나라는 보장은 없잖아."

"마사야 말고 누가 있겠어? 다른 사람이 없다는 건 내내 지켜본 마사야가 제일 잘 알 텐데."

맞는 말이라서 마사야가 잠자코 있자 미후유가 말을 이었다.

"있잖아, 마사야. 지금부터가 중요해. 큰 물고기를 낚으려면 절대 실수를 해서는 안 돼."

물고기를 낚는다니, 무슨 뜻일까. 구라타 요리에의 마음을 빼앗으라는 뜻이 아닐까 싶은데, 마사야로서는 터무니없는 망상으로만 여겨졌다. 상대는 쉰 살이 넘은 데다 남편과 자식이 있다.

"나이 차이는 문제가 아니야. 그리고 그걸 걱정할 사람은 저쪽이지. 남편이 있어도 아무 상관이 없어. 오히려 남편이 있어서 울분이 쌓였을 거야. 그 배출구가 필요하겠지."

"미후유 말이 맞는다고쳐. 그래서 나보고 어쩌라는 말이야? 그 여자가 내게 빠진댔자 미후유에게 무슨 이득이 있겠어."

그러자 미후유가 전화기 저편에서 잠시 침묵하다가 다시 입을 열었다.

"단순히 빠지기만 한다면 그렇겠지."

"무슨 뜻이야?"

그녀가 내쉬는 숨이 송화구에 닿는 소리가 들려왔다.

"잊었어? 내가 그 사람을 조사해 달라고 부탁한 이유가 있었을 텐데."

"약점을 잡으려고……."

"그거야."

그녀가 짧게 말했다.

"남편이 집을 비운 사이에 젊은 남자와 불륜을 저지른다……, 그 증거를 잡으면 꽤 강력한 무기가 될 거야."

그녀가 낮은 소리로 후후, 웃었다.

"아니, 뭐라고? 불륜이라니? 나는 그 여자와 불륜에 빠질 생각은 없어. 어디까지나 약점을 잡으려고 접근했을 뿐이지. 혹시 나더러 불륜 현장을 꾸며 내라는 말이야?"

거기까지라면 그나마 이해하지 못할 일은 아니었지만, 그다음에 미후유가 꺼낸 말에 그는 소름이 돋았다.

"꾸며 내는 것만으로는 쓸모가 없지. 진짜 약점이 아니라면 말이야."

"아니, 그럼 설마……."

"있지, 마사야."

미후유가 나지막이 말했다.

"전에도 말했잖아, 무슨 수를 써서라도 그 여자의 약점을 잡아야 한다고. 약점을 찾지 못한다면 만들어 낼 수밖에 없어. 그리고 지금 마사야는 아주 유리한 입장이야."

"말도 안 돼."

마사야가 수화기를 손에 쥔 채 고개를 저었다.

"아무리 그래도 내게 그런 짓을 시키다니. 그런 아줌마와 관계를 가지라는 말이야?"

"못 하겠어?"

"당연하지. 미후유는 내가 그런 짓을 해도 아무렇지 않아?"

미후유가 다시 침묵했다. 마사야는 자신의 심정이 조금이라도 전해진 건가 싶었지만, 그게 아니었다. 그녀가 차분히 말했다.

"나도 마사야에게 그런 짓까지 시키고 싶지는 않아. 하지만 달리 방법이 없으니 하는 수 없잖아. 모든 게 우리 두 사람의 행복을 위해서야. 마사야는 내가 좋아하지도 않는 남자와 결혼하는 걸 묵묵히 참아 줬잖아. 이번에는 내가 참을 차례야. 그런 아줌마와 관계를 가지라니 괴롭겠지. 하지만 나도 그런 남자에게 안겼어. 우리는 그런 식으로라도 살아남아야 해."

쥐어 짜내는 듯한 목소리를 듣고 있자니 차마 반박을 할 수 없었다. 그러나 수긍하는 건 아니었다.

"몇 번이나 말하지만, 그 여자가 내게 빠졌다는 증거는 없어. 그러니까 그 여자와 관계를 가질 수 있을지 어떨지도 몰라."

"괜찮아. 마사야라면 반드시 해낼 거야."

미후유는 늘 그러듯이 마사야를 격려하는 말로 마무리 지었다.

그런 방법밖에 없는 것인가. 물레 위에서 돌아가는 흙을 손으로 감싸며 마사야는 자문했다. 행복을 손에 쥐려면 정말 미후유의 말대로 해야 하는 건가. 아니, 애당초 행복이란 무엇일까. 부와 권력을 거머쥐는 것만은 아닐 텐데.

미후유의 사랑도 의심스러웠다. 그녀는 그렇게 말하지만, 마사야는 그녀의 결혼을 납득하지 못할뿐더러 죽을 만큼 고통스러웠다. 그 무슨 이유가 있다 해도 사랑하는 사람이 다른 사람과 관계하는 건 절대 참을 수 없는 일이 아닌가.

문득 정신을 차려 보니 주위 사람들이 돌아갈 채비를 하고 있었다. 요리에가 옆에 와서 미소를 지었다.

"열심이네. 그래도 이제 마무리를 해야지. 찻잔도 모양이 만들어진 것 같고."

네, 하고 고개를 끄덕이고서 그는 옆에 있는 실을 집어 들었다. 물레의 속도를 조금 늦추고, 양손으로 팽팽하게 당긴 실을 찻잔의 굽 부분에 갖다 댔다. 실이 흙을 절반쯤 파고들었을 때 왼손을 놓고 오른손으로 실을 쓱 잡아당겼다. 실이 흙을 휘감듯이 파고들더니 찻잔을 흙에서 분리했다.

"달인이네."

요리에가 놀리듯이 말했다. 전에는 애써 만든 작품을 이 단계에서 망치곤 했다. 마사야가 빙그레 웃으며 신중하게 찻잔을 들어 올렸다.

물레 주변을 정리한 후 탈의실로 가서 더럽혀진 옷을 벗었다. 옷을 다 갈아입고 나오니 교실 밖에서 요리에가 기다리고 있었다. 미행했을 때 봤던 여자들은 보이지 않았다. 일찌감치 지난번의 그 패밀리 레스토랑으로 갔는지도 몰랐다.

"친구들과 같이 가지 않아도 괜찮아요?"

요리에가 쳇, 하며 웃었다.

"전에는 차를 마시러 자주 같이 갔지만, 솔직히 재미가 없었어. 화제라고는 시답잖은 가십거리뿐이야. 어느 연예인이 바람을 피웠다느니 이혼을 했다느니 하고 말이지. 교실에서 따돌림받으면 곤란하니까 마지못해 어울렸을 뿐이야."

두 사람은 엘리베이터에 올라탔다. 목이 긴 하얀 니트를 입은 요리에는 몸매가 확연히 드러나 보였다. 겉으로 보기에는 비교적 몸매가 망가지지 않은 듯하다. 나이에 비해 비율도 괜찮은 편이다. 그러나 속옷 차림이면 어떨지 알 수 없다. 그리고 속옷마저 벗겼을 때 과연 자신이 욕정을 품을 수 있을까 하고 마사야는 생각했다. 화장을 잘해서인지 얼굴만 봐서는 전혀 쉰 살이 넘은 여자로 보이지 않는다. 생김새가 반반해서 10년만 젊었어도 문제가 없을 텐데 싶었다.

모든 게 우리 두 사람의 행복을 위해서야. 미후유의 목소리가 귓가에 맴돌았다. 그 목소리에 그는 새삼 마음속으로 대답한다. 제발 그러지 마.

엘리베이터가 1층에 도착했다. 마사야는 요리에와 나란히 건물을 나왔다. 그때였다. 시야 끝자락에서 누군가 다가오고 있었다. 그쪽을 보고 저도 모르게 아니, 하고 소리를 냈다. 유코가 거기 있었다. 더플코트를 입은 그녀는 오른손에 하얗고 커다란 봉투를 들고 있었다.

"유코……."

"……안녕."

그녀는 마사야를 본 후 요리에에게 눈길을 돌렸다. 그리고 다시 그를 바라보았다. 그러나 그 시선이 갈피를 잡지 못했다.

"여긴 웬일이야?"

"응, 뭘 좀 사러 왔다가 돌아가는 길이에요."

그녀가 또 요리에를 힐끔 보았다.

"아는 사람?"

요리에가 물었다.

"네……. 집 근처 식당 아가씨예요."

"그래요? 아하."

요리에가 눈을 반짝 뜨고 미소를 지어 보였다. 그 시선이 유코의 온몸을 쓱 훑는 것을 마사야는 알아챘다.

"마사야 씨는 어쩐 일이에요?"

유코가 물었다.

"아, 난 이 건물에 볼일이 있어서."

그리고 뒤에 있는 건물을 가리켰다. 도예 교실이라고 말하기가 쑥스러웠다.

그래요, 하고 대답한 후 그녀가 고개를 살짝 떨구었다. 무언가 주저하는 눈치였다.

"괜찮으면 같이 차라도 할까요?"

요리에가 물었다. 그리고 어때? 하며 마사야에게 동의를 구했다.

"그럴까?"

마사야가 유코에게 물었다.

유코는 고개를 저었다.

"저는 곧장 돌아가야 해요."

"그래? 그럼 대장이랑 아줌마에게 안부 전해 줘."

그녀는 네, 하고 고개를 끄덕이며 방긋 웃었다. 그리고 요리에에게 인사한 후 안녕, 하더니 종종걸음으로 멀어져 갔다.

"괜찮을까? 마사야한테 볼일이 있는 눈치던데."

"아닐 겁니다. 어쩌다 마주친 것뿐이에요."

"그래?"

"네, 우연이에요."

요리에가 석연치 않다는 듯한 표정을 짓다가 흠, 하고 고개를 끄덕였다.

"그럼, 갈까? 택시를 잡지."

그녀가 손을 들었다. 택시에 올라탄 후에도 마사야는 유코를 생각하고 있었다. 그녀가 자신과 요리에를 번갈아 보며 무슨 생각을 했을까. 둘의 관계를 어떤 식으로 상상했을까. 나이 차이가 크다는 건 그녀도 알았을 테니까 연인으로 보는 일은 없지 않을까. 그러나 요리에는 젊어 보인다. 그리고 돈을 목적으로 한 교제라면 나이 차이는 아무런 문제가 없다고 여길지도 모른다.

거기까지 생각하다가 마사야는 자신이 그런 생각을 하고 있다는 사실에 조금 놀랐다. 유코가 어떻게 생각하든 무슨 상관이란 말인가.

그는 자신이 유코에게 미움을 사고 싶지 않아 한다는 걸 깨닫고 동요했다. 그런 감정이야말로 아주 정직하면서도, 정말 좋아하는 상대에게 품을 만한 것이 아닌가. 그렇다면 미후유에 대한 감정은 어떤가. 경멸당하고 싶지 않다, 그녀에게 힘이 되고 싶다, 기대에 부응하고 싶다, 그녀에게 어울리는 남자이고 싶다……, 그런 감정은 늘 있었다. 그러나 미움을 사고 싶지 않다는 소박한 감정을 품은 일이 있었던가.

"예쁘게 생겼던데."

요리에가 불쑥 말했다.

네? 하고 마사야가 그녀를 돌아보았다. 그녀는 앞쪽에 시선을 두고 있었다.

"아까 그 아가씨 말이야. 그런 사람이 있으면 식당에 가는 것도 즐겁겠지?"

그녀 말투에는 억양이 없었다.

"요즘은 자주 가지 않아요."

"어머, 그렇구나. 그럼 그래서 그랬는지도 모르겠네."

"뭐가요?"

"만날 기회가 별로 없어서 그곳까지 온 게 아닐까?"

마사야가 픗, 웃었다.

"거기서 마주친 건 우연이라고 했잖아요."

그러자 요리에가 슬그머니 미소를 지으며 마사야 쪽으로 얼굴을 돌렸다.

"그 아가씨, 거기서 마사야를 기다리고 있었어."

단정적인 말투였다.

"설마요. 내가 도예 교실에 다닌다는 걸 그녀는 모르는데요."

"그럼 누구에게 들었나 보지. 아무에게도 얘기하지 않았다면 마사야를 쫓아왔는지도 모르고."

마사야는 웃는 얼굴로 고개를 저었다.

"그럴 리가요."

"길거리에서 우연히 만났다면 그런 표정을 짓지는 않았을 거야. 그 아가씨는 하나도 놀라지 않던걸."

"그런가요?"

듣고 보니 그런 것 같기도 했다.

"뭐, 아무래도 상관은 없지만."

요리에는 원래의 위치로 얼굴을 돌렸다.

"그 아가씨, 마사야를 좋아하나 봐."

"말도 안 되는 얘기예요."

"본인도 알 텐데. 그런 표정인걸, 뭐."

그녀가 마사야를 힐끔 보았다.

"무슨요."

그는 창밖으로 눈길을 돌렸다. 택시가 쇼와 거리를 달리고 있었다. 요리에가 운전사에게 말한 행선지는 그가 알지 못하는 곳이었다. 도쿄에 올라온 지 몇 년이 되었지만 도심 이외의 지역은 지리를 잘 모른다.

"마사야, 그 아가씨랑 얘기할 때는 간사이 사투리를 쓰던데?"

"아, 그랬어요?"

"나랑 있을 때도 간사이 억양은 좀 있지만 그 정도로 확실한 간사이 사투리는 아니었어."

"쉽게 고쳐지지 않아서요."

"고치지 않아도 괜찮아. 나랑 있을 때도."

"그래요?"

마사야는 입술을 핥았다. 묘한 긴장감이 온몸을 감쌌다. 요리에의 말투에서 질투의 뉘앙스를 느꼈기 때문이다.

●

5

마사야는 띠동갑도 넘는 연상의 여성과 교제를 순조롭게 이어 갔다. 하기야 교제라고 해도 좋을지 어떨지 그 자신도 확실히 알 수 없었다. 일주일에 두 번 도예 교실에서 만나고, 수업이 끝나면 함께 식사를 하는 정도였다.

요리에가 자신에게 호의를 품고 있다는 건 안다. 그러나 그 호의가 어떤 종류인지는 알 수 없었다. 그런 심정을 그가 전화로 전하자 미후유는 어떻게 그걸 모르느냐는 투로 말했다.

"그렇게 자주 만나면서 어떻게 그런 말을 해? 그 여자를 가끔 보는 나도 표정이 전과 달라진 걸 알겠는데 말이야. 자주 만나니까 오히려 잘 모르는 건가?"

"그 사람이 전에는 어땠는지 내가 모르잖아."

"미행하면서 자세히 봤을 텐데. 아무튼 내 눈은 틀림없어. 요리에 씨는 당신한테 홀딱 빠졌단 말이야. 그러지 않고서야 그렇게 만날 때마다 데이트하자고 하겠어."

미후유가 무슨 말을 하는지는 알겠지만 마사야는 도저히 요리에를 그런 눈으로 볼 수 없었다. 그녀를 여자로 보는 것 말이다. 그런데도 미후유는 막무가내였다.

"걱정할 것 없어. 때가 완전히 무르익었거든. 이제 남은 건 오직 타이밍이야. 마사야가 유혹하면 절대 거절하지 않아. 얕은수를 쓸 필요는 없어. 좀 무뚝뚝하거나 어색해도 상관없으니까 호텔로 가자고 해 봐."

"그런다고 순순히 따라올 것 같아? 자존심이 얼마나 센 사람인데. 자기를 만만하게 본다면서 화를 낼 거야."

"그렇지 않다니까. 자존심이 센 만큼 아직도 자기는 충분히 여자로 통한다고 믿고 있어. 자기 정도의 매력이면 젊은 남자를 끌어당기기에 충분하다고 생각한다니까. 마사야가 유혹하면 아아, 역시, 하면서 흡족해할 거야."

"그렇게 순조로울까?"

"그렇다니까. 나를 믿어."

미후유가 아무리 장담해도 마사야는 자신이 없었다. 거기에는 두 가지 의미가 있었다. 하나는 요리에가 유혹을 순순히 받아들일 것인가 하는 점이고, 또 하나는 과연 요리에와 관계를 가질 수 있을까 하는 점이었다.

"굳이 관계할 필요는 없지 않을까? 그 여자의 관심이 이제 미후유에게서 떠났잖아. 그걸로 목적을 달성한 셈 아니야?"

"지금이야 그렇지."

미후유는 냉담하게 말했다.

"그래, 지금은 젊은 보이프렌드가 생겨서 들떠 있을 테니까. 하지만 그러다가 다시 쓸데없는 생각을 하게 될 거야. 그 젊은 보이프렌드가 단지 식사나 함께 하는 존재로 머무르면 결국 관심이 다른 방향으로 옮겨 갈 거란 말이야. 그러니까 지금이 중요해."

마사야가 대꾸하지 않자 미후유는 어리광을 피우는 듯한 목소리로 말했다.

"그 사람이랑 관계를 가져, 응?"

마사야는 대답할 수 없었다. 조금 더 생각할 시간을 줘, 하고 전화를 끊었다.

미후유와 통화를 마친 뒤 그의 뇌리에 떠오르는 얼굴이 있었다. 유코다. 며칠 전 도예 교실 앞에서 마주친 후로 왠지 자꾸만 신경이 쓰였다.

그녀를 만나고 싶다는 생각이 들었다. '오카다'에 가면 쉽게 만나겠지만 결심이 서지 않았다. 유코를 만나 뭘 하고 싶은지도 확실히 알 수 없었다.

"표정이 굉장히 심각하네. 여전히 일자리를 못 구해서 그래?"

옆에서 요리에가 말을 걸었다. 차창 밖을 바라보고 있던 마사야는 그녀에게로 얼굴을 돌렸다.

"그렇죠, 뭐. 지금도 거의 바닥이 났고, 언제까지 도예나 하고 있을 수는 없으니까요."

"그러니까 내가 전에도 얘기했잖아. 도예 교실 비용은 내가 내줄게. 지금 그만두면 아깝잖아. 선생님도 마사야가 하루가 다르게 발전한다면서 지켜보고 있는데. 시작한 지 얼마 되지도 않았는데 벌써 다른 사람들을 앞지르고 있으니 당연하지."

"하지만 도예로 먹고살 수는 없잖아요. 비용을 구라타 씨가 내줄 이유도 없고요."

"서운하게 그런 말이 어딨어? 내가 후원해 주겠다는데."

"후원은 가능성이 있는 사람에게 투자하는 거죠. 지금 저는 그저 백수일 뿐이에요."

"마사야처럼 재주가 있으면 뭘 해도 성공할 거야. 재주를 발휘할 기회가 없었을 뿐이지. ……왜 웃어?"

"아니요, 제 재주가 어떤지도 모르시면서……."

"도예 솜씨를 보면 알지. 이래 봬도 나, 좋은 도예품을 구별해 내는 안목에는 자신이 있거든. 내 손으로 만들지는 못하지만."

그렇게 말하며 미소를 지은 후 요리에는 무언가 떠오른 듯
한 눈빛으로 말을 계속했다.

"마사야, 금속 가공은 어때?"

"어떠냐니, 무슨 말이죠?"

"할 수 있어? 반지나 펜던트 같은 걸 만드는 일 말이야."

마사야는 마음속 동요를 들키지 않도록 표정을 다잡았다.
뭐라고 대답할까 망설이다가 결국은 고개를 끄덕였다.

"네, 조금요. 흉내를 내는 정도지만요."

"그래?"

요리에가 눈을 크게 떴다.

"그럼 다음에 동생에게 말해 봐야겠네."

"동생이라면, '하나야'의……."

"'하나야'에도 공방이 있지만, 외주를 주는 일도 있거든. 금속
가공을 할 줄 안다니까 어디에 소개해 줄 수 있을지도 몰라."

마사야가 손을 내저었다.

"그럴 정도는 아닙니다. 상품이 될 만한 물건을 만들 정도는
아니에요."

"그래? 연습해도 안 될까?"

요리에가 소녀처럼 고개를 갸우뚱하고 물었다.

"하루아침에는 어렵죠. 말씀은 고맙지만 일은 저 스스로 찾

을게요."

흠, 하며 그녀가 코를 살짝 처들었다. 기분이 약간 상한 듯했다.

택시가 아카사카에 있는 호텔에 도착했다. 차에서 내리는 두 사람을 호텔 직원이 공손하게 맞았다. 오랜 역사와 위엄이 있어 보이는 정면 현관을 지나면서 마사야는 심호흡을 했다. 자신의 차림새가 남이 보기에 어색하지 않을지 신경이 쓰였다. 그는 새 양복을 입고 있었다. 이곳에 오려고 산 것으로, 양복 값을 요리에가 냈다. 그런 최고급 호텔에 입고 갈 만한 옷이 없다고 하자 그녀가 선물하겠다고 한 것이다. 양복 외에도 셔츠와 넥타이, 구두까지 사 주었다.

오늘 이 호텔에서 기모노 전시회가 열리는 것이다. 며칠 전 요리에가 전시회에 같이 가자고 제안했다. 도예 수업이 없는데 만나기는 이번이 처음이다.

2층 연회장이 전시장으로 사용되고 있었다. 입구에 접수대가 있고, 기모노를 입은 여자들이 잔뜩 모여 있었다. 요리에도 오늘은 기모노 차림이다. 거뭇한 색으로, 실크 소재인 듯한데 값이 얼마나 하는지 마사야는 알 수 없었다.

중년의 뚱뚱한 여자가 살갑게 웃으며 요리에에게 다가왔다. 요리에의 단골 가게 책임자인 듯했다. 와 줘서 고맙다고 한바탕 호들갑을 떨더니 접수 절차를 생략하고 요리에를 전시장으로 안내했다. 그녀는 마사야에게도 친절하게 웃어 보였지만 누구냐고 묻지는 않았다. 그러나 관심 있어 한다는 것을 그 호기심 어린 눈빛으로 짐작할 수 있었다.

다다미가 깔려 있는 전시장에서는 여러 기모노 업자가 각자의 부스에 내세우는 상품을 전시해 놓고 있었다. 중년 여자는 한복판에 넓은 공간을 차지한 부스로 요리에를 데리고 갔다. 마사야도 그녀를 뒤따라갔다. 줄지어 전시된 기모노들의 가격을 보고 그는 절레절레 고개를 저었다. 그런 데 돈을 들이는 사람들의 심리가 이해되지 않았다.

중년 여자가 요리에에게 재빨리 몇 가지 물건을 추천했다. 두 사람이 나누는 말을 마사야는 거의 알아듣지 못했다.

"마사야, 이거 어떨까?"

요리에가 옷감을 좍 펼치고 마사야에게 물었다. 광택이 있고 은은한 초록색이 감도는 옷감이었다.

"어떠냐니요?"

"나한테 어울릴까?"

"저는 잘 몰라요."

마사야가 쓴웃음을 지었다.

"느낌대로만 말하면 돼. 그러려고 오자고 한 거니까."

"그렇지만……."

잘 어울리죠, 하고 중년 여자가 끼어들었다. 그리고 그에게도 동의를 구하는 표정을 지었다. 귀찮아진 마사야는 고개를 살짝 끄덕였다.

"나쁘지 않군요."

"애매하게 말하네. 나쁘지는 않지만 좋지도 않다는 뜻?"

"아니, 그런 게 아니라……."

마사야가 머리에 손을 올렸을 때였다.

"괜찮은데, 그거."

등 뒤에서 남자 목소리가 들렸다.

요리에가 그쪽을 돌아보고는 놀란 표정을 지었다.

"어머나, 어떻게……."

마사야도 뒤를 돌아보았다. 그리고 눈을 화들짝 떴다. 더블 슈트를 입은 체격이 좋은 남자와 함께 기모노 차림의 미후유가 서 있었다.

미후유는 그를 힐끔 보고 나서 이내 요리에 쪽으로 시선을 돌렸다. 표정에 일말의 변화도 없었다. 모르는 사람을 대하는 연기를 완벽하게 해내고 있었다.

"너희가 여기는 어쩐 일이야?"

요리에가 두 사람에게 물었다.

"미후유가 졸라서 왔어. 가끔은 기모노 전시회에도 데려가 달라고 말이야. 누나가 기모노를 좋아하니까 틀림없이 올 거라고 예상했는데, 어김이 없군."

"올케도 여기서 전시회를 하는 줄 알고 있었어?"

"아는 사람에게 들었어요. 이런 곳에 한번 와 보고 싶었거든요."

미후유가 주위를 돌아보았다. 그 시선이 순식간에 마사야의 얼굴을 훑고 지나갔다.

마사야는 여전히 조금 혼란스러웠다. 그래서 자신을 부르는 소리도 미처 알아듣지 못했다.

"뭘 그렇게 멍하니 있어?"

요리에가 물었다.

"아, 아무것도 아닙니다."

마사야가 고개를 저었다.

요리에는 두 사람을 마사야에게 소개했다.

"내 동생이랑 올케 미후유 씨야."

아키무라 다카하루가 히죽 웃었다.

"도예 교실에 이렇게 젊고 잘생긴 남자가 있을 줄은 몰랐는걸? 누나, 다시 봐야겠어."

"무슨 소리야. 이런 데 혼자 오려니까 체면이 서지 않아서 같이 오자고 한 것뿐이야. 그렇지?"

그녀가 동의를 구하자 마사야는 애매하게 고개를 끄덕였다. 그리고 아키무라를 향해 고개를 숙였다.

"말씀 많이 들었습니다."

아키무라도 진지한 표정으로 고개를 숙였다.

"처음 뵙겠습니다. 앞으로도 저희 누나 잘 부탁합니다."

마사야는 침을 꿀꺽 삼켰다. 이 남자가 미후유의 정식 남편이다. 사람들 앞에 미후유와 함께 당당히 나설 수 있고, 밤에는 그녀의 몸을 탐할 수 있다. 게다가 그녀 안에서 사정을 하는 것도 허락된다. 마사야는 두 주먹을 꽉 쥐었다.

그가 그런 생각에 시달리는 동안에도 미후유는 짐짓 아무것도 모른다는 표정을 짓고 있었다. 시누이의 지인 따위에게는 일절 관심이 없다는 태도였다.

마사야는 미후유가 왜 이곳에 나타났을지 생각해 보았다. 요리에가 오늘 이곳에 같이 가자고 했다는 얘기는 미후유에게 한 적이 있다. 그 말을 듣고 남편과 함께 오기로 한 것일까. 그렇다면 그 목적이 뭘까. 금실 좋은 부부의 모습을 내게 보여 주려는 것인가.

"여보, 우리 저쪽에 가 봐요. 나, 기모노 허리띠가 필요해요."

미후유가 남편의 팔에 자신의 가느다란 팔을 걸쳤다.

"뭐야, 당신. 잠깐 구경만 하겠다고 해 놓고서."

아키무라가 신이 난 듯 벙글거렸다.

"뭐, 오늘은 하자는 대로 하지. 그럼 누나, 나중에 봐."

팔짱을 낀 채 멀어져 가는 두 사람을 눈으로 좇으며 요리에는 살짝 한숨을 쉬었다.

"저 나이에 사람들 앞에서……. 흉해, 정말."

"부인이 젊군요."

마사야가 넌지시 말해 보았다. 동시에 요리에의 반응을 살폈다.

"독신으로 오래 지내서, 사람들에게 부러움을 사는 결혼을 하고 싶었던가 봐. 그래서 굳이 젊은 여자를……."

자신의 말이 지나치다는 걸 깨달았는지 요리에는 민망함을 숨기듯이 미소를 지었다.

"자, 우리는 우리대로 물건을 골라야지. 마사야도 의견을 들려줘."

네, 하고 마사야는 고개를 끄덕였다.

전시회장을 나서기 전까지 요리에는 몇 가지 물건을 주문했다. 그 총액이 2백만 엔을 족히 넘길 듯했다. 그런데도 그녀는 이렇다 할 물건을 사지 못했다며 호텔 라운지에서 아쉬워했다. 마사야는 적당히 맞장구를 치면서 또 미후유를 생각했다.

"있잖아, 고향이 간사이지?"

요리에가 불쑥 물었다.

"고베라고 했던가?"

"니시노미야예요. 거기서 거기지만."

"그럼, 교토에 관해서도 자세히 알아?"

"교토요? 아뇨. 자세하게 안다고 할 정도는 아닙니다. 몇 번

가 본 적은 있지만요."

"그래도 교통편 같은 건 웬만큼 알지?"

"그 정도는 뭐……."

"흠."

요리에가 생각에 잠기는 듯했다.

"교토는 왜요?"

그러나 요리에는 한참 동안 말없이 홍차를 마셨다. 그 표정이 뭔가를 꾸미는 것 같기도 하고 망설이는 것 같기도 했다. 이윽고 그녀가 마사야를 바라보았다.

"부탁이 있는데."

"뭐죠?"

"나랑……."

말하고 나서 그녀는 잠시 눈을 내리떴다. 그리고 홍차를 한 모금 마신 뒤 다시 진지한 눈빛으로 그를 바라보았다.

"나랑 교토에 같이 가 줄 수 있을까?"

그 순간 마사야는 숨을 삼켰다. 놀란 표정을 감추기 힘들었다.

지극히 짧은 시간 동안 온갖 생각이 그의 머릿속을 오갔다. 이 부탁에 어떤 의미가 있을까. 교토라면 당일치기도 가능하지만 자고 올 작정은 아닐까. 거기서 묵는다면 방을 따로 쓸 것인가. 그리고 교토에는 무슨 일일까.

"겨울의 교토라, 나쁘지 않군요. 그런데 교토에는 왜 갑자기?"

그는 표정을 흩뜨리지 않으려고 안간힘을 썼다.

"교토에 구경할 곳이 많잖아. 긴카쿠지라든가 기요미즈테라라든가. 또 사가노도 있고."

"그야 그렇지만."

당혹스러워하는 마사야를 요리에는 재미있다는 듯 바라보았다.

"실은 좀 조사해 보고 싶은 일이 있어. 그래서 같이 가 줄 수 있을까 하고."

그녀가 진지한 얼굴로 되돌아왔다.

"뭘 조사하는데요?"

"어떤 인물에 관해서. 하지만 역사상의 인물은 아니야."

"저는 모르는 사람이겠네요."

"그렇지……."

요리에가 다시 생각에 잠긴 표정을 지었다.

"거의 모른다고 할 수 있겠지. 처음에는 조사하려는 장본인이랑 같이 가려고 했다가, 역시 그러지 않는 편이 나을 것 같아서. 미안해, 궁금하게 만들어서."

"말하고 싶지 않으면 안 하셔도 되지만 궁금한 건 사실이에요."

"만일 함께 간다면 어차피 마사야도 알게 되겠지. 하지만 지금은 말할 수 없어. 어떤 의미에서는 집안의 수치를 드러내는 셈이니까."

"친척 분인가요?"

"글쎄, 뭐라고 할까."

요리에가 찻잔을 손에 든 채 미소를 머금었다.

틀림없다. 요리에는 미후유에 관해 조사하려고 한다. 마사야는 그렇게 확신했다.

"교토 어느 쪽에 가는 겁니까?"

"그게 문제인데 말이지, 일단은 산조 근처에 가 볼까 해."

"산조요?"

그러고 보니, 하고 마사야는 과거를 회상했다. 미후유의 고향이 교토라는 말은 들었지만 자세한 건 몰랐다. 몇 번인가 그런 화제가 등장한 적이 있지만 그녀가 별로 말하고 싶어 하는 것 같지 않아서 그도 캐묻지 않았다. 그래도 산조라는 지명은 들은 기억이 있었다.

"어때, 나 같은 아줌마랑은 가기 싫어?"

요리에가 눈을 살짝 치켜뜨고 물었다.

그녀의 표정을 보며 마사야는 자신이 중대한 선택의 기로에 놓였다는 것을 깨달았다. 그녀가 마사야의 속을 떠보고 있는 것이다. 만약 여기서 완곡하게라도 거절하면 그야말로 그녀는 자존심에 상처를 입고 두 번 다시 이런 제안을 하지 않을 것이다. 뿐만 아니라 도예 교실 후의 소소한 데이트도 없어질지 모른다.

"언제 가느냐에 따라서요."

망설인 끝에 그는 대답했다.

"아시다시피 제가 백수인 처지라서 날마다 공공 직업 안정소를 드나들잖아요. 채용하겠다는 연락이 오면 만사 제치고 가야 해서요."

"그런 일이 생기면 내가 일정을 변경할게. 그래도 안 될까?"

"아니, 그렇지는 않죠."

"그럼,"

요리에가 마사야의 표정을 살피는 듯한 눈빛을 했다. 입가에는 미소가 어려 있지만 그 눈에는 진지한 빛이 깃들어 있었다. 그녀의 교토 여행에 미후유를 조사하는 일 외에 다른 목적도 있음이 분명했다.

더는 물러설 수 없어, 하고 마사야는 마음을 다졌다. 그는 웃는 얼굴로 고개를 끄덕였다.

"그럼 같이 가죠, 교토에."

"아, 다행이다."

그제야 비로소 요리에의 눈에도 미소가 어렸다. 눈꼬리에는 주름이 잡혔다.

그녀와 헤어진 마사야는 전철을 타고 집으로 향했다. 그리고 히키후네역에서 내려 아파트로 돌아가다가 문득 마음이 바뀌어 발길을 돌렸다.

'오카다'의 간판이 보였다. 그러나 그는 입구 바로 앞에서 걸음을 멈췄다. 자신의 차림새가 평소와 너무 많이 다르다는 사실을 깨달았기 때문이다.

나중에 다시 올까 하고 생각하는데 가게 문이 드르륵 열리더니 스웨터 차림을 한 유코가 나왔다. 가게 앞에 내놓은 칠판의 메뉴를 고쳐 쓰려고 나온 모양이었다. 마사야를 알아본 그녀가 그 큰 눈을 더 크게 뜨고 깜박거렸다.

"마사야 씨!"

어, 그래, 하고 마사야가 대꾸했다.

"어쩐 일이에요, 그런 모습으로? 멋지네요. 몰라볼 뻔했어요."

유코가 마사야에게 달려왔다. 다시금 그의 옷차림을 위아래로 훑어보더니 웃음을 터뜨렸다.

"그런데 왠지 마사야 씨 같지 않아요."

"전혀 안 어울리지?"

"그건 아니지만……, 평소 옷차림이 나았다고 할까."

"역시 그렇군."

그가 넥타이를 풀었다.

"아, 아니, 거짓말이에요. 멋져요. 그런데 정말 어쩐 일이에요? 면접?"

"뭐, 그런 거지."

그가 둘둘 만 넥타이를 양복 주머니에 쑤셔 넣었다.

"우리 가게에 온 거 맞죠?"

유코가 그의 양복 소매를 잡았다.

"들어가요."

마사야는 그녀에게 이끌리듯이 '오카다'로 들어갔다. 가게 안에는 손님이 세 팀밖에 없었다. 구석 테이블이 비어 있어서 그곳에 앉기로 했다. 유코가 주방으로 가서 뭔가를 얘기하자 안에서 그녀의 아버지가 나와 마사야에게 까딱 인사를 했다. 마사야도 말없이 고개를 숙였다.

유코가 물수건과 가벼운 안줏거리를 쟁반에 담아 가지고 돌아왔다. 마사야는 채소 조림과 맥주를 주문했다. 그녀가 알았다는 듯이 고개를 끄덕이고 주방으로 돌아갔다. 그 뒷모습을 잠시 바라보던 마사야는 나무젓가락으로 안줏거리를 집어 먹으면서 가게 안을 둘러보았다. 메뉴가 적힌 칠판, 세월의 흔적이 깃든 테이블, 구석에 설치된 텔레비전, 그 모든 것이 예전 그대로였다. 일과를 마치고 온 것으로 보이는 기술자풍의 남자가 혼자 술을 마시고 있다. 그런 풍경조차 정겨웠다.

내가 원래 있어야 할 곳은 여기다, 하고 그는 생각했다. 그다지 큰 욕심 없이 하루하루의 소소한 행복을 누리며 땀 흘려 일하고 그 피로를 맥주 한잔으로 푸는 생활이야말로 자신에게 어울린다. 도대체 이 옷차림이 뭐란 말인가. 이런 건 내가 입을 옷이 아니다. 어린애들 축일도 아니고, 언제까지 이렇게 빤들빤들 모양이나 내고 있으란 말인가. 마사야는 웃옷을 벗어 둘둘 말아서 옆 의자에 놓았다.

유코가 맥주와 음식을 가져왔다.

"와, 마사야 씨, 춥지 않아요?"

"괜찮아. 옷이 거북해서 그래."

마사야가 컵을 들자 유코가 맥주를 따라 주었다. 그 얼굴을 밑에서 쳐다보았다.

"왜요?"

부끄러운 듯이 그녀가 물었다.

"아니, 아무것도 아니야."

"그런데 마사야 씨, 도예 배워요?"

맥주병을 손에 든 채 유코가 물었다. 마사야는 하마터면 입에 머금었던 맥주를 뿜을 뻔했다.

"도예?"

"지난번에 그런 데 있었잖아요."

"아아……."

그때 마사야는 도예라는 말을 입 밖에 꺼내지 않았는데, 그

148

녀는 거기에 도예 교실이 있고 그가 거기에 있었다는 사실을 아는 듯했다. 역시 요리에 말대로 유코는 마사야를 기다리고 있었는지도 모른다.

"그저 기분 전환 삼아서……."

그리고 웃음으로 얼버무렸다.

"누가 하도 권해서 말이지."

"흠, 같이 있던 그 여자요?"

유코가 반응을 살피듯이 마사야를 바라보았다.

"응, 뭐……."

"마사야 씨에게 그런 지인이 있을 줄은 몰랐네. 어느 부잣집 사모님처럼 보이던데."

농담조로 말했지만 그녀의 뺨이 살짝 긴장하는 것처럼 보였다.

"아주 잘 아는 사람은 아니야."

"그렇게 보이지 않던데요. 굉장히 친해 보였어요."

"그만해. 나보다 훨씬 나이 많은 아줌마인데."

"그래도 아주 섹시하던걸요."

유코는 그의 잔에 맥주를 채우더니 "뭐, 내가 상관할 일은 아니지만요." 하고 주방으로 돌아갔다.

마사야는 채소 조림을 젓가락으로 집었다. 예전과 똑같은 맛이었다. 가정의 향기가 난다. 그 맛을 음미하며 그는 맥주를 마시고, 조금 전 유코의 반응을 곰곰이 생각해 보았다. 그녀는 질투하고 있는지도 모른다. 상대 여성의 나이 따위는 상관없다. 그가 낯선 여자와 친근하게, 그것도 자신이 모르는 세계에서 만나고 있다는 사실을 질투하는 것이다.

유코의 반응이야말로 정상이 아닐까 하고 마사야는 생각했다. 좋아하는 사람이 다른 이성과 가까이 지내는 모습을 보고 유쾌할 리 없다. 이런저런 상상으로 마음 아파하는 게 당연하다. 그런데 미후유에게는 그런 기색조차 없다.

계산을 치르려는데 유코가 다시 나왔다. 마사야는 돈을 내면서 그녀에게 물었다.

"유코는 여기서 태어나고 자랐지? 그럼 초등학교랑 중학교도 여기서 나왔어?"

"네. 초등학교는 바로 저기. 중학교는 걸어서 5분 거리. 돈이 없어서 사립에는 보내 주지 않았어요."

그러자 안쪽에서 그녀의 엄마가 "그럴 머리도 안 된 주제에!" 하고 내뱉었다.

유코가 혀를 쏙 내밀었다.

"왜 그런 걸 물어요?"

"아니, 좀 궁금해서."

계산을 마친 마사야는 잘 먹었다고 인사하고 가게를 나왔다. 유코가 곧바로 뒤따라 나왔다.

"마사야 씨, 앞으로도 자주 와요."

"그럴게."

그는 다시 한 번 잘 먹었다고 말했다.

집으로 돌아가자마자 양복을 벗어 던지고 평소에 입던 스웨터로 갈아입었다. 텔레비전을 켜고 담배에 불을 붙인 다음 연기를 내뿜으며 멍하니 화면을 바라보았지만 내용이 전혀 머리에 들어오지 않았다.

유코는 뭐든 물으면 가르쳐 준다.

어쩌면 나는 미후유보다 유코에 관해 더 많이 알고 있지 않을까. 부모님은 어떤 사람이고, 어떤 집에서 자랐고, 어떤 동네에 살았는지 딱히 관심 있게 물어본 것도 아닌데 다 안다. 음식 솜씨도 대충은 안다.

그런데 미후유에 관해서는 어떤가. 아는 사실이래야 그 지진 당시 피해를 입었다는 것뿐이다. 돌아가신 부모님이 어떤 사람이었는지, 태어나고 자란 동네는 어땠는지 전혀 모른다. 그런데도 한배를 타고 인생을 헤쳐 나가려고 한다.

우리는 정상이 아니야. 미쳤어.

마사야는 피우던 담배를 재떨이에 눌러서 껐다.

그때 휴대 전화 착신음이 울렸다. 액정 화면에 발신자 번호가 표시되지 않는다.

"돌아갔어?"

전화를 건 상대가 누구인지 알기에 다짜고짜 물었다.

"응, 조금 전에 돌아왔어."

생각대로 미후유다.

"오늘, 놀라게 해서 미안해."

"얼마나 놀랐는지 알아? 대체 무슨 생각이야?"

그러자 전화기 저편에서 미후유가 쿡쿡 웃었다.

"슬슬 손을 써 두는 게 좋을 것 같아서. 복선이야."

"복선이라니, 무슨 복선?"

"앞으로 요리에 씨는 젊은 남자와 깊은 사이가 될 거야. 나는 그걸 우연히 알게 되고. 구체적으로 말하자면 호텔에서 나오는 두 사람과 딱 마주치는 거지. 그때 내가 상대 남자의 얼굴을 알고 있으면 요리에 씨를 위협하는 효과가 클 거 아니야."

미후유 얘기를 듣고 마사야는 신음했다. 그런 속셈이 있었구나, 하고 깨달았다. 아울러 미후유의 냉철함에 새삼 혀를 내둘렀다.

"그쪽은 어때, 진전이 있었어?"

미후유가 물었다.

요리에가 같이 여행을 가자고 했다고 말하면 그녀는 반색할 것이다. 그리고 그 기회를 절대 놓치지 말라고 닦달할 것이다. 그런데 그 행선지가 교토라는 사실을 알면 그녀는 어떤 반응을 보일까. 목적이 자신이라는 걸 눈치챌 것이다. 그녀

나름으로 경계할 일이 있을지도 모른다.

어쨌든 마사야는 요리에가 제안한 사실을 말해야 한다. 그건 충분히 알고 있다. 미후유가 전화를 한 이유도 그것 때문이니까.

그렇다. 미후유가 내게 전화를 한 목적은 나와 대화를 나누고 싶어서가 아니다.

"왜 말이 없어? 아무 진전도 없었어?"

미후유가 대답을 재촉했다.

마사야는 호흡을 가다듬었다. 그리고 평소와 다름없는 말투로 대답했다.

"기모노 전시회를 보고 나서 호텔 찻집에 가서 커피를 마셨어. 그게 전부야."

"흠, 다음 데이트 약속은?"

"정하지 않았어. 그쪽에서 연락한다고 했어."

"그 사람, 의외로 신중하네. 기모노 전시회에 데리고 갈 정도라면 상당히 대담해졌을 줄 알았더니."

"미후유와 마주치는 바람에 신중해진 게 아닐까?"

"그럴지도 모르지. 하지만 시간문제야. 분명히 유혹해 올 거야. 마사야, 그 기회를 놓치면 안 돼."

"유혹해 오지 않으면?"

"그럴 리 없어. 나를 믿어. 그럼 또 연락할게."

전화가 일방적으로 끊겼다. 마사야는 조용해진 휴대 전화를 잠시 바라보다가 휙 내던져 버렸다.

9장

●

1

노상에 세워진 차들 때문에 그러잖아도 좁은 길이 한층 비좁아져 있었다. 그런데도 트럭은 아랑곳하지 않고 택시를 스쳐 지나간다. 이어서 자전거 바구니에 물건을 잔뜩 실은 중년 여성이 택시 왼쪽을 스쳐 지나려고 한다. 그래도 운전사는 태연히 액셀을 밟는다.

"길이 복잡하군요."

가토가 참다못해 한마디 했다.

"이 정도는 보통이에요."

운전사가 퉁명스럽게 말한다. 덴노지역에서 택시를 잡아탔다. 거기서 전철로 두 정거장 거리. 너무 가까워서 기분이 나쁜가 보다 했는데, 그게 아니라는 걸 택시에서 내릴 때에야 알았다.

"뒷길로 왔는데도 시간이 걸려서 미안합니다."

거스름돈을 내주면서 운전사가 말했다. 아닙니다, 하고 가토는 택시에서 내렸다. 왠지 기분이 좋다. 멀어져 가는 택시의 회사 이름을 확인하고 나서 피식 웃음이 나오고 말았다.

오사카 사람들은 상술이 좋다더니 이런 일을 두고 하는 말인가 싶었다.

지도를 보면서 잠시 걷자 목적지인 2층짜리 아파트가 나왔다. 1층은 편의점이 들어서 있다. 주차장은 없고, 가게 앞에는 자전거가 빼곡히 세워져 있다. 모모다니역을 이용하는 사람들이 세워 놓았을 것이다.

2층으로 올라가 205호의 벨을 눌렀다. 문은 칠이 군데군데 벗겨진 데다 녹이 슬어 있다. 문패에 나가이라고 씌어 있었다.

여자 목소리가 들리고, 이어서 문이 열렸다. 안색이 좋지 않은 사십 대 중반쯤의 여자가 문틈으로 가토를 올려다보았다. 그녀의 얼굴 바로 밑에 도어체인이 있다.

"어제 전화 드린 가토입니다만."

그가 애써 살가운 미소를 지었다.

"남편 분께 듣지 못하셨습니까?"

"도쿄에서 오셨다고요?"

"경시청에서 왔습니다."

그가 수첩을 내보였다.

"듣기는 했는데, 저희는 신카이 씨와 특별히 친하게 지내지 않았어요."

"그 얘기는 어제 남편 분께도 들었습니다. 그래도 잠깐……."

계속 미소를 지으며 말했다.

"흠, 그래요……."

나가이 부인은 생각에 잠긴 얼굴로 일단 문을 닫더니 체인을 풀고 다시 열었다. 그러나 가토를 집에 들일 생각은 없는 듯, 현관에 선 채 그를 바라보았다.

"대체 무슨 일이죠?"

가토는 안으로 들어서며 손을 뒤로 해서 현관문을 닫았다. 다른 사람들에게 들리지 않도록 하려는 목적도 있지만 무엇보다 추웠던 것이다. 오사카의 여름은 도쿄보다 훨씬 덥다는데 겨울에 춥기는 마찬가지인 듯했다.

"아사히 하이츠라는 아파트에 사신 적이 있죠?"

"니시노미야에 있을 때요. 맞아요."

"옆집에 신카이 씨 부부가 살았다고 하던데요."

"그렇기는 하지만 얘기를 나눈 적은 별로 없어요. 마주치면 인사나 하는 정도였죠."

"지진 직전에는 어떠셨나요. 신카이 씨와…… 그러니까 부부 중 어느 쪽과 얘기를 나눈 적이 있습니까?"

"지진 직전에요……."

그녀의 표정이 어두워졌다. 귀찮은 질문을 받은 탓도 있겠지만, 그 이상으로 지진이라는 말 자체에 반응했음이 틀림없다. 아파트가 붕괴되는 바람에 그들도 살 곳을 잃었다. 이제는 이곳에 자리를 잡은 모양이지만, 그간 고생이 이만저만 아니었을 것이다.

"괴로운 기억을 떠올리게 해서 죄송합니다."

가토는 진심으로 사과했다.

"이제는 많이 잊었어요. 우리보다 심한 일을 당한 사람도 많고, 완전히 무너지기는 했지만 우리 소유의 집이 아니라서 잃은 것도 많지 않았어요."

부인이 다른 사람들을 헤아리는 눈빛으로 말했다.

"듣기로는 신카이 씨네는 부부가 모두 돌아가셨다고 하던데요."

"그렇습니다."

"저런, 딱해라……. 상황이 그렇다 보니 향 하나 피워 올릴 여유가 없었어요. 피난 가기에 바빠서요."

"그랬을 겁니다."

"그러고 보니 신카이 씨 부인과 얘기를 나누기는 했어요. 지진 전날인지 어떤지는 확실히 기억나지 않지만, 돌아가셨다고 들었을 때 아아, 그게 마지막 대화였구나 하고 나중에 떠올린 기억이 있어요."

"무슨 얘기를 나누셨습니까?"

"따님 얘기였어요. 그날 밤에 딸이 돌아온다면서, 한동안 같이 살게 되었으니 잘 부탁한다는 내용이었던 것 같아요. 내일이라도 인사를 시키겠다, 그렇게 말한 기억도 나네요."

"그날 밤에 돌아온다고 했단 말이죠. 그래서, 인사하러 왔던 가요?"

"아니요, 그게……."

부인이 잠시 기억을 떠올리려는 듯한 눈빛을 하더니 이윽고 고개를 끄덕거렸다.

"그래요, 그다음 날 지진이 났어요. 그래서 결국 그 딸과는 만나지 못했죠."

"그럼 그 딸이 돌아왔는지 어떤지도 모르시겠군요."

"아니요. 돌아왔을 거예요. 우리 남편이 대피소에서 인사를 했다고 했거든요. 그리고 지진 전날 밤에 얼핏 얘기 소리가 들렸던 기억도 나요. 굉장히 즐겁게 얘기를 나누더군요. 내용까지는 알 수 없었지만 말이에요. 신카이 씨 부부는 둘 다 조용한 사람이라서 그 전까지는 말소리가 들린 적이 한 번도 없었거든요."

가토의 머릿속에 부모와 딸, 셋이서 화목하게 담소를 나누는 광경이 떠올랐다.

"그렇게 즐거워했는데 그다음 날 지진이 났으니, 정말 하늘도 무심해요."

부인이 얼굴을 찡그렸다.

"그 딸 입장에서는 단 하룻밤을 지내고 부모를 잃은 셈이지 뭐예요."

"신카이 씨 딸에 관해서는 달리 들은 내용이 없습니까?"

"방금 말씀드린 것 말고는 딱히……."

거기까지 말한 부인이 뭔가 떠올랐다는 듯한 표정을 지었다.

"아, 그러고 보니 외국에서 돌아온다는 말을 부인이 했던 것 같아요."

"외국요? 외국 어디서요?"

"그것까지는 듣지 못했지만, 상당히 오래 여행한 것 같던데요."

"여행이란 말이죠……."

"저, 형사님."

부인이 턱을 살짝 끌어당기며 눈을 치켜떴다.

"신카이 씨 댁에 무슨 일이 있었나요?"

그녀가 호기심이 가득한 눈으로 물었다.

"별일은 아닙니다. 신카이 씨와는 직접적인 관련이 없는 사건으로 조사하고 있어요. 바쁘신데 방해해서 죄송합니다."

부인이 더 묻기 전에 그는 손을 뒤로 뻗어 현관문을 열었다. 집 안으로 더 들어가지 않기를 다행이라고 생각했다.

아파트를 나온 후 코트에서 담배를 꺼내려고 하는데 주머니에서 휴대 전화가 울렸다. 가토는 혀를 차며 전화기를 꺼냈다. 아니나 다를까, 니시자키였다. 그래, 하고 성의 없이 받았다.

"어디 있어요?"

후배 형사의 목소리에 짜증이 가득했다.

"자네 먼저 돌아가도 돼."

"그럴 수는 없죠. 부경 본부와 소네자키 서에 인사는 해야죠."

"내가 없어도 되잖아."

"그랬다가 나중에 들통나면 위에서 무슨 소리를 들으라고요. 안 그래도 오사카 쪽에 신세를 지게 되었다고 윗분들이 언짢아하고 있는데요."

"어쩔 수 없잖아. 용의자가 오사카에서 죽었는데."

"아무튼 일단 우메다로 오세요. 장소는 아시죠?"

"알아."

부탁드려요, 하면서 니시자키가 전화를 끊었다. 평소에는 가토에게 상당히 고분고분한 후배다. 더 화를 돋우면 안 되겠다고 가토는 생각했다.

이번에는 일을 빌미로 오사카에 왔다. 도쿄 에도가와구에서 사람을 죽이고 지갑을 훔쳐 달아난 남자가 오사카 길거리에서 동사한 것이다. 소지품 중에 훔친 물건이 들어 있어 그런 사실이 이내 드러났다. 범인이 오사카로 온 이유는 피해자가 오사카행 신칸센 표를 갖고 있었기 때문으로 추측되었다. 아마도 특별한 목적 없이 그저 멀리 도망치고 싶었을 것이다.

우연히 그 사건을 가토가 속한 팀이 담당하게 되었다. 가토는 오사카 출장을 자원했다. 물론 목적은 따로 있었다.

그는 작년에도 두 번 간사이에 내려왔다. 두 번 다 휴가를 이용했다.

그는 먼저 신카이 부부가 살았다는 아사히 하이츠의 옛 주민들을 찾아보았다. 부동산에 알아보니 그들은 대부분 오사카로 이주해 있었다. 임대 주택에 사는 사람은 집을 가진 사람보다 움직이기 쉽다. 일거리가 없는 니시노미야나 고베에 머무르는 것보다는 피해가 거의 없었던 오사카에서 일자리와 살 곳을 구하는 게 당연할지도 모른다.

몇 사람에게 얘기를 들어 보니 신카이 부부는 둘 다 온순하고 눈에 띄지 않는 인물들이었던 듯하다. 그리고 적어도 같은 아파트 내에서는 특별히 친하게 지낸 사람이 없었던 것 같았다. 그래도 얼굴을 마주치면 반드시 공손하게 인사했다고 다들 입을 모았다. 다만 그 딸에 관해 얘기를 들은 적은 없다고 했다.

가토는 신카이가 근무했던 오사카 본사에도 가 보았다. 다만 경시청 사람이 불쑥 찾아가면 그쪽에서는 경계할 것이 분명하므로 소가 다카미치 실종 사건을 전면에 내세웠다. 소가도 오사카 본사에서 근무한 적이 있기 때문이었다.

소가가 일했던 부서의 간자키라는 사람이 가토를 만나 주었다. 간자키는 소가보다 2년 선배라고 했다.

소가의 실종을 산자키도 알고 있었다. 그러나 사건의 실마리가 될 만한 내용은 전혀 아는 바가 없었다. 가토는 낙담한 표정을 지었지만, 예상한 일이었기 때문에 속으로는 그렇지도 않았다.

두 번째 휴가 때는 교토로 갔다. 신카이 부부가 과거에 살았던 동네를 찾아보기 위해서였다. 그러나 교토도 많이 변해 있었다. 니시노미야 시청에서 주소를 입수했지만, 그 장소를 찾아내는 데 무척 애를 먹었다. 신카이 일가가 살던 때로부터 십수 년이 지났기 때문이다.

그러나 그 교토 방문에서 가토는 놀라운 사실을 알아냈다.

●

2

도쿄역 은방울(도쿄역 구내에 설치된 대형 은색 방울로, 만남의 장소로 유명하다―옮긴이) 아래에서 기다리기를 약 10분. 마사야가 담배가 피우고 싶다고 느껴질 무렵, 커다란 루이뷔통 가방을 든 요리에가 기둥 뒤쪽에서 나타났다.

"미안. 나오기 직전에 할 일이 이것저것 생각나서 말이지."

"여행 간다고 누구한테 얘기했어요?"

요리에가 고개를 저었다.

"혼자 지내는데 그럴 필요가 없지. 내가 이삼 일 집을 비운다고 한들 눈치챌 사람도 없는걸, 뭐. 그래서 마음이 편하기도 하지만."

남편과 거의 무관하게 지낸다는 사실을 넌지시 암시하는 것처럼 들렸다. 그녀가 손목시계를 보았다.

"어머나, 서둘러야겠네."

신칸센 출발 시각이 다가와 있었다.

이미 플랫폼에 들어서 있는 '히카리'호에 올라탄 두 사람은 나란히 좌석에 앉았다. 마사야로서는 그린 카(신칸센 열차 중 시설과 서비스가 좋은 일종의 특실—옮긴이)에 타는 일이 처음이었다. 애당초 그는 여행 경험이 거의 없다.

하지만 요리에는 여행이 익숙한 듯했다. 약속에는 늦었지만, 차 안에서 먹을 도시락과 음료를 빈틈없이 챙겨 왔다. 마사야가 마실 캔 맥주도 사 왔다.

"상당히 붐비는군요."

열차가 출발하고 잠시 후 마사야가 주위를 둘러보며 중얼거렸다. 좌석이 80퍼센트 정도 채워져 있었다.

"아침에는 회사원들이 많이 타거든. 오후 어중간한 시간대에는 텅텅 비어서 가."

"불경기라는데 그린 카를 이용하는 승객이 많네요."

"그리 많이 비싸지 않아. 사치를 약간 부려 보는 거지, 뭐."

요리에는 마사야를 위해 테이블을 펼치고 도시락과 음료를 늘어놓았다.

다른 사람들은 우리를 어떻게 볼지 마사야는 궁금했다. 나이 든 여자와 젊은 남자. 게다가 남자는 넥타이도 매지 않고 양복도 입지 않았다. 아침부터 캔 맥주를 사 들고 왔다. 여자는 보아하니 돈깨나 있는 것 같다. 유한마담과 젊은 제비, 그런 진부한 표현이 머리에 떠올랐다. 물론 주변의 회사원들은 남의 일에 전혀 신경을 쓰지 않는 듯하다. 통로를 사이에 두고 옆 자리에 앉은 남자들도 한 사람은 업무 자료를 읽고 있고, 다른 한 사람은 등받이에 기댄 채 눈을 감고 있다.

중고등학교 때 성적이 좋았던 동창생 몇몇의 얼굴이 떠올랐다. 그들도 지금쯤은 저렇게 회사원이 되어 있을지 모른다. 가정을 꾸린 친구도 많을 것이다. 구조 조정, 급여 삭감……, 그런 말들에 둘러싸여 현대 사회를 살아가고 있을 것이 분명하다. 그런 생각을 하자 마사야는 자신만 덩그러니 동떨어진 세상에 있는 것처럼 느껴졌다. 실직자인데도 생활고에 시달리지 않는다. 미후유가 도와주기 때문이다.

"맥주 마실래?"

요리에가 고개를 갸웃하며 물었다.

마사야는 "지금은 됐어요." 하고 거절했다. 마시고 싶은 생각도 있지만, 캔을 따는 소리가 주위 남자들에게 들릴까 봐

신경이 쓰이기 때문이다.

"여전히 그렇게 공손한 말투를 쓰네."

"그런가요?"

"거봐, 그런가요가 뭐야?"

"아니, 그게……."

그가 가볍게 웃었다.

"구라타 씨는 손윗사람인 데다 제가 여러 가지로 신세를 지고 있으니까요."

"손윗사람이 아니라 연상이지."

눈을 치켜뜨고 노려보았지만 불쾌해하는 것 같지는 않았다.

"교토에 도착하면 가능한 한 간사이 사투리를 써 줬으면 좋겠는데."

"네……."

"사람들에게 뭘 물어볼 때 그 지방 사투리를 쓰면 상대도 경계를 덜 하잖아."

"교토와 니시노미야는 미묘하게 달라요."

"어머, 어떻게 다른데?"

"그건 저도 설명하기 힘든데…… 아무튼 조금 달라요."

"그래도 같은 간사이니까 도쿄 사람을 대할 때보다는 마음을 열지 않을까?"

"글쎄요."

마사야가 고개를 갸웃했다. 그렇게 단순한 문제가 아니라고 생각했지만 귀찮아서 반박하지 않았다.

"거기 가면 여러 사람에게 질문을 해야 합니까?"

"아마 그럴 거야. 달리 조사할 방법이 없으니까."

"어떤 인물에 관해 조사하고 싶다고 하셨죠? 그 사람이 교토의 산조에 사나요?"

"전에 거기에 살았던 적이 있나 봐. 그래서 우선 그 당시 살았던 집을 찾아보려고 해."

"당시 주소는 알아요?"

"그게…… 산조에 살았다는 것밖에 몰라."

"잠깐만요, 그것만으로 집을 찾겠다니, 당치도 않아요. 게다가 지금은 거기 살지도 않는다면서요. 산조는 넓은 곳이에요."

"실마리는 있어."

그녀가 핸드백에서 조그만 수첩을 꺼내더니 그걸 펼쳐 거기 적혀 있는 메모를 내려다보았다.

"1979년 신산조 초등학교 졸업, 1982년 산조 제1중학교 졸업……"

"그 사람의 이력이에요?"

"응."

그녀가 고개를 끄덕였다.

"고등학교와 대학교도 알지만, 주소의 범위를 어느 정도 좁

히는 데는 역시 중학교와 초등학교가 유리하잖아. 학교 이름을 보아하니 양쪽 다 공립인 것 같고."

"그 학군을 샅샅이 훑겠다고요?"

"쉬운 일이 아니라는 건 알아."

요리에가 수첩을 덮어 가방에 집어넣었다.

"하지만 다른 방법이 없어."

"그 사람의 현재 주소는요? 만일 그걸 알면 그걸 기점으로 거슬러 올라가면 되잖아요."

"현재 주소를 알기는 하지만 거슬러 올라가는 데는 한계가 있어. 한두 번 이사한 게 아니라서 말이지. 주민등록에 기재되어 있는 주소는 바로 이전 것뿐일 테고."

마사야는 고개를 끄덕였다. 아닌 게 아니라 미후유는 몇 번이나 거주지를 옮겼다. 아키무라와 결혼하기 전에는 도쿄 몬젠나카초의 아파트에서 살았다. 그 이전에는 잠시 니시노미야에 있는 부모님의 아파트로 이주했지만 주민등록상의 주소지는 하타가야 근처로 되어 있었다고 들었다.

초등학교와 중학교에 주목한 건 탁월한 선택이었다고 생각했다. 아마도 요리에는 '하나야'에서 미후유의 이력서를 입수했을 것이다.

"찾는 분의 이름은 아직 가르쳐 줄 수 없나요? 그쪽에 도착해서 물어보고 다니려면 아무래도 이름을 말해야 할 텐데요."

마사야의 물음에 요리에는 한숨을 쉬었다.

"가르쳐 주지 않을 도리가 없네."

"제가 방에서 기다려도 된다면 몰라도요."

"당신 도움이 반드시 필요해."

그녀가 미소 지었다.

"그럼 일단 성만 가르쳐 줄게. 신카이야. 신카이라는 사람이 살던 집을 찾으면 돼."

"신카이 씨……란 말이죠."

"비교적 흔치 않은 성이니까 찾기 쉬울 거야."

"그렇겠군요."

마사야는 고개를 끄덕이며 창밖으로 시선을 돌렸다. 예상했던 일이었지만 막상 듣고 나니 긴장이 되었다. 그 표정의 변화를 요리에에게 들키고 싶지 않았다.

요리에는 아마도 미후유의 부모가 살던 곳이 어딘지 모를 것이다. 니시노미야에서 지진을 만났다는 것 정도는 알겠지만 자세한 주소는 파악하지 못했을 것이다. 만약 알았다면 이번 행선지는 니시노미야였을지도 모른다.

불현듯 불타 버린 아파트의 잔해가 떠올랐다. 그 옆에 미후유가 서 있었다. 그때로부터 4년. 그녀와 도쿄로 오게 될 줄은, 처음 만났을 때는 상상조차 못했다. 생각해 보니, 신칸센을 타는 것도 그 후로 처음이었다.

두 시간 후 교토역에 내린 마사야와 요리에는 짐을 코인 로커에 맡기고 택시 승차장으로 향했다.

"몇 년 만인지 모르겠네. 그때와는 굉장히 달라졌어."

역 주변을 둘러보며 요리에가 말했다.

"마사야는 언제 왔었지?"

"10년 넘게 안 온 것 같아요. 그러니까 안내는 무리예요."

"어쩔 수 없지. 둘이 의논하면서 움직이자."

요리에는 신이 난 표정이었다.

택시를 타자 그녀는 교토 지도를 꺼내 운전사에게 보였다. 그러면서 하는 말을 들어 보니 신산조 초등학교로 가고 싶어 하는 듯했다. 그녀 나름으로 초등학교의 위치를 사전에 조사해 둔 듯했다.

"문제는 학군인데, 그걸 잘 모르겠어."

택시가 움직이기 시작하자 요리에가 말했다.

"그러니까 우선 학교를 중심으로 범위를 넓혀 가야 할 것 같아."

"하지만 뭘 어떻게 물어야 하죠? 무턱대고 길 가는 사람을 붙들고 신카이 씨네 집을 아느냐고 물을 수는 없잖아요."

"그야 그렇지. 그래서 말인데, 상점 사람들에게 물어보면 어떨까 싶어. 생선초밥 집 같은 곳이 좋을지도 모르겠네. 배달을 하니까 단골들의 이름을 기억하지 않을까?"

"언제 적 일이냐에 따라 다르겠죠. 그 신카이라는 사람이 그 곳에 산 지 얼마나 되었는데요?"

요리에가 고개를 갸우뚱했다.

"10년……, 아니, 15년쯤 전일지도 모르겠네."

"15년 전이요?

"내 나이에는 15년이 눈 깜짝할 새인데."

그녀가 어깨를 으쓱했다.

"젊은 사람이 느끼기에는 아득한 옛날일 수도 있겠네."

"그 정도는 아니지만……."

어려울 거라고 마사야는 생각했다. 미후유의 아버지는 회사원이었던 듯하다. 장사하는 사람들에 비해 동네 사람들과의 교류가 적었을 것이다. 10년도 더 지난 지금까지 기억하는 사람이 있을지 의문이다.

마사야는 기분이 복잡했다. 미후유 편에 서서 보면 요리에의 조사가 실패하는 것이 좋을지도 모른다. 그러나 한편으로 이 기회에 미후유에 관해 알고 싶다는 마음도 있었다. 그래서 이번 교토행을 미후유에게는 비밀로 한 것이다.

택시가 주택가로 들어섰다. 번화가에서는 떨어진 곳이다. 그리고 초등학교로 보이는 건물이 눈에 들어왔다. 교사가 조그맣고 운동장도 협소하다. 택시가 그 앞에서 멈춰 섰다.

"아직 수업 중인 것 같아요."

마사야가 정문으로 학교 안을 들여다보았다. 운동장에서 3, 4학년쯤 되어 보이는 아이들이 뜀틀 연습을 하고 있었다.

"학교에 졸업생 명부 같은 게 있으려나."

"있기야 하겠지만 외부인에게는 보여 주지 않을 거예요."

"그렇겠지, 보나마나."

요리에가 체념하듯이 말했다.

"아까, 조그만 상점가 앞을 지나왔잖아. 거기로 돌아가 볼까?"

지도를 손에 들고 걸음을 옮기는 그녀를 마사야는 뒤따랐다. 가냘픈 그녀의 뒷모습을 바라보면서, 긴 하루가 될 거라고 각오했다.

처음으로 찾아간 곳은 정육점이었다. 점심때가 지나서인지 중년의 여점원은 한가로워 보였다. 그래도 마사야와 요리에가 다가가자 친절하게 웃어 보였다.

"어서 오세요. 뭘 드릴까요?"

"아니요, 잠깐 여쭤볼 게 있어서요."

마사야가 간사이 억양으로 말했다.

"이 근처에 살던 신카이라는 분을 혹시 아십니까?"

"신카이 씨요?"

"15년쯤 전에 살았다고 하던데요."

"15년이라고요? 그렇게 오래전 일은 기억이 나지 않아요.

신도 씨라면 알지만요."

성의 있게 기억해 내려는 태도는 아니었다.

마사야는 고맙다고 인사하고 가게를 나왔다. 저도 모르게 한숨이 새어 나왔다.

"이런 식으로 물어보고 다니기는 굉장히 힘들겠는데요."

"쉽게 찾을 거라고 생각하지는 않았어."

결국 반나절 내내 돌아다녔지만 신카이 일가를 아는 사람은 찾을 수 없었다.

"그 초등학교 학군 안은 얼추 다 돌아본 것 같은데."

테이블에 펼쳐 놓은 지도를 보며 요리에가 말했다. 교토역 근처 레스토랑에서 간단히 저녁을 먹은 후였다.

"가게를 하는 사람들은 손님의 이름 따위를 기억하지 않습니다."

"생선초밥 집도 몇 군데 들렀지?"

"다섯 군데요. 신카이 씨가 생선초밥을 자주 배달시켰다고 해도, 그게 반드시 이 초등학교 학군 내에 있는 가게라는 보장은 없어요."

마사야의 말에 요리에가 씁쓸하게 웃었다. 왜요? 하고 그가 물었다.

"좀 더 긍정적인 의견을 말해 주면 안 될까 싶어서."

"아, 죄송해요."

"괜찮아. 호텔로 가서 작전을 다시 짜 볼까."

요리에가 레스토랑 계산서를 집어 들고 자리에서 일어났다.

코인 로커에 맡겼던 짐을 찾아 두 사람은 역 근처에 있는 호텔로 들어갔다. 요리에가 체크인을 하는 동안 마사야는 불안한 기분을 담배로 달랬다. 미후유가 이 상황을 목격한다면 틀림없이 이렇게 다그칠 것이다. 마사야, 오늘 밤이 기회야. 이기회를 놓치면 안 돼.

요리에가 돌아왔다.

"자, 이게 열쇠야."

그러면서 카드 키를 내밀었다.

미안합니다, 이거, 하며 그는 받아 들었다. 설마 한방을 쓰자는 건 아니겠지 생각했을 때 그녀가 또 하나의 카드 키를 보여 주었다.

"나는 옆방."

"아, 네……."

기회야, 하는 미후유의 속삭임이 들리는 듯한 느낌이었다.

방에 들어가기 직전에 요리에가 물었다.

"어디서 의논할까?"

"아, 뭐, 어디든요."

"내 방으로 와도 되고 내가 그쪽으로 가도 괜찮아. 아니면 바에라도 갈까?"

"글쎄요."

말은 그렇게 했지만 마사야는 살았다 싶었다.

"그럼 모처럼 여기까지 왔으니 바에 갈까요?"

"알았어. 그럼 잠시 후에 부르러 갈게."

그리고 그녀는 먼저 자기 방으로 들어갔다.

마사야도 문을 열었다. 싱글 룸이었다. 그걸 보고 조금은 마음이 놓였다. 요리에에게 딴마음이 없는 것 같아서였다. 그러나 침대에 누워 천장을 바라보다가 저쪽 방도 싱글이라는 보장은 없다는 생각이 들었다.

옆방으로 찾아가야 하나 하고 마사야는 망설였다. 그러고 싶지 않았고, 요리에도 바라지 않는 것 같았다. 미후유가 보통 사람들보다 통찰력이 월등한 건 사실이지만 이번만은 헛다리를 짚지 않았나 싶었다.

그때 노크 소리가 들렸다. 마사야는 고개를 들고 대답했다.

"네."

"나는 준비가 되었는데, 그쪽은 어때?"

요리에의 목소리다.

"네, 저도 다 됐습니다."

그는 침대에서 내려왔다.

바는 호텔 맨 위층에 있었다. 종업원이 안내해 준 창가 자리에 두 사람은 마주 앉았다. 요리에가 마티니를 주문했다. 마사야는 메뉴를 잠시 훑어보다가 진 라임을 주문했다. 칵테일 이름은 거의 아는 게 없었다.

"날씨가 좋아서 다행이야. 야경도 이렇게 아름답고."

그녀는 하얀 원피스로 갈아입고 있었다. 치마 길이가 짧아서 가녀린 무릎이 마사야 쪽으로 드러나 있었다. 화장도 고쳤는지 저녁 먹을 때보다 얼굴 윤곽이 또렷해 보였다.

마사야가 시선을 들자 요리에와 눈이 마주쳤다. 그는 얼른 담배에 불을 붙였다.

"수확이 없어서 아쉽군요."

불붙은 성냥을 재떨이에 집어넣으면서 말했다.

"쉽게 해결될 거라고 기대하지는 않았어. 실마리가 너무 적어서."

"내일 하루가 더 있으니까요."

요리에가 고개를 끄덕이는데 음료가 나왔다. 그녀가 잔을 내밀자 마사야도 자기 잔을 들어 거기에 마주쳤다. 유리 부딪치는 소리가 났다.

"내게 아무것도 묻지 않네."

칵테일을 한 모금 마신 뒤 그녀가 말했다.

"뭘 말이죠?"

"내가 누구를 조사하는지 말이야. 이름만 물어봤지 나랑 무슨 관계인지 전혀 묻지 않았잖아."

"물어볼 걸 그랬나요?"

"그런 말은 아니지만."

그녀가 칵테일 잔을 잔 받침 위에 놓았다.

"이런 일에 아무런 조건 없이 협조하기는 힘든 법인데, 당신은 말없이 거들어 주고 있어."

"구라타 씨에게 신세를 많이 졌으니까요."

마사야의 대답에 그녀가 미소 지었다.

"존댓말은 여전하네. 뭐, 어쩔 수 없지."

신세를 졌다는 말이 마음에 걸렸나 하는 생각이 들었다. 그러나 이내 '구라타 씨'라는 호칭이 거슬렸는지도 모른다고 생각을 바꿨다. 이 여자는 자신의 이름을 불러 주길 바라는 것일까.

"올케야."

고개 숙인 채 불쑥 요리에가 말했다.

"네?"

"올케라고. 동생의 처 말이야. 일전에 기모노 전시회에서 만났잖아. 그녀의 결혼 전 성이 신카이야. 그러니까 올케를 조사하려고 교토까지 내려온 거야."

마사야는 당황스러웠다. 여기서 그 얘기를 꺼낼 줄은 미처 예상하지 못했다.

"왜요?"

그녀가 웃음을 지었다.

"이건 유서 있는 집안의 낡은 관습 같은 건데, 장남이 결혼하게 되면 상대에 관해 여러 가지로 조사하지 않을 수 없어. 그런데 동생이 우리가 제대로 조사하기도 전에 덜컥 혼인 신고를 해 버렸지 뭐야. 그러니 어쩔 수 없어서 나도 일단 포기했는데, 역시 마음에 걸리는 일이 많아서 새삼스럽게 나 나름으로 조사해 보기로 한 거야. 물론 이 일은 아무에게도 얘기하지 않았어. 동생이 알면 불같이 화를 낼 테니까."

"예를 들어 어떤 점이 마음에 걸리셨어요?"

"여러 가지인데, 한마디로 말하자면 과거가 없다고 할까."

"과거가 없다니요?"

"그 사람이 한신 아와지 대지진으로 피해를 입은 모양인데, 그 이전의 일을 전혀 알 수가 없어. 동생도 잘 모르는 것 같고. 그런 데다 그 부모님은 지진으로 돌아가셨다니 말이야."

거기까지 말하고 나서 요리에가 갑자기 뭔가 생각났다는 듯이 마사야를 응시했다.

"당신은 지진 때 어디 있었어?"

"저는……."

마사야는 잠시 머뭇거리다 말을 이었다.

"그 무렵에 오사카에 있었어요. 그래서 지진 피해를 전혀 입지 않았죠."

"그래? 정말 다행이네."

"지진으로 모든 걸 잃은 사람이 많아요. 재산이나 가족뿐 아니라 과거까지요. 과거라는 게 결국 사람들과의 관계잖아요."

"아무리 그래도 예전부터 알고 지낸 사람이 한둘은 있는 법 아니야? 그런데 그 사람에게는 연하장 하나 오지 않는단 말이지."

요리에는 약간 흥분한 것 같았다.

그래, 그녀가 예전에 알던 사람에 관해 얘기한 적은 한 번도 없지, 하고 마사야는 생각했다.

요리에가 마티니를 한 모금 머금고 그를 보며 쓴웃음을 지었다.

"이런 식으로 말하면 당신은 공감하지 못하겠지. 결국 내 직감일 뿐이니까. 처음 만났을 때부터 그녀에게 정체를 알 수 없는 뭔가를 느꼈어. 제대로 설명하기는 힘들지만, 흔한 표현을 쓰자면 여자의 직감이랄까."

마사야는 분위기를 맞추듯이 웃어 보였다. 그러나 속으로는 그녀의 혜안에 혀를 내둘렀다.

"그런데 아까 방에서 화장을 고치는데 문득 이런 생각이 드는 거야. 내가 이런 데서 뭘 하는 걸까."

요리에가 마티니 잔을 불빛에 비춰 보려는 것처럼 들어 올렸다.

"모처럼 이렇게 멋진 곳에 와서 맛있는 음식을 먹고 아름다운 야경에 둘러싸여 있는데 왜 탐정 흉내나 내고 있을까 하고 말이야."

"그러려고 온 거니까요."

"맞는 말이긴 한데, 왠지 갑자기 허망해졌어. 남의 일이야 어찌 되든 상관없지 않을까, 그보다는 나 자신을 생각하는 게 낫지 않을까 싶고. 당신에게도 폐를 끼치고 있잖아."

당신, 이라고 말하면서 눈을 치켜떴을 때 요리에의 눈동자가 요염하게 빛난 것처럼 마사야는 느꼈다.

"그럼 내일부터는 조사를 하지 말까요?"

"아니야. 일단 내일은 계속할 거야. 하지만 모레는 어떨지 모르겠어. 곧장 돌아갈 수도 있고."

"그게 좋겠어요."

각자 마시던 칵테일을 한 잔 더 마시고 바에서 나왔다. 요리에의 뺨이 바에 들어갈 때보다 붉어져 있었다. 그러나 걸음걸이는 멀쩡했다.

요리에의 방 앞에서 두 사람은 걸음을 멈췄다. 그녀가 카드키를 손에 쥐고 그를 올려다보았다.

"방에서 한잔 더 할까?"

무심한 말투였지만 그 말의 이면에는 중대한 결심이 숨어 있는 듯했다.

미후유의 얼굴이 마사야 뇌리를 스쳤다.

"아뇨."

그가 미소 지으며 고개를 저었다.

"오늘 밤은 이 정도로 해 두죠. 내일도 있으니까요."

요리에의 표정에는 별다른 변화가 없었다. 입가에 희미한 미소를 머금고 고개를 끄덕일 뿐이었다.

"그래. 그럼 내일 봐."

그녀가 카드 키를 문에 밀어 넣었다.

"잘 자."

안녕히 주무세요, 하고 마사야도 주머니에서 카드 키를 꺼 냈다.

●

3

다음 날 아침, 마사야가 욕실에서 수염을 깎고 있는데 전화 벨이 울렸다.

"안녕, 나야."

요리에의 목소리였다.

"아침 먹으러 갈까요?"

"어…… 그게, 컨디션이 좀 안 좋아."

목소리에 힘이 없었다.

"어디가 안 좋으세요?"

"감기인가 봐. 여기 공기가 너무 건조해서 그런 것 같아."

"열은요?"

"있는 것 같기도 하고. 미안하지만 아침은 혼자 가서 먹어야 겠어."

"그건 상관없지만……, 괜찮으시겠어요?"

"심하지는 않으니까 좀 쉬면 나을 거야."

"그래요? 음……, 그럼 오늘은 어떻게 하는 게 좋을까요?"

"일단 아침을 먹고 나서 노크해 줄래? 혹시 대답이 없으면 전화하고."

"알겠습니다."

방은 2박으로 예약되어 있으니 체크아웃을 염려할 필요는 없다. 이걸로 오늘 조사는 물 건너가나 보다고 마사야는 생각했다.

호텔 안 티 라운지에서 모닝 세트를 먹은 후 프런트에 들러 근처에 약국이 있는지 물었더니 호텔 지하층에 있다고 했다.

약국에서 종합 감기약과 영양 드링크, 체온계를 샀다. 요리에의 방을 노크하자 가냘픈 목소리로 대답이 돌아오고 이내 문이 열렸다. 그녀는 티셔츠 위에 호텔 가운을 걸치고 있었다. 안색은 좋지 않지만 살짝 화장을 한 듯했다.

"좀 어떠세요?"

"약간 나른하달까."

요리에가 이마에 손을 짚었다.

"약을 사 왔어요. 그리고 체온계도요."

"아…… 고마워. 돈 줄게."

"아니요, 됐습니다. 그보다, 누워 있는 게 좋아요. 아, 그러기 전에 약을 드시는 게 나으려나."

마사야가 냉장고에서 미네랄워터를 꺼냈다.

요리에는 침대에 걸터앉아 있었다. 싱글베드였다. 마사야가 물을 건네자 감기약을 먹고 영양 드링크도 마셨다. 그리고 침대에 누워 담요를 어깨까지 끌어 올렸다.

"열을 재어 보는 게 좋지 않겠어요?"

마사야가 체온계를 상자에서 꺼내 요리에에게 건넸다.

"미안해. 이상한 일에 끌어들여 놓고 이런 꼴을 보이다니. 최악이야."

"신경 쓰지 마세요. 피곤하셨나 봐요. 어제 너무 많이 걸어서요."

"그 정도로……."

요리에가 한숨을 내쉬었다.

"역시 나이는 못 속이나 봐."

마사야는 그 말을 못 들은 척하고 주머니에 손을 넣었지만 이내 다시 뺐다.

"괜찮아. 그냥 피워."

요리에가 눈치채고 말했다.

"아니에요. 그렇게 피우고 싶은 것도 아닌데요. 그보다 오늘은 누워 계시는 게 좋겠어요. 무리했다가 심해지기라도 하면 내일 돌아가기 힘들잖아요."

"하지만 오늘 꼭 만나고 싶은 사람이 있단 말이야. 만나지 못하면 연락이라도 하고 싶어."

체온계에서 삐, 소리가 났다. 요리에가 담요 속에서 꼼지락거리며 겨드랑이에서 체온계를 뺐다.

"37.3도…… 미열이 있네."

"아시겠지만 사람의 체온은 아침에 가장 낮아요. 더 오를지도 몰라요."

"그래도 모처럼 여기까지 왔는데."

요리에가 베개 위에서 고개를 저었다.

"어젯밤에는 오늘로 조사를 끝낼까 싶다는 얘기도 했잖아요. 예정보다 하루 당겨질 뿐인걸요."

"하지만……."

그녀는 뭔가 미련이 남는 눈치였다.

"알았어요. 그럼 제가 혼자 조사할게요. 그 대신 요리에 씨는 쉬세요. 그러면 되겠죠?"

요리에가 망설이는 표정으로 마사야를 올려다보다가 그 시선을 창문 쪽으로 돌렸다.

"내, 핸드백 좀 가져다주겠어?"

"이건가요?"

그녀가 핸드백을 열고 안에서 메모지를 꺼냈다.

"이 사람에게 연락하고 싶어."

"나카고시 씨……인가요?"

메모지에는 '미쓰야 공예 나카고시 신타로'라고 적혀 있고 전화번호와 주소, 그리고 홈페이지 주소가 있었다.

"인터넷으로 신산조 초등학교를 검색해 봤더니 그 사람이 만든 홈페이지가 나오는 거야. 약력을 보니까 신산조 초등학교를 나왔더라고. 졸업 연도는 1975년이지만."

"그렇군요."

마사야는 고개를 끄덕였다. 그런 방법도 있었구나 싶었다.

"이 사람을 만나면 실마리를 찾을 수 있을지도 모른다는 말이군요."

"크게 기대할 수는 없겠지만."

그러면서 요리에가 힘없이 웃었다.

"그럼 이 사람에게 연락해 볼게요."

"그래 주겠어?"

"네. 하지만 거기까지입니다. 아픈 사람을 오래 혼자 둘 수는 없으니까요."

마사야의 말에 요리에는 눈을 몇 번 깜박거린 뒤 담요 밖으로 손을 내밀었다.

"고마워. 친절하기도 하지."

"어서 기운을 차리세요."

마사야가 가만히 그녀의 손을 잡았다.

'미쓰야 공예'는 시조카와라마치에 있었다. 주로 교토의 시미즈 도자기를 취급하는 곳인 듯하지만, 매장에는 염색 공예품과 선물용 액세서리 등도 진열되어 있다. 불경기여서 수학여행 온 학생들까지 찾지 않으면 안 되는 모양이다. 지금도 주인인 나카고시는 중학생으로 보이는 소녀에게 뭘 본떴는지 알 수 없는 열쇠고리를 포장해 주고 있었다. 작은 키에 통통하게 살이 찌고 얼굴까지 둥글어 상냥하게 웃는 모습이 잘 어울리는 남자였다. 불과 몇백 엔짜리 물건을 산 소녀에게도 꾸벅꾸벅 고개를 숙이며 공손히 거스름돈을 건넸다.

"아이고, 오래 기다리셨죠. 평소에는 한가하다가도 꼭 이럴 때면 손님이 찾아오니 참 이상한 일이에요."

금전 등록기 서랍을 닫은 다음 나카고시가 마사야에게 말했다.

"그러니까, 미즈하라 씨라고 하셨죠. 사람을 찾으신다고요?"

"전화로도 말씀드렸지만, 신산조 초등학교에 다녔던 사람입니다. 다만 그 사람은 1979년에 졸업했으니까 나카고시 씨보다는 네 학년 아래죠."

"그렇군요. 이 근방에 살았던 사람이라면 어느 정도는 압니다."

"신카이라는 여성입니다. 신카이 미후유 씨요. 혹시 기억에 있습니까?"

"신카이 씨라……. 들어 본 적이 있는 것 같기도 한데."

나카고시가 팔짱을 끼고 중얼거렸다.

"아실지 모르겠지만 학생 수가 많은 학교는 아닙니다. 그래도 네 학년이나 아래라고 하니……. 혹시 학교에는 문의해 보셨나요?"

"그게, 어느 분을 찾아가야 할지 모르겠더군요. 당시에 선생님이었던 분은 아마 안 계실 테고, 학교 졸업생 명부는 여간해서는 외부인에게 보여 주지 않는다고 들어서요."

"개인 정보에 관해서는 엄격한 시대라서 말이죠."

나카고시가 자신의 뺨을 문지르고 나서 혼잣말처럼 중얼거렸다.

"혹시 그 선생님이라면 뭘 좀 알지도 몰라."

그리고 옆에 있는 전화기로 손을 뻗었다.

그는 마사야에게는 아무 말도 하지 않은 채 어딘가로 전화를 걸었다. 자신의 홈페이지를 믿고 도쿄에서 여기까지 찾아온 낯선 남자를 위해 발 벗고 나설 요량인 듯했다.

"아, 아라키 선생님이세요? 나카고시입니다. '미쓰야 공예'요. 한동안 격조했습니다."

통화를 하자 그의 목소리 톤이 높아졌다.

"뜬금없는 질문일지 모르겠는데요, 1979년에 어느 학교에 계셨습니까? ……네. 아, 그래요? 역시 신산조에 계셨군요. 네. 네."

그가 마사야를 향해 벙글거리며 고개를 끄덕였다.

"아니, 실은 1979년에 신산조를 졸업한 사람을 찾는 분이 우리 가게에 찾아오셨어요. ……네, 그걸 보고 찾아오신 거죠, 제 홈페이지요. ……무슨 말씀을요, 보는 사람 상당히 많습니다. 그래서 그때의 졸업생 명부 같은 걸 아라키 선생님이 갖고 계시지 않을까 싶어서요. ……네? 아, 그게 말이죠, 듣자 하니 한신 아와지 대지진으로 피해를 입었는데, 그 후로는 행방을 알 수 없다는군요."

상대인 아라키라는 사람이 왜 그 사람을 찾느냐고 물은 모양이다. 나카고시는 마사야가 얘기한 내용을 그대로 전했다.

"실마리라고는 신산조 초등학교를 1979년에 졸업했다는 것밖에 없어서 굳이 저한테까지 찾아온 거죠. 도쿄에서 말입니다. 방법이 없겠습니까?"

나카고시가 끈질기게 물었다.

마사야는 그의 귀에 대고 "신카이 미후유라는 학생을 기억하는지 물어봐 주세요." 하고 말했다.

나카고시가 고개를 끄덕이더니 전화 상대에게 그렇게 물었다. 그러나 아라키는 기억하지 못하는 듯했다.

"학생 이름을 몇 년이 지나도 잊지 않는다고 제게 자랑하셨잖아요. ……뭐라고요. 선생님이 가르친 반 아이들만 그렇다고요? 학년이 다르다고 해도, 그 학교는 학생이 몇 명 되지도 않는데……. 선생님, 어떻게 안 될까요? 멀리서 찾아온 손님을 빈손으로 돌려보내자니 미안해서요. 1979년도 졸업생 명부를 입수할 방법이 없을까요? ……네, 뭐라고요?"

쉴 새 없이 말을 늘어놓던 나카고시가 그제야 상대의 말을 귀담아듣는 듯한 표정을 지었다. 이윽고 그가 송화구를 막고 마사야 쪽으로 몸을 비틀었다.

"예전 동료 교사 몇 명에게 물어보겠대요. 미즈하라 씨는 언제까지 여기에 계실 겁니까?"

"내일 도쿄로 돌아갈 예정입니다."

나카고시는 그 말을 상대에게 전하면서 가능한 한 빨리 알아봐 달라고 당부하고 전화를 끊었다.

"아라키 선생님이라는 분은 누구죠?"

"저희 담임이었던 분이에요. 이제는 노인이 다 되셨지만 말이에요. 교사를 그만둔 지 10년도 넘었을걸요. 아주 재미있는 분이라서 동창회 같은 데서는 이제 저희의 놀림감이 되어 주시죠."

거기까지 말하고 나서 나카고시는 뭔가 떠올랐다는 표정을
지었다.

"그래, 동창회에 나오는 녀석들에게 전화를 해 보면 한 명쯤
은 신카이라는 이름을 알지도 몰라."

"아니, 그건……. 바쁘실 텐데……."

"봐서 아시겠지만, 바쁠 일이 없어요. 게다가 지진이라는 말
을 들으면 가만있을 수 없어서 말이죠."

나카고시의 표정이 진지해졌다.

"사촌 동생이 아마가사키에 살았어요. 갓 결혼해서 이제부
터 잘 살아 봐야지 하는 참에 새로 산 아파트가 무너진 거예
요. 가엾게도 신부는 결혼한 지 두 달 만에 미망인이 되었죠."

마사야는 시선을 떨구었다. 수천 명이 죽었으니 그런 경우
도 있었을 것이다. 기억하고 싶지 않은 광경이 생생히 떠올라
몸이 떨려 왔다.

"조금 더 조사를 해 볼게요. 뭐라도 찾아내면 연락해 드리리
다."

"부탁드리겠습니다."

마사야는 휴대 전화 번호를 나카고시에게 알려 주었다.

'미쓰야 공예'를 나온 마사야는 시조카와라마치를 정처 없
이 걸었다. 요리에에게 경과를 알려야 하나 어쩌나 고민하다

가 결국 알리지 않기로 했다. 나카고시가 협조하고는 있지만 좋은 결과가 나오리라는 보장이 없다. 그리고 만일 미후유에 관해 뭔가 알게 된다면 자신이 먼저 확인하고 싶었다.

찻집에 들어가려 했을 때 휴대 전화가 울렸다. 저장되어 있지 않은 번호였다. 나카고시가 걸기에는 너무 이르다고 생각하며 통화 버튼을 눌렀다.

"여보세요, 나야."

목소리를 듣고 가슴이 철렁했다. 미후유였다, 어어, 하고 떨떠름하게 대답했다.

"물어보고 싶은 게 있는데, 지금 괜찮아?"

"응……, 뭔데?"

"요리에 씨 말인데, 어제부터 집에 없는 것 같아. 그 여자가 어디 갔는지 혹시 들었어?"

"아니, 못 들었어."

심장 고동이 빨라졌다.

"그래? 그럼 그 여자한테 전화해서 어디 있는지 한번 물어 봐."

"잠깐 어디 갔나 보지. 친구랑 여행이라도 떠난 건가?"

"여행을 떠난 건 확실해. 아들에게 그렇게 얘기했다니까 말이야. 하지만 어디로 가는지는 말하지 않았나 봐."

"그게 어때서?"

"왠지 자꾸 신경이 쓰여. 지금 그 여자 머릿속은 마사야 생각으로 가득할 텐데, 마사야에게도 말하지 않고 여행을 떠나다니, 있을 수 없는 일이야."

그러자 마사야가 전화기에 대고 낮은 소리로 웃었다.

"그렇게 단정하기는 어려워. 그 사람도 나름대로 일정이 있겠지."

"아무리 그래도 마사야에게 아무 말도 하지 않은 건 정말 이상해. 마사야를 만나지 못해서 안달일 텐데 말이야."

미후유의 말은 지나치게 단정적이었다. 그러나 그 단정이 반드시 빗나간 것도 아니라는 점이 이 여자가 무서운 이유이기도 하다.

"그렇게 신경이 쓰이면 직접 전화해 보면 되잖아."

"내가 전화할 아무런 명분이 없으니까 그렇지. 그래서 마사야에게 부탁하는 거야. 당신한테 터무니없는 거짓말을 하지는 않을 테니까."

"대체 뭘 그렇게 두려워하지? 요리에 씨가 잠시 집을 비운다고 당장 뭐가 어떻게 되는 것도 아니잖아."

"어쨌든 일단 마사야가 전화해 봐. 그리고 뭐든지 알아내면 내게 연락해 줘. 알았지?"

"그래, 알았어."

"그럼 부탁해."

미후유는 용건을 마치자 일방적으로 전화를 끊었다.

휴대 전화를 주머니에 도로 넣고 마사야는 머리를 긁적거렸다. 일이 귀찮게 되었다. 자신이 동행하고 있다는 사실을 숨긴 것에서 더 나아가 요리에가 교토에 있다는 사실 자체를 미후유에게 알리면 안 될 것 같았다.

찻집에 들어가고 싶은 마음이 사라지고 말았다. 그는 택시를 잡아타고 호텔로 가자고 했다.

호텔에 도착하자 일단 자기 방으로 돌아가 담배를 두 대 피운 다음 요리에 방으로 전화를 걸었다. 신호가 두 번 간 후 그녀가 받았다.

"쉬고 계셨을 텐데 죄송합니다."

"괜찮아. 잠깐 졸았어. 어디야?"

옆방이라고 대답하자 그럼 자기 방으로 오라고 요리에가 말했다. 어딘가 모르게 어리광을 부리는 느낌이 있었다.

노크를 하자마자 문이 열렸다. 요리에는 아침과 똑같은 차림이었다.

"뭣 좀 드셨어요?"

마사야의 물음에 그녀는 웃으며 고개를 저었다.

"식욕이 없어."

"수분이라도 섭취하시면 좋아요. 열은 어때요?"

"조금 전에 재 봤는데 37.6도야."

"역시 좀 올랐군요."

"잠을 좀 자면 좋아질 것 같은데, 방이 너무 건조해."

요리에가 얼굴을 찡그리며 천장을 올려다보고 나서 마사야에게 시선을 돌렸다.

"그래서, 뭐 좀 알아냈어?"

마사야는 일단 고개를 젓기로 했다.

"나카고시 씨를 만나 봤지만 이렇다 할 수확은 없었어요. 역시 졸업 연도가 다르다 보니……."

"그래……."

어느 정도 각오하고 있었는지 그리 낙담하는 기색은 없었다.

"미안하네. 일부러 거기까지 다녀왔는데."

"아닙니다. 그보다, 신경 쓰이는 일이 있는데요."

"뭐지?"

"이번 여행, 아무에게도 말하지 않았다고 하셨죠? 그래도 며칠이나 집을 비웠으니 돌아가면 누구라도 뭔가 묻지 않을까요?"

"혼자 사니까 내가 집을 비운다고 해도 곤란해할 사람도 없어. 아들에게는 여행 간다고 말해 놨고. 목적지는 말하지 않았지만 말이야."

"그래도 혹시 누가 물으면……, 가령 동생 분이라든가 말이죠."

"묻지 않겠지만, 물으면⋯⋯, 그래, 간사이 지방을 돌아다녔다고 하지, 뭐."

"간사이⋯⋯를요?"

"사실이잖아. 간사이 어디냐고 캐물으면 너랑은 상관없는 일이라고 하고."

열이 있는 탓인지, 약간 발그레한 얼굴로 요리에는 웃었다.

마사야도 장단을 맞추듯이 따라 웃으며 한편으로는 머리를 굴렸다. 그럼 미후유에게도 그렇게 말해 주면 될까. 요리에 씨가 간사이에 있는 듯하다, 그렇지만 자세한 위치는 가르쳐 주지 않았다, 하고.

그때 휴대 전화가 울리기 시작했다. 나카고시일 거라고 마사야는 직감했다. 그렇다면 이 방에서 받을 수는 없다.

"도쿄에 있는 친구네요. 그럼 조금 이따가 다시 올게요."

휴대 전화를 손에 쥔 채 재빨리 요리에의 방을 나왔다. 그리고 자신의 방문을 열면서 전화를 받았다. 상대는 역시 나카고시였다.

"선생님에게서 연락이 왔어요, 아라키 선생님요. 1979년도 졸업생들을 가르쳤다는 사람을 찾았답니다. 가미교구에 산다는군요."

"가미교구요⋯⋯."

"도시샤 대학 근처예요. 이름이 후카자와랍니다. 지금은 교사 생활을 그만두고 가업인 서점을 물려받아서 운영한대요. 일단 연락처와 주소를 알아 두었습니다."

"다행이군요. 감사합니다."

마사야는 나카고시가 불러 주는 주소와 전화번호를 받아 적었다. 그리고 요리에에게는 말하지 않은 채 호텔을 나와 택시를 탔다. 얻어진 정보를 보고 판단한 뒤 그녀에게는 나중에 보고해도 된다고 생각했다.

나카고시가 말한 대로 '후카자와 서점'은 도시샤 대학 정문에서 2백 미터도 떨어지지 않은 곳에 있었다. 그다지 큰 서점은 아니지만, 대학에서 사용하는 교재류를 파는 코너에는 젊은이가 꽤 많이 모여 있었다. 잡지 코너도 충실해 보였다. 그러나 매출이 만만치 않을 만화 코너는 구석에 조그맣게 있을 뿐이다. 전직 교사로서의 신념 같은 것일지도 몰랐다.

마사야는 안쪽 계산대에 있는 여점원에게 다가가서 후카자와 씨가 있느냐고 물었다. 점원이 통로를 가리켰다. 체구가 통통한 남자가 잡지 꾸러미를 풀고 있는 중이었다.

"후카자와 선생님이십니까?"

마사야가 남자의 등에 대고 물었다.

남자가 쪼그려 앉은 채 돌아보았다. 표정이 비교적 온화한 것은 오랜만에 선생님이라 불려서인지도 모른다.

"지금은 책방 주인입니다만……, 후카자와입니다."

"미즈하라라고 합니다. 신산조 초등학교 졸업생을 찾고 있습니다."

"아아, 조금 전에 아라키 선생이 전화했어요. 댁이군요."

후카자와가 일어서서 허리를 쭉 폈다.

"이렇게 빨리 오실 줄은 몰랐습니다."

"죄송합니다. 너무 서둘러서요. 하지만 내일 도쿄로 올라가야 해서……."

"그래요? 그럼 일단 이쪽으로."

후카자와가 계산대 옆에 있는 문을 열었다. 그 안쪽은 조그만 사무실이었다. 책상과 캐비닛이 놓여 있고 여기저기 책이 쌓여 있었다.

"그러니까, 1979년에 졸업한 학생에 관해 알고 싶은 일이 있다고요?"

"그렇습니다. 상당히 오래전 일이라서 기억하시기 힘들지도 모르겠습니다만."

"어떤 학생에 관해 알고 싶으시지요?"

"신카이 씨입니다. 신카이 미후유라는 학생이에요."

"아아, 신카이……."

온화하던 후카자와의 얼굴이 순식간에 어두워지는 것 같았다.

"니시노미야에 살았었는데, 지진 후에 행방불명이 되었죠."

"그 얘기는 아라키 선생에게도 들었는데, 지금 어디 있는지는 나도 모릅니다."

"기억은 하십니까, 신카이 씨를요?"

후카자와가 잠시 주저하다가 살짝 고개를 끄덕였다.

"기억합니다, 약간은요."

"어떤 학생이었습니까?"

"어떤 학생이라……, 뭐, 평범한 여학생이었던 것 같아요. 특별히 눈에 띄지도 않고, 무슨 문제가 있었던 것도 아니고요. 공부는 그런대로 했다고 기억합니다만."

거기까지 말한 뒤 후카자와가 눈을 살짝 치켜뜨고 마사야를 보았다.

"저, 미즈하라 씨……라고 하셨죠?"

"네."

"혹시 경찰입니까?"

마사야가 눈을 크게 뜨며 몸을 약간 뒤로 젖혔다.

"아닙니다. 왜 그렇게 물으시죠?"

"아니, 저……."

후카자와가 미간을 찡그리며 망설이는 얼굴로 말했다.

"석 달쯤 전에도 신카이에 관해 물으러 온 사람이 있었어요. 도쿄 경시청 형사라고 했죠."

"형사요? 이름이 뭐라고 하던가요?"

"가토……라고 했던 것 같아요."

경시청 수사 1과의 가토다, 하고 마사야는 이내 알아차렸다. 그 남자가 왜 이곳에······.

"그 형사님이 조사하던 사건과는 다른 일인가요?"

후카자와가 물었다.

"네, 상관없습니다. 그 형사가 왜 오는지 모르겠군요."

"그래요."

그러나 후카자와는 석연찮게 생각하는 것 같았다.

"저, 그 형사가 뭘 묻던가요?"

후카자와는 턱을 비비며 의심이 깃든 눈초리로 마사야를 올려다보았다.

"초등학교 시절의 일을 묻더군요. 별 얘기는 하지 않았습니다. 그리고 최대한 얼굴이 또렷이 나온 사진을 찾아 주었으면 좋겠다고 하더군요."

"그래서요?"

"당시 사진은 없지만, 조금 지나서 찍은 사진이라면 있다고 했습니다. 내가 학교를 그만둔다는 소식에 동창회가 열렸거든요. 그 아이들이 고등학생일 때죠."

"그 사진을 형사에게 주었습니까?"

"아니요. 내게도 소중한 사진이라서 보여 주기만 했어요."

"형사가 그 사진을 보고 뭐라고 하던가요?"

"별다른 말은 없었어요."

후카자와의 표정이 확연히 어두워져 있었다. 골치 아픈 일에 휘말릴 것 같은 예감이 들었는지도 모른다.

"그 사진, 지금 있습니까?"

마사야가 물었다.

후카자와는 한숨을 쉬고 나서 옆에 있는 책상 서랍을 열었다. 가토가 왔을 때 집에서 가져다 놓은 후로 내내 거기 들어 있었던 것 같다.

이거예요, 하며 후카자와가 사진을 건넸다.

지금보다 훨씬 젊은 후카자와가 한가운데 앉아 있고 그를 에워싸듯이 학생들이 있었다.

"이 학생이 신카이입니다."

후카자와가 오른쪽 끝에 있는 여학생을 가리켰다.

마사야는 고개를 끄덕였다. 무슨 말이든 해야 한다고 생각했지만 할 말이 떠오르지 않았다. 평정을 유지하는 것만으로도 벅찼다.

그 여학생은 미후유가 아니었다. 전혀 다른 사람이었다.

●

4

하마나카는 쇼케이스 위에 반지를 늘어놓고 천으로 하나하나 닦고 있었다. 손님이 없는 것을 확인한 가토가 가게 안으로 들어서자 잠깐 살가운 미소를 띠었던 얼굴이 순식간에 흐려졌다.

"그렇게 싫은 표정을 지을 것까지는 없잖아요."

가토가 히죽거리며 말했다. 솔직히, 하마나카의 이런 반응을 바라보면서 일종의 쾌감을 느꼈다. 고급 보석점의 플로어 매니저 시절에는 필시 거드름깨나 피웠을 터였다. 그 가면 뒤에서 젊은 여성의 몸을 탐하며 군침을 삼켰던 남자다. 그게 지나쳐서 인생을 말아먹었어도 동정의 여지 따위는 없다고 가토는 생각했다.

"또 무슨 일입니까? 그만 좀 하시죠."

하마나카는 그를 외면하고 다시 반지를 닦기 시작했다.

"이력서에 관해 묻고 싶어서 말이죠."

가토는 손님용 의자를 끌어다 앉았다. 그러자 하마나카의 얼굴을 밑에서 올려다보는 자세가 되었다.

"이력서라니요?"

"그 여자의 이력서 말이에요, 신카이 미후유. 이력서를 보고 그 여자의 경력을 알았을 거 아닙니까."

"그게 어쨌다는 겁니까?"

"그 이력서에는 당연히 사진도 붙어 있었겠죠?"

"그야 물론…… 이력서니까요."

"그 사진을 보고 혹시 깨달은 거 없어요?"

"깨닫다니, 뭘 말입니까?"

"그저 평범한 사진이었어요?"

하마나카는 질문의 취지를 이해하지 못하는 듯했다.

"무슨 말씀인지 통 모르겠네요. 딱히 이상한 점은 없었어요."

"흠, 그렇군요."

"가토 씨, 저……."

"신카이 미후유 말이에요."

하마나카의 말을 가로막고 가토는 질문을 계속했다.

"'하나야'에 어떻게 들어왔는지 가르쳐 줄 수 있어요? 당신은 플로어 매니저였으니까 알 텐데."

"자세한 경위는 모릅니다. 내가 그녀를 알았을 때는 이미 채용된 상태였으니까요. 게다가 전에도 말했다시피 처음에는 제가 있는 매장에서 일하지 않았습니다."

"그런데 당신이 첫눈에 반해서 3층으로 스카우트했지."

가토의 말에 하마나카는 입술을 꾹 다물었다. 반지를 정리하는 손짓에서 분노가 묻어났다. 그 모습을 관찰하면서 가토가 말했다.

"자세하지 않아도 괜찮아요. 그녀에게 들은 말이 있었을 거 아니에요, 어떻게 채용되었는지. 그녀에 관한 일이라면 뭐든지 알고 싶어 했던 하마나카 씨가 그걸 모른다니, 말이 안 되지."

하마나카는 반지를 쇼케이스에 도로 넣은 다음 가토를 한 번 쏘아보고 나서 담배에 불을 붙였다.

"딱히 들은 얘기가 없어요. 일반적인 중도 채용이라는 것밖에는요."

"바로 그 점인데 말이죠, 중도 채용이라는 게 그렇게 자주 있어요?"

"드문 일은 아니죠. 경기에 따라서 일손이 갑자기 부족해지는 일도 있는 데다, '하나야' 정도 되는 가게는 시간제 직원이나 아르바이트생을 쓰지 않으니까요."

"직원의 수준이 떨어질까 봐 그러는 건가요?"

"나름의 경험을 쌓은 사람이라야 한다는 뜻입니다."

그러고 나서 하마나카는 문득 아련한 표정을 지었다.

"아, 그렇지. 그녀도 경력자였어요."

"그래요?"

"액세서리와 보석에 관해 잘 알아야 한다는 게 채용 조건이었던 것 같아요. 전에 그런 가게에서 일했던 경험이 있어서 채용되었다는 말을 그녀가 했거든요."

"전에 있었던 가게가 어디죠? 이력서에도 적혀 있었겠군요."

"가게 이름은 잊어버렸어요."

"어째서요? 그녀가 다닌 초등학교와 중학교까지 조사하려고 했던 당신이 전에 일했던 가게에 관심을 두지 않았을 리 있나요."

하마나카가 한숨을 쉬었다.

"망했다고 들었으니까요."

"네?"

"망했답니다. 그 가게. 그러니 관심을 둔들 무슨 소용이 있겠습니까."

"망했다……."

"그러니까 재취업할 곳을 찾았겠죠. 저, 이제 됐습니까? 다시 말하지만 저는 이제 그녀를 잊고 싶어요. 겨우 안정을 찾았다 싶을 때마다 당신이 들이닥쳐서 그 끔찍한 기억을 떠올리게 만드는데, 이제 그만하세요."

하마나카는 단호하게 말한 뒤 담배를 재떨이에 짓눌렀다.

가토가 옅은 미소를 머금은 채 천천히 자리에서 일어났다. 하마나카는 그를 계속 노려보았다. 가토가 코 밑을 문지르더니 그 손을 얼굴에서 떼는 것과 동시에 하마나카의 멱살을 잡았다. 그리고 그를 쇼케이스 너머로 휙 끌어당겼다. 하마나카의 얼굴에 두려움이 번졌다.

"웃기는 소리 하고 있네. 그 여자 손에서 놀아나고 이용당한 주제에. 네놈이 조금이라도 정신을 똑바로 차렸으면 다른 사람들이 피해를 안 당했을지도 몰라!"

"다른 사람들이라뇨?"

하마나카의 물음에는 대답하지 않은 채 가토는 그의 멱살을 풀더니 도로 의자에 앉아 다리를 포갰다. 그리고 흐트러진 옷매무새를 바로잡는 하마나카를 밑에서 올려다보았다.

"그 가게 이름을 어떻게든 떠올려 봐. 전혀 기억에 없지는 않을 거 아냐."

"아니, 정말로 제대로 못 봤어요. 어디서 그 가게 이름을 듣기라도 하면 혹시 떠오를까……."

"흠, 뭐, 됐어. 그래서, 신카이 미후유의 채용이 언제 결정됐지?"

"언제냐면, 그해 초쯤이었을 거예요. 그러니까 1995년인가……."

가토가 고개를 흔들었다.

"좀 더 정확히 말해 봐. 최소한 한신 아와지 대지진 전이었는지 후였는지만이라도 말이야."

"지진이오?"

하마나카가 입을 살짝 벌렸다.

"그러고 보니 미후유가 지진 후에 일자리를 찾아 도쿄에 왔다고 말했어요."

"지진 후에? 역시 그랬군."

"왜요, 지진과 무슨 상관이 있습니까?"

가토는 그의 질문을 그냥 흘려 버렸다.

"인사 담당을 소개해 줘."

"네?"

"'하나야'의 인사 담당자 말이야. 신카이 미후유의 채용을 담당했던 사람을 만나고 싶어. 자리를 마련해 줄 수 있겠나?"

"목적이 뭔지는 모르겠지만,"

하마나카가 한숨을 쉬더니 다시 담뱃갑으로 손을 뻗었다.

"내 말이 '하나야' 사람한테 먹히겠어요? 저쪽에서 질색하고 내뺄 겁니다."

"그런가? 하긴 그럴지도 모르겠군."

가토가 머리를 긁적거렸다.

"저, 가토 씨."

하마나카가 감정을 억누르고 낮은 음성으로 말했다.

"이력서니 채용 시기니, 그런 걸 도대체 왜 묻는 겁니까? 지금까지 그런 데 관심을 둔 적이 한 번도 없었잖아요. 내게도 조금은 가르쳐 줄 수 있는 거 아닙니까? 나도 알 권리가 있을 텐데요."

눈썹 양 끝을 늘어뜨리고 항의하는 하마나카의 얼굴은 여자에게 버림받은 남자의 표정 그 자체였다. 가토는 문득 이 남자에게는 가르쳐 줘도 되지 않을까 하고 마음이 흔들렸다. 그러나 그 흔들림이 가라앉기까지는 시간이 오래 걸리지 않았다. 아직은 누구에게도 말할 수 없다, 하고 그는 결론지었다.

"신카이 미후유가 어느 대학을 나왔지?"

또 내 질문에는 대답해 주지 않는군요, 라고 말하는 것처럼 하마나카가 어깨를 축 늘어뜨렸다.

"세이난 여대……일 거예요, 오사카에 있는. 그 대학교 문학부를 나왔을 겁니다."

"맞아, 세이난 여대였지. 그 시절에 관해서는 조사하지 않았나?"

"조사할 방법이 있어야죠."

하마나카가 맥이 빠지는 듯한 표정을 지었다.

"졸업생 명부 같은 걸 구하기도 어렵고요."

"그렇군."

가토가 천천히 자리에서 일어났다.

"이왕 스토킹을 할 거면 좀 더 철저히, 그런 일들까지 샅샅이 조사하지 그랬어. 그럼 내가 이 고생을 안 했을 텐데."

그가 왜 그런 말을 하는지 알 수 없었던 하마나카는 어리둥절한 얼굴로 형사를 바라보았다. 그 얼빠진 표정을 보며 가토가 물었다.

"있잖아, 당신이 홀딱 빠졌던 그 여자의 이름이 뭐였지? 당신을 여기까지 끌어내린 여자 이름이 뭐냐 말이야."

하마나카가 불안한 듯이 고개를 갸우뚱했다.

"이름을 말해 봐."

가토가 다그쳤다.

"미후유……잖아요, 신카이 미후유."

"그래, 신카이 미후유지. 분명히 그런 이름이었어."

가토가 고개를 끄덕였다.

"일하는 데 방해해서 미안하네. 반지 깨끗이 닦게."

하마나카의 시선을 등 뒤로 느끼면서 가토는 가게를 나왔다.

하지만 아니야. 오카치마치역으로 걸어가면서 가토는 마음속으로 중얼거렸다. 틀렸어, 하마나카 씨. 당신의 인생을 짓밟은 여자의 이름은 그게 아니야. 신카이 미후유와는 전혀 다른 사람이란 말이야.

가토가 교토에 다녀온 것은 약 석 달 전이었다. 그는 우선 미후유가 졸업한 중학교를 찾아가서 1982년 졸업생에 관한 자료가 있는지 문의했다. 이유는 적당히 둘러댔다. 수사 때문이라고 말하면 특별한 사유가 없는 한 거부하지 않는다.

그 학교에서 보여 준 졸업 앨범에는 단체 사진 외에 운동회와 문화제, 수학여행 때의 사진이 실려 있었다. 가토는 명부에서는 신카이 미후유라는 이름을 찾아냈지만, 그녀가 있어야 할 단체 사진을 아무리 들여다봐도 그녀로 보이는 학생을 찾을 수 없었다. 무엇보다 사진이 너무 작았다.

미후유의 담임과 동급생에게도 연락해 보려고 했지만 앨범에는 연락처가 적혀 있지 않았다. 그 학교에는 그 당시의 일을 아는 사람도 남아 있지 않았다.

그래서 가토는 초등학교로 발길을 돌렸다. 그리고 거기서 후카자와라는 전직 교사를 알게 되었다. 신카이 미후유의 6학년 때 담임이었다. 교직을 떠난 후에는 가업인 서점을 운영하고 있어서 그를 찾아내기는 어렵지 않았다.

후카자와는 미후유에 관한 기억이 별로 없어서 이렇다 할 정보를 얻지 못했다. 그러나 그가 내민 사진을 본 가토는 심장이 쿵쿵 뛰는 것을 느꼈다. 졸업 후 몇 년 만에 열렸다는 동창회 사진에 신카이 미후유가 있었는데, 그 사람은 가토가 익히 아는 신카이 미후유가 아니었다.

그 여자는 가짜다, 그렇게 판단할 수밖에 없었다. 어느 시점엔가 진짜 신카이 미후유로 탈바꿈한 것이다. 그리고 그때부터 신카이 미후유로 살아가고 있다.

그렇다면 언제 어디서 탈바꿈했을까. 또한 진짜 신카이 미후유는 어디로 사라졌을까.

그런 의문을 해소해 줄 만한 답은 하나밖에 없었다. 가토는 한신 아와지 대지진과 관련한 데이터를 철저히 조사했다. 그리고 자신의 가설을 뒷받침하는 숫자를 발견했다.

희생자 6,434명. 그중 신원 불명이 9명.

모두 화재가 심했던 지역에서 발견되었다. 손상이 심하거나 여러 유골이 뒤섞여 있어 신원을 확인하기 힘들었던 듯했다. 그들은 사망자 수에는 들어 있었지만 희생자 명단에는 기재되어 있지 않았다. 올 1월 고베시 기타구에 있는 시립 히요도리고에 묘원 무연고 묘지에 위령비가 건립되었다. 가토의 조사로는 이제 신원 불명의 사체가 발견된 장소를 정확히 알아내기 어려워진 듯했다.

그 9명 중에.

진짜 신카이 미후유가 있었던 것 아닐까. 니시노미야에 있었던 아사히 하이츠라는 낡은 아파트에서도 신원 불명의 사체가 한 구 발견된 것 아닐까. 그것이 만약 신카이 미후유의 사체였다면 왜 신원을 확인할 수 없었을까.

이유는 하나다. 신카이 미후유를 자처하는 인물이 따로 존재했기 때문이다. 그리고 미후유의 부모는 둘 다 사망했다.

가토는 완전히 무너지고 불에 타 버린 건물을 떠올렸다. 거기서 발견된 세 구의 사체. 그것이 바로 신카이 씨 부부와 그들의 딸이 아니었을까. 그런데 거기에 한 인물이 나타난다. 딸과 나이가 비슷한 여자다. 그 여자가 시신 중 두 구를 가리키며 말한다. 이분들이 저희 부모님이에요. 제 이름은 신카이 미후유입니다.

그리고 남은 또 한 구의 시신을 바라보며 말한다. 모르는 사람이에요. 저희와 관계없는 사람입니다.

가토가 경시청으로 돌아오니 보고서를 작성하는 일이 기다리고 있었다. 니시자키 역시 뭔가 문서 작업을 하고 있었다. 신카이 미후유가 가짜라고 말하면 후배 형사가 어떤 얼굴을 할지 상상해 보았다.

본격적으로 조사하고 싶었다. 그러나 상사들이 허락할 것 같지 않았다. 설사 신카이 미후유가 다른 사람이라 해도 어떤 사건에 연루되지 않는 한 형사가 관여하기는 힘들다. '하나야' 독가스 사건이 아직 해결되지 않았고 소가 다카미치 실종 사건 역시 미궁에 빠졌지만, 그렇다고 이제 와서 상사들이 그 두 사건에 관심을 보일 것 같지 않았다. 소가의 실종은 사건인지 아닌지도 확실하지 않다.

그러나 만약 소가의 사체가 발견된다면 얘기가 달라진다. 수사본부가 설치되고, 수사원이 여럿 투입될 것이다. 그때는 가토의 정보도 가치를 발휘할 터였다.

신카이 미후유가 가짜일지도 모른다는 걸 알았을 때 가토의 머릿속에 맨 먼저 떠오른 생각은 드디어 동기를 찾았다는 것이었다. 소가가 살해되고 그 이면에 미후유가 있지 않을까 의심했을 때도 동기는 찾을 수 없었다. 그러나 그녀가 가짜라면 의문이 풀린다.

예의 사진 때문이다.

소가 다카미치는 미후유가 부모님과 같이 찍은 사진을 갖고 있었고, 그걸 그녀에게 전하려고 했다. 그 사진에 찍혀 있는 사람은 진짜 미후유일 것이다. 즉 가짜 미후유로서는 그를 만나는 일이, 아니 그의 존재 자체가 커다란 골칫거리였을 것이다.

물론 해결해야 할 문제는 여전히 남아 있다. 미후유에게는 알리바이가 있다. 그녀는 소가와 만나기로 약속했다가 바람을 맞은 셈이기 때문이다.

사체를 어떻게 처리했을까 하는 의문도 남는다. 여자 혼자서는 절대 무리다.

그래서 공범이 있다는 추론에 도달했지만 가토는 그 후보가 될 만한 사람을 한 명도 찾아내지 못했다.

사체가 발견되어 수사관이 동원되면 공개적으로 미후유 주변을 수사할 수 있다. 하지만 그럴 경우 가토 자신이 움직일 수 있느냐 없느냐는 별개 문제다.

솔직히 말하자면 가토는 신카이 미후유에 관한 수사를 다른 사람에게 넘기고 싶지 않았다. 그녀의 과거, 그녀의 목적, 더 나아가 이면에 감추어진 얼굴, 그 모두를 자신의 눈으로 확인하고 싶었다. 누구에게도 방해받고 싶지 않고, 수사에 진척이 있으면 당연히 찾아올 최후 대결에도 자기 외의 사람이 발을 들이게 하고 싶지 않았다.

왜 그런 생각이 들까. 아무도 주목하지 않았던 신카이 미후유라는 여자를 자신만 눈여겨보았다는 자부심 때문일까. 그런 이유도 있다. 그러나 그것이 전부는 아니다.

어쩌면 내가 그 여자에게 빠졌을지도…….

조금도 앞으로 나아가지 못한 보고서를 앞에 두고 가토는 히죽 웃었다.

●

5

신칸센 창밖으로 풍경이 흐른다. 그러나 마사야의 눈에는 별 의미없는 장면이다. 머릿속에서 갖가지 생각이 어지럽게 오갔다. 영원히 정리되지 않는 혼돈과도 같은 생각이다.

누군가 말을 걸고 있다는 걸 깨닫고 마사야는 얼른 고개를 돌렸다. 요리에가 쓴웃음을 짓고 있었다.

"또 넋 놓고 있네. 어제부터 뭔가 이상해."

"도쿄로 돌아간다고 생각하니까 좀 우울해져서요."

"그러게 동생 회사에 소개해 준다고 하잖아."

"금속 가공 일요? 제게는 무리예요. 그보다, 조금 전에 뭐라고 말씀하신 것 같은데……."

"기껏 교토까지 따라왔는데 내 병수발만 하다가 끝나 버렸다고."

"그건 신경 쓰지 않으셔도 됩니다. 오랜만에 교토에 가서 좋았어요. 그런데, 컨디션은 좀 어떠세요?"

"이제 괜찮아. 아침도 든든히 먹었잖아."

요리에가 눈을 가늘게 뜨고 웃었다.

어제 마사야는 밤이 늦도록 교토를 돌아다녔다. 미후유에 관해 아는 사람을 어떻게든 찾고 싶어서였다. 그러나 시간도 워낙 짧은 데다 아무런 연고도 없으니 뾰족한 방법이 없었다. 호텔로 돌아왔을 때는 기진맥진해 있었다. 그런데도 요리에가 수상히 여길까 봐 옆방으로 찾아갔다. 요리에는 약을 먹은 탓인지 마사야가 노크할 때까지 계속 잔 듯했다. 그에게 어디 갔다 왔느냐고 묻지도 않았다.

"올케 분⋯⋯, 미후유 씨라고 했죠? 앞으로도 계속 그분에 관해 조사하실 생각인가요? 어젯밤에는 그만둘 것처럼 말씀하시던데⋯⋯."

마사야가 물었다. 요리에는 고개를 갸웃했다.

"글쎄, 어째야 할지. 이번에는 일단 준비가 부족했던 데다 정작 내가 드러누워 버렸으니 말이 안 되지."

"주제넘은 말인지 모르겠지만, 이쯤에서 그만두는 편이 낫지 않을까 싶은데요. 지금 시점에서 올케 분에게 뭔가 문제가 있는 것도 아니잖아요. 그러니 동생 분의 눈을 믿어야 한다고 생각합니다. 그리고 무엇보다⋯⋯."

마사야는 숨을 고른 다음 말을 계속했다.

"이런 일로 시간을 낭비하는 게 아까워요. 당신에게는 당신의 인생이 있는데."

고개를 숙이고 있던 요리에의 속눈썹이 파르르 떨렸다. 그녀는 그를 올려다보며 눈을 깜박거렸다.

"고마워, 친절하게 말해 줘서."

아닙니다, 하고 고개를 젓고 나서 마사야는 다시 차창 밖으로 눈길을 돌렸다.

전직 교사 후카자와가 보여 준 사진이 여전히 그의 사고를 지배하고 있었다. 거기에 찍혀 있던, 미후유와는 전혀 다른 여자. 그러나 그 여자야말로 진짜 신카이 미후유다.

그렇다면 그녀는 대체 누구란 말인가. 그 지진이 있었던 날 아침 이래 나와 고난을 함께해 온 여자는…….

마사야는 아직 그녀가 가짜라는 사실을 받아들이지 못하고 있다. 마사야에게 그녀는 신카이 미후유 이외의 그 누구도 아니었다.

어젯밤에는 한숨도 자지 못했다. 몇 번이나 미후유에게 전화를 걸어 볼까 하고 마음이 흔들렸다. 전화를 걸어서 당신은 대체 누구냐고 묻고 싶었다. 그러나 끝내 그는 전화기를 들지 못했다.

조금 더 확인한 다음에, 라는 생각은 스스로를 납득시키려는 구실에 지나지 않았다. 사실 그는 그 질문을 했을 때 그녀가 보일 반응이 두려웠다.

마사야가 처음 그녀를 만난 건 지진이 일어난 날 아침이다. 그리고 그녀의 이름을 알게 된 건 시신이 줄줄이 운반되어 오던 대피소에서였다. 그녀는 부모의 시신을 앞에 두고 경찰에게 참고인 조사를 받고 있었다. 그때 그녀가 자기 신분을 증명할 무언가를 경찰에게 제시했을까. 아마 그렇지 않았을 것이다. 적어도 제시할 필요가 없었을 것이다. 그 미증유의 재해에서 간신히 살아남은 사람이 신분을 증명할 뭔가를 소지하지 않았다 한들 무슨 의심을 받겠는가. 사실 마사야에게도 경찰은 신분증을 제시하라고 요구하지 않았다. 요구했다 해도 응할 도리가 없었다.

신카이 미후유로 탈바꿈했다면 바로 그때다.

마사야는 대피소에서 본 미후유의 모습을 지금도 선명히 기억한다. 달랑 옷 한 벌만 걸친 채 짐도 하나 없이 추워서 무릎을 꺼안고 있었다. 어둠 속에서 폭행당할 뻔했고, 그런 그녀를 마사야가 구해 주었다. 그때의 모습은 갑작스러운 불행의 습격을 받은 이재민의 모습 그 자체였다.

그러나 추위에 떨면서도 그녀의 머릿속은 생존이 아닌 다른 문제들로 가득 차 있었다. 이 재해를 이용해 다른 사람의 이름을 가로채고 그 인물로 완전히 탈바꿈하려는 위험한 도박으로.

그런데 어째서 그녀는 그런 짓을 해야 했을까. 신카이 미후유로 행세해서 무슨 이득이 있었던 걸까. 신카이 미후유의 재산? 아니다. 재산은 없었을 것이다. 그러면 보험금일까.

의문은 하나 더 있었다. 그녀가 설사 다른 사람의 이름을 가로챘다 해도 왜 그런 사실을 내게 가르쳐 주지 않는 것일까. 지난 4년간 둘이서 갖은 고난을 극복해 왔다. 그러기 위해 수단 방법을 가리지 않았다. 두 사람 모두 다른 얼굴을 이면에 숨기고 있다. 진짜 얼굴을 보여 주는 건 단둘이 있을 때뿐이었다. 어두운 밤중이라야 서로 본성을 드러낼 수 있었다.

그러나 그녀는 내게도 진짜 얼굴을 보이지 않았다는 얘기다. 내가 그녀와 지낸 밤이 모두 환영이었던 걸까.

문득 정신을 차리고 돌아보니 요리에가 옆 자리에서 잠들어 있었다. 아직 미열이 남아 있는지도 모른다. 도쿄에 도착하려면 한 시간 가까이 남았다.

요리에는 앞으로도 미후유에 관해 조사를 계속할 생각일까. 이번 교토행으로 약간은 심경에 변화가 있는 듯하지만, 그렇다고 의심이 사라진 것은 아니다. 어떤 계기로 인해 또다시 미후유에게 경계심을 품을 우려가 충분히 있다.

이번에는 요리에가 갑작스럽게 열이 나는 바람에 미후유의 비밀을 알아내지 못한 채 넘어갔지만 다음에도 그런 행운이 계속되리라는 보장은 없다. 다음번에 마사야가 동행하게 될지 어떨지도 불확실하다.

잠든 요리에의 얼굴을 바라보다가 마사야도 눈을 감았다. 그는 어떤 결심을 굳혀 가고 있었다.

도쿄역에 도착한 시각은 오후 5시가 조금 지나서였다.

"어떻게 할까, 저녁을 먹기에는 시간이 좀 이른데."

도쿄역을 나서자 요리에가 손목시계를 보며 말했다.

"오늘은 일찍 들어가시는 게 좋겠습니다. 또 열이 나면 곤란하니까요."

"이젠 괜찮아."

"방심은 금물이에요. 택시를 잡죠. 바래다드리겠습니다."

그 제안에 요리에는 놀라움과 기쁨이 섞인 눈빛으로 마사야를 바라보았다.

"데려다주겠다는 거야?"

"네."

"방향이 완전히 반대잖아. 힘들 텐데, 그만둬."

"그러지 않으면 안심이 안 돼서요."

마사야는 그녀의 손에서 가방을 빼앗아 들고 택시 승차장을 향해 걸었다.

"잠깐만. 그럼 어디서 저녁이라도 먹고 가자. 이대로 들어가봐야 먹을 게 아무것도 없어."

"그건 제가 어떻게 해 볼게요."

"어떻게 한다고?"

그 질문에는 대답하지 않은 채 마사야는 다시 걸음을 옮겼다.

요리에의 집은 시나가와에 있다. 좁은 언덕길 중간에 있는 서양식 단독 주택이다. 전에 마사야는 그녀를 미행해 이 근처까지 온 적이 있다. 외관으로만 봐도 여자 혼자서 살기에는 너무 넓다는 인상을 받았었다.

"집이 멋지네요."

택시에서 내린 마사야가 집을 올려다보면서 말했다. 그리고 이내 자기가 요리에의 집을 알고 있다는 사실을 그녀가 수상쩍어하지 않을까 싶어 아찔해졌다. 그러나 그녀는 전혀 의심하지 않는 눈치였다.

"건축업자 말대로 지은 집이야. 그래서 생활하기는 불편해."

요리에가 피식 웃으며 핸드백에서 열쇠를 꺼냈다.

마사야는 짐을 들고 그녀를 뒤따랐다. 주저와 망설임, 스스로를 질타하는 마음이 그의 머릿속에서 소용돌이쳤다. 요리에가 열쇠 구멍에 열쇠를 꽂았다. 결단을 내려야 한다고 그는 자기 자신을 다그쳤다.

문이 열리자 마사야는 요리에 뒤에 바짝 다가섰다. 실내가 캄캄했다. 가로등 불빛만이 그녀의 등을 비추고 있었다.

"택배가 온 모양이네."

문에 끼여 있었는지, 요리에가 바닥에 떨어진 전표를 주워 들었다.

마사야는 가방을 든 채 그녀를 밀듯이 안으로 들어갔다. 등 뒤에서 문이 쾅 닫혔다.

"어머, 캄캄해라."

요리에가 스위치를 찾아 벽을 더듬는 기척이 느껴졌다.

마사야는 가방을 내려놓았다. 그리고 곧이어 양팔을 뻗었다. 요리에의 가녀린 몸이 그 안에 쏙 들어왔다.

그녀가 무슨 소리를 낸 것 같았다. 말을 했는지도 모른다. 그러나 마사야는 그걸 들을 여유가 없었다. 그는 그녀를 꼭 껴안은 채 그녀의 입술에 자신의 입술을 포갰다.

전혀 예기치 않은 일일 텐데도 요리에는 저항하지 않았다. 향수 냄새를 맡으며 마사야는 스스로에게 맹세했다.

무슨 일이 있더라도 미후유를 지킨다. 설사 그녀와의 밤이 환상일지라도.

10장

●

1

"저 자신을 미용사 이상의 무엇이라고 생각해 본 적이 없어요. 물론 지금은 텔레비전 같은 데도 출연하지만, 어디까지나 보여 주고 싶은 것은 저의 기술과 감각이지, 손님의 머리를 통해서 자기표현을 하겠다는 생각은 없습니다. 중요한 것은 손님이 만족하느냐 만족하지 않느냐 하는 것뿐입니다. 솔직히 말해서 스타 미용사라는 말을 좋아하지 않아요. 요리사도 그렇지만, 표면에 너무 나서는 건 좋지 않다고 봅니다."

왼쪽 비스듬한 각도에서 찍고 있는 카메라를 의식하면서 아오에는 조금 빠르게 말했다. 그 각도에서 촬영해 달라고 사전에 부탁해 두었다. 자신은 그렇게 생각지 않지만 미후유가 그렇게 찍어야 사진이 잘 나온다고 했기 때문이다.

여자 인터뷰어가 메모하면서 고개를 끄덕였다. 다다음 달에 발매되는 여성 잡지에 실릴 예정이라고 한다. '화제의 스타 미용사를 직격 인터뷰'가 기사 제목인 모양이다.

아오에는 말솜씨가 그다지 좋지 않았다. 손님을 상대할 때는 그렇지 않은데, 주제에 따라 요점을 짚으면서 얘기하는 데는 서투르다. 하지만 이런 종류의 의뢰를 거절하지 말라는 미후유의 지시가 있었다. 텔레비전 출연도 마찬가지다.

"요즘 시대에는 팔리는 것만 팔려. 사람도 모이는 곳에만 모이고. 그러니까 일단 최고가 되어야 하고, 그러려면 무슨 수단을 써서라도 유명해져야 해. 실력만 있으면 알아서 인정해주던 시대는 지나갔어. 그건 서민에게도 사치가 허용되던 거품 경제 시절의 얘기야."

그러나 그녀는 지나치게 나서는 것도 좋지 않다고 했다. 신비감이 희석되기 때문이란다. 사실은 별로 나서고 싶지 않지만 여러 가지 사정 때문에 어쩔 수 없이 하는 듯한 포즈를 취하라는 것이다. 인터뷰를 할 때도 그런 뉘앙스를 담아 말하라고 지시했다.

말주변이 없는 아오에에게 그렇게 미묘한 저울질이 가능할 리 없고 대개는 미후유가 각본을 준비해 준다. 조금 전에 말한 내용도 그녀가 미리 건네준 각본을 외운 것에 지나지 않는다.

"바쁘실 텐데, 감사합니다."

인터뷰어가 만족스러운 듯이 말했다.

"다른 인터뷰 기사를 읽고서도 느꼈지만, 아오에 씨는 정말 입장이 명확하시군요. 오늘 그걸 새삼 확인했습니다."

"감사합니다."

아오에는 속으로 혀를 쏙 내밀며 짧게 대답했다. 뭐라 대답해야 좋을지 모를 때는 가능한 한 짧게, 그리고 애매하게, 라는 게 미후유의 가르침이다.

인터뷰어와 사진 기자가 돌아간 후 휴게실에서 담배를 피우고 있는데 인턴사원이 당황한 표정으로 들어왔다.

"선생님, 저, 경찰이 왔는데요."

"경찰?"

아오에는 미간을 찡그렸다.

"무슨 일로?"

"아니, 그걸 잘 모르겠습니다."

인턴사원이 불안한 표정으로 고개를 갸웃했다.

아오에의 뇌리에 불쾌한 기억이 떠올랐다. 나카노 아미가 습격당한 사건이다. 그 사건에 관해 아직도 물어볼 일이 있는 것일까.

휴게실에서 나가 보니 손님들이 대기하는 공간에 어울리지 않는 남자가 앉아 있었다. 나이는 삼십 대 중반쯤일까. 머리나 수염이 제멋대로 헝클어져 있고, 거무죽죽한 양복은 어딘가 모르게 지저분해 보였다. 넥타이를 매지 않은 것은 물론이고 셔츠를 가슴까지 풀어 헤쳐 놓았다. 얇은 눈꺼풀은 감겨 있지만 눈동자가 쉴 새 없이 움직이고 있다는 건 멀리서 봐도 알 수 있었다. 여자 손님 둘은 그런 그가 기분 나쁜지 멀리 떨어져 앉아 있었다.

이래서는 가게 이미지가 나빠지겠는걸, 하고 아오에는 생각했다.

그를 알아본 남자가 일어서서 다가왔다. 음산한 미소를 짓고 있었다.

"아오에 씨인가요? 바쁘실 텐데, 죄송합니다."

"무슨 일이죠?"

"묻고 싶은 일이 있어서요. 10분이면 충분하니 시간을 좀 내주시죠. 5분이라도 괜찮습니다."

"지금 당장요?"

아오에가 불쾌감을 감추지 않은 채 물었다.

"금방 끝납니다."

남자는 여전히 미소를 머금고 있었다. 그 모습이 사냥감을 노리며 혀를 날름거리는 것처럼 보였다.

아오에는 주위를 둘러보았다. 직원들이 이 불길한 남자에게 주의를 빼앗기고 있는 것이 분명했다. 그는 한숨을 쉬었다.

"그럼 10분만요."

고맙습니다, 하고 남자가 고개를 숙였다. 아오에는 그 지나치게 정중한 태도마저 몹시 거슬렸다.

작년 12월에 오픈한 '몬·아미 2'는 오모테산도에 있다. 지금 아오에는 일주일에 이틀을 2호점으로 출근한다. 이 형사는 그 사실을 알고 이곳으로 들이닥친 것이다.

"그런 가게에 들어가면 긴장됩니다. 주위가 온통 젊은 여자들뿐이라서요."

근처 찻집에서 커피를 주문한 후 경시청의 가토라고 밝힌 형사가 말하며 웃었다.

"용건이 뭡니까?"

아오에는 뺨이 약간 굳어지는 것을 느꼈다.

"작년 말에 벌써 2호점이라니, 젊은 분이 대단하군요. 과연 스타 미용사는 다릅니다."

"저……."

아오에는 손목시계를 보았다. 시간이 없다는 뜻을 나타내려는 것이다.

"이 장소에 가게를 내기로 한 건 역시 신카이 씨의 아이디어입니까?"

허를 찔린 질문에 아오에는 입을 쩍 벌리고 말았다. 미후유라는 이름이 나올 줄은 전혀 예상하지 못했다.

"아, 실례했습니다. 이제는 신카이 씨가 아니라 아키무라 씨라고 불러야 하나요?"

"아니, 저, 저희는 신카이라고 부릅니다."

"그렇군요. 가게 경영에는 역시 그분의 영향력이 크겠죠?"

"그야, 뭐……."

미후유의 성을 안다는 것은 '몬·아미'의 경영 체제를 안다는 뜻이다.

"신카이 씨에 관해 알고 싶으십니까?"

"네, 뭐, 여러 가지로요."

가토가 빨간 말보로 담뱃갑을 꺼냈다.

"신카이 씨와는 자주 보십니까?"

"네, 종종 봅니다. 저, 무슨 사건을 수사하는 겁니까? 신카이 씨와 관계가 있는 사건인가요?"

아오에의 질문에 가토는 의미심장하게 고개를 끄덕였다. 그리고 입에 문 담배에 불을 붙인 다음 천천히 연기를 내뿜었다.

"아직은 자세히 말씀드릴 수 없습니다. 수사상의 비밀이거든요. 자칫 발설했다가 폐를 끼치면 곤란하니까요."

"하지만 이건 어쩐지 기분이 나쁘군요."

"신카이 씨와는 어떤 계기로 알게 되셨습니까?"

아오에의 중얼거림이 들리지 않는다는 듯이 가토는 다시 질문을 시작했다.

"그녀가 먼저 연락을 했습니다. 이러이러한 사업을 구상하고 있는데 같이해 보지 않겠느냐고요."

"그때까지는 아무런 관계가 없었는데요?"

"제가 전에 일했던 미용실의 손님이었어요. 스카우트를 목적으로 여러 미용실을 돌아다녔다고 들었습니다."

"그게, 언제 얘깁니까?"

"가게를 시작하기 얼마 전이니까, 3, 4년쯤 됐나……."

"그렇군요."

가토는 담배를 피우는 사이사이에 커피를 마셨다.

"애인이 있습니까?"

"네, 뭐라고요?"

"애인 말입니다. 미남에다 스타 미용사이니 여자들에게도 인기가 많을 텐데요."

아오에는 그제야 자기 얘기라는 걸 알았다. 그러나 질문의 목적을 알 수 없었다.

"지금은 없습니다."라고 일단 대답했다.

"전에는 있었다는 얘기군요. 가게를 시작한 후에 헤어졌습니까?"

"그런 일까지 묻는 이유가 뭡니까? 무슨 관계가 있죠?"

아오에의 목소리가 날카로워지자 가토는 담배를 손가락 사이에 끼운 채 손을 휘휘 저었다.

"아니, 아니. 그저 궁금해서 물었습니다. 왜, 연예인들은 사귀던 애인과 데뷔 전에 헤어진다고 하잖아요. 그래서 신카이 씨도 비슷한 지시를 했나 싶어서요."

"그런 일까지 지시받지는 않습니다."

"그렇겠죠. 그런데 신카이 씨의 경력에 관해서는 알고 계십니까?"

"경력이라뇨?"

아오에가 눈썹을 찌푸렸다. 이 형사의 질문은 도무지 종잡을 수가 없다.

"어느 정도는요. 전에 '하나야'에서 일했다거나……."

형사가 고개를 저었다.

"그보다 전에요."

"그 전요?"

"'하나야'에서 일하기 전 말입니다. 혹시 들으신 얘기가 있습니까?"

아오에는 어깨를 으쓱했다.

"그렇게 오래전 일은 모릅니다."

"그러니까 신카이 씨의 과거에 관해서는 아는 바가 별로 없다는 말씀입니까?"

"듣기 거북하군요. 신카이 씨의 과거가 어쨌다는 겁니까?"

가토는 대답 대신 짧아진 담배를 재떨이에 비벼 끄고 계산서를 집었다.

"바쁘신데 실례했습니다. 그런데,"

형사가 아오에의 가슴께를 바라보았다.

"오늘은 안 하셨군요."

"네?"

"펜던트, 라고 하나요? 해골과 장미가 새겨진 것 말입니다.

전에는 하셨다고 하던데요."

아오에는 움찔 놀라며 무의식적으로 가슴에 손을 댔다.

"얘기 들었습니다. 그때는 아주 황당했겠더군요. 하마터면 용의자 취급을 당할 뻔했다면서요."

아오에는 침을 삼키려 했지만 입안이 바싹 말라 있었다.

"당신을 궁지에 빠뜨렸던 펜던트가 결국 당신을 구했다던데요. 다마가와 서의 형사가 무슨 그런 우연이 있느냐면서 고개를 갸우뚱거렸어요."

"우연이라니……."

"당신이 애용하던 것과 똑같은 펜던트가 사건 현장에 떨어져 있었잖아요. 그것도 다마가와 서의 조사에 따르면 흔한 물건이 아니라던데요. 포르투갈인가 스페인인가에 가야 구할 수 있다고요. 그런 물건이 사건 현장에 떨어져 있었다니, 굉장한 우연이 아니고 뭐겠습니까."

"글쎄요, 저는……."

아오에는 그제야 깨달았다. 이 형사가 오늘 찾아온 진짜 목적은 이 화제를 꺼내려는 것이었다. 이제 와서 왜 그 일을 들추는지는 알 수 없다. 그러나 아오에의 반응을 살피고 있는 것만은 확실했다. 낭패한 기색을 보이면 안 된다고 아오에는 스스로를 타일렀다. 하지만 온몸이 달아오르는 것을 막을 수는 없었다.

"다마가와 서의 형사 중에는 당신이 처음부터 그 펜던트를 두 개 갖고 있지 않았나 의심하는 사람도 있다고 합니다. 하나는 일부러 떨어뜨려 알리바이 조작에 사용하고, 다른 하나는 사건 현장에 떨어뜨리고 말입니다."

"그게 말이 되는 소리예요. 내가 왜 그런 짓을 해야 한단 말입니까."

"그래요, 당신이 그럴 이유는 없어요. 의심받고 싶지 않으면 애초에 펜던트를 떨어뜨리지 않았으면 되니까요. 내 말은 형사가 그렇게 어처구니없는 소리를 할 정도로 있을 수 없는 우연이라는 겁니다."

그건 업계 라이벌이 자신을 궁지로 몰아넣으려고 꾸민 짓이다, 아오에는 그렇게 말하고 싶었다. 그러나 그럴 수는 없었다. 그렇게 설명하려면 현장에 떨어져 있던 펜던트가 자신의 것이라는 사실까지 털어놓아야 한다.

"다마가와 서에서는 당신이 펜던트를 잃어버렸다는 레스토랑까지도 철저히 조사한 것 같더군요. 서로 입을 맞춘 게 아닐까 의심한 거죠. 그러나 미심쩍은 점이 전혀 없었어요. 매수된 것 같지도 않았고요."

"그런 짓을 할 이유가 없습니다."

아오에가 형사를 노려보았다. 미후유도 레스토랑 사람을 매수하지 않았다고 했다. 대체 무슨 수를 썼는지 아오에는 아직도 모르지만 그녀가 단언한 이상 틀림없을 것이다.

"정말 알 수 없는 일이에요."

드디어 가토가 자리에서 일어섰다.

"그 펜던트가 집에 있습니까?"

있다면 보여 달라고 하려는 듯한 말투였다.

아오에는 고개를 저었다.

"처분했습니다."

"허허, 그건 또 왜죠?"

"불쾌한 기억을 떠올리게 만드는 물건이니까요. 게다가 싫증이 나기도 했고요."

"그래요? 당신에게는 행운의 물건이기도 할 텐데요."

그러면서 가토는 아오에를 힐끔 보았다.

"혹시 처분하라고 신카이 씨가 지시한 거 아닙니까?"

"네에?"

"아니, 농담입니다."

가토는 웃으며 계산대로 걸어갔다.

●

2

역시 그놈은 아니군. 아오에와 헤어진 후 오모테산도 교차로를 향해 걸어가며 가토는 생각했다. 저렇게 약해 빠진 남자에게 신카이 미후유가 공범이라는 큰 역할을 맡길 리 없다.

신카이 미후유를 궁지로 몰려면 그녀가 한신 아와지 대지진 때 진짜 미후유와 자신을 바꿔치기했다는 사실만 드러내는 것으로는 부족하다. 그녀를 둘러싼 갖가지 사건의 배후에 숨은 조력자가 있다는 걸 증명해야 한다.

그 점에서 가토가 맨 먼저 주목한 인물이 아오에였다.

아오에와 미후유가 사업상의 파트너라는 점은 공공연한 사실이다. 따라서 이해관계도 일치한다. 겉으로 드러난 사업상의 일뿐만 아니라 그 이면의 모략도 서로 협조할 가능성이 컸다.

아오에에 관해서는 아까 본인을 만나기 전에 여러모로 조사를 해 두었다. 그가 성공을 거둔 이유는 미후유와 손잡고 '몬·아미'를 시작했기 때문이다. 그 덕에 지금은 스타 미용사의 한 사람으로 여기저기서 찾게 되었다.

그러나 좋은 일만 있는 것은 아니었다. 그에 관한 소문 중 하나는 과거에 여직원이 습격당한 사건의 용의자로 지목될 뻔했었다는 것이었다.

가토는 그 사건을 좀 더 자세히 조사해 보았다. 다마가와 서의 형사는 무뚝뚝하긴 했지만 기꺼이 당시의 사건 자료를 보여 주었다.

그리고 그 사건 내용과 수사의 전말이 가토의 관심을 끌었다. 상황으로 보아 아오에를 의심할 만도 했다.

그런데 거기에 대반전이 있었다. 아오에가 잃어버렸다고 주장한 펜던트가 전혀 별개의 장소에서 발견된 것이다. 아오에가 사건 전에 그 펜던트를 잃어버렸다는 사실이 판명되어 그는 단박에 혐의를 벗었다.

누군가 아오에를 함정에 빠뜨리려고 했던 게 아닐까, 하는 것이 다마가와 서 형사들의 추리였다. 가토도 그럴 것이라고 짐작한다. 그러나 그의 추리가 다마가와 서 형사들의 그것과 다른 점은 아오에를 함정에 빠뜨리려고 했던 자가 아오에의 적이 아니라 같은 편이지 않았을까 하는 것이다.

그가 그렇게 추리하게 된 이유는 예의 해골과 장미가 새겨진 펜던트 때문이다.

아오에에게도 말했지만, 특수한 펜던트가 하나의 사건에 두 개나 나오기는 힘들다. 아오에를 함정에 빠뜨리려 했던 범인이 어디선가 한 개를 더 구했다고 보는 편이 자연스럽다.

그러나 특수한 펜던트를 구하는 일이 그렇게 쉬울까.

가토는 금속 가공업자를 만나 보았다. 다마가와 서에서 빌린 사진을 보여 주고 똑같은 물건을 만들기가 얼마나 어려운지 물어보았다.

숙련된 기술자라면 하루에 만들 수 있다는 대답이 돌아왔다. 다만 똑같이 만들려면 상당한 솜씨가 필요하다고 했다.

솜씨 좋은 금속 가공 기술자. 이 키워드가 나온 것이 세 번째

다. 첫 번째는 말할 것도 없이 '하나야' 독가스 사건에서다. 독가스 발생 장치에 숙련공이 아니고서는 만들기 어려운 부품이 있었다. 두 번째는 'BLUE SNOW'에 갔을 때다. 쇼케이스에 들어 있던 샘플 제품을 만든 사람을 종업원이 그렇게 평했다.

아오에를 함정에 빠뜨린 사람은 미후유다. 다른 가능성은 생각할 수 없다.

미후유는 우선 공범에게 아오에의 방에서 해골과 장미가 새겨진 펜던트를 훔쳐 내라고 지시한다. 그리고 그것과 똑같은 복제품을 만들게 한다. 그런 다음 미후유는 복제품을 들고 레스토랑으로 간다. 그때는 공범도 동행했을 것이다. 레스토랑의 기록에 예약자 이름과 동행인의 숫자가 남기 때문이다. 사람들 눈에 띄지 않도록 식사한 다음 미후유는 펜던트 복제품을 슬며시 떨어뜨리고 나온다. 레스토랑에서는 그걸 분실물로 보관한다.

여기까지 준비한 후 마침내 범행에 들어간다. 하지만 실제 행동은 공범이 한다. 그는 미후유의 지시대로 '몬·아미'의 직원 나카노 아미를 습격한다. 그때 아오에가 사용하는 향수를 자신의 몸에 뿌렸음은 말할 필요도 없다. 아미가 기절한 것을 확인한 공범은 해골과 장미가 새겨진 펜던트를 현장에 떨어뜨리고 온다.

세세한 부분에는 다소 차이가 있을지 몰라도 대략 이상과 같은 방법이 아니었을까. 그렇게 생각하면 절묘한 타이밍에 아오에가 레스토랑에 펜던트를 찾으러 간 이유도 납득할 수 있다. 아오에는 다마가와서 형사에게 "펜던트를 잃어버린 곳이 어디인지 필사적으로 생각한 결과 그 레스토랑이 떠올랐다."라고 진술했다지만, 그토록 아끼는 물건을 잃어버렸다면 좀 더 빨리 깨달았어야 정상이 아닐까.

아마도 그 레스토랑에 떨어뜨려 놓았으니 찾으러 가라는 미후유의 지시가 있었을 것이다. 그래서 아오에는 그녀가 뒤에서 손을 썼다고 생각했을 것이 틀림없다.

문제는 미후유가 왜 사업상의 파트너인 아오에를 함정에 빠뜨리려고 했느냐는 것이다. 그 점에 관해서는 가토도 아직 명확한 추리를 내놓지 못하고 있다. 그러나 상상은 할 수 있다.

일부러 함정에 빠뜨린 다음 궁지에 몰렸을 때 구해 준다……, 이 자작극이라 할 만한 책략이 무슨 효과가 있을까.

아오에의 절대적인 복종이다.

그는 지금 미후유에게 결정적인 약점을 잡힌 기분일 것이다. 또한 그 이상으로 그녀가 얼마나 큰 힘을 가졌는지 깨달았을 것이다. 그녀의 뜻을 거스를 수 없다고 마음속 깊이 생각하고 있음이 분명하다.

당시에 아오에가 미후유와 잡은 손을 놓으려고 했을지도 모른다고 가토는 생각했다. 그의 굳은 결심을 안 그녀는 그를 위협하기는커녕 오히려 은혜를 베풂으로써 그에게 자신이 얼마나 중요한 존재인지 각인시켰다.

그 여자라면 그러고도 남을 것이다.

이 추리에 따르면 미후유의 그늘 뒤에 숨은 공범은 아오에가 아닌 다른 인물이다. 아오에를 실제로 만나 보고 나서 가토는 자신의 추리에 자신감을 얻었다. 아오에는 미후유의 꼭두각시일지 모르지만 그것은 단순히 사업상의 일일 뿐이다. 금속 가공 기술자라는 조건을 빼고 보더라도 그는 범죄에 가담할 만한 그릇이 아니다.

물론 그것이 아오에를 만난 목적의 전부는 아니었다. 또 하나의 커다란 목적이 있었다.

아오에에게 신카이 미후유의 과거에 관해 물었지만, 애초에 기대하지도 않았다. 그보다는 아오에가 오늘 있었던 일을 미후유에게 알리는 것이 그의 노림수였다. 그녀는 가토라는 형사가 자신의 과거를 캐고 다닌다는 사실을 알게 될 것이다. 그러면 그녀는 어떤 행동을 취할까.

미후유의 정체를 파헤치려면 공범을 찾아내는 것이 빠른 길이다. 그렇다면 그 숨은 조력자는 어떤 경우에 행동에 나설까.

지금까지 일어난 일들을 돌이켜 보면 그 대답을 쉽게 알 수 있다. 요컨대 미후유에게 방해가 되는 인물이 나타났을 때다. 하마나카가 그렇고 소가도 그랬다. 아오에에게도 미후유는 그 비장의 무기를 사용했다.

그 여자는 과연 이 귀찮은 형사를 어떻게 요리하려 들까.

그 순간을 상상하자 가토는 몸이 떨렸다. 두려워서가 아니다. 그 마성의 여자가 본모습을 드러내는 순간이 몹시 기대되기 때문이었다.

●

3

사진 속의 요리에는 옅은 보라색 선글라스를 끼고 있었다. 그녀는 베이지색 바지 정장 차림이고, 그녀 옆에 찍혀 있는 마사야는 회색 니트 위에 흰 셔츠재킷을 걸쳤다.

배경은 도내에 있는 유명한 호텔 로비. 다른 사진에는 체크인 하는 요리에의 뒷모습이 찍혀 있다. 그리고 둘이 엘리베이터를 타는 장면도 있었다.

"숨어서 찍은 것치고는 상당히 깨끗하게 나왔지?"

미후유가 만족스러운 듯이 미소 짓는다.

두 사람은 늘 만나는 패밀리 레스토랑에 있었다. 그래도 점원에게 얼굴을 보이고 싶지 않은지 미후유는 그들을 등지고 앉을 수 있는 테이블을 선택했다.

"사진을 찍는 줄은 전혀 몰랐어."

마사야가 말했다.

"미리 가르쳐 주면 마사야가 카메라를 의식할 거 아냐. 사진이 부자연스러우면 의미가 없으니까."

"이거 미후유가 찍었어?"

"물론이지. 내가 탐정에게 요리에 씨의 행적을 조사해 달라고 의뢰할 수는 없잖아."

미후유가 마사야에게 다음번 데이트가 언제인지 물은 것이 지난주 월요일이다. 바로 이런 목적이 있었던 것이다.

"이걸로 마침내 그 사람의 약점을 잡은 건가."

마사야는 아메리카노가 담긴 커피 잔을 들었다.

"남편의 장기 출장 중에 젊은 남자와 외도하는 증거 사진이라. 그 대단한 사람도 이걸 보면 당황하겠군."

"신의 한 수, 라고 말했으면 좋겠지만, 아쉽게도 아직 조금 부족해."

미후유의 말에 마사야는 커피 잔에서 입을 뗐다.

"왜?"

"이걸로는 결정적이라고 말하기 어려워."

"뭐가 부족한데? 둘이 호텔에 들어가고 있잖아. 체크인하는 사진도 있고."

그러나 그녀는 고개를 저었다.

"이걸로는 얼마든지 빠져나갈 수 있어. 호텔에는 나 혼자 묵었고 마사야는 방까지 짐을 들어다 주었을 뿐이다, 라고 하든 가, 아니면 아예 체크인 자체를 부정할 수도 있지. 프런트에서 잠깐 뭘 물어봤을 뿐이고 체크인을 한 건 아니라고 말이야."

"그런 전개는 부자연스럽지."

"부자연스럽든 어떻든, 변명이 가능한 한 결정적이라 볼 수 없어. 역시 불륜을 인정할 수밖에 없는 증거가 필요해."

"그럼 나더러 어쩌라는 거야. 설마 성행위 하는 장면을 찍으라는 말은 아니겠지."

마사야가 미후유를 노려보며 말했다. 하지만 그녀는 그가 농담한다고 여기는 듯, 어깨를 흔들며 웃었다.

"인터넷에 흘리면 마니아들이 좋아하겠네."

"나는 진지하게 얘기하는 거야."

"마사야는 아무것도 안 해도 돼. 그저 그 사람과 데이트만 하면 그만이야. 호텔에 들어가 주고."

"그래서 갔잖아."

"이런 호텔로는 안 되지."

미후유가 사진을 손가락으로 톡톡 쳤다.

"가정 법원에서도 일반 호텔에 출입한 사진은 외도의 증거물로 인정하지 않아."

"그러니까 그 말은……."

"그래."

미후유가 주위를 살피고 나서 말했다.

"러브호텔 말이야."

마사야는 얼굴을 찡그리며 고개를 저었다.

"그건 안 돼."

"왜 안 되지?"

"그 사람이,"

거기까지 말하고 그가 목소리를 낮췄다.

"러브호텔 같은 곳에 갈 리 없어."

"그런 곳에 가게 만드는 게 당신의 능력이야."

"나한테는 그런 능력 따위 없어. 과대평가하지 마."

"과대평가가 아니야. 내가 기대한 대로 당신은 감쪽같이 그 사람의 마음을 사로잡았잖아. 정말 대단해. 마사야는 제비족이 되었어도 성공했을 거야."

농담인지 진담인지 구분하기 힘든 말투로 그렇게 말하는 미후유의 얼굴을 마사야는 빤히 바라보았다.

"이제 더는 싫어. 이 건은 여기서 끝냈으면 좋겠어. 이 사진으로 충분하지 않아? 재판에서는 이길 수 없을지 몰라도 요리에 씨 입을 다물게 하는 효과는 있을 거야."

"돌다리도 두드려 보고 건너라고 했잖아."

마사야는 고개를 저었다.

"애초에 요리에 씨의 약점을 잡으려 했던 이유는 그 사람이 하마나카와의 일을 캐고 다니고, 미후유에게 다른 남자가 있을지 모른다고 의심할 우려가 있었기 때문이야. 하지만 내가 보기에 그 사람이 그러는 것 같지는 않아. 앞으로도 아마 괜찮을 거야."

"그건 모르지. 방심은 금물이야."

"아니야, 괜찮아. 아니면 혹시 다른 이유가 있는 거야?"

"다른 이유라니?"

"하마나카와의 일 외에 말이야. 요리에 씨가 냄새를 맡으면 곤란한 일이 또 있는지 묻는 거야."

예를 들어 자신의 정체, 자신이 진짜 신카이 미후유가 아니라는 사실이라든가……. 마사야는 그 질문을 가슴에 묻은 채 그녀를 바라보았다.

미후유는 그런 그의 시선을 피하지 않았다.

"무엇보다 그 사람은 나를 아키무라가에서 쫓아내고 싶어해. 그러기 위해서라면 수단 방법을 가리지 않을 거야. 그때를 대비하려는 이유도 있어."

"정말 그것뿐이야?"

"그것 말고 또 뭐가 있다고 그러는 거야?"

미후유가 눈을 부릅떴다.

마사야는 그녀에게서 고개를 돌렸다. 그녀의 얼굴을 똑바로 바라보기 힘들었다.

당신은 대체 누구야? 그 질문이 목구멍에서 튀어나오려고 했지만 그러기 직전에 속으로 삼켰다.

"그 사람과는 어떤 식으로 해?"

미후유가 물었다.

질문의 의미를 알 수 없었던 마사야는 그녀를 물끄러미 바라보았다.

"무슨 소리야?"

"그러니까."

그녀가 휙 뒤를 돌아보고 나서 그에게 얼굴을 들이밀었다.

"콘돔, 씌우고 해?"

마사야가 소스라치며 몸을 뒤로 젖혔다.

"무슨 얘긴가 했더니……."

"심각하게 묻는 거야. 씌우고 해?"

"그러는 게 당연하잖아."

마사야는 고개를 옆으로 돌렸다.

"흠, 그럼 그 사람이 아직도 생리를 한다는 얘기구나."

대꾸하기도 불쾌해서 마사야는 입을 다물었다.

"늘 씌우고 해?"

그는 그녀를 외면한 채 턱을 괴었다.

"그렇게 여러 번 하지도 않았어."

"그렇구나. 그럼 가끔은 씌우지 말고 해 보는 게 어때?"

가볍게 던지는 듯한 말에 마사야는 턱에서 손을 떼고 그녀를 보았다. 늘 그렇듯, 그녀의 요염한 눈동자가 거기 있었다.

"가끔은 맨살로. 어때?"

"그러다가 밖에서 사정하면 된다고 말하고 싶은 거야?"

그러자 미후유는 슬며시 웃으며 눈을 한 번 천천히 깜빡였다.

"전에 마사야에게 부탁한 일이 있었지, 섹스할 때의 약속 말이야. 기억해?"

"잊은 적 없어."

누구와 섹스해도 상관없다, 단 삽입한 채로 사정하지 않는다, 콘돔을 씌웠다 해도.

"그 약속, 이번만은 지키지 않아도 좋아."

마사야는 순간 놀라서 숨을 삼켰다.

"뭐라고?"

"씌우지 않은 채 하고, 안에서 사정해도 좋다고 했어. 그 사람 안에서 말이야."

"무슨 소리야. 그랬다가 만약⋯⋯."

거기까지 말하고서야 마사야는 눈을 휘둥그렇게 떴다. 미후유가 하려는 말이 무엇인지 문득 깨달은 것이다.

"임신을⋯⋯ 시키라는 말이야?"

"하긴, 쉰이 넘었으니 아무래도 무리이려나."

"당신, 지금 제정신이야?"

"나는 진지해."

등골이 서늘할 정도로 그녀의 표정이 차갑게 변해 있었다. 마사야는 고개를 내저었다.

"어떻게 그런 생각을 할 수 있지?"

그는 테이블 위에 놓여 있는 담배로 손을 뻗었다. 그러나 그가 미처 담뱃갑을 집기 전에 미후유가 손을 뻗어 그의 손 위에 자신의 손을 포갰다. 그녀의 손바닥은 따스했다.

"얼토당토않다는 건 나도 알아. 하지만 확실하지 않으면 안심할 수 없어. 나는 아무것도 믿지 않거든. 이 세상 누구도 믿지 않아. 마사야 이외의 사람은 그 누구도. 그러니까 내가 의지할 수 있는 사람은 마사야뿐이야."

"그러면……."

왜 사실대로 말해 주지 않는데, 라고 묻고 싶었다. 자신은 신카이 미후유가 아니라는 사실, 그리고 실제로는 누구라는 사실을.

그러나 그는 그 질문을 할 수 없었다. 그 말을 입 밖에 내는 순간 미후유와의 관계가 무너질 것 같은 생각이 들었다.

"그러면 뭐?"

미후유가 고개를 갸웃했다.

"아니, 아무것도 아니야."

마사야는 고개를 저었다.

"기분이 나빠졌어. 사실, 상상하고 싶지 않은 일이야. 그 사람에게 임신을 시키다니."

"아무래도 좀 무리인가?"

미후유가 테이블에 놓인 계산서를 집었다.

"기분 전환하러 가자."

그로부터 몇십 분 뒤, 두 사람은 오다이바에 있는 어느 호텔의 방에 있었다. 미후유가 마사야 이름으로 예약해 놓은 듯했다. 방에 들어서자마자 둘은 서로 끌어안았다. 마사야는 미후유의 싱그러운 육체를 탐하며 그 피부의 감촉을 자신의 온몸으로 느꼈다. 흥분한 남성의 상징을 그녀의 몸속에 삽입하는 것까지는 허락되었다. 그러나 마지막에는 그녀의 입속에 사정했다. 물론 그것은 변함없이 아득한 쾌감을 안겨 주었다.

미후유의 부드러운 머리카락을 쓰다듬으며 마사야는 요리에를 생각했다. 벌써 네 번이나 육체관계가 있었다. 당연한 일이지만, 맨 처음의 인상이 강하게 남아 있다.

침실에 들어서자 요리에는 일단 불을 켜지 말라고 부탁했다. 도저히 보여 줄 만한 몸이 아니라는 것이었다. 마사야는 그녀의 부탁을 들어주었다. 그 자신도 그녀의 벗은 몸을 보면 성행위를 할 수 있을지 자신이 없었다.

그러나 어둠 속에서 나눈 감촉은 그가 각오했던 것만큼 나쁘지는 않았다. 요리에의 몸은 탄력이 있었다. 그리고 그를 받아들이는 부분은 충분하다고 할 수는 없어도 필요한 만큼은 촉촉했다. 그녀의 겨드랑이에 손을 넣었을 때 그곳이 깔끔하게 다듬어져 있다는 것을 알았다. 역시 교토에 가기 전에 그녀는 어느 정도 각오를 했을지도 모른다고, 마사야는 그때 비로소 생각했다.

첫 행위가 끝난 다음, 어둠에 익은 눈으로 새삼 요리에의 알몸을 보았다. 몸매가 흐트러지지 않았다고 하면 거짓말일 것이다. 가슴도 약간 쪼그라들어 있었다. 그러나 추하다는 생각은 들지 않았다.

마사야가 보고 있다는 걸 눈치챘는지 요리에는 얼른 이불을 끌어 올렸다. 보지 마, 하고 조그만 소리로 말하고 나서 등을 돌렸다. 그 모습이 경험이 별로 없는 아가씨처럼 느껴졌다. 실제로 그녀는 행위 중에 거의 소리를 내지 않았고 몸도 굳어 있었다.

"나 같은 사람이랑 해서…… 즐거웠어?"

요리에가 물었다.

'좋았어?'도 아니고 '느꼈어?'도 아닌 '즐거웠어?'라는 말을 선택한 점에서 그녀가 쑥스러워하는 것을 마사야는 감지했다.

"기뻐요, 나는."

마사야의 말에 요리에가 빙그르 몸을 돌리더니 두 팔로 그의 몸을 감았다.

"무슨 생각 해?"

마사야의 겨드랑이 밑에서 미후유가 물었다.

"아니, 별생각……."

그가 말끝을 흐리자 후후, 하며 그녀가 의미심장하게 웃었다.

"알아. 그 사람 생각하지?"

그녀가 그의 가슴에 손을 얹었다.

"요리에 씨 생각. 더 구체적으로 말하면 요리에 씨와 나눈 섹스."

마사야는 미간을 찡그렸다.

"바보 같은 소리 하지 마."

"화낼 건 없잖아. 내가 나쁘다는 건 알아. 좋아하지도 않는 상대랑, 그것도 그렇게 나이 많은 여자랑 하라고 시켜서 미안하게 생각해."

"아니라니까 자꾸 그러네."

마사야는 그녀의 손을 가슴에서 내려놓은 뒤 나이트 테이블 쪽으로 몸을 기울였다. 그리고 담뱃갑에서 담배 한 개비를 꺼내 불을 붙였다. 기분이 상한 척했지만 사실은 미후유의 예리한 직감에 내심 한기마저 느꼈다.

그녀가 천천히 윗몸을 일으키더니 이불을 끌어당겨 몸에 감았다. 드러난 어깨가 요염하게 빛났다.

"어제 아오에게 이상한 말을 들었어."

마사야는 깊숙이 빨아들이던 연기를 토해 냈다.

"형사가 왔었나 봐. 기억나? 경시청의 가토."

"그놈이 왔대?"

마사야는 가슴이 철렁했다.

"뭐 하러 왔대?"

"아오에 얘기로는 지난번에 신입 여직원이 습격당했던 사건에 관해 캐물으러 온 것 같더래. 하지만 이상하잖아, 이제 와서 말이야."

마사야는 아직 한참 남은 담배를 비벼 껐다.

"뭔가 냄새를 맡았나?"

"해골과 장미가 새겨진 펜던트에 대해 의심하는 모양이야. 아마 내 주변을 캐고 다니다가 그 사건을 알았겠지. '하나야' 독가스 사건에 관해서도 아직 뭔가 의심하는 눈치니까. 그리고 무엇보다……."

미후유가 턱을 살짝 끌어당기고 마사야를 보았다.

"소가의 실종에 관해서도……."

마사야는 고개를 돌리고 담배를 입에 물었다. 미후유에게 표정을 읽히고 싶지 않았다.

교토에서 있었던 일이 머리를 스쳤다. 가토는 미후유가 가짜라는 사실을 알고 있다. 그걸 알고 나서 아오에를 찾아간 것이다.

"아무튼 그 형사를 그대로 내버려 두는 건 우리에게 별로 좋지 않을 것 같아."

마사야가 담배를 손가락에 끼운 채 돌아보았다.

"그럼 어쩌자는 건데?"

"그걸 마사야랑 의논하려는 거야."

"미후유, 당신 설마……."

"그 형사는 있잖아."

마사야의 말을 가로막고 미후유가 계속했다.

"내 뒤에 남자가 있다는 걸 알아차렸어. 남자 공범이 있다는 걸 말이야. '하나야' 사건에 관해서도 그런 전제하에 그림을 그리고 있을 거야. 하지만, 그 사건은 그다지 신경 쓸 필요가 없어. 가토로서도 사람이 죽지 않은 사건에는 관심이 없을 테니까. 문제는 소가 쪽이야."

마사야는 숨을 삼키고 자신의 손끝을 바라보았다. 담뱃재가 길어져 있었다. 허둥지둥 재떨이에 떨었다.

"그놈은 소가가 살해당했다고 생각해. 물론 근거는 없을 거야. 하지만 그놈이 그런 추리를 하고, 게다가 공범까지 찾아다니고 있다는 건 우리에게 굉장히 위험한 일이야."

"설령 그렇다 쳐도……."

"지금은 아직 그놈 혼자만 움직이고 있어. 경찰 중에서도 그놈 하나만 나를 주시하고 있고. 그러니까 아직은 손을 쓸 수 있어."

담배 끝이 파르르 떨렸다. 그것이 자신의 손가락이 떨리는 탓이라는 걸 마사야는 깨달았다.

가토가 골치 아픈 존재인 것은 사실이다. 미후유가 말한 이유도 있지만 그것 말고도 그녀의 비밀을 안다는 이유가 있다. 만일 그 형사가 미후유의 비밀을 폭로한다면 어떤 일이 벌어질까. 미후유의 진짜 모습을 모르는 마사야로서는 그다음 일을 전혀 상상할 수 없다. 다만 두 사람 모두 파멸에 이른다는 점만은 분명히 말할 수 있다.

한 번 더 그 짓을 해야 하나…….

그렇게 생각한 순간, 머릿속에 검은 구름이 퍼졌다. 그것은 순식간에 그의 사고를 뒤덮었다. 동시에 격한 욕지기가 밀려왔다. 그는 위가 경련을 일으키려는 것을 이를 악물고 참았다. 짧아진 담뱃불을 손끝으로 눌러 껐다.

"왜 그래?"

미후유가 그의 어깨에 손을 얹었다.

마사야는 말없이 고개를 저었다. 담배를 버린 손으로 입을 틀어막았다.

미후유가 상황을 알아차린 듯, 마사야의 등을 감싸듯이 껴안았다. 그는 식은땀이 흘러 차가워진 등으로 그녀의 따뜻한 체온을 느꼈다.

"더는 안 되겠지, 그런 일은?"

그녀가 귓가에 속삭였다.

"나도 마사야가 고통스러워하는 모습은 보고 싶지 않아."

마사야는 호흡을 거듭하면서 느닷없이 찾아온 불쾌감이 사라지기를 기다렸다.

"나는……"

그는 숨을 몰아쉬며 말했다.

"우리 둘의 행복을 위해서라면 뭐든지 할 거야. 어떤 일이든, 몇 번이라도 할 거야. 정말로 행복해질 수 있다면……"

미후유는 그의 머리를 쓰다듬었다.

"행복해질 수 있어, 반드시."

마사야가 그녀에게 고개를 돌렸다.

"정말이지?"

"나는 그렇게 믿어. 그러니까 마사야도 믿어."

미후유의 눈에 진지한 빛이 어리더니 붉게 충혈되었고 이내 촉촉해졌다.

"알았어. 나도 믿을게. 그 대신 약속해 줘, 나를 배신하지 않는다고. 절대로."

"배신하지 않아. 약속할게."

미후유가 그의 눈을 보며 고개를 끄덕였다.

●

4

방명록이 첫날 거의 꽉 차 버렸다. 좀 더 큰 노트를 준비할 걸 그랬다고 생각했지만, 빈 페이지가 너무 많이 남으면 인기가 없다는 인상이 짙어진다. 두 권째 노트를 준비했다고 하면 미후네 고조도 흐뭇해할 것이다.

요리에는 시계를 보았다. 6시 30분이 약간 지나 있었다. 폐회 시각은 7시다. 미후네는 전시장 한가운데 설치된 담화 코너에서 화랑 주인과 담소하고 있다.

요리에는 접수 카운터를 떠나 전시장 구석으로 걸어갔다. 미후네의 개인전이기는 하지만 그의 제자들도 작품을 몇 점 출품했다. 미후네는 도예 교실 수강생 모두의 작품을 여러 사람에게 선보이고 싶다고 말했지만, 전시할 만한 작품이 부족하다는 속사정은 수강생 누구나 알고 있었다.

제자들의 작품은 전부 17점이다. 그중 세 점이 요리에의 손으로 만든 작품이다. 핀칭 기법으로 만든 과자 그릇과 물레를 돌려 만든 찻잔 두 개다.

그녀는 자신이 만든 찻잔을 손에 들었다. 유약은 백유를 사용했다. 좀 더 옅은 색깔을 기대했는데, 가마에서 나온 걸 보니 생각보다 갈색이 짙었다. 그래도 모양은 마음에 든다. 두 손으로 감싸자 손바닥에 착 안긴다. 이 찻잔으로 차를 마신다면, 하고 상상해 보았다.

찻잔을 제자리에 내려놓는데 바로 옆의 술병이 눈에 들어왔다. 마사야의 유일한 출품작이다. 도예를 시작한 지 얼마 되지도 않았는데 그는 물레를 누구보다도 잘 다룬다. 미후네가 맨 먼저 이 작품을 고른 이유도 수긍이 갔다. 찻잔이나 종지와 달리 주둥이 부분이 몸통보다 좁은 술병은 초보자가 만들기 쉽지 않다.

"제가 술을 좋아해서요."

그렇게 말해 놓고서 쑥스러워하며 물레를 돌리던 마사야의 얼굴이 요리에의 눈앞에 떠올랐다.

그를 생각하니 몸속이 약간 화끈해지는 듯한 느낌이 들었다. 요즘 들어 거의 매일 만나고 있다. 그런데도 또 얼굴을 보고 싶다. 목소리도 듣고 싶다.

나잇값을 못한다고 스스로도 생각한다. 띠동갑보다 더 나이 차이가 나는 청년을 사랑하고 있다. 그러나 자신의 감정을 주체하지 못하는 것은 아니다. 안달복달하지도 않는다. 매우 위험하고 골치 아픈 상황이라는 건 알지만, 그런 소용돌이에 몸을 맡긴 채 즐기고 있는 것 또한 사실이다.

자신이 여자라는 사실을 새삼스레 깨달았다느니 하는 단순한 얘기가 아니다. 그런 생각은 마음 깊은 곳에 늘 있었고, 그

문을 누군가 두드려 주기를 기다려 왔다고 할 수 있다. 그럼에도 한편으로 앞으로 그런 날은 오지 않을 거라고 체념하고 있었다. 기대와 체념, 그 두 가지 감정이 절묘한 균형을 유지하는 가운데 나이를 먹어 왔다.

마사야를 처음 만났을 때, 그가 그 문을 두드리게 될 줄은 상상도 하지 못했다. 멋진 청년이라고 생각은 했지만, 그 정도의 감상을 품은 적은 여태까지도 여러 번 있었다. 다른 점이라면 그가 문 앞으로 다가오려는 몸짓을 보였다는 것이다.

요리에는 스스로 그 문을 열려고 하지는 않았다. 그럼으로써 많은 것을 잃게 될까 봐 두려웠기 때문이다. 어쩌면 이번이 마지막 기회일 거라고 생각했지만, 그래도 그녀는 문 안쪽에서 기다리는 길을 택했다. 마사야가 끝내는 문 앞을 그냥 지나치고 말 거라고 생각하며 문으로 다가서지 않았다.

그래서 그날 그가 그 문을 두드렸을 때 그녀의 자제력은 싹이 틀 겨를조차 없었다. 그녀는 문 안쪽에 서서 그가 들어오는 모습을 망연히 바라볼 뿐이었다.

나잇살이나 먹어서 젊은 남자에게 푹 빠졌다고 자기 분석을 해 보곤 한다. 그렇게 해서 자신이 냉정을 잃지 않았다는 사실을 확인하는 것이다. 이런 일이 마냥 계속될 리 없다는 건 알지만, 꿈에서 깨어날 때까지 그 잠시의 시간을 즐기는 것뿐이라고 스스로를 설득했다.

그런 만큼 후회를 남기고 싶지 않다는 마음도 절실하다. 마사야와 함께 지내는 시간을 충실히 보내고 싶다. 그에게는 뭐든지 해 주고 싶다.

"실례합니다."

불쑥 말을 거는 소리에 요리에는 화들짝 놀랐다. 오른쪽 뒤에 남자가 서 있었다. 수염이 제멋대로 자란, 서른이 좀 넘어 보이는 남자였다. 양복 차림에 넥타이도 맸지만 어딘가 모르게 야비한 인상을 주는 이유는 키가 작은 것도 아닌데 눈을 치켜뜨고 있기 때문일까.

"구라타 요리에 씨이시죠?"

"네, 그런데요."

남자가 명함을 내밀었다. 그걸 본 그녀는 눈살을 찌푸렸다. 경시청 형사가 이런 곳에 찾아올 이유는 없었다.

"잠시 얘기를 나눌 수 있을까요?"

가토라는 형사가 물었다.

"네, 하지만 7시까지는 여기 있어야 해요."

"그럼, 여기서도 괜찮습니다."

그러고서 가토는 전시품으로 다가섰다. 폐회 직전에 찾아온 손님인 척하려는 건지도 몰랐다.

"멋지군요. 제자들의 작품도 충분히 상품 가치가 있어 보입니다. 실례지만 구라타 씨는 도예를 하신 지가……?"

"1년 되었습니다."

"아니, 1년만 배워도 이렇게 만들 수 있나요?"

가토는 요리에가 만든 과자 그릇을 바라보다가 옆에 있는 술병으로 손을 뻗었다.

"이것도 멋지군요. 베테랑이 만든 건가요?"

요리에는 미소를 지었다. 마사야의 작품이 칭찬을 받아 기뻤다.

"최근에 시작했어요, 그 사람은."

"그래요?"

가토는 정말로 놀라는 눈치였다. 술병을 이리저리 살펴보고는 제자리에 돌려놓았다.

"세상에는 참 재주가 뛰어난 사람도 있어요."

"그 사람은 기술자거든요."

"기술자라고요?"

"원래는 금속을 가공해서 여러 가지 세밀한 부품을 만드는 사람이에요. 그러니까 완전히 초보라고 할 수는 없겠지요."

"아하, 그렇군요."

가토는 고개를 끄덕이며 다시금 술병을 바라보았다. 그 옆얼굴이 왠지 심각해 보여서 요리에는 신경이 쓰였다.

"그런데 저, 무슨 용건으로 오셨죠?"

"아, 죄송합니다."

가토는 깜빡했다는 듯한 표정을 지었다.

"실은 1995년에 일어난 '하나야' 독가스 사건을 수사하고 있습니다."

"아, 그 사건요!"

물론 그녀도 아는 일이었다.

"아직도 수사가 계속되고 있나요?"

"네, 겨우겨우 이어 가고 있습니다. 어쨌든 아직 해결되지 않았으니까요."

형사가 눈을 마주치지 않은 채 웃었다.

"저는 완전히 미궁에 빠진 줄……."

"그렇게 생각하시는 것도 당연합니다. 사실 수사본부도 해체된 지 오래예요. 당시에는 지하철 사린가스 사건도 있고 해서 윗선에서도 힘을 쏟았지만요."

"그 일로 제게 무슨……?"

"그때 사건이 하나 더 있었던 걸 기억하십니까? 스토커 사건 말입니다. 범인이 보석 귀금속 매장의 플로어 매니저였죠. 이름은 하마나카고요."

"그런 일이 있었다고 듣기는 했지만 자세한 내용은 몰라요. 그리고 그 사건과 스토커와는 무관하지 않나요?"

"그런 의견이 지배적이었습니다만, 아직 단정할 수는 없습니다."

"그래서요?"

"하마나카가 스토킹한 여성 중에 신카이 미후유라는 분이 있었습니다. 조사에 따르면 하마나카는 여러 여성을 노렸다고 합니다만, 본인이 인정한 상대는 그녀뿐이었어요. 게다가 그는 그녀가 자신의 애인이라고 주장했습니다."

요리에는 주위를 둘러보며 방금 그 말을 들은 사람이 없는지 확인했다. 다행히 근처에 아무도 없었다.

"이제 와서 왜 그런 얘기를 들춰내는지 이해하기 어렵네요."

"구라타 씨의 당황스러운 심정은 잘 압니다. 무엇보다 그 신카이 씨는 현재 구라타 씨의 올케, 즉 아키무라 사장의 부인이니까요. 하지만 그래서 더욱이 묻고 싶은 겁니다. 그 일련의 사건을 구라타 씨를 비롯해 아키무라 가문 사람들이 모두 알았을 거 아닙니까. 그런데도 그녀를 집안사람으로 맞이한 걸 보면 조사를 꽤 많이 하지 않았을까 싶어서요."

"물론 나름대로 조사는 했습니다. 하지만 최종적으로는 본인들이 결정할 일이라 주위에서 이러니저러니 말할 일은 ……."

그녀가 말을 채 끝내기도 전에 가토가 제지하듯이 손바닥을 내밀었다.

"조사했다고 하셨는데, 얼마나 하신 겁니까? 신카이 씨의 과거까지 자세하게 조사하셨습니까?"

"왜 그런 걸 물으시죠?"

"중요한 일이니까요. 어떤 사건의 용의자가 자신의 애인이라고 고백한 여자에게 주목하는 건 형사로서 당연한 일입니다."

"댁이…… 아, 가토 씨라고 하셨죠."

요리에가 심호흡을 하고 나서 형사를 향해 돌아섰다. 가슴을 펴고 턱을 끌어당긴 그녀는 "지금 자신이 무슨 말을 하는지 알기나 하나요? '하나야'의 사장 부인을 비방한다면 아무리 수사를 내세운다 해도 용납할 수 없어요. 마음만 먹으면 상부에서 댁한테 주의를 주도록 할 수도 있습니다."라고 말한 다음 가토를 노려보았다.

그러나 가토는 전혀 주눅 들지 않았다. 오히려 화를 내는 그녀를 관찰하기라도 하는 것처럼 눈빛이 예리했다. 그 모습을 본 요리에는 혹시 이 남자의 계략에 걸려든 게 아닐지 불안해졌다.

"죄송합니다. 이렇게 서서 얘기를 나누다 보니 제가 그만 흥분했군요. 너무 기분 나쁘게 여기지 마세요."

그 표정과는 달리 가토가 정중하게 사과했다.

"구라타 씨, 시간이 다 됐어요."

그때 등 뒤에서 누군가 그녀를 불렀다. 함께 접수를 맡았던 야마모토 스미코라는 여자였다. 마음이 잘 맞는 상대는 아니었지만 지금은 불러 줘서 고맙다는 생각이 들었다.

"아, 곧 갈게요."

요리에가 그녀에게 대답했다.

야마모토 스미코가 가토와 요리에의 얼굴을 번갈아 보았다.

"아시는 분인가요?"

"'하나야' 관계로요. 그럼 이만 실례하겠습니다."

"혹시 마음에 드시는 작품이 있었나요?"

"많았습니다. 그중에서도 이거요."

그가 예의 술병을 들어 올렸다.

"아아, 그거요."

야마모토 스미코가 역시, 하는 표정을 지었다.

"미즈하라 씨 작품이군요. 구라타 씨가 데려온 남자 분인데, 눈 깜짝할 새에 저희를 앞질러 버렸지 뭐예요."

괜한 소리를 한다고 요리에는 생각했지만 야마모토 스미코는 방글거리고 있었다.

"구라타 씨가 데려왔다고요?"

가토가 물었다.

"도예에 관심이 있는 것 같아서 권했을 뿐이에요."

"본업이 기술자라고 하셨죠? 에도 장인의 솜씨란 이런 거로군요."

그리고 가토는 손목시계를 본 다음 요리에에게 눈길을 돌렸다. 그만 돌아가겠다는 말을 꺼내려는 듯했다.

그런데 그러기 전에 야마모토 스미코가 또 말했다.

"미즈하라 씨는 도쿄가 아니라 간사이 출신이죠?"

"간사이요, 그럼 혹시 오사카인가요?"

가토가 요리에에게 물었다.

"고베 쪽이라고 들었어요."

"고베라……, 아하."

가토가 다시 술병을 보았다. 미즈하라 마사야, 라고 쓰인 이름을 보는 것 같았다. 잠시 그러고 있다가 "실례가 많았습니다."라며 고개를 숙이고 출구로 향했다.

●

5

가토라는 형사가 전시장에 나타났다는 얘기를 들은 순간, 마사야는 손에 든 잔을 떨어뜨릴 뻔했다. 그 바람에 잔이 흔들려 레드 와인이 그의 손에 묻었다. 그는 얼른 그 와인을 혀로 핥았다. 하얀 목욕 가운에 묻었다면 눈에 띌 뻔했는데 그러지 않아 다행이었다.

"형사가 왜 찾아왔대요?"

그가 물었다.

"나도 잘 모르겠어. 이제 와서 왜 그 사건을 조사하는지."

그녀가 고개를 갸웃했다.

"뭘 묻던가요?"

"독가스 사건에 관해서. 아니, 그렇다기보다……."

그녀가 시선을 창밖으로 돌렸다.

"미후유 씨에 관해서 물었다고 해야 하나."

"……미후유 씨에 관해서 뭘요?"

"간단히 말하자면, 내가 줄곧 신경 쓰였던 점을 그 형사도 궁금해했어."

요리에의 말에 따르면, 가토는 아키무라 집안이 미후유의 신변과 과거를 어느 선까지 조사했는지 물은 듯했다.

"나름대로 조사할 만큼 했다고 대답했는데, 그 형사는 의심하는 눈치였어."

요리에가 테이블에 놓인 와인 잔으로 손을 뻗었다.

두 사람은 롯폰기에서 조금 떨어진 어느 호텔의 객실에 있었다. 여기서 밀회를 하기는 처음이다. 장소는 언제나 요리에가 정한다.

"미후유 씨의 과거에 신경 쓰는 일은 이제 그만두려고 했는데, 저렇게 형사가 찾아오니까 다시 의식하게 되네. 마사야는 잔소리를 할지도 모르겠지만."

요리에는 와인을 입에 머금고 미소 지으며 눈을 살짝 치켜떴다. 방 안은 어두컴컴하지만, 목욕 가운의 벌어진 틈으로 보이는 가슴 언저리가 발그스레하다는 건 알 수 있었다.

가토가 요리에 앞에 나타난 이유를 마사야는 짐작할 수 있었다. 그 형사는 미후유가 가짜라는 걸 알고 있다. 그런 만큼, 천하의 아키무라 집안에서 그런 사실을 모르는 채 신부로 맞이했다는 게 의아할 터였다.

그 형사를 그대로 둘 수는 없겠다고 마사야는 생각했다. 미후유 말로는 미용사 아오에에게도 비슷한 질문을 했다고 한다. 가토는 그녀의 과거를 알아내서 그녀의 가면을 벗기려고 하는 것이다.

마사야 자신도 미후유의 진짜 얼굴을 모른다. 그런데도 그는 미후유를 지키겠다고 결심했다. 그녀의 진짜 얼굴을 알 자격이 있는 사람은 자기뿐이라는 자부심도 있었다.

어떻게든 가토보다 먼저 미후유의 정체를 알아냈으면 한다. 그녀 본인에게 직접 캐물을 수는 없다. 그랬다가는 두 사람의 관계가 깨어져 버릴 것 같아서다. 설사 정체를 안다 해도 마사야는 미후유가 스스로 고백할 때까지 입 다물고 있을 작정이었다.

그러나 대체 미후유의 정체를 밝혀낼 방법이 있기는 한 것일까. 그녀는 겹겹이 베일을 썼고, 그 한 겹 한 겹이 쉽게 벗겨질 것 같지 않다.

"왜 그래, 멍하니? 내 말에 기분이 상하기라도 한 거야?"

요리에가 불안한 눈으로 그의 얼굴을 들여다보았다.

마사야는 쓴웃음을 지으며 와인을 꿀꺽 들이켰다.

"미후유 씨가 개인적으로 친하게 지내는 사람이 누군지 알아요?"

요리에가 의아한 표정을 지었다.

"그건 왜?"

"만일 그런 사람이 있다면 가토라는 형사가 그 사람에게도 찾아갔을 테니까요."

"아아, 그럴 수도 있겠다. 하지만 나는 잘 몰라, 그녀가 어떤 사람들과 교류하는지."

요리에가 오른손을 뺨에 대고 얼굴을 살짝 기울였다. 잠시 그러고 있다가 뭔가 떠올랐는지 마사야를 보았다.

"얼마나 친한지는 모르겠지만, '하나야' 직원 중에 그녀와 개인적으로 친한 사람이 있는 것 같아."

"거기서 일하던 시절의 동료인가요?"

"그건 아닐 거야. 미후유 씨가 다리를 놓아서 그 사람이 '하나야'에서 일하게 되었다고 들었거든."

"아아……."

그런 얘기는 미후유에게 들은 적이 없었다. 그녀가 그럴 정도로 친한 사람이 있다는 건 마사야도 금시초문이었다.

"전에 동생에게 그런 얘기를 들은 적이 있어. 지금도 그 사

람 '하나야' 1층에 근무한다던데. 뭐라더라, 남편이 실종되었
다나 어쨌다나."

"실종되었다고요?"

마사야의 뇌리에 한 가닥 신호가 잡혔다.

"응. 증발이라고 해야 하나."

"그 사람, 이름이 뭔지 알아요?"

마사야는 심장 박동이 빨라지는 것을 느꼈다.

"그게 그러니까……."

요리에가 손가락 끝을 자신의 입술에 댔다.

"소가 씨……라고 했나? 맞아, 그런 것 같아."

"소가 씨요……."

"그 사람 이름은 왜?"

"아, 아니요. 이름이야 아무래도 상관없죠, 뭐."

마사야는 억지로 미소를 지으며 바닥을 드러낸 잔에 제 손으
로 와인을 따랐다. 얼굴이 굳어지는 것을 애써 감추려고 했다.

의심의 여지가 없다. 소가 다카미치의 아내가 틀림없다.

미후유가 소가 아내의 취직을 도와주었다는 말인가. 그런
얘기는 듣지 못했는데. 왜 그랬을까. 소가 다카미치는 마사야
를 협박했던 남자다. 누구도 알아서는 안 되는 마사야의 비밀
을 쥐고 있었던 남자다. 그래서 그 소름 끼치는 결단을 내리
지 않았던가.

"왜 그래?"

"아니, 아무것도 아니에요."

그는 표정을 숨기려고 입가에 손을 댔다.

"좀 취하나 봐요."

"별일이네, 자기가 취하다니."

요리에가 일어나 마사야 곁으로 왔다. 목에 팔을 두르고 그의 뺨을 쓰다듬었다.

"누워."

마사야가 목욕 가운을 입은 채 침대에 눕자 요리에도 몸을 눕혔다. 그렇게 하고 아침까지 자는 것이 두 사람이 데이트를 마무리하는 방식이다. 섹스는 하지 않는 경우가 많은데, 요리에도 그 점을 부자연스럽게 여기지 않는 듯했다.

"저, 소가라는 사람을 좀 만날 수 있을까요?"

마사야가 물었다.

"아니, 왜?"

"그 사람에게 미후유 씨에 관해서 물어보게요. 어쩌면 옛날일 같은 걸 알지도 모르잖아요."

"하지만 자기가 이제 미후유 씨에게는 신경 쓰지 말라고 했잖아."

"그러긴 했지만 요리에 씨가 여전히 신경을 쓰고 있잖아요. 그러니 조금이라도 의문을 해소하는 편이 낫지 않을까 싶어서요. 교토까지 가는 건 좀 지나쳤지만, 미후유 씨를 아는 사람과 잠깐 얘기를 나누는 정도라면 괜찮지 않을까요? 형사가 찾아왔다는 것도 왠지 마음에 걸리고요."

"그렇긴 하지."

요리에가 피아노를 치듯이 마사야의 가슴 위에서 손가락을 움직였다.

"알았어. 그럼 내일이라도 '하나야'에 가자. 그 사람은 늘 가게에 있을 테니, 만나서 이야기를 나누는 정도라면 언제든지 가능할 거야."

"수상하게 여기지 않도록 조심해야 해요."

"그래. 미후유 씨에게 괜한 소리를 하면 곤란하지."

요리에가 다시 몸을 뉘었다. 그리고 조금 전처럼 마사야의 가슴 위에서 손가락을 놀렸다.

"고마워. 내게 힘이 되어 주려고 애써서."

"제가 더 신세를 많이 진걸요."

"그런 식으로 말하지 말라고 했잖아."

요리에가 그의 가슴을 꼬집었다.

마사야는 그런 그녀의 머리카락을 쓰다듬었다. 그러나 머릿속으로는 소가 다카미치의 아내에게 무슨 질문을 할지 생각하기 시작했다.

다음 날, 아침 겸 점심을 먹은 후 두 사람은 택시를 타고 긴자로 갔다. 마사야는 가벼운 두통을 느꼈다. 어젯밤에 한숨도 못 잔 탓이다. 소가 아내의 얘기를 들었을 때부터 기분 나쁜 기억이 의식의 표면으로 떠올랐다. 그와 함께 미후유에 대한 의심도 짙어졌다.

하루미 거리에서 택시를 내린 두 사람은 고전적인 분위기가 남아 있는 '하나야'의 건물로 들어섰다. 1층의 액세서리와 가 방 코너가 여자 손님으로 북적거렸다.

마사야는 자신이 긴장하고 있다는 사실을 깨달았다. 당시의 긴장감이 되살아난 것이다.

4년 전이었다. 그는 사람들 눈에 쉽게 띄지 않는 차림으로 이 가게를 찾았다. 손에는 종이 쇼핑백이 들려 있었다. '하나 야' 로고가 찍힌 쇼핑백이다. 그리고 그 안에는……

차아염소산나트륨과 황산이 든 풍선, 그리고 전자석을 응용 한 장치가 들어 있었다. 마사야가 후쿠타 공업의 기계를 이용 해서 아주 단순하면서도 확실하게 작동하도록 세심하게 만든 물건이다. 수평기(수평을 재는 도구―옮긴이)의 원리를 활용한 장치였다.

이제 와서 보니 그 일에도 의문이 생긴다. 과연 그런 사건을 일으킬 필요가 있었을까.

요리에가 가방 매장으로 다가갔다. 그러자 몸집이 자그마한 중년 여자가 허둥거리며 달려왔다. 그녀는 요리에에게 경외에 가까운 표정을 지어 보였다.

"어머, 오셨어요."

그녀의 얼굴이 발갛게 달아올랐다.

"어쩐 일로……."

그녀는 요리에가 누구인지 잘 아는 듯했다.

"근처에 왔다가 들렀어. 도예 교실 일로 만날 사람이 있어서 말이야."

그러면서 요리에는 마사야 쪽을 힐끔 보았다.

"지난주에 우리 선생님의 개인전이 요 근처 화랑에서 있었거든."

"그랬군요."

중년 여자는 마사야를 바라보고 나서 다시 시선을 요리에게 옮겼다.

"찾으시는 게 있으면 제가 도와드릴게요."

"그럴 필요 없어. 나도 가벼운 마음으로 물건을 구경하고 싶을 때가 있으니까."

"알겠습니다. 그럼 필요한 일이 있으시면 부르세요."

"고마워. 아, 그리고. 내가 여기 왔다는 건 위에 보고하지 마. 용건도 없이 가게에 와서 어슬렁거리지 말라고 동생한테 한 소리 들을지도 모르니까."

"아, 네. 알겠습니다."

중년 여자는 한없이 공손하게 머리를 숙였다.

여전히 부동자세로 서 있는 그녀를 무시하고 요리에는 매장 안으로 걸음을 옮겼다. 마사야는 잠자코 그녀를 뒤따랐다.

"당신이 나타나니까 매장 분위기가 확 바뀌는 것 같은데요."

마사야가 속삭이듯 말하자 요리에가 살짝 웃었다.

"동생이 여기서 얼마나 유세를 떠는지 상상이 가지?"

이윽고 요리에가 걸음을 멈췄다. 그녀 시선이 조금 앞쪽을 향해 있었다. 여직원 하나가 선반 위에 놓인 가방을 정리하는 중이었다. 서른 전후로 보이는 야윈 여자로, 갈색으로 물들인 머리를 뒤로 묶은 모습이다.

"저 여자인가요?"

"응, 아마도. 가슴에 이름표가 붙어 있을 거야."

요리에의 말에 마사야는 여직원의 가슴 부근으로 시선을 향했다. 네모난 이름표에 '소가'라는 글자가 적혀 있었다.

요리에가 그녀에게 다가갔다. 소가의 아내는 손길을 멈추고 손님을 대하는 영업용 미소를 지었다.

"소가 씨죠?"

요리에의 물음에 그녀가 당혹스러워하는 기색을 보였다.

"네, 그렇습니다만."

"올케에게 얘기 들었어요. 어때요, 이제 일이 좀 익숙해졌나요?"

"아, 그게 저……."

소가의 아내는 눈앞에 있는 여자가 누군지 모르는 듯했다.

"나, 구라타라고 해요. 아키무라의 누나요."

그녀의 말을 듣고 소가의 아내가 눈을 크게 떴다.

"긴장할 거 없어요. 나는 '하나야'와는 관계없는 사람이니까. 오늘은 도예 교실에 가는 길에 들렀을 뿐이에요. 이쪽은 도예 교실 동료인 미즈하라 씨."

요리에가 미소를 짓자 마사야도 그녀를 따라 살짝 웃었다.

"아, 그러시군요. 미후유 씨……, 아니, 아키무라 사장님 사모님에게 너무나 큰 신세를 져서 정말 뭐라고 감사의 말을 드려야 할지 모르겠어요."

소가의 아내가 허둥거리며 말했다. 요리에는 천천히 고개를 끄덕였다.

"그래서, 어떻게 되었어요? 남편 분의 일은 뭘 좀 알아냈나요?"

그러자 소가의 아내가 서글픈 표정을 지었다.

"아직 아무것도……."

"경찰에서도 연락이 없고요?"

"아주 가끔, 신원을 알 수 없는 시신이 발견되면 연락이 오기도 합니다. 하지만 전부 다른 사람이었죠."

"그래요……. 뭐, 다른 사람이 아니어도 큰일이겠죠."

"하지만,"

그녀가 눈을 내리깔았다.

"솔직히 말씀드리자면, 이제 단념했어요. 이렇게 오랫동안 발견되지 않는 건 정말 이상하잖아요."

"그런 소리 말아요. 끝까지 희망을 버리면 안 돼요. 발견되지 않는다는 건 어딘가에 살아 있을 가능성도 있으니까."

그러나 소가의 아내는 고개를 끄덕이지 않고 입가에 쓸쓸한 미소만 지었다. 이런 식의 위로의 말을 지겹도록 들어서인지도 몰랐다.

마사야는 그녀 모습을 보는 것도 그 목소리를 듣는 것도 고통스러웠다. 그녀에게는 아무런 죄가 없다. 그녀에게 고통을 안겨 주려던 게 아니었다.

어쩌면 미후유도 같은 마음일지 모른다고 마사야는 생각했다. 하루아침에 남편을 잃은 그녀를 돌보는 의미로 이 일자리를 소개했는지도 몰랐다.

하지만 미후유는 어떻게 소가의 아내에게 접근했을까.

요리에가 마치 그런 그의 의문을 대변하듯이 물었다.

"얘기를 자세히 듣지 못해서 그러는데, 미후유 씨와는 어떤 관계인가요?"

소가의 아내는 잠시 생각을 정리하는 듯한 표정을 짓다가 입을 열었다.

"미후유 씨의 아버님이 남편의 옛 상사였다고 하더군요."

옆에서 듣고 있던 마사야가 그녀의 대답에 숨을 헉 삼켰다. 하마터면 소리를 지를 뻔했다.

"그랬군요. 그럼 소가 씨는 그녀를 예전부터 잘 알았나요?"

"아니에요. 남편의 실종 사건을 계기로 만났어요. 그날 남편이 미후유 씨와 만나기로 약속했는데, 약속 장소에 나타나지 않은 채 행방불명이 되었지요."

"어머나!"

요리에가 놀랐다는 듯이 소리를 질렀다. 미후유가 소가 실종 사건에 그렇게 깊숙이 얽혀 있을 줄 몰랐기 때문일 것이다.

그러나 요리에의 놀라움은 마사야가 받은 충격과 비교도 되지 않을 터였다.

"저, 무슨 용건으로 만나기로 했었답니까?"

마사야가 그만 질문하고 말았다. 자신이 끼어드는 게 부자연스럽다는 건 알지만 도저히 가만있을 수 없었다.

아니나 다를까, 소가의 아내가 당황스러운 듯이 눈을 깜박거렸다. 그러자 요리에가 말했다.

"나도 그걸 물어보려던 참이었어요. 용건이 뭐였죠?"

"예전에 찍은 사진을 전해 주려고 했대요."

"사진을요?"

"미후유 씨가 부모님과 함께 찍은 사진을 남편이 우연히 회사에서 발견했답니다. 그래서 어떻게든 그걸 미후유 씨에게 전해 주려고 생각했나 봐요. 한신 아와지 대지진으로 부모님을 잃은 데다 앨범 같은 것도 불타 없어졌을 거라고 하더군요."

"그랬군요."

납득이 간다는 듯이 요리에가 고개를 크게 끄덕였다.

"그래서 남편의 실종 사건을 계기로 미후유 씨를 알게 되었다는 얘기군요."

"네. 겨우 그런 인연으로 이렇게 일자리까지 마련해 주시다니, 정말 감사할 따름이에요."

"미후유 씨를 가끔 만나나요?"

"최근에는 거의 만나지 못했어요. 일도 바쁘신 데다 저 같은 사람과는 입장이 다르니까……."

"제멋대로인 제 동생 뒷바라지도 해야 하니까요."

그러고서 요리에는 뒤를 돌아보았다. 더는 소가의 아내에게서 별 얘기가 안 나올 것 같아, 라고 그녀의 얼굴이 말하는 듯했다.

마사야는 말없이 고개를 끄덕였다. 그 역시 더는 견디기 힘들었다. 마음속에서 태풍이 휘몰아치고 있었다. 소가 아내의 어깨를 붙잡고 묻고 싶은 일이 산더미처럼 많았다.

"근무 중인데 미안해요. 괴롭겠지만 힘내요."

요리에가 소가의 아내에게 말했다.

"고맙습니다. 사모님께도 안부 전해 주세요."

그녀가 고개를 숙였다.

"헛걸음했네."

매장을 떠나면서 요리에가 조그맣게 속삭였다.

"하지만 그런 사정이 있을 줄은 몰랐어. 그 얘길 들은 것만도 수확이지?"

"그러네요."

"왜 그래? 표정이 영 안 좋네."

"아니요, 아무것도 아닙니다. 한신 아와지 대지진 때 일이 떠올라서요."

"그래. 하긴 자기도 무관하지 않겠네."

'하나야'를 나와서 요리에는 중앙로를 걷기 시작했다.

"아직 배는 별로 고프지 않지? 어디 가서 차라도 마실까?"

"네…… 아, 그런데."

마사야는 시계를 보았다.

"잠깐 들를 데가 있어요. 미안하지만 오늘은 이만 헤어지죠."

"그래? 무슨 일인데?"

그녀가 토라진 표정을 지었다.

"별일은 아니지만 오늘 중으로 끝내고 싶어서요."

"알았어. 그럼 또 연락할게."

미소 짓는 요리에에게 가볍게 손을 흔들고 마사야는 그 자리를 떴다. 첫 모퉁이를 돌자 그는 뒤돌아서서 몰래 그녀를 살펴봤다.

요리에는 택시를 잡고 있었다. 그녀를 태운 택시가 출발하는 모습을 지켜보고 나서 마사야는 왔던 길을 되돌아갔다. 행선지는 물론 '하나야'였다.

방금 나왔던 가게로 들어가 그는 소가의 아내를 찾았다. 그녀는 여자 손님에게 가방을 보여 주고 있었다. 약간 떨어진 곳에서 그 모습을 바라보았다.

이 일을 요리에가 알게 될 수도 있었다. 왜 자신에게 거짓말까지 하면서 가게로 돌아가서 그런 걸 물었느냐고 추궁할 것이다. 그때 뭐라고 둘러댈지는 아직 생각하지 못했다. 아무튼 지금은 소가의 아내에게 확인하고 싶은 일이 있었다. 그것이 요리에와의 관계보다 중요했다. 아니, 경우에 따라서는 요리에와 만나는 의미조차 없어질지도 모른다.

손님이 돌아가기를 기다렸다가 소가의 아내에게 다가갔다. 그녀도 그를 알아보고 어머, 하듯이 눈을 번쩍 떴다.

"두고 가신 물건이라도……?"

"아닙니다. 몇 가지 묻고 싶은 게 있어서요."

마사야가 그녀의 눈을 바라보며 말했다.

"아, 네……."

"남편께서 실종되기 전에 혹시 고베나 니시노미야에 가셨습니까?"

"네, 맞아요."

그녀가 당황스러워하며 고개를 끄덕였다.

"지진이 나고 1년쯤 후에 니시노미야에 갔어요. 아까도 말씀드렸지만, 사진을 미후유 씨에게 전해 주고 싶다면서요. 그러니까 미후유 씨가 사는 곳을 찾으려고 갔겠죠."

"그래서, 니시노미야에서 그녀가 사는 곳을 알아냈습니까?"

그랬을 리 없다고 생각하면서 물었다.

역시 소가의 아내는 고개를 저었다.

"니시노미야에서는 못 찾았던 것 같아요. 그런데 도쿄로 올라와서 여기저기 알아본 끝에 결국 연락이 닿았다고 하더군요."

"그래서 곧바로 만나기로 했는데…… 그대로 행방불명이 되었다는 말입니까?"

"네. 그 전에도 한 번 만나기로 했는데, 미후유 씨가 약속 장소로 전화를 걸어서는 급한 볼일이 생겨서 가지 못하게 되었다고 했나 봐요. 그래서 나중에 만나게 되었다고 들었어요."

약속 장소로 전화를 걸었다…….

그 광경을 마사야는 선명히 떠올릴 수 있었다. '계화당'이라는 찻집에서의 일이다. 그때 마사야는 건너편 찻집에서 협박범의 정체를 알아내기 위해 지켜보고 있었다. 전화를 건 사람은 미후유였다.

"그럼 마지막으로 하나만 더 묻겠습니다. 실종 전에 남편께서 누군가에게 편지를 쓴 일이 있습니까?"

협박장의 글귀를 떠올리면서 마사야가 물었다.

"편지요? 아뇨, 제가 아는 한 그런 일은⋯⋯."

"알겠습니다. 일하시는데 실례가 많았습니다."

"저, 방금 물으신 일이 무슨 문제라도 있나요? 구라타 씨가 신경을 쓰시나요?"

그녀는 요리에가 마사야더러 가서 물어보라고 시킨 줄 아는 모양이었다.

"별일 아닙니다. 잊어버리세요."

그러고서 마사야는 그녀에게서 돌아섰다.

'하나야'에서 나온 마사야는 혼란스러운 마음을 진정시키려 애쓰면서 중앙로를 걸었다. 주위 풍경이 거의 눈에 들어오지 않았다.

그러다 문득 정신을 차려 보니 '계화당' 앞이었다. 그는 건너편에 있는 찻집을 올려다보다가 길을 가로질러 그 안으로 들어갔다. 그날 미후유와 함께 앉았던 테이블이 비어 있어 그곳에 앉았다. 그리고 그날처럼 '계화당'을 건너다보았다.

소가 아내의 얘기는 논리 정연했다. 그녀가 거짓말을 하는 것처럼 보이지는 않는다.

마사야는 지금 도저히 받아들이기 힘든 사실에 직면해 있었다. 더는 그걸 거부하기가 불가능했다.

협박장을 쓴 사람도 미후유였을까. 그녀라면 아마도 가능할 것이다. 그렇다면 미후유가 그를 협박하는 데 재료로 사용했던 사진은 어떨까. 고모부 도시로를 마사야가 기왓장으로 내리치려고 하는 사진은……

그것은 비디오테이프를 프린트한 사진인 듯했다. 비디오테이프로 말하자면 사촌인 사키코가 손에 넣으려던 테이프가 있다. 거기에는 마사야가 도시로를 내리치기 직전까지의 영상이 담겨 있었다. 그러나 죽이는 장면은 찍혀 있지 않았다.

하지만 컴퓨터를 사용하면 얼마든지 조작할 수 있다. 마사야가 가만히 서 있는 장면을 마치 흉기를 휘두르는 것처럼 보이도록 만들 수 있을지도 모른다. 저쪽에서 보내온 사진은 화질이 좋지 않았다. 그러니 고도의 화상 조작 기술도 필요하지 않을 것이다. 그리고 미후유는 컴퓨터를 사용할 줄 안다. 누구에게 배웠는지는 모르지만 실은 그녀가 컴퓨터를 꽤 잘 다룬다는 것을 마사야는 안다.

비디오테이프의 원본은 마사야가 처분했지만, 애당초 그 테이프를 입수한 사람이 미후유다. 그에게 건네기 전에 그녀가 복사본을 만들지 않았다고 장담할 수 없다.

두 번째 협박장을 떠올렸다. 그 협박장에서 상대는 마사야에게 직접 만나자고 제안했다. 그리고 불러낸 장소가 '계화당'이다. 그러나 생각해 보면 이상한 일이다. 왜 먼젓번처럼 은행 계좌에 입금하라고 지시하지 않았을까.

그 모든 일을 미후유가 꾸몄다고 생각하면 앞뒤가 맞아떨어진다. 그녀의 목적은 소가 다카미치라는 남자를 협박범으로 조작하는 것이었다.

왜 그런 짓을 했는지 그 이유가 이제 명백해졌다. 마사야에게 소가 다카미치를 죽이도록 하기 위해서다.

주문한 커피를 다 마시지도 않고 마사야는 찻집을 나왔다. 그리고 정처 없이 긴자 거리를 걸어 다녔다. 아무것도 눈에 들어오지 않았다. 의식은 먼 과거로 돌아가 있었다.

미후유는 왜 나를 선택했을까. 그런 의문이 의식의 맨 꼭대기에 있었다. 그는 그녀를 처음 만났을 때를 떠올렸다. 그 전 대미문의 대지진이 일어난 날 아침이었다.

도시로를 살해한 직후, 눈앞에 젊은 여자가 서 있는 것을 알았다. 그때 그녀 표정을 마사야는 평생 잊지 못할 것이다. 지옥의 광경을 두 눈으로 목격한 듯한 표정이었다.

마사야는 그녀가 경찰에 신고할 것이라고 각오하고 있었다. 그런데 그녀는 그러지 않았다. 살해 현장을 분명히 봤을 텐데 아무에게도 이야기하지 않았다. 처음에 마사야는 그녀가 부모를 잃은 충격으로 기억을 상실했든지 아니면 의식이 혼란스러운가 보다고 생각했다.

그러나 그게 아니었다. 그녀는 충격으로 얼이 빠진 듯한 모습을 보이면서 머릿속으로는 면밀한 계획을 세우고 있었다.

첫 번째 계획은 지진을 이용해서 완전히 다른 사람이 되는 것이었다.

그녀가 신카이 미후유로 변신한 순간을 마사야는 선명히 기억한다. 어두컴컴한 체육관으로 시신이 잇달아 운반되고 있었다. 그중 나이 든 부부의 시신이 있었고 그 옆에 그녀가 있었다. 경찰의 질문에 그녀는 이렇게 대답했다. 이름은 신카이 미후유입니다.

그것이 신카이 미후유로서의 출발이었다. 그때부터 돌이킬 수 없는, 목숨을 건 스토리가 시작되었다.

그러나 그녀는 그 스토리를 혼자서 만들어 갈 작정이 아니었다. 자신의 원대한 야망을 실현하는 데는 파트너가 필요하다고 판단했다. 두 번째 계획은 믿을 만한 파트너, 그녀에게 목숨이라도 바칠 수 있는 인간을 곁에 두는 것이었다.

그녀는 그 적임자를 재난 피해자 중에서 발견했다. 그것이 마사야, 바로 나다.

지진 직후의 갖가지 일들이 마사야의 뇌리에 되살아났다. 그녀가 치한의 습격을 받은 적도 있다. 그는 그 위기에서 그녀를 구해 냈다. 설마 그 일마저 그녀가 꾸미지는 않았을 것이다. 그러나 그녀가 마사야를 파트너로 선택하는 데 결정적인 계기가 된 것만은 틀림없다. 사키코의 남편이 찾아와서 그를 협박한 것은 그 직후의 일이다. 그 위기에서 미후유—본명은 알 수 없지만, 그녀가 구해 주었으니 그 시점에 이미 그녀에게는 청사진이 어느 정도 완성되어 있었을 것이다.

결과적으로 미후유의 안목은 뛰어났다. 마사야는 자신이 그녀에게 충실하고 수완 좋은 파트너였다는 사실을 스스로도 인정한다. '하나야 독가스 사건, 하마나카 스토커 사건을 시작으로 그녀의 지시를 하나씩 실행에 옮겼다.

그러나 그녀의 가면을 지켜 주려고 그랬던 건 아니다. 그가 그녀의 지시를 따른 이유는 그녀를 사랑했기 때문이다. 그녀가 몇 번이나 말했듯이 '두 사람이 행복해지려고' 그랬던 것이다. 그 외에 다른 이유는 없었다.

그러니까 더욱이 자신의 끔찍한 과거로부터 도망쳐야 했다. 요네쿠라 도시로를 가장한 인물에게서 온 협박장은 과거가 내민 검은 손으로 보였다.

"우리는 밤길을 걸을 수밖에 없어. 설사 주위가 낮처럼 밝다 해도 그건 진짜 낮이 아니야. 그런 건 이제 단념해야 해."

미후유의 말은 설득력이 강했다. 마력이라고 할 수도 있을 것이다. 그녀가 말하면 아무리 끔찍한 일이라도 피할 수 없는 길로 여겨졌다.

협박범의 정체는 소가 다카미치라는 사람이라고 결론 내렸던 밤, 그녀는 마사야의 아파트에서 담담하게 계획을 얘기했다. 그는 잠자코 듣고 있었다. 마치 최면술에라도 걸린 것처럼 말이다.

그리고 기억하기도 끔찍한 그 악몽 같은 하루가 이어졌다.

그날 마사야는 도쿄 히비야에 있는 어느 호텔에 있었다. 싱글 룸에서 담배를 피우면서 내내 귀를 기울였다.

그 방을 예약한 사람은 미후유다. 그때 그녀는 다른 방을 하나 더 잡았다. 마사야가 있는 방 바로 옆이었다. 그쪽도 싱글 룸이었다.

저녁 7시가 가까워지고 있었다. 마사야는 심장이 격렬하게 뛰는 것을 느꼈다. 아무리 심호흡을 해도 가라앉지 않았다. 이제부터 실행해야 할 일을 생각하면 도저히 차분해질 수 없었다.

옆방에서 희미하게 소리가 들렸다. 마사야는 담배를 껐다. 문을 열고 옆쪽을 보았다. 문이 꼭 닫혀 있었다. 조금 전까지는 문 버팀쇠를 끼워 놓아 완전히 닫혀 있지 않았다.

드디어 때가 왔군, 하고 그는 심호흡을 한 번 더 했다.

미후유는 자신이 도내의 호텔로 소가를 불러내겠다고 했다. 되도록 큰 호텔이 좋을 것 같다는 말도 했다.

"뭐라고 하면서 불러낼 생각인데?"

마사야가 묻자 미후유는 슬그머니 미소를 지었다.

"그건 문제없어. 간단한 일이야."

지금 생각해 보면 아닌 게 아니라 간단한 일이었다. 무엇보다 소가가 미후유를 만나고 싶어 했으니까. 두 사람은 그날 '계화당'에서 만나기로 약속했다. 그렇다면 호텔로 불러내는 것쯤은 일도 아니다. 약속 장소를 변경하고 싶다고 하면 그만인 것이다.

그러나 그런 줄을 꿈에도 몰랐던 마사야는 그때 옆방에 소가가 들어간 것을 확인하고 미후유는 정말 대단하다며 새삼 감탄했다.

잠시 후 전화벨이 울렸다. 외선 전화로, 전화를 건 사람은 물론 미후유였다.

"소가는?"

그녀가 짧게 물었다.

"방금 방으로 들어갔어."

"그럼 드디어 시작이네."

응, 하고 마사야는 나지막이 대답했다. 내키지 않는 마음이 목소리에 묻어났다.

"마사야, 망설이면 안 돼."

미후유가 그의 속마음을 꿰뚫어 보기라도 한 것처럼 말했다.

"할 때는 하는 거야. 우리가 살아남을 수 있었던 이유도 그렇게 결정하고 행동했기 때문이잖아."

"알아. 망설이는 거 아니야."

"정말 괜찮지? 믿어도 돼?"

"내게 맡겨."

"알았어. 그럼 계획한 대로 하는 거야."

"그래, 계획대로."

전화를 끊은 마사야는 다시 수화기를 들었다. 0번을 눌러 외선을 연결한 후 테이블 위에 놓인 메모대로 번호를 눌렀다. 호출기 번호다.

그 호출기는 옆방의 테이블 밑에 숨겨져 있다. 그러나 신호도 진동도 울리지 않을 것이다. 그 대신 어떤 장치를 작동시킨다. 그리고 그 장치는 마취 가스를 발생시킨다. '하나야' 독가스 사건 때 사용했던 장치를 응용한 것이다.

전화를 끊은 다음 마사야는 시계를 보았다. 그리고 10분이 지났을 무렵 다시 수화기를 들었다. 이번에는 옆방 전화번호를 눌렀다. 이내 벨이 울렸다. 만일 지금 소가가 받는다면 계획은 중지다.

그러나 벨은 끊기지 않고 계속 울렸다. 열 번이 울린 다음 마사야는 전화를 끊었다.

그는 침대 옆에 놓아둔 가방을 열었다. 안에서 방독면과 짧게 자른 빨랫줄을 꺼냈다. 그리고 테이블 위에 있는 카드 키

두 장을 집어 들었다. 한 장은 이 방 키고 다른 한 장은 옆방 키다.

그 물건들을 챙겨 들고 살며시 방문을 연 다음 복도를 살폈다. 아무도 없었다. 그는 재빨리 방에서 나와 옆방 앞으로 갔다. 방독면을 쓴 다음 카드 키로 문을 열었다. 방독면도 미후유가 구해 온 것이다.

"그 독가스 사건 후 회사에 몇 개 비치해 놓았는데, 지금은 다들 어디에 두었는지조차 잊어버렸어. 그러니까 하나쯤 없어져도 아무도 모를 거야. 끝나고 제자리에 돌려놓으면 그만이야."

미후유는 아무 일도 아니라는 듯이 말했다.

방독면 너머로 방 안의 상황을 살폈다. 소가 다카미치가 침대 옆에 엎어져 있었다. 옆에는 아직 따지 않은 캔 커피가 나뒹굴고 있었다.

테이블 밑을 들여다보았다. 조그만 종이 상자가 숨겨져 있었다. 그걸 꺼내서 뚜껑을 열자 조그만 용기가 두 개 보였다. 용기는 튜브로 연결되어 있었다. 그는 그 튜브를 제거했다. 그렇게 하면 화학 반응이 정지되고 가스도 발생하지 않는다. 그런 다음 그는 욕실 문을 열고 환풍기를 돌렸다.

마사야는 소가를 내려다보았다. 등이 리드미컬하게 오르내린다. 마치 술에 잔뜩 취한 사람처럼 보였다.

마취 가스가 아니라 맡으면 그대로 죽는 가스를 사용하면 안 되냐고 미후유에게 물어보았다.

"방법은 있어. 청산 가스를 사용하는 거야. 청산가리와 황산을 혼합하면 쉽게 발생시킬 수 있지. 하지만 그건 위험해. 문틈으로 조금만 새어 나가도 우연히 복도를 걸어가던 사람이 맡으면 그 자리에서 정신을 잃을 테니까. 그러니까 일단은 잠을 재우는 정도의 가스를 사용하는 게 안전해."

그 설명은 수긍이 갔지만, 그녀가 그런 내용을 그토록 자세히 안다는 게 이상했다.

그는 빨랫줄을 집어 들었다. 엎드려 있는 소가의 목에 감고 양 끝을 두 손으로 잡았다. 온몸이 떨려 왔다. 방독면 안에서 어금니가 딱딱 부딪쳤다.

마사야는 두 눈을 감고 양손에 힘을 주어 힘껏 잡아당겼다. 순간 소가의 몸이 휙 젖혀졌다. 그러나 의식이 돌아온 것은 아니고 반사적인 움직임인 듯했다.

얼마나 조르고 있었는지 마사야는 기억하지 못한다. 무언가 뚝 부러지는 듯한 감촉이 있었던 것만은 분명하다. 그제야 그는 손에서 힘을 뺐다. 소가는 한낱 물체로 변해 있었다. 숨을 쉬는 기미도 없었다. 혹시나 싶어 경동맥 언저리를 짚어 보았지만 아무런 움직임이 없었다.

죽었다.

마사야로서는 두 번째 살인이었다. 그런데도 공포감은 첫 번째보다 심했다. 그때는 충동적인 행동이었다. 지진이라는 비일상적이고 비현실적인 상황에 놓여 있었기 때문에 그 자신 또한 비정상적인 행동을 할 수 있었다. 그러나 이번에는 다르다. 모든 것이 계획적으로 이루어졌다. 순서를 정하고 그대로 행동했더니 눈앞에 시신이 한 구 생겼다.

따라서 자신이 살인자라는 의식도 처음보다 강렬하게 그를 엄습했다. 돌이킬 수 없는 짓을 저질렀다. 이제 되돌릴 수 없다는 의식이 각오했던 것 이상으로 그의 가슴속에서 부풀어 올랐다.

더는 그 자리에 있기 힘들었다. 사실은 아직 할 일이 남아 있었다. 서둘러 시작하지 않으면 제시간에 끝내기 힘들 만큼 시간이 걸리는 일이다. 그런데도 그는 방독면을 쓴 채 방에서 나왔다. 그리고 떨리는 손으로 자신의 방문을 열고 안으로 들어가 침대에 쓰러졌다. 가슴이 아플 정도로 심장이 요동치고 숨이 차올랐다. 방독면을 아직까지 쓰고 있다는 걸 깨닫기까지는 몇 분이 걸렸다.

그런 그를 일으킨 것은 전화벨 소리였다. 자기도 모르게 조그맣게 비명을 질렀다.

미후유의 전화였다.

"역시 그쪽 방에 가 있구나."

"역시라니?"

"당황했을 거라고 생각했어. 그래서…… 했어?"

"응."

마사야는 신음하듯이 대답했다.

"했어."

"그래. 그럼 이제 하나만 하면 되겠네."

"잠깐 쉬고 나서 할 거야."

"응. 그래도 괜찮을 것 같아. 밤은 기니까. 나도 조금 이따가 그리로 갈게."

"알았어."

전화를 끊은 후, 마사야는 다시 가방 안을 들여다보았다.

거기에는 크고 작은 갖가지 칼이 들어 있었다. 접이식 톱도 있다.

지금부터 해야 할 일을 상상하자 현기증이 일 것 같았다.

하지만 정신을 놓고 있을 때가 아니다. 마사야는 칼이 든 가방을 들고 일어섰다. 문을 향해 걸음을 내디뎠지만 발이 몹시 무거웠다.

다시 옆방으로 들어갔다. 소가의 시체는 아까 그대로였다.

마사야는 소가의 양쪽 발목을 잡고 힘껏 끌어당겼다. 다행히 소가는 몸집이 크지 않다. 몸무게도 70킬로그램이 채 안 될 것이다. 욕실 안으로 끌고 들어오는 데는 별로 힘이 들지 않았다. 오히려 체력 소모를 각오해야 하는 건 지금부터다.

마사야는 욕실 안을 둘러보고 나서 목욕 수건과 핸드타월을 밖으로 꺼냈다. 샴푸와 린스, 비누 등의 비품도 모두 밖에 내놓았다. 샤워용 커튼은 뗄 수 없어서 커튼레일에 묶은 다음 가져온 비닐봉지로 꼼꼼하게 감쌌다. 이제 욕실 안에는 소가의 시체 외에 아무것도 없었다. 다시 한 번 확인한 후 마사야는 옷을 벗었다. 팬티 바람에 샤워 캡을 쓰고 수술용 장갑을 꼈다.

'죽음 전의 키스'라는 영화를 본 적이 있느냐고 미후유가 물었던 일이 떠올랐다. 본 적 없다고 하자 그녀는 꼭 봐 두는 게 좋을 거라고 했다.

"맷 딜런이라는 미남 배우가 주인공이야. 그 주인공이 시체를 처리하는 장면이 참고가 될 거야."

"처리하는 장면이 나온단 말이야?"

만약 그렇다면 그로테스크한 영화일 거라고 생각했지만 미후유는 고개를 저었다.

"설마. 그건 아니지만, 참고할 만할 거야. 주인공이 어떤 식으로 그걸 하는지는 알 수 있을 테니까."

그녀에게 그 말을 듣고 나서 마사야는 '죽음 전의 키스' 비디오를 보았다. 아닌 게 아니라 참고할 만했다. 호텔 욕실에서 시체를 처리하는 요령이 꽤 명확하게 파악되었다. 옷을 벗고 머리에 샤워 캡을 쓴 것도 그 영화에서 얻은 노하우다.

그러나 미후유도 말했다시피 영화에 노골적인 장면은 나오지 않았다. 암시만 있을 뿐이었다. 따라서 가장 가혹하고 잔인한 행위는 마사야 스스로 알아서 할 수밖에 없었다.

자기 옷을 욕실 밖에 꺼내 놓고 대신 가방에 들어 있던 칼들과 플라스틱 도마를 들여왔다.

마사야가 맨 먼저 손에 든 것은 의류용 가위다. 그것으로 시체가 입은 양복의 어깨 부분과 바지의 허벅지 부분을 잘랐다.

다음으로 그는 시체를 바닥에 눕히고 팔 밑에 도마를 밀어넣었다. 그리고 고기를 써는 칼을 들었다. 갓파바시에 있는 도구점에서 구입한 물건이다. 아직 한 번도 사용하지 않은 그 칼은 겁이 날 정도로 번들거렸다.

조금 전에 자른 양복 천 사이로 시체의 하얀 피부가 보였다. 겨드랑이 밑으로 보이는 체모가 이것이 조금 전까지 살아 있던 사람의 살덩이라는 것을 새삼 마사야에게 일깨워 주었다. 그는 자신의 손가락이 떨리고 있다는 것을 알아차렸다.

주저할 때가 아니었다. 이미 돌이킬 수 없는 일이다. 무슨 수를 쓰든 이 시체를 오늘 밤 안으로 처리해야 한다.

마사야는 심호흡을 몇 번 반복한 후 양손으로 칼자루를 쥐었다. 그리고 시체의 어깻죽지를 힘껏 내리쳤다.

마사야의 위가 맹렬한 기세로 경련을 일으켰다. 긴자 거리를 걷고 있던 그는 정신없이 지하도 계단을 뛰어 내려갔다. 화장실을 찾았지만 보이지 않았다. 하는 수 없이 기둥 뒤에 쭈그리고 앉았다. 입에서 손을 떼자 위액이 쏟아져 나왔다. 동시에 심한 통증이 그의 하복부를 강타했다.

구토가 멈추자 그는 기둥을 잡고 일어섰다. 그러나 걸을 기력이 없어서 악취가 풍기는 액체를 멀거니 내려다보았다.

이렇게 심하게 토하기는 오랜만이다. 그 참혹한 밤을 되도록 생각하지 않으려고 안간힘을 쓰며 지내 왔다. 잊을 수는 없어도 머리에서 몰아내려고 노력했다.

그러나 지금은 떠올리지 않을 도리가 없었다. 그 모든 것이 미후유에게 속아서 저지른 짓이니 다시 한 번 떠올리고 대체 어떤 함정이 있었는지 검증할 필요가 있다.

시체를 절단하는 데는 생각 이상으로 체력과 시간이 소모되었다. 그리고 무엇보다 상상을 초월하는 정신력이 요구되었다. 마사야는 도중에 몇 번이나 정신을 잃을 뻔했다. 모두 내던지고 도망치고 싶었다. 그럴 때마다 이 일을 무사히 해내지 못하면 우리에게 행복은 없다고 스스로를 채찍질했다. 내가 살인죄로 체포되면 미후유도 공범으로 몰린다, 그녀만은 불행하게 만들 수 없다며 필사적으로 자신을 격려했다.

두 팔과 두 다리를 절단하고 나서 마사야는 준비해 온 비닐

시트로 가능한 한 부피가 작아지도록 싸맸다. 다 싼 후에는 비닐 테이프로 칭칭 감았다. 몸통도 똑같이 했다.

　두 개의 괴상한 꾸러미가 완성되자 그는 그 자리에 털썩 주저앉았다. 정신력도 근력도 모두 소진된 듯했다. 아무것도 눈에 들어오지 않았다. 정신과 육체가 분리된 듯한 느낌이었다.

　그의 정신을 돌아오게 만든 것은 문을 노크하는 소리였다. 누가 욕실 문을 두드리고 있었다.

　"마사야, 거기 있어?"

　미후유의 목소리였다.

　"그래…… 있어."

　그가 신음하듯이 대답했다.

　"시체는?"

　그녀가 묻자 마사야는 새삼스레 주위를 둘러보았다. 욕실 안이 피로 물들어 있었다. 바닥에는 오물도 튀어 있고, 마사야의 몸은 땀과 피로 범벅이 되어 있었다. 거울로 눈을 돌리자 거기에 자신의 것으로 여겨지지 않는 얼굴이 있었다. 표정이 추하게 일그러지고 눈은 탁했다. 그런 얼굴에 마치 두드러기처럼 피의 반점이 들러붙어 있었다.

　"저기, 마사야……"

　미후유가 다시 그를 불렀다.

　"잠깐 기다려."

그가 문을 향해 말했다.

"왜? 괜찮아?"

"괜찮아."

목소리를 쥐어짰다.

"시체는…… 비닐로 쌌어."

"내가 도울 일은 없어?"

"아직 열지 마. 욕실 안이 엉망이야. 청소를 해야 해."

"내가 거들게."

"아니, 나 혼자서 할게. 침대에서 기다리고 있어."

이렇게 처참한 광경을 그녀에게 보이고 싶지 않았다. 무엇보다 지금 자신의 모습을 보이고 싶지 않았다.

"그렇게 끔찍해?"

"음. '죽음 전의 키스'와 똑같아."

실제 광경은 영화의 그 장면 따위와는 비교가 안 되게 처참했다. 하지만 그녀를 안심시키려고 그렇게 말했다.

"그렇구나……. 맷 딜런도 청소를 했지."

"그러니까 잠깐 기다려."

"응, 알았어. 세제는 있어?"

"어, 가져왔어."

마사야는 가지고 온 스펀지에 세제를 묻혀 욕실 청소를 시작했다. 재빨리 끝내지 않으면 피가 점점 굳는다. 생각지 못한 곳까지 피가 튀어 있어 각오했던 것보다 시간이 더 걸렸다.

작업을 모두 마치고서야 마사야는 욕실 문을 열었다. 미후유가 침대에 걸터앉아 있었다. 그녀가 그의 하반신을 보고 눈을 휘둥그렇게 떴다. 팬티가 시뻘겋게 물들어 있었다.

"겨우 끝냈어."

"……수고했어."

미후유가 고개를 끄덕였다.

"좀 쉬겠어?"

"그러고 싶지만 지금 누우면 두 번 다시 못 일어날 것 같아. 빨리 일을 끝내고 싶어. 그리고 시간이 별로 없지 않나?"

"응……."

미후유가 나이트 테이블의 시계를 바라보았다. 새벽 2시가 조금 지나 있었다.

방 한구석에 슈트케이스 두 개가 놓여 있었다. 둘 다 상당히 컸다. 한눈에 봐도 새것은 아니었다.

"중고 물품 가게에서 사 왔어. 현금으로 지불했으니까 추적할 수 없을 거야."

"차는?"

"지하 주차장에 세워 놓았어."

미후유가 차 키를 꺼내 놓았다.

그 차는 오늘 아침에 마사야가 빌린 렌터카로 흰 왜건이다.

일반 승용차로는 대형 슈트케이스 두 개를 한꺼번에 옮길 수 없다.

슈트케이스에 시체를 밀어 넣는 작업도 그가 혼자서 했다. 미후유가 거들려고 했지만 그가 거절했다. 그녀의 손을 이렇게 끔찍한 일로 더럽히고 싶지 않았다.

짐을 모두 꾸린 다음 그는 몸을 씻고 옷을 갈아입었다. 시신을 토막 낸 곳에서 샤워한다는 데 저항감이 있었지만, 피와 체액을 덮어쓴 상태로 있는 것보다는 나았다.

슈트케이스 두 개 모두 바닥에 바퀴가 달려 있었다. 둘이 방에서 나와 슈트케이스를 밀면서 복도를 걸어갔다. 깊은 밤이라 사람들 눈에 띌 염려는 거의 없었다. 만약 누가 있다 해도 둘의 안색이 유난히 창백한 것을 제외하면 그다지 부자연스러운 커플로 보이지는 않을 것이다.

지하 주차장에서 차에 슈트케이스를 싣고 두 사람도 올라탔다. 시동을 걸고 밤의 차도로 나서는 동안 둘은 내내 아무 말도 하지 않았다.

"형씨, 왜 그러고 있어?"

누군가 말을 걸어 마사야는 옆을 돌아보았다. 회색 옷을 걸친 남자가 무슨 일이냐는 표정을 하고 서 있었다. 멋대로 자란 희끗희끗한 머리는 뒤로 묶었다. 수염도 한동안 깎지 않은 듯하다. 그리고 회색으로 보이는 옷은 그저 몹시 더러워서 그렇게 보일 뿐이었다.

"아니요, 아무 일 아닙니다."

마사야는 고개를 저었다.

"엄청 토해 놨구먼, 대낮부터."

남자는 얼굴을 찡그리고 마사야의 발치를 보았다.

뭔가 하고 싶은 말이 남은 듯한 노숙자를 등지고, 마사야는 휘청휘청 걷기 시작했다. 그러나 딱히 갈 곳은 없었다. 일단은 그 아파트로 돌아갈 수밖에 없다. 그러나 그런 곳에 돌아가, 내일부터 어떻게 하루하루를 보낼 수 있을까 하고 생각했다.

미후유는 우리 같은 인간이 행복을 거머쥐려면 정상적으로 살아서는 안 된다고 했다. 마사야도 그 말이 옳다고 생각했다. 특히 자기처럼 사람을 죽인 인간이 정상적인 방법으로 남들 같은 생활을 할 수 있으리라고는 생각지 않았다.

그래서 언제나 미후유의 제안을 거스르지 않았다. 하마나카를 함정에 빠뜨리고, 아오에에게 덫을 놓고, 소가를 죽였다.

우리 둘을 위해―자기만 그렇게 믿었다는 것을 마사야는 이제야 깨달았다. 미후유가 원했던 것은 자기 혼자만의 성공이었다. 다른 사람으로 탈바꿈해서 정체를 숨기고, 인생의 승리자가 되는 것이야말로 그녀의 야망이었다. 그러기 위해서는 무슨 짓이든 한다. 누구든 이용한다.

마사야는 자학적으로 웃었다. 별일 아니다. 다른 사람이 덫에 걸렸던 것처럼, 자기 역시 그녀의 손바닥에서 놀아났을 뿐이다. 속아서 사람을 죽였다. 피와 오물에 범벅이 되면서 시신을 절단하기까지 했다. 그 결과 고기도 생선도 목구멍에 넘어가지 않게 되었다.

마사야는 지하도를 하염없이 걸었다. 주위 풍경이 하나도 눈에 들어오지 않았다. 그는 혼잣말을 중얼거리고 있었다.

뭔가에 발이 걸려 그 자리에 넘어졌다. 마사야는 그대로 꼼짝하지 않았다. 콘크리트의 차가운 감촉이 온몸에 스몄다.

미후유, 너는 내게 소가를 죽이게 했어. 네 손은 더럽히지 않았다고 여기는 거야. 하지만 아니지. 너도 사람을 죽였어. 너는 나를 죽였어. 내 혼을 죽였다고.

11장

●

1

물레 위에서 사람 머리가 들어갈 만큼 커다란 흙 사발이 돌아가고 있다. 요리에는 사발 양쪽에 두 손을 대고 위에서부터 천천히 바깥쪽으로 넓혀 나간다. 그녀가 만들고 싶은 것은 아주 큰 접시다.

크기가 큰 만큼 신중함이 필요하다. 그러나 과감하게 힘을 주지 않으면 모양이 달라지지 않는다. 신중하면서도 과감하게, 그 균형감을 잡기가 어렵다.

그녀의 손안에서 흙이 균형을 잃었다. 두 손으로 힘껏 받친다. 그때 앞쪽에서 손이 뻗어 나왔다. 그녀의 작업을 보완하면서 균형이 일그러진 흙의 모양을 완벽하게 보수한다.

그 순간, 요리에는 마사야가 도와주었나 하고 착각했다. 전에도 몇 번 그런 식으로 도와준 적이 있었기 때문이다. 그러나 눈앞에 있는 사람은 미후네 선생이었다. 미후네는 물레 위에서 흙 사발이 안정된 것을 확인하자, 요리에에게 고개를 한번 끄덕여 보이고는 그 자리를 떴다.

그 사람이 여기 있을 리 없지. 요리에는 수건으로 이마에 돋은 땀을 닦았다.

교실에서 나와 걸어가고 있는데, 등 뒤에서 누가 불렀다.

"구라타 씨."

돌아보니, 어디선가 본 적 있는 남자가 웃으면서 다가오고 있었다. 텁수룩한 수염에 어딘가 모르게 후줄근한 양복 차림, 그런데도 예리하게 빛나는 눈.

"전에 긴자의 화랑에서 한 번 뵌 적이 있지요. 경시청의 가토라고 합니다. 기억을 하시는지?"

"가토 씨…… 아아."

듣고 나서야 기억이 명료하게 되살아났다.

"잠깐 드리고 싶은 얘기가 있는데, 괜찮을지요?"

"네, 괜찮아요."

"이거, 고맙습니다."

두 사람은 스이텐구마에역에 있는 시티 호텔로 들어갔다. 로비에 벌써 크리스마스트리가 장식되어 있다. 1층 티 라운지에서 마주 앉자, 요리에는 애틋한 추억에 잠겼다. 마사야를 처음 만났던 곳이 이 호텔이었다.

"그 남자는, 지금도 교실에 다닙니까?"

가토의 말소리에 요리에는 퍼뜩 정신을 차렸다.

"네?"

"술병을 만든 사람, 미즈하라 씨라고 했나요. 기술자라고 들었는데."

"아아……."

요리에는 가토가 마사야를 기억하고 있어서 놀랐다. 자신의
마음속을 들여다봤나 싶었다.

"요즘 한동안 안 나왔어요. 일이 많이 바쁜가 봐요."

"최근에는 만난 적이 없습니까?"

"네, 요즘은 계속……."

"그렇군요."

가토는 커피 잔을 입으로 가져가면서, 눈을 약간 치켜뜨고
요리에를 바라보았다. 그녀는 뭔가를 관찰하는 그 눈초리에 불
쾌해졌다.

"반년 전 일인데요, 두 사람이 '하나야'에 가셨죠?"

"넷?"

"'하나야' 말입니다. 1층의 가방 매장에서 소가 교코 씨와
얘기를 나눴을 텐데요."

"네, 갔어요. 그런데 그게 왜요?"

"그때 일을 잘 기억해 보세요. '하나야'에서 나온 후에 뭘 하
셨습니까?"

"'하나야'에서 나온 후에요?"

"그렇습니다. 미즈하라 씨와 같이 식사라도 하러 가셨는지?"

가토가 히죽거리며 물었다. 요리에는 고개를 저었다.

"그날은 그대로 헤어져서 혼자 집으로 돌아갔는데요."

"확실한 거죠?"

"확실해요."

당연히 확실하다, 하고 요리에는 생각했다. 결과적으로 그날은, 나중에 중대한 의미를 갖게 된다. 마사야를 본 마지막 날이기 때문이다.

그날 이후로 마사야와는 연락이 완전히 끊기고 말았다. 왜 그렇게 되었는지, 요리에는 지금도 모른다. 그의 아파트로 찾아간 적도 있다. 그러나 문은 굳게 닫혀 있었고, 노크를 해도 반응이 없었다.

"그게 왜요?"

요리에가 형사에게 물었다.

그러나 가토는 그녀의 질문을 싹 무시하고 말했다.

"그 미즈하라라는 인물과는 어디서 알게 되었습니까? 도예 교실 쪽에 알아보니, 구라타 씨가 그를 끌어들였다고 하던데요."

"허, 끌어들이다니……. 같이 해 보자고 했을 뿐이에요."

"그러니까, 어떻게 알게 되었느냐고 묻고 있습니다."

"난 가토 씨가 왜 그런 질문을 하는지 도대체 모르겠네요."

"왜 숨기는 겁니까. 그 사람을 만난 게 남들에게는 얘기할 수 없는 일인가요?"

가토의 말에 요리에는 얼굴이 파르르 떨리는 것을 느꼈다. 그녀는 형사를 쏘아보았다.

"아, 이거 무례한 말씀을 드렸군요."

가토가 양손을 약간 들어 올렸다.

"다만 말이죠. 현 단계에서는 자세한 설명을 드릴 수가 없어요. 수사상의 비밀이라는 게 있는 데다 동시에 개인의 프라이버시를 지켜야 하는 의무도 있습니다. 아무쪼록 양해해 주세요."

"미즈하라 씨가 어떤 사건에 연루되기라도 했다는 말인가요?"

"다시 한 번 말씀드리죠. 그건 지금 얘기할 수 없습니다. 언젠가는 설명할 수 있겠지만요."

요리에는 홍차 잔을 앞으로 끌어당겼다. 마사야가 무슨 사건에 연루된 것일까. 그 일과 그가 행방을 감춘 것이 무슨 관계가 있을까.

"그 사람과는 이 호텔에서 처음 만났어요."

그녀가 느릿느릿 입을 열었다.

"여기서요?"

"네. 하지만 그때 나는 그를 전혀 몰랐어요."

요리에는 그와 처음 만나게 된 경위를 최대한 자세하게 가토에게 설명했다. 가토는 진지한 표정으로 수첩에 메모를 했다.

"그러니까 그 야마가미라는 인물이 당신에게 새로운 사업에 투자하라고 권유했다는 말이죠. 그리고 당신은 거의 그렇게 할 참이었다는 건가요?"

"마음이 기울어 있었어요."

"그런데 마침 그때 미즈하라 씨가 나타나서 그들이 당신을 속이고 있다고 경고했고, 그 일을 계기로 사귀게 되었다는 말이죠?"

"사귀었다니요…… 친하게 지내긴 했어요."

그러나 가토는 그녀의 변명이 들리지 않는 것처럼 눈을 가늘게 뜨고는 볼펜 끝으로 테이블을 톡톡 두드렸다.

"그 사람을 만나기 전에 무슨 이상한 일 없었습니까?"

"이상한 일이라니요?"

"예를 들면, 누가 지켜보는 것 같았다거나, 미행을 하는 것 같았다거나, 그런 일 말입니다. 소위 스토킹이라고 하지요."

요리에는 고개를 저었다.

"그런 일 없었어요. 왜 내가 그런 일을 당해야 하지요?"

"없었다면 됐습니다. 다시 한 번 묻겠습니다. 지금은 그 사람과 연락을 하지 않고 있는 거죠?"

"네, 그래요."

"그의 휴대 전화 번호를 가르쳐 주실 수 있을까요?"

"그러죠."

그 번호로 전화를 걸어 봐야 연결되지 않는다. 요리에는 형사에게 그렇게 가르쳐 주려다 말았다. 직접 걸어 보면 알 일이다.

죽은 번호를 메모한 뒤 형사는 수첩을 덮고 머리를 숙였다.

"바쁘실 텐데, 죄송했습니다."

"미즈하라 씨를 찾고 있나요?"

"네, 그렇습니다. 아마 찾게 될 겁니다. 찾으면 당신에게도 알리는 편이 좋을까요?"

가토의 물음에 요리에는 하마터면 고개를 끄덕일 뻔했다가, 가까스로 멈췄다.

"그 사람은 내게 볼일이 없을 거예요. 나도 딱히 볼일이 없고."

그렇게 말을 해 놓고서 후회했다. 처절한 오기로 들렸을 것이다.

●

2

호텔 라운지에서 나온 가토는 택시를 잡았다. 운전사에게 행선지를 알리고 수첩을 펼쳤다.

틀림없어. 드디어 찾았어.

신카이 미후유의 공범은 바로 미즈하라 마사야다. 그는 모든 조건을 충족한다.

며칠 전, 소가 교코를 찾아간 것이 계기였다. 특별한 이유는 없었다. 소가 다카미치의 실종과 관련해 새로운 소식은 없는지 확인해 보러 갔을 뿐이다.

그런데 교코가 묘한 말을 했다.

그녀는 4월경에 구라타 요리에가 찾아와, 소가 다카미치의 실종과 교코와 미후유가 가까이 지내게 된 연유에 대해 물었다고 했다. 거기서 끝났으면 무심히 넘어갔을 텐데, 그다음 얘기가 가토의 주의를 끌었다.

"두 분이 일단 돌아간 후에, 미즈하라라는 남자 분만 다시 돌아와서 또 여러 가지 질문을 했어요. 왜 이 사람이 이런 걸 물을까 싶었지만, 일단은 사실대로 대답했어요."

미즈하라 마사야는 화랑에서 그의 작품을 본 후로 줄곧 주목하고 있었다. 금속 가공 기술자라는 점이 아무래도 마음에 걸렸기 때문이다. 게다가 간사이 출신이라고 했다. 신카이 미후유가 '하나야'에서 일하던 시절, 개인적인 통화를 동료가 우연히 들은 일이 있다. 그때 미후유는 간사이 사투리를 썼던 것 같다.

소가 교코의 얘기를 듣고 미즈하라라는 인물에 대한 가토의 관심은 한층 커졌다.

그런데 도예 교실에서 가르쳐 준 아파트에 가 보니, 미즈하라는 이미 없었다. 언제 사라졌는지도 모른다. 아파트 주인에게 문의해 보니, 6개월마다 반년 치 월세를 선불로 받기 때문에 아직은 굳이 문제 삼을 이유가 없다고 했다.

그 주인에게 부탁해서, 가토의 방에 들어가 보았다. 생활에 필요한 최소한의 가구, 가전제품, 살림살이, 의류 등이 남아 있을 뿐 살풍경한 방이었다. 기술자라면 반드시 갖고 있을 도구류도 보이지 않았다.

그런데 냉장고 밑으로 언뜻 보이는 종이 쪼가리를 꺼냈을 때, 가토는 등골에 찌르르 전류가 흐르는 것을 느꼈다. 그 종이에는 반지 일러스트가 연필로 그려져 있고, 자잘하게 수치까지 적혀 있었다.

가토는 구라타 요리에가 한 얘기를 정리해 보았다. 요리에는 미즈하라를 우연히 만난 것처럼 느꼈겠지만, 아마 그렇지 않을 것이다. 미즈하라는 요리에 주변을 철저하게 조사하고 그녀에게 접근할 기회를 노렸다. 물론 그것은 미후유의 지시였을 것이다. 어떤 목적이 있었는지는 알 수 없지만, 아키무라 집안에서 힘 있는 요리에와의 관계에서 주도권을 잡으려는 의도였는지도 모른다.

택시가 멈췄다. 미즈하라 마사야의 아파트가 바로 앞에 있다. 헛걸음이라는 걸 알면서도, 혹시 돌아와 있지 않을까 하는 기대를 버릴 수 없다.

미즈하라는 왜 행방을 감췄을까. 자신의 정체가 밝혀질 위기에 놓였기 때문일까. 몇 달 전에 무슨 일이 있었을까.

미즈하라가 소가 교코에게 다카미치에 대해 자세하게 물었다는 점이 영 거슬린다. 미즈하라가 미후유의 공범이라면, 그런 제반 사항을 모두 알고 있을 것이다. 그런데 교코에게 새삼 확인할 필요가 있었을까.

그런 생각을 하면서 가토는 아파트 계단을 올라갔다. 그런데 마사야의 집 앞에 웬 젊은 여자가 서 있었다. 청바지에 점퍼 차림이었다. 그녀는 메모지 같은 것을 문틈에 끼우고 있었다.

가토가 다가가자, 그녀는 고개를 숙인 채 지나쳐 가려고 했다.

"미즈하라 씨에게 무슨 용건이라도?"

그가 묻자, 그녀는 흠칫하면서 얼굴을 들었다.

"네?"

"그에게 무슨 용건이 있는 거 아닌가요? 미즈하라 마사야 씨에게."

"용건이 있는 건 아니고, 아직 돌아오지 않았나 해서⋯⋯."

"그가 어디 갔는지 알아요?"

"몰라요."

그녀가 고개를 젓고서 그를 올려다보았다.

"저, 그쪽은?"

"그 대답을 하기 전에, 그쪽이 누구인지 알고 싶은데."

가토는 문틈에 끼워 놓은 메모지를 뺐다.

거기에는 '돌아오면 연락 주세요. 유코.'라고 적혀 있었다.

"유코 씨, 라. 그와는 어떤 관계죠?"

"왜 내가 그런 질문에 대답을 해야 하죠?"

그녀는 기죽지 않겠다는 듯이 그를 노려보았다.

"서로를 위해서라고 생각하니까. 나도 그를 찾고 있어. 힘을 합하는 편이 좋지 않을까 하는데."

가토가 꾸물꾸물 경찰수첩을 꺼냈다.

가게에 들어서자 가다랑어 냄새가 났다. 손님은 한 명도 없었다. 저녁 영업은 5시부터라고 되어 있다. 5시에서 겨우 몇 분이 지난 시간이다.

"뭐, 마실래요?"

유코가 물었다. 말투가 퉁명스럽다.

"아니, 나는 됐어."

가토가 손을 저으며 대답했다.

유코가 미간을 약간 찡그렸다.

"뭐라도 주문하세요. 안 그러면, 우리 부모님이 이상하게 여긴다고요."

"아, 그렇군. 그럼 맥주를 마시지."

유코는 부루퉁한 표정으로 고개를 끄덕인 다음 주방 안으로 사라졌다. 그 뒷모습을 보면서, 가토는 '오카다' 내부를 돌아보았다. 변두리의 전형적인 식당이다. 미즈하라 마사야는 일을 끝내고 집에 돌아가는 길에 이 가게에 들러 저녁을 먹었다고 한다.

유코가 맥주와 잔, 그리고 간단한 안주를 담은 종지를 쟁반에 얹어 가져왔다. 주방 안에서 말소리가 들린다.

안주는 잔 멸치와 미역무침이었다. 가토는 그걸 한 입 집어 먹고는 맥주를 마셨다. 유코는 쟁반을 껴안은 모습으로 테이블 옆에 서 있다.

"다시 묻겠는데, 정말 미즈하라가 어디 갔는지 모르는 거지?"

가토의 질문에 유코는 지겹다는 표정을 짓고는 한숨을 쉬었다.

"몰라요. 어디 갔는지 알면, 그러지 않죠."

문틈에 끼워 둔 메모지를 말하는 듯하다.

"미즈하라와는 언제부터 사귀었지?"

그녀가 고개를 저었다.

"……사귄 거 아니에요."

가토는 피식 웃었다.

"언제 알게 되었는지 묻는 거야."

"5년쯤 되었을 거예요. 봄이었어요."

5년 전 봄. 신카이 미후유가 도쿄로 올라온 시점과 일치한다.

"친해진 계기를 가르쳐 줄 수 있을까?"

"그러니까 특별히 친하게……."

그녀가 거기까지 말했을 때 가토가 웃으면서 고개를 저었다.

"특별히 친한 게 아니었다면, 어디 갔는지 알 수 없는 인간의 연락을 기다리지 않지."

유코는 입술을 꾹 다물고 가토를 노려보았다.

"계기 같은 거 없어요. 가게에서 얼굴을 자주 보다 보니까 그냥……."

"흠, 그렇군."

가토는 또 맥주를 한 모금 마셨다.

"그가 어디서 일하는지는 알아?"

"예전에 말인가요?"

"응."

"센주신교 옆에 있는 철공소라고 들었는데요."

"철공소 이름은?"

"후쿠타 공업이라고 했나. 후쿠다……일지도 몰라요."

가토는 수첩에 '후쿠타 후쿠다 공업'이라고 적었다.

"그가 행방을 감추기 전에 별다른 일은 없었고?"

"난 몰라요. 그 전부터 거의 만나질 못했어요. 하도 얼굴을 비치지 않아서, 어떻게 된 일인가 싶어 집에 가 봤더니, 아무도 없었어요."

이 아가씨는 미즈하라 마사야에게 호감을 품고 있는 거겠지, 하고 가토는 상상했다.

"그에게 특정한 여자가 있는 기미는?"

가토가 유코에게 다소 가혹한 질문을 했다.

아니나 다를까, 그녀가 눈을 내리깔고는 모른다고 대답했다.

"그런 기미가 없었다는 뜻이야?"

"그런 얘기는 들은 적이 없고, 그런 사람을 본 적도 없다는 뜻이에요. 그리고 나, 그에 대해서 잘 아는 것도 아니에요."

"그건 나도 알고 있어."

만약 그대가 그 남자의 정체를 알았다면, 정성스럽게 음식을 싸다 나르는 일은 없었겠지. 그런 말이 가토의 마음속에서 이어졌다.

그가 윗도리 주머니에서 사진 한 장을 꺼냈다. 회사에서 나오는 미후유의 뒷모습을 그가 직접 찍은 것이다. 그 사진을 유코 앞에 내밀었다.

"이 사진의 여자를 혹시 본 적은?"

유코가 10초 정도 사진을 바라보고는 고개를 옆으로 저었다.

"본 적 없는 사람이에요."

"정말이야? 옷차림이나 화장한 분위기가 달랐을 가능성도 있는데."

유코는 사진을 가토에게 돌려주었다.

"마사야 씨 주변에 이런 여자가 있었는지 묻는 거잖아요? 난 그가 다른 사람과 같이 있는 걸 한 번도 본 적이 없고……."

거기까지 말하고서, 유코가 무슨 기억이 떠오른 듯 시선을 돌렸다.

가토는 그 움직임을 놓치지 않았다.

"혹시 있는 거야?"

"아니요. 저, 마사야 씨가 여자와 있는 걸 딱 한 번 본 적은 있어요. 하지만 이 사람은 아니었어요. 좀 더 나이가 많고…… 예쁜 사람이었어요."

"쉰 살 정도의 부인?"

"네, 쉰 살보다는 젊을지도 모르겠고."

구라타 요리에다.

문을 열고 작업복 차림의 두 남자가 들어왔다. 유코가 그쪽을 보면서 어서 오세요, 하고 웃는 얼굴에 활기찬 목소리로 말했다.

단골인 듯한 두 남자는 가벼운 농담을 하고는 맥주 두 병을 주문했다. 유코는 종종 걸어 주방 안으로 들어갔다.

가토는 맥주 한 병 값과 소비세를 테이블에 꺼내 놓고 일어섰다. 더는 유코에게 물어볼 것도 없다.

그런데 그가 가게에서 나온 얼마 후, 등 뒤에서 부르는 소리가 들렸다.

"저…… 아까 그 사진 한 번 더 볼 수 있을까요?"

"사진? 그야 물론."

가토는 미후유 사진을 그녀에게 건넸다.

유코가 사진을 얼핏 보더니 다시 가토를 올려다보았다.

"이 사진, 제가 가져도 되나요?"

가토는 조금 당황스러웠다.

"그건 좀 곤란한데. 수사 자료라서."

"그래요……."

"그 사진이 왜 필요하지?"

"왜냐하면…… 이 사람, 마사야 씨의 애인이잖아요."

"그건 내 입으로 말할 수 없어."

"괜찮아요. 알아요. 그에게 누가 있다는 생각은 나도 했으니까."

"여자의 감이라는 건가?"

"그럴지도 모르죠."

유코는 고개를 숙이고 가토에게 사진을 돌려주었다.

"이 사람, 어디 사는 누구예요? 형사님은 알고 계시죠?"

"물론 알지만, 유코 씨에게 가르쳐 줄 수는 없어."

가토는 사진을 받아 주머니 안에 넣었다.

"미즈하라를 잊는 게 좋을 거야."

유코가 고개를 들었다. 부릅뜬 눈에 적의가 담겨 있었다.

"마사야 씨가 대체 무슨 짓을 했다는 거죠? 형사님은 왜 그를 찾는데요?"

"그것도 아직 말할 수 없어."

"형사님은 수사 1과 소속이시죠? 제가 잘은 몰라도 수사 1과라면 살인 같은 걸 담당하는 곳이 아닌가요?"

가토가 한숨을 쉬고 나서 그녀에게 미소를 지어 보였다.

"자세한 건 말할 수 없다고 했잖아. 그가 돌아오면 직접 물어봐."

아마 그런 날은 오지 않겠지만, 하는 말을 삼켜 버렸다.

"다시 한 번 말하는데, 그 사람을 잊는 게 좋아. 그게 유코 씨를 위하는 일이야."

할 말을 잃은 듯 멀거니 서 있는 유코를 등지고 가토는 성큼성큼 걷기 시작했다. 저 아가씨를 선택했다면 미즈하라 마사야의 인생이 완전히 달라졌을 텐데, 하고 생각했다.

●

3

가토가 후쿠타 공업을 찾아낸 것은 그날 저녁 8시가 넘을 무렵이었다. 어떻게든 비번인 오늘 중에 후쿠타 공업을 찾아보고 싶었다.

후쿠타 공업의 공장에는 불이 켜져 있지 않았다. 그런데 바로 옆에 있는 집의 창문에서는 빛이 새어 나오고 있었다. 가토는 집의 현관으로 돌아가, 문 옆에 달려 있는 인터폰을 눌렀다.

그러나 한참을 기다려도 아무 반응이 없다. 집에 없나 하고 문손잡이를 돌리자, 문이 그대로 열렸다.

들어서자 바로 사무실이었다. 사무용 책상과 사물함 위에 먼지가 쌓여 있어. 이 공장의 작업이 중단되었다는 것을 알 수 있었다.

"계세요."

가토는 안을 향해 소리쳤다.

"아무도 안 계세요."

안에서 꾸부정한 사람 그림자가 나타났다. 예순 전후로 보이는, 키가 작은 남자가 무표정한 얼굴로 가토를 내다보았다.

"후쿠타 사장님……이세요?"

가토가 묻자 그는 흥, 하고 콧방귀를 뀌었다.

"회사가 없는데 사장은 무슨 얼어 죽을 사장."

쉰 목소리로 투덜거린다.

후쿠타 공업이 망한 듯하다고 가토는 짐작했다.

"경찰에서 나온 사람입니다. 잠시 여쭙고 싶은 일이 있어서요."

후쿠타는 인상을 잔뜩 찌푸리고 고개를 갸웃거렸다.

"빚을 못 갚는다고 경찰에서 사람이 나오나? 그런 얘기는 들어 본 적이 없는데."

"후쿠타 씨에 대해 물으려는 게 아닙니다. 전에 여기서 일했던 사람 일입니다."

가토가 한 걸음 앞으로 나섰다.

"미즈하라 마사야라는 사람, 기억하시죠?"

주름살에 파묻힌 듯하던 후쿠타의 눈이 조금 커졌다.

"왜, 그놈도 무슨 짓을 저질렀나?"

"그놈도, 라니요? 그 외에도 누가……?"

흥, 하고 후쿠타가 또 콧방귀를 뀌었다.

"누구랄 게 어디 있나. 이 불경기에 일자리에서 떨려난 사람들이 하는 짓이 두 가지밖에 없잖아. 나쁜 일에 손을 대든가, 죽든가."

후쿠타는 다리를 질질 끌듯이 이동해서는 먼지가 보얗게 쌓인 의자에 앉았다.

"그래서, 그놈은 무슨 짓을 했는데?"

"어떤 사건과 관계했을 가능성이 있다고 보는 단계입니다. 그래서 확인차 찾아가 봤더니, 당사자가 행방을 감춰 버려서요. 그래서 여기까지 찾아온 겁니다."

"그놈도 빚쟁이들을 피해 도망 다니는 거 아닌지 모르겠군."

"최근에 혹시 그 사람에게 연락이 온 적은?"

"그럴 리 없잖아. 그만둔 지가 벌써 2년이 가까운데. 아니지, 내가 그만 나가 달라고 했어."

후쿠타가 점퍼 주머니에서 담뱃갑을 꺼냈다. 그러나 안에 담배가 들어 있지 않은지, 짜증스럽게 갑을 쭈그러뜨렸다.

가토는 자신의 말보로 갑을 책상에 꺼내 놓았다.

후쿠타는 그의 얼굴과 담뱃갑을 번갈아 보고는 담뱃갑으로 손을 내밀었다.

"이거 고맙군."

"미즈하라는 어떤 사람이었습니까?"

후쿠타가 맛나게 연기를 내뿜었다.

"무뚝뚝하지만 일 하나는 똑 소리 나게 잘하는 기술자였지. 그놈이 없었다면 이 공장도 1년은 더 빨리 망했을 거야."

"그게 무슨 말씀이신지?"

"뭐든 다 했어. 선반이든 연삭(研削)이든 용접이든, 아무튼 뭐든 다. 간사이에서 왔다고 하는데, 수련을 많이 했던 거겠지. 그놈 하나 있는 덕분에 다른 기술자들을 다 내보냈어. 원망을 많이 샀지만, 세상이 이러니 어쩔 수 있나."

"조금은요?"

"조금? 어떤 조금을 말하는 거지?"

"반지나 목걸이를 만드는 거 말입니다."

"우리 공장에서는 그런 일을 받지 않았는데. 그래도 하려고 마음먹으면 할 수는 있었을 거야. 도구는 전부 있었으니까. 옛날에는 우리 공장이 은세공으로 날렸으니까 말이지. 다, 옛날 일이군."

"호오, 은세공요."

"액세서리, 술잔, 이것저것 많이 만들었어. 은세공이란 게 기술이 필요하거든. 동그란 판을 망치로 두드려서 술잔을 만든다고. 제일 손재주가 좋았던 놈이 어이없게 세상을 등지는 바람에 그만두었지만."

"은세공으로 유명했다는 말인가요?"

"알 만한 사람은 다 알았어. 그런데 그게 마사야 그놈과 무슨 관계가 있다는 건가?"

"그 사람을 어떤 경위로 고용하게 된 겁니까?"

"경위랄 게 뭐 있나. 그쪽에서 불쑥 찾아와 자기를 써 달라고 했는데."

"그래서 바로 채용했다는 건가요?"

"그래. 아니, 그게 아닌가."

후쿠타는 바로 정정했다. 담배를 손가락에 끼운 채, 눈을 비스듬히 아래쪽으로 향했다.

"야스우라 그놈이 일을 못하게 돼서, 그래서 대신 채용했어."

"야스우라요? 그 사람이 일을 못하게 되었나 보죠?"

"전에 우리 공장에서 일했던 기술자야. 부상을 당해서 일을 못하게 되었어. 몸 파는 여자에게 손등을 찔려서, 손가락이 움직이지 않게 되었지. 본인도 암담했겠지만, 나도 황당했어. 그놈이 아니면 다룰 수 없는 기계가 몇 가지나 있었으니 그럴 수밖에. 이런 세상에 납기를 못 맞추면 당장 일이 끊긴다고."

후쿠타는 허허, 하고 어깨를 흔들며 웃었다.

"하기야 이르든 늦든 시간문제였지. 어차피 일거리는 끊겼으니까."

"그래서 대신할 사람으로 미즈하라를 고용했군요."

"그렇게 된 거였어. 조금 전에도 말했지만, 기술은 나무랄 데가 없었어. 전화위복이라고, 우리 공장으로서는 야스우라 사건이 좋은 쪽으로 굴러갔던 셈이지. 야스우라 그놈에게 이런 말은 할 수 없지만."

후쿠타는 짧아진 담배를 아쉬운 듯 바라보고는 재떨이에 껐다.

"여기서 일할 때, 미즈하라가 어땠습니까?"

"뭐라는 거야? 무슨 뜻이지?"

"아, 무슨 일이든 괜찮습니다. 미즈하라가 여기서 일할 때 어땠는지, 기억나시는 게 있으면 말씀해 주시면 됩니다. 예를 들어 어떤 여자와 사귀었다든지."

가토가 후쿠타 쪽으로 다가갔다. 조금 전에 책상에 놓아둔 말보로 갑을 집어 뚜껑을 열면서 그에게 권했다.

"한 개비 더 피우시죠."

후쿠타는 가토를 올려다보면서 한 개비를 꺼냈다. 가토는 그가 담배를 입에 물자마자 주머니에서 꺼낸 라이터로 불을 붙였다. 후쿠타는 경계심에 찬 눈빛을 보이면서도 고개를 약간 숙여 불에 담배를 갖다 댔다.

"대체 어떤 사건인데 그러나? 그놈이 무슨 짓을 저질렀기에?"

"자세한 얘기는 할 수 없습니다. 여자가 얽힌 사건이라는 말만 해 두죠."

"흥, 여자라. 하긴 그놈이 괜찮은 사내였으니까."

후쿠타는 연기를 한껏 뿜어냈다.

"그래도 여기 있을 때는 그런 얘기가 없었는데. 그놈이 말이 없어서, 거의 아무와도 말을 안 섞었어. 일 외에는 거의."

"그럼 특별히 친하게 지낸 직원도 없었습니까?"

"친하게 지내기는. 다들 그놈을 원망했는데. 그놈이 온 탓에 다른 놈들 일거리가 없어졌으니."

가토는 고개를 끄덕였다. 미즈하라 마사야가 타인과 섞이기를 극구 회피했다는 것은 충분히 수긍이 가는 얘기다. 친해지면 이면의 얼굴이 알려지게 될 우려가 있기 때문이다.

"공장을 좀 볼 수 있을까요?"

후쿠타의 미간에 주름이 생겼다.

"볼 수야 있지만, 불은 안 켜져. 기계도 움직이지 않고."

"전기가 안 들어옵니까?"

"전기가 끊겼어. 멋대로 사용할 수 없게 한 거지."

"멋대로요?"

"우리가 멋대로, 라는 뜻이야. 여기 우리 건 하나도 없어. 전부 은행 거지."

후쿠타는 두 개비째 담배가 타들어 가 재가 되자 엉덩이를 털면서 일어났다.

후쿠타 말대로 공장은 불이 켜지지 않았다. 창문으로 들어오는 희미한 빛이 죽 늘어선 기계들을 비추고 있다.

"더 나빠질 거야. 세상이 더 나빠질 거야. 자기 뱃속 채우기 바쁜 놈들이 이 나라를 좌지우지하고 있으니 당연한 일이지. 지금까지는 서민들이 강했으니 그럭저럭 버텨 왔지만, 이제는 틀렸어. 힘을 내는 데도 한계가 있는 법이야."

"미즈하라는 늘 여기서 일을 했나요?"

"어, 그렇지."

"일하는 미즈하라를 누가 지켜보곤 하지는 않았습니까?"

"지켜볼 게 뭐가 있어야지. 도면을 건네주고 자세하게 지시를 하고 나면, 그다음은 기술자 몫인데. 나야 거래처에서 주문한 대로 완성되면 그만이니까."

"그럼, 다른 일을 해도 모르겠군요."

"뭐라? 당신, 그거 무슨 소리야?"

"미즈하라가 이 설비를 이용해서 다른 일을 했어도, 아무도 모르지 않았겠느냐 하는 말입니다."

후쿠타의 얼굴에 경계심이 되살아났다. 가토의 얼굴을 수상하다는 듯 밑에서 올려다보았다. 눈을 치켜떠 그런지 흰자위가 두드러진다.

"그래서, 그놈이 여기서 다른 일을 했다는 건가?"

"그럴 가능성이 있는지 알고 싶은 겁니다."

가토는 상대의 눈을 똑바로 바라보았다.

후쿠타는 텁수룩하게 자란 수염을 비비고는 고개를 옆으로 돌렸다.

"그야, 하려고 하면 할 수 있었겠지. 일 자체는 기술자가 알아서 하는 거니까. 필요에 따라 어떤 기계를 사용해도 상관없고, 일하는 사람이 몇 명 있었지만 다른 사람이 뭘 하는지는 딱히 관심이 없었을 테고."

"조금 전에, 미즈하라 외의 기술자는 내보냈다고 하셨죠. 그럼 그 후에는 이 공장이 미즈하라 천하였겠군요. 여기서 뭘 하든 마음대로 할 수 있었겠어요."

후쿠타는 입가를 비튼 채 아무 대답도 하지 않았다.

등 뒤에서 무슨 소리가 났다. 쉰 살 정도로 보이는 깡마른 여자가 편의점 봉투를 들고 서 있었다.

"손님?"

여자가 물었다.

"아니, 형사야."

"형사……."

후쿠타의 아내인 듯한 여자는 겁에 질린 눈으로 가토를 보았다. 가토는 여자에게 웃어 보였다.

"전에 여기서 일했던 미즈하라라는 사람에 대해 얘기를 나누는 중입니다."

"아아, 마사야 씨……."

그녀는 안도한 표정으로 가토와 남편을 번갈아 보았다.

"그러고 보니까, 지난번에 다녀간 게 두 달 전쯤이지?"

후쿠타에게 동의를 구하듯 그녀가 말했다.

"왔다고요? 두 달 전쯤에?"

가토가 그녀의 얼굴을 똑바로 바라보았다.

"미즈하라가 여기 왔었습니까?"

다그치듯 매서운 말투에 그녀가 다시 겁에 질린 표정을 지었다. 고개를 약간 숙인 채 네, 하고 작은 소리로 말했다.

"정말입니까? 지금까지 그런 얘기는 없었는데."

가토가 후쿠타를 돌아보았다.

"그랬나."

후쿠타는 어딘가 모르게 뚱한 표정으로 중얼거렸다. 가토

쪽을 보려 하지 않는다.

가토는 아내에게 시선을 돌렸다. 그녀는 괜한 말을 했나? 하는 표정이다.

"미즈하라가 여길 뭐 하러 왔답니까?"

"그게 그냥…… 인사하러 왔다고 했어요. ……그렇지?"

남편에게 확인한다.

"근처에 왔다가 들렀다고 했어. 그래서 잠깐 얘기를 나누다 바로 돌아갔다고."

후쿠타가 말했다.

"아하."

가토는 팔짱을 끼고 두 사람을 차례로 바라보았다. 후쿠타는 여전히 고개를 옆으로 돌리고 있다. 아내는 영문을 몰라 멀거니 서 있다.

사모님, 하고 가토가 불렀다. 그녀가 움찔하면서 얼굴을 들었다.

"잠시 밖으로 좀 나오시죠."

가토는 그 말만 하고는 대답을 기다리지 않고 먼저 공장 밖으로 나갔다. 그다음 사무실을 가로질러 입구 문을 열었다.

잠시 후, 후쿠타의 아내가 불안한 기색으로 나타났다.

"밖에 나가 얘기하죠."

가토는 그녀를 밖으로 데리고 나갔다.

그녀는 완전히 겁에 질려 있었다. 어둠 속에서도 얼굴이 하얗게 질렸다는 걸 알 수 있었다.

"남편 분이 뭔가를 숨기고 있군요. 미즈하라가 왔을 때, 무슨 일이라도 있었던 건가요?"

"별다른 일 없었는데."

그녀는 가토가 바라보자 당혹스러움을 감추지 못했다.

"거짓말 아니에요. 그러니까 난, 남편이 뭘 숨기고 있어도, 그게 뭔지 전혀 모른다고요. 미즈하라 씨가 왔다는 건 숨길 필요가 없는 일이고."

그녀가 거짓말을 하는 것 같지는 않았다.

"미즈하라가 무슨 일로 왔던 겁니까?"

"그건…… 잘 몰라요. 남편과 공장에서 얘기를 했으니까."

"그 자리에 없었나요?"

"차를 갖다줬을 뿐이지."

"그럼 미즈하라가 돌아간 다음에 남편 분에게 묻지 않았나요? 왜, 무슨 일로 왔는지."

"그건……."

후쿠타의 아내는 고개를 푹 숙이고 말끝을 흐렸다.

"사모님, 아는 게 있으면 지금 얘기하는 편이 좋습니다."

가토는 상황을 깨우치듯 말했다.

"지금 여기서 뭐라도 숨기는 일이 있으면, 나중에 오히려 골치 아파질 수도 있어요."

가토의 말에 그녀는 얼굴을 들고 눈을 부릅떴다.

"골치가 아파질 수도 있다니⋯⋯."

"그러니까 말하세요. 사모님에게는 별일 없을 겁니다."

가토가 미소를 던졌다.

후쿠타의 아내는 등 뒤를 살피는 기색을 보이더니 입을 열었다.

"도면을 팔았다고 했어요."

"도면? 미즈하라에게 팔았다는 말인가요?"

그녀가 고개를 끄덕였다.

"전에 우리 공장에서 다뤘던 제품의 도면을 몇 장⋯⋯. 우리에게는 있으나 마나 한 거라서 팔았다고 했어요."

"흠, 그런데 미즈하라가 왜 지금 그런 걸 사려고 왔을까요?"

"흔히 있는 일이야."

불쑥 목소리가 들렸다. 사무실 입구에서 후쿠타가 나왔다.

"도면에는 여러 가지 노하우가 담겨 있어. 그래서 공장이 문을 닫으면, 도면을 원하는 치들이 찾아와 줄을 선다고. 우리 공장에도 그놈만 도면을 사러 온 게 아니야. 하지만 원래 도면을 팔려면 고객의 허가를 받도록 되어 있어. 그래서 전부 거절했다고. 그런데 미즈하라 그놈은 우리 공장에서 일한 적도 있으니까, 누가 되는 일은 없을 것 같아서 넘긴 거라고."

"팔았다는 거죠?"

"돈을 좀 받기는 했지. 당연하잖아. 당신은 이제 집에 들어가 있어."

후쿠타가 아내에게 말했다.

"미즈하라에게 어떤 도면을 팔았습니까?"

가토가 또 후쿠타에게 물었다.

"여러 가지야. 우리 공장에서 부품을 다양하게 취급했으니까. 미즈하라는 다음 일자리를 찾는 데 자기 기술을 홍보할 자료로 쓰고 싶다고 했어. 이제 됐나? 미즈하라가 온 건 그때뿐이야. 그 후에는 만난 적도 없고, 전화도 없었어. 나는 연락처도 묻지 않았고. 그놈이 무슨 짓을 했는지는 모르겠지만, 우리는 아무 관계가 없다고."

후쿠타는 거의 성을 내기 시작했다. 가토는 여전히 의심 가는 점이 있었지만, 이 이상 추궁해 봐야 말하지 않을 것이라고 판단했다.

"야스우라 씨, 라고 했죠? 미즈하라 전에 일했던 기술자."

"그놈은 또 왜……?"

"연락처를 좀 가르쳐 주시죠."

"야스우라는 미즈하라와 면식도 없어. 그놈은 만나 봐야 별소득이 없을 거야."

"나대로 생각이 있어 그럽니다."

가토는 말보로 갑을 꺼내 뚜껑을 열고 후쿠타 쪽으로 내밀었다.

후쿠타가 인상을 찡그린 채 손을 내민다. 그러나 그 손이 담배에 닿기 전에, 가토가 그의 두 손가락을 잡았다. 힘을 꽉 주자 후쿠타의 얼굴이 일그러졌다.

"괜히 힘들게 하지 마십시오. 나도 한가한 사람 아니고, 언제까지 이렇게 순순히 얘기하란 법도 없으니까."

웃으면서 그렇게 말한 다음 가토가 손가락을 놓았다.

후쿠타는 손을 거둬들여 손가락을 비비고는, 담배는 제쳐놓고 말없이 사무실로 돌아갔다. 가토는 담배를 입에 물고 라이터로 불을 붙였다.

도면……이라.

미즈하라 마사야가 뭐 때문에 그런 걸 사러 왔을까. 후쿠타가 말한 이유는 아닐 듯하다. 미즈하라에게는 신카이 미후유라는 동지가 있다. 일자리가 없다고 해서 당장 생활고를 겪지는 않을 것이다.

행방을 감춘 일과 무관하지 않을 터. 미즈하라는 그 도면으로 무슨 짓을 하려는 것일까.

또 한 가지 석연치 않은 것이 있었다.

미즈하라 마사야가 이 공장에 찾아온 것이 단순한 우연이었을까. 과거 은세공으로 유명했다고 하니, 액세서리류를 만들기에 적합한 환경이라고 여기지 않았을까. 그 말은 신카이 미후유에게 더없이 유리한 환경이라는 뜻이기도 하다.

후쿠타는 전임자가 부상을 당해 급히 미즈하라를 고용하게 되었다고 설명했다. 과연 그게 우연이었을까. 그렇게 타이밍이 딱딱 맞아 들어간다는 게 가능한 일일까.

몸 파는 여자에게 손등을 찔려 손가락이 움직이지 않게 되었다.

아무래도 냄새가 난다. 몸 파는 여자란 누구였을까.

"최근에는 전혀 연락을 하지 않아서, 지금까지 여기 사는지는 모르겠어."

후쿠타가 메모지 한 장을 내밀었다.

가토는 그걸 힐끔 보고는 윗도리 안주머니에 집어넣었다.

"몸 파는 여자에게 찔렸다고 했죠? 상대 여자는 야스우라 씨와 안면이 있는 사람이었습니까?"

후쿠타가 흥 하고 콧소리를 냈다.

"길거리에서 산 여자야. 어디 사는 누구인지 어찌 알겠어. 호텔에 갔다가 자기도 모르게 약 처먹고 돈도 빼앗기고, 그것도 모자라 찔리기까지 했어. 경찰도 그런 사건은 본 체도 하지 않지. 엎친 데 덮친 격이라고 한탄했어."

"그런데 왜 손을 찔렀을까요?"

"글쎄, 그 여자에게 물어보지 않고는 어찌 알겠나."

가토는 고개를 끄덕이고서 후쿠타에게 실례가 많았다고 말했다. 후쿠타는 불쾌해서 두 번 다시 만나고 싶지 않다는 듯한 표정을 지었다.

후쿠타 공업에서 나온 가토는 상상력을 총동원했다. 금속 가공 기술자가 길에서 만난 여자에게 찔렸고, 그 대신 미즈하라 마사야가 고용되었다. 그곳은 미즈하라와 미후유에게 더할 나위 없이 좋은 공장이었다. 이걸 단순한 우연이라고 치부할 수 있을까.

설마, 하고 생각했다. 그 여자가 그렇게까지는 하지 않았을 것이다.

그러나 가토는 그 생각을 그 자리에서 바로 취소했다. 걸으면서 고개를 젓는다.

그 여자라면 그럴 수 있다. 그 여자니까, 그렇게까지 할 수 있는 것이다.

●

4

서쪽 하늘이 노을에 붉게 물들어 있었다. 그 아래로 거대한 건물들이 우후죽순처럼 서 있고, 각 건물 주위에 또 크고 작은 건물이 빽빽하게 서 있다. 야심과 희망을 품은 인간들이 만들어 낸 도시다. 그러나 실제로는 삶에 지친 사람들이 그런 건물 틈바구니를 기어 다니듯 살아가고 있다.

그는 스미다강 변에 있었다. 소형 선박이 눈앞에서 천천히 지나가고 있다. 배 뒤에는 잔잔한 물결이 무수한 무늬를 그리고 있었다.

나는 대체 여기서 뭘 했던 걸까, 하고 생각했다. 뭐 때문에 이런 곳까지 찾아온 것일까. 대지진이 발생했던 그 악몽 같던 날에서 이제 며칠 후면 5년이 된다. 그동안 자신이 해 온 일을 생각하며 마사야는 몸속에 차가운 바람이 횡횡 부는 것을 느꼈다.

나는 자신의 혼을 죽이기 위해 이 도시에 왔던 것인가—그렇게 생각했다.

아니, 그렇지 않다. 여기 오기 전에 이미 나의 혼은 죽어 있었다. 그것은 지진이 발생했던 그 아침에 죽었다. 고모부의 이마를 내리쳤을 때, 자신은 자신이 아니었다.

그런 허물 같은 남자에게 그녀가 다가왔다. 지금은 알 수 있다. 그녀는 그런 남자였기 때문에 다가온 것이다. 혼을 잃고, 갈 곳을 잃은 인간이라서, 자신의 꼭두각시로 삼을 수 있겠다고 생각한 것이다.

마사야는 후후, 하고 자조적으로 웃고는 가슴 주머니에서 선글라스를 꺼내 썼다. 저녁노을에 물든 하늘이 잿빛으로 변했다.

이 세상에 자기처럼 멍청하고 어리석은 인간도 없을 것이다. 홀딱 반한 상대가 그저 자신을 이용하기 위해 함께했을 뿐이라니, 희극도 이런 희극이 없다. 그녀가 보여 준 애정 표현은 모두 주도면밀한 계산에서 나온 것이었고, 그녀의 말은 꼭두각시를 자기 마음대로 움직이기 위한 주문에 불과했다.

시계를 보았다. 5시가 되어 가고 있다. 남녀 한 쌍이 그의 앞을 조깅을 하며 지나갔다. 강 건너편에는 슈퍼마켓 봉투를 든 엄마와 자식인 듯한 아이들까지 세 명이 보인다. 저녁 반찬거리를 사러 나가는데 엄마가 두 아이를 데려간 것이리라. 행복해 보였다.

오른쪽에서 한 남자가 다가왔다. 검은 점퍼를 입고, 이십 대 전반으로 보인다. 검은 니트 모자를 눈 바로 위까지 깊이 눌러썼다. 남자는 마사야를 보자 눈에 띄게 걸음을 늦췄다. 그러고는 주위를 살피듯 사방을 돌아보고는 천천히 다가왔다.

"옆에, 앉아도 될까요?"

남자가 마사야가 앉아 있는 벤치를 턱으로 가리켰다.

"그러시죠."

마사야는 엉덩이를 약간 옆으로 움직였다.

남자는 벤치에 앉자 또 주위를 돌아보았다. 상당히 신중을 기하는 듯하다. 수상한 인간은 없다고 판단했는지, 남자가 그제야 마사야에게 말을 건넸다.

"스기나미 씨입니까?"

네, 하고 마사야는 희미하게 고개를 끄덕였다.

"약속한 물건은?"

남자가 물었다. 마사야는 종이봉투를 남자 옆에 놓았다.

"안을 확인해 보시죠."

남자는 긴장한 표정으로 종이봉투를 손에 들었다. 봉투를 열기 전에 마사야가 말했다.

"밖으로 꺼내면 안 됩니다. 어디서 누가 보고 있을지 모르니까요."

"아아, 그야 물론."

남자는 또 한 번 주위를 살피고 천천히 종이봉투를 열었다. 오옷, 하고 조그맣게 내지르는 소리가 마사야 귀에 들렸다.

남자가 봉투에 손을 집어넣고 물건을 확인하는 동안, 마사야는 담배를 피웠다. 스미다강의 수면이 반짝반짝 빛나고 있다. 이 강을 거슬러 올라가면 그 아파트 옆으로 돌아갈 수 있다. 온갖 악몽에 시달렸던 그 방. 지금쯤은 부동산에서 사람이 살지 않는다는 것을 알았을지도 모른다. 그러나 소란을 피우는 일은 없을 것이다. 적당한 때를 봐서 실내를 정리하고 다른 사람에게 임대하면 그만이다. 이 도쿄에서는 타인이 사라지든 죽든 아무도 신경 쓰지 않는다.

불쑥 유코가 떠올랐다. 그녀는 어떻게 지내고 있을까. '오카다' 일을 거들면서 지금도 과묵한 남자가 찾아와 주기를 기다리고 있을까.

"굉장하군."

옆에서 남자가 중얼거렸다. 남자는 놀랍다는 표정을 짓고서 눈을 반짝거렸다.

"이걸 그쪽이? 대체 어디서……."

마사야는 슬쩍 웃고는 고개를 저었다.

"자세한 얘기는 하지 않기로 약속했을 텐데요."

"그간 그렇지만……."

남자가 또 종이봉투 안을 들여다보고는 보일 듯 말 듯 고개를 저었다.

"기대했던 것 이상이군요. 어쩌면 허접한 것일지도……."

"그쪽은 어떤가요? 허접한 것을 가져오지는 않았겠죠."

마사야의 말에 남자는 못마땅하다는 듯이 입술을 꾹 깨물었다. 그리고 점퍼 주머니에 손을 집어넣고 네모난 꾸러미를 꺼냈다.

마사야는 그걸 받아 들자, 담배꽁초를 밟아 끄고는 말없이 일어섰다.

남자가 놀란 얼굴로 그를 올려다보았다.

"확인하지 않아도 됩니까?"

"그럴 필요가 있을까요? 확인해 보는 편이 좋겠습니까?"

"아니, 물건은 확실합니다. 그쪽이 상관없다면, 나도 아무 문제 없어요."

"그럼, 피차 두 번 다시 만나는 일이 없도록 합시다."

잠시 걸어가던 마사야가 걸음을 멈추고 남자를 돌아보았다.

"나의 그 메일 주소는 이제 사용하지 않습니다."

"압니다. 나 역시 그래요."

마사야는 고개를 끄덕이고 다시 걷기 시작했다. 남자에게 받은 꾸러미를 윈드브레이커 주머니 안에 넣었다.

해가 한층 더 기울어 거리는 밤의 어둠에 덮여 가고 있었다.

마사야는 가야바초까지 걸어가서 지하철 히비야선을 탔다. 제일 끝자리에 앉아 멍하니 광고를 올려다보았다. 그 가운데 하나가 그의 눈에 띄었다.

'밀레니엄 오픈 The HANAYA 2000'

오늘 처음 보는 광고가 아니었다. 한 달 전쯤부터 여기저기서 눈에 띈다. 텔레비전에서도 광고를 하고 있다.

이 극심한 불경기에 참 대담하다. '하나야'는 대대적으로 리모델링을 감행했다. 옆 건물을 사들여 매장도 넓힌 듯하다. 보석과 장신구를 다루는 점은 변함없는데, 뷰티 살롱을 비롯해 미용 부문을 확충했다고 한다. 광고는, 너무 평범해서 시선을 끌지 못하는 여자가 '하나야'의 블랙박스에 들어갔다 나올 때는 세련된 미녀로 변모해 있다는 내용이었다. 텔레비전 인터뷰에서 아키무라 사장은, 앞으로 아름다움에 관한 모든 상품을 다루게 될 것이라고 말했다.

아름다움의 블랙박스.

마사야는 그 말을 다른 사람에게 들은 적이 있다. 말할 것도 없이 미후유다. 그녀가 자주 하던 말이다. 자신의 꿈은 아름다움을 추구하는 것, 아름다움에 관한 모든 것을 시스템화한 블랙박스를 만드는 일이라고.

같은 말을 남편 아키무라에게도 당연히 했겠지, 하고 새삼스레 인식했다. 아마 이번 프로젝트는 아키무라의 제안이 아닐 것이다. 뒤에서 조종하는 사람은 미후유일 것이라고 마사야는 확신했다. 아키무라 또한 그녀의 꼭두각시인 것이다.

그녀는 왜 그렇게까지 하는 것일까. 무엇이 그녀를 움직이고 있는 것일까. 한없이 냉철하고 계산적이며 가혹하다.

전철이 긴자에 도착했다. 마사야는 자리에서 일어났다. 손끝으로 윈드브레이커 주머니에 든 꾸러미의 감촉을 확인했다.

지상으로 나와 긴자 중앙로를 천천히 걸었다. 이제 하늘은 캄캄하다. 그러나 가게 불빛으로 거리는 대낮처럼 환하다. 몇몇 가게는 크리스마스를 의식하고 알전구를 장식해 놓았다. 그런 보도 위로 수많은 사람이 오간다. 회사원들의 모습이 많이 보인다.

마사야는 걸음을 멈췄다. 도로 건너편으로 '하나야'가 보이는 장소다.

그녀와의 날들이 환영이었다는 것을 깨달았을 때, 마사야는 미후유 앞에서 사라지기로 마음먹었다. 이제 더는 그녀와 함께 살아갈 수 없다고 생각했다. 그러나 모든 것을 백지로 돌릴 수는 없었다. 마음의 상처가 그 정도로 가볍지 않다. 아니, 자신들의 과거는 백지로 돌릴 수 없을 만큼 더러워졌다고 생각했다.

아파트에서 나온 그가 제일 먼저 한 일은, 신카이 미후유의 과거를 알아보는 것이었다. 물론 지금의 미후유가 아니다. 그녀로 인해 존재가 지워진 진짜 신카이 미후유 쪽이다.

그녀가 정말 누구인지를 꼭 알아야 할 필요가 있었다. 그리고 그 작업을 서둘러야 한다. 경시청 가토도 미후유가 가짜라는 것을 알았기 때문이다. 그 남자가 본격적으로 나서기 전에 마사야는 모든 것을 마무리 짓고 싶었다.

●

5

집에서 나와 한 달이 지날 즈음에 인터넷에 사람 찾는 사이트가 있다는 것을 알았다. 편의점에 서서 잡지를 읽다가 알았다. 그는 중고 컴퓨터를 구입하고, 그날 당장 인터넷을 연결했다.

사람 찾는 사이트가 몇 개 있었다. 그는 그 사이트 모두에 다음과 같은 내용을 등록했다.

'죽은 아내의 친구를 찾습니다. 1989년이나 1990년에 사립 세 난 여자 대학 문학부를 졸업하신 분은 연락 바랍니다.'

신카이 미후유라는 이름을 명기할까 말까 고민했다. 결국 명기하지 않은 것은, 이 내용이 어떤 경위로 미후유에게 알려 질 수도 있다는 우려 때문이었다. 물론 그 가짜 미후유에게 다. 아무리 머리가 좋은 그녀라도 이 정도 내용으로는 자신과 연결 짓지 않을 것이다.

솔직히 별로 기대하지 않았다. 인터넷이 많이 보급되었다고 는 하지만, 실제로 상용하는 사람은 그렇게 많지 않을 것이라 여겼기 때문이다. 또 가령 해당 연도에 세난 여자 대학을 졸 업한 사람이 봤다 해도 연락해 올 가능성은 높지 않아 보였 다. 전혀 모르는 상대에게 메일을 보낸다는 것은 그리 내키는 일이 아니기 때문이다.

그런데 그의 예상은 좋은 방향으로 빗나갔다. 사이트에 등 록한 지 일주일도 안 돼서 세 건의 정보 제공이 있었다. 마사 야는 다음과 같이 회신을 보냈다.

'정보 제공 감사합니다. 제가 찾고 있는 사람은 신카이 미후유라
는 여성입니다. 아마 1989년에 졸업했을 겁니다. 문학부라는 것
외에는 전혀 모릅니다. 직장, 혼인 관계 등을 아시면 가르쳐 주시
면 고맙겠습니다.'

회신에서는 신카이 미후유라는 이름을 밝히지 않을 수 없었
다. 또 마사야는 자신의 휴대 전화 번호도 병기했다. 가능하
면 직접 통화하고 싶었기 때문이다.

얼마 후 세 명에게서 연락이 왔지만, 두 명은 신카이 미후유
라는 이름은 잘 모른다는 답변이었다. 그런데 한 명은 그 이름
을 알고 있었다. 영문과를 같이 다녔다고 했다.

'아쉽지만 난 신카이 미후유 씨와 그렇게 친하게 지내지 않아,
졸업 후에 어떻게 되었는지는 잘 몰라요. 하지만 당시의 친구에게
물어보면 알지도 모르니, 새로운 정보가 입수되면 연락드리겠습
니다.'

이 메일을 받은 직후, 마사야는 당시 앨범 등에서 신카이 미
후유의 얼굴 사진을 스캔해서 보내 주었으면 한다는 뜻의 회
신을 보낼까 했지만 결국 그러지 않았다. 그러면 상대가 수상
하게 여길 수도 있다. 게다가 그런 사진을 보는 것에 이미 큰

의미도 없었다. 그 미후유가 가짜라는 것은 확실했다.

그러고도 2주일 정도 지난 어느 날, 전혀 모르는 사람에게 메일이 왔다. 다음과 같은 내용이었다.

'저는 며칠 전에 그쪽이 찾고 있는 신카이 미후유 씨에 대해 정보를 제공한 사람의 친구입니다. 그녀에게 사정 얘기를 듣고, 제가 직접 메일을 보내는 게 좋을 것 같아 메일 주소를 물었습니다.

저도 신카이 씨와 그렇게 친한 것은 아니었지만, 같은 강의를 들으면서 몇 번 얘기를 나눈 적이 있습니다. 어디 취직했는지는 기억하고 있어요. 외국산 가구를 다루는 회사였다고 압니다. BBK였나 DDK라는 이름이었어요. 확실치 않아 죄송합니다. 사모님이 돌아가셨다고 들었는데, 사모님도 세난 여자 대학 문학부를 졸업하셨나요? 괜찮으시면 이름을 가르쳐 주셨으면 합니다.'

메일을 읽고서 마사야는 체온이 오르는 것을 느꼈다. 진짜 신카이 미후유의 과거에 다가설 수 있는 확실한 단서를 얻었기 때문이다.

그는 바로 회신을 보냈다.

'귀중한 정보 감사합니다. 신카이 미후유 씨에 대해서 조금 더 자세히 가르쳐 주실 수 있을까요. 가능하면 직접 통화하고 싶습니다. 전화번호를 가르쳐 달라고 할 수는 없으니, 제 휴대 전화로 전화해 주시면 감사하겠습니다.(아내는 안타깝게도 세난 여자 대학 출신은 아닙니다.)'

그리고 사흘 후, 마사야의 휴대 전화가 울렸다.

모르는 번호였다. 그러나 마사야는 정보 제공자라고 확신했다. 그가 사용하는 휴대 전화 번호를 다른 사람에게는 가르쳐 주지 않았기 때문이다. 전에 사용하던 휴대 전화는 현재 전원을 꺼 버린 채 사용하지 않고 있다.

전화를 건 사람은 고시노라는 여자로, 역시 정보 제공자였다.

그 여자는 우선 신카이 미후유가 취직한 회사를 정정했다.

"메일에 정확하게 쓰지 못했는데, WDC였어요. 월드 디자인 코퍼레이션의 약자라고 하네요. 아카사카에 본사가 있다고 합니다."

"신카이 씨가 지금도 그 회사에 다니시나요?"

"그건 몰라요. 졸업한 후에는 한 번도 만난 적이 없습니다. 아무튼 정확한 회사명을 알려 드려야겠다 싶어서 전화 드렸어요. 바쁘실 텐데 죄송합니다."

상대가 전화를 끊으려는 듯했다. 마사야는 당황했다.

"저기요, 한번 만나 뵐 수 있을까요. 신카이 씨에 대해서 좀 더 알고 싶습니다."

상대 역시 당황한 듯 잠시 말이 없었다.

"미안해요. 메일에도 썼지만 저도 그녀에 대해 잘 몰라요. 그러니까 만나도 이 이상은 할 얘기가 없어요."

그래도, 하고서 마사야는 이쯤에서 끝내는 것이 좋겠다고 판단했다. 너무 집요하게 부탁하면 역효과가 난다. 알지도 못하는 사람에게 전화를 걸어 준 것만 해도 기적이다.

"알겠습니다. 그럼 조금 더 얘기를 나눌 수는 있을까요? 실은 작년에 세상을 떠난 아내가 신카이 씨 앞으로 편지를 썼는데, 어떻게든 본인에게 전하고 싶어서요. 아내도 그렇게 바라지 않을까 합니다."

마사야는 사전에 준비한 거짓말을 늘어놓았다. 죽은 아내의 소망을 이뤄 주려는 측은한 남편을 연기해서 상대가 한마디로 거절할 수 없는 분위기를 조성하려는 것이다. 과거의 그는 이런 잔재주에 서툴렀지만, 지금은 태연하게 할 수 있다. 아이러니하지만, 그 가짜 미후유에게 교육받은 성과다.

연기의 효과가 있었던 것 같다. 잠시 말이 없던 그녀가 입을 열었다.

"잠깐은 괜찮아요. 하지만 몇 번이나 말했다시피, 저는 별로 아는 게 없어요."

"뭐라도 기억하시는 걸 얘기해 주시면 됩니다. 신카이 씨가 어떤 여성이었는지."

"딱히 어떻다고 할 것도 없어요. 그냥 평범했어요. 영문과를 지망한 건 문학에 관심이 있어서가 아니라 서양 생활에 관심이 있어서였다는 의미의 말을 했던 기억이 나네요."

"화려한 여성이었는지요?"

"특별히 화려한 건 없었어요. 그냥 보통이었지 싶은데. 오히려 눈에 쉽게 띄지 않는 편이었어요."

"특별히 친하게 지냈던 사람이 있는지는 혹시 모르세요?"

"몇 명 있었던 것 같은데. 하지만 그 사람들 연락처는 몰라요. 저와는 어울리는 친구들이 달라서."

"연인이나 남자 친구는요?"

"글쎄요."

상대가 쓴웃음을 지은 듯하다.

"그야 있었을지도 모르지만, 저는 모릅니다."

어째 정말 신카이 미후유와 별다른 교류가 없었던 것 같다.

"알겠습니다. 오래 시간을 끌어 죄송합니다. 뻔뻔하게 들릴지 모르겠지만, 혹시라도 기억나시는 게 있으면 나중에라도 연락 주시면 고맙겠습니다."

그러자 상대는 잠시 머뭇거리다 이런 말을 했다.

"지금 기억이 났는데, 그녀 논문이 좀 유별나고 흥미로웠어요."

"논문? 졸업 논문 말인가요?"

"네, 그녀가 마거릿 미첼 작 '바람과 함께 사라지다'의 작품론을 썼거든요."

"아아……."

마사야도 그런 제목 정도는 알고 있었다. 책이 아니라 영화 제목으로 기억하고 있다. 그러나 그는 그 영화를 본 적은 없었다.

"여자 주인공의 이름이 스칼렛 오하라인데, 신카이 씨는 그 주인공에 무척 심취해 있었어요. 그래서 논문에서도 그녀의 삶을 철저하게 찬양했던 모양이에요. 조교가 너무 심했다고 했던 말이 기억납니다."

"흠……."

스토리도 모르고 주인공 여자에 대해서도 지식이 없었던 마사야로서는 어떻게 반응해야 좋을지 알 수 없었다. 상대도 그 점을 눈치챈 듯했다.

"미안해요. 쓸데없는 얘기를 했네요. 조금 더 도움이 될 만한 일이 떠오르면 다시 연락드리죠."

그러고서 그녀는 마사야가 고맙다고 인사하는 말도 듣는 둥 마는 둥 전화를 끊었다.

결국 고시노라는 여자가 전화를 한 것은 그때가 처음이자 마지막이었다. 예상했던 일이라 마사야는 그다지 실망하지 않았다. 수확이 없는 것은 아니다. 드디어 진짜 신카이 미후유에 관한 정보를 얻었다. 아직은 희미한 윤곽을 잡았을 뿐이지만, 그나마 큰 진전이었다.

찾아가 봐야 할 곳이 있었다. 'WDC'라는 회사다. 그곳에 가 보면 틀림없이 신카이 미후유의 흔적이 남아 있을 것이다. 그는 회사를 몇 번이나 사전 답사하고는 면밀하게 시나리오를 짰다. 그리고 평일 오후에 양복 차림으로 아카사카에 있는 회사의 전시장을 방문했다. 언젠가 요리에가 선물해 준 옷이 이런 일에 쓰이게 될 줄은, 그때는 상상도 못했다.

전시장에 들어서자 서른 살 정도로 보이는 여직원이 다가왔다. 반가운 미소를 머금고 있다. 오늘은 어떤 물건을 보러 오셨어요, 하고 매뉴얼대로 말했다.

"이탈리아제 화장대를 찾고 있습니다."

마사야도 웃는 얼굴로 대답했다.

"좀 특이한 물건이라, 여기가 아니면 찾기가 어려울 것 같아서."

남자 손님이 화장대를 보러 왔다는 것을 이상하게 여길 법도 한데, 그녀는 여전히 웃는 얼굴이었다.

"그러세요. 우리 전시장에는 오늘 처음 오셨나요?"

"직접 오는 건 처음입니다. 하지만 전에, 여기서 일하던 사람이 카탈로그를 보여 준 적이 있었는데, 그때부터 실물을 한번 보고 싶었어요."

아니나 다를까, 이 말에 여직원이 바로 반응했다.

"아, 그러세요. 우리 전시장의 누구였는지?"

"신카이라는 여자 분이었어요. 그게 좀 오래전 일이라……
몇 년 전쯤일지."

"신카이……."

여직원이 당황한 기색을 보였다. 그런 이름의 직원을 전혀
모르는 눈치다.

"아내가 그 사람이 보여 준 카탈로그에 실린 한 화장대가 너
무 마음에 든다고 줄곧 갖고 싶어 했는데, 좀처럼 사러 올 기
회가 없었어요. 최근에야 좀 여유가 생겨서 차제에 사려고 했
는데, 이번에는 신카이 씨와 연락이 닿지 않아 이렇게 직접
찾아왔습니다."

마사야는 역시 미리 준비한 대사를 막힘없이 풀어놓았다.

"그러세요……. 그럼, 여기서 잠시 좀 기다려 주시겠어요?"

마사야는 손님용 로비 같은 곳에서 기다리기로 했다. 겨드
랑이에 땀이 배어 있었다.

잠시 후, 다른 여자가 나타났다. 역시 서른 전후로 보였다.
몸집이 작고 얼굴이 동그랗다. 그녀는 기다리게 해서 미안하
다고 하면서 명함을 건넸다. 노세 마나미, 라고 찍혀 있었다.

"신카이 씨는 7년 전에 그만두었어요. 괜찮으시면 제가 안
내해 드릴게요."

"아, 그만두었다고요. 그랬군……."

마사야는 당혹스럽다는 표정을 지었다.

"신카이 씨가 보여 드린 카탈로그가 어떤 것이었나요? 7년이 넘었다면, 지금은 새 카탈로그로 바뀌었지만, 옛날 카탈로그를 일부는 보관하고 있을 거예요."

"그게, 저는 잘 기억을 못합니다. 카탈로그를 본 사람은 아내였거든요. 어떤 화장대가 그렇게 마음에 들었는지, 실은 잘 모릅니다. 신카이 씨와 연락을 주고받았던 아내는 물론 알고 있겠지만."

"그럼 사모님이 직접 우리 전시장을 찾아 주시면 안 될까요?"

노세 마나미는 마사야가 예상했던 대로 말했다. 그는 예정한 연기에 들어갔다.

"가능한 일이라면 그러고 싶지만, 아내는 작년에 갑자기 세상을 떠났습니다."

앗, 하는 모양으로 노세 마나미의 입술이 벌어졌다. 그 얼굴을 보면서 마사야는 말을 이어 갔다.

"바로 며칠 전에 1주기였던 터라, 그때 기억이 떠올랐습니다. 그녀가 화장대를 그렇게 갖고 싶어 했다는 걸 말이죠. 그래서 이상하게 여겨질지도 모르겠지만, 그 물건을 어떻게든 꼭 구하고 싶어서. 죽기 전에도 정말, 그 화장대 앞에 앉아 보고 싶었다는 말을 했거든요."

작위적으로 느껴지지 않을 정도로 목소리 톤을 낮추고, 그러면서도 입가에는 미소를 남긴 채 그는 말했다.

"그런 일이 있었군요."

노세 마나미가 그의 연기에 걸려든 듯하다. 두 눈을 시작으로 연민의 표정이 온 얼굴에 퍼져 갔다. 하기야 그 역시 그녀 나름의 연기일지도 모른다.

"이거 어쩌나. 어떤 화장대였는지 모르는데, 신카이 씨에게 물어볼 수도 없으니."

"저, 신카이 씨와 전혀 연락이 안 되나요?"

"그녀가 가르쳐 준 번호로 전화를 걸어 봤는데 연결되지 않았어요. 그리고 실은 그녀의 부모님과는 친하게 지냈는데, 그 두 분도 5년 전에 돌아가셨어요. 그 한신 아와지 대지진 당시에."

아아, 하면서 노세 마나미가 고개를 크게 끄덕였다.

"맞아요, 그녀가 고향이 고베 쪽이라고 했던 것 같네요."

"노세 씨는 신카이 씨와 친하게 지내셨나요?"

"입사 동기였어요. 일하는 곳은 달랐지만요. 그녀는 전시장에 한동안 있다가 다른 부서로 발령이 났거든요. 그리고 얼마 지나서 그만뒀을 거예요."

"그랬군요. 흐음, 이거 난감하군."

마사야는 두 손으로 머리를 감쌌다.

"이탈리아제라는 정도밖에 아는 게 없으니, 단념하는 수밖에 없나……."

"그래도 일단 카탈로그를 보시겠어요? 당시 물건이 다 실려
있는 건 아니지만, 그래도 보시다가 기억이 떠오를 수도 있지
않겠어요?"

노세 마나미가 말했다. 그녀로서는 서비스 정신을 최대한
발휘한 셈이었을 것이다.

"그러죠. 자신은 없지만, 아무것도 못하고 돌아가는 것보다야
낫겠죠. 그러나 괜찮겠습니까? 괜히 누가 되는 것은 아닐지."

"상사에게 얘기해 보겠지만 아마 문제없을 거예요."

그렇게 말하고 그녀는 사무실로 사라졌다.

그녀가 자신했던 대로 상사들도 문제가 없다고 판단한 듯했
다. 고객용 로비 끝에 있는 테이블에 앉아 마사야는 이탈리아
제 가구가 실린 카탈로그들을 보게 되었다. 모든 것이 사전에
계획한 대로였다.

전시장의 영업시간은 저녁 7시까지였다. 7시 조금 전에 노
세 마나미가 다가와 물었다.

"어떠세요?"

"모르겠습니다."

마사야는 맥없이 고개를 저었다.

"보면 볼수록 뭐가 뭔지 모르겠어요. 아내에 대해 뭐 하나
아는 게 없었다는 걸 다시 한 번 확인했습니다."

"실례지만, 사모님은 병으로……?"

"백혈병이었습니다. 아직 젊었는데 말이죠."

"그렇군요."

그녀가 고개를 끄덕였다.

마사야는 카탈로그를 덮고 눈두덩을 누르며 그녀를 다시 보았다.

"이거, 괜한 수고를 끼쳤군요. 만일 신카이 씨와 연락이 되면 다시 찾아오겠습니다."

"그게 말이죠, 저도 신카이 씨의 연락처를 알아봤어요. 그랬더니 우리 회사를 그만둔 후에 미나미아오야마에 있는 부티크에 다시 취직한 것 같더군요."

"미나미아오야마의 부티크라고요? 그럼 이 근처인가요?"

"그런데 지금은 그 가게가 없어졌어요. 그래서 그녀가 그 후에 어떻게 되었는지는 저희도 전혀 모르는 상황이죠. 힘이 되어 드리지 못해서 죄송합니다."

"혹시 당시의 주소를 알 수 있을까요?"

"그건 알 수 있을 거예요. 잠시 기다려 보세요."

사무실로 들어간 그녀가 메모지 한 장을 들고 돌아왔다.

"지금은 여기에도 살지 않는 것 같네요."

"그 부티크 이름을 혹시 아세요?"

마사야가 물었다.

"확실치는 않지만 '화이트 나이트'라고 했던 것 같아요."

"화이트 나이트……."

"잠 못 이루는 밤, 이라는 뜻이죠. 백야로 번역되기도 한다고 합니다만."

"백야……란 말이죠."

마사야는 신카이 미후유의 주소가 적힌 메모지 끝에 화이트 나이트, 라고 적어 넣었다.

'WDC'에 다녀온 그다음 주, 그는 아오야마에 갔다. 그리고 눈에 띄는 부티크를 돌아다니며 '화이트 나이트'라는 가게를 아는지 물었다. 당연한 일이지만, 어느 가게에서도 반가워하지 않았다. 그런데 세 번째 찾은 가게에서 유익한 정보를 건졌다.

"미나미아오야마에 있던 가게 아니야? 지금은 이탈리안 레스토랑으로 바뀌었을 텐데."

서른 살 정도의 여점원이 같이 마사야의 얘기를 듣고 있던 동료에게 동의를 구했다.

"그런 가게가 있었나."

그러나 동료는 고개를 갸웃거릴 뿐이었다.

"있었잖아, 유난히 호사스러운 물건이 많았던 가게. 유리창은 스테인드글라스로 장식하고."

그러자 동료도 기억이 조금 떠오르는 듯한 표정을 지었다.

"아아, 거기. 그 가게가 그런 이름이었나."

"이름, 바꿨대. 한동안은 도쿄에 가게가 세 군데나 있었을 걸. 오사카에 진출했다는 얘기도 들은 적이 있고. 그런데 거품이 꺼진 후에 경영이 어려워진 것 같아. 그래서 가게 이름도 바꾸고 다시 출발하려고 했는데, 그게 잘 안돼서 망했을 거야. 거기 사장, 당시에 삼십 대 중반의 여자였다는 거 알아? 게다가 엄청난 미인이었대."

그 두 여점원도 '화이트 나이트'에 대해 아는 건 그게 전부였다. 들어가 본 적도 없으니, 물론 어떤 사람이 일했는지 알리 없었다. 마사야는 장소를 가르쳐 달라고 하고는 정중하게 인사한 뒤 그 가게에서 나왔다. 그리고 그 장소로 향했다.

그 자리에 이탈리안 레스토랑이 있었다. 부티크의 흔적은 어디에도 없다.

그다음 마사야가 향한 곳은 하타가야였다. 'WDC'의 노세 마나미가 가르쳐 준, 진짜 신카이 미후유가 살았던 아파트다.

지은 지 10년은 넘어 보이는 회색 건물이었다. 신카이 미후유는 306호에 살았다. 현재 거주자는 스즈키라는 이름인 듯하다. 그러나 그 인물이 전에 살았던 사람에 대해 알 리 없다. 망설이다 나카노라는 이름의 그 옆집 인터폰을 눌렀다. 바로 여자 목소리가 들렸다.

마사야는 흥신소 조사원이라고 말하고, 전에 옆집에 살았던 신카이라는 사람에 대해 묻고 싶은 것이 있다고 했다.

잠시 후에 문이 열렸다. 그 집의 주부인 듯한 여자가 얼굴을 내밀었다. 긴 머리를 뒤로 묶었다.

마사야는 꾸벅 인사하고 조금 전에 했던 말을 반복했다. 흥신소, 라는 말에 상대가 관심을 보인다는 걸 느꼈다.

"신카이 씨는 벌써 오래전에 이사 갔는데."

"그건 압니다. 여기 살았을 당시의 일을 좀 알려 주셨으면 해서요."

"당시의 일이라는 게…… 별로 친하게 지내질 않아서."

"그럼, 친하게 지냈던 사람은 혹시 아세요? 가령, 종종 친구가 놀러 왔다든지."

"기억이 거의 없는데. 그래도 이웃에 폐를 끼친 일은 없었어요. 예의 바르고, 착실한 사람이었어요."

"남자관계는 어땠나요?"

마사야는 조금 목소리를 낮췄다.

"애인 같은 사람이 있는 눈치는 없었습니까?"

"글쎄요, 그런 사람이 있었을 수도 있지만, 나는 본 적이 없어서."

이 주부에게는 별 얘기를 들을 수 있을 것 같지 않았다. 포기한 마사야는 인사를 하고 돌아서려 했다. 그런데 그러기 전에 그녀가 말했다.

"저, 전에도 신카이 씨에 대해 물으러 온 사람이 있었는데,

혹시 관계가 있는 건가요?"

"전에……요?"

마사야는 머리를 굴렸다. 누구였을까?

"어떤 사람이었죠?"

"그냥 보통 회사원 같은 인상이던데. 아, 맞다, 맞다. 그 사람이, 신카이 씨 부모님이 한신 아와지 대지진 때 돌아가셨다고 했어요. 그리고 신카이 씨는 행방불명이 되었다고요. 그래서 혹시 새 주소를 아는지 물으러 왔다고 했어요."

마사야의 뇌리에 한 사람이 떠올랐다. 그는 그의 이름을 말했다.

"혹시…… 소가라는 사람 아니었습니까?"

주부가 입을 쩍 벌리고, 고개를 크게 끄덕거렸다.

"맞아요, 소가 씨. 그런 이름이었어요."

"그래서, 새 주소를 아시나요?"

주부가 고개를 저었다.

"그걸 몰라서, 연하장을 주었어요. 신카이 씨가 보낸 연하장이요."

"연하장?"

"그녀가 여기를 떠날 때, 한동안 외국에 나가 있을 거라고 했거든요. 그리고 출국하기 전까지는 아는 사람 집에 신세를 질 거라고 했는데, 그 집에서 보낸 연하장이었어요."

외국—그런 얘기는 들은 적이 없었다. 아니, 주부가 한 얘기에는 그보다 중요한 점이 있다.

"그 아는 사람이 어떤 사람이라고 하던가요?"

"같이 외국에 갈 사람이라고 하던데. 자기가 무척 신뢰하는 여자고, 일하던 곳의 사장이라고 하지 않았나 모르겠네. 미안해요. 기억이 잘 안 나서."

"신카이 씨가 당시 다녔던 곳은 '화이트 나이트'라는 부티크였죠? 거기 사장이라는 말인가요?"

그러나 나카노라는 주부는 난감한 듯이 손을 내저었다.

"그게 확실치가 않아요. 그런 말을 들은 듯한 기분이 들 뿐이지. 착각일 수도 있으니까 그대로 믿지 말아요."

마사야는 아오야마의 부티크에서 들었던 얘기를 떠올렸다.

거기 사장, 당시에 삼십 대 중반의 여자였다는 거 알아? 게다가 엄청난 미인이었대.

"연하장을 소가 씨에게 줬다고 하셨는데, 그 외에 신카이 씨가 보낸 우편물은 혹시 없었나요?"

"그녀에게 우편물을 받은 건 그게 마지막이에요."

"그럼, 그때 연하장에 쓰여 있던 주소를 어디다 써 두지는 않으셨나요?"

"미안하네요. 그러지 않았어요."

"그럼, 그 여자에 대해 달리 기억나는 건 없으세요?"

"그 여자라니……."

"신카이 씨가 신뢰했다는 여자요. 어떤 일이든 괜찮습니다."

"글쎄, 그 얘기를 한 것도 그녀가 이사하기 바로 전에 인사하러 왔을 때, 그때뿐이었어요."

주부는 조금 당혹스럽다는 듯이 자기 볼에 손을 갖다 대었다.

"여자 둘이 외국에 간다고 해서, 조심하라고 했어요. 그랬더니 괜찮다고, 같이 가는 사람이 아주 믿음직한 사람이라 전혀 걱정할 게 없다고 했어요. 무척 즐거워 보였어요."

"그 외에는?"

"다른 얘기도 들었을지 모르지만, 너무 오래전 일이라."

주부는 고개를 저은 후, 덧붙이듯이 말했다.

"스칼렛 오하라 같은 사람이라고 했던 기억은 나네요."

"스칼렛?"

"네, 스칼렛 오하라. 이상한 말을 한다 싶어서 기억에 남아 있어요."

스칼렛 오하라, '바람과 함께 사라지다'의 주인공 이름이다.

●

6

회색 점퍼를 입은 남자가 안에서 두 번째 기계 앞에 앉아 있었다. 용기에 남아 있는 구슬을 보고, 가토는 흥 하고 콧방귀를 뀌었다. 5분도 채 안 돼서 바닥이 나고 말 것이다.

옆 자리가 비어 있었다. 가토는 거기에 앉아 못마땅한 얼굴로 구슬을 치는 남자의 옆얼굴을 바라보았다. 시선을 알아차린 남자가 손을 멈추고 그를 돌아보았다. 미간을 잔뜩 찡그리고 있다.

"뭐야? 왜 남의 얼굴을 그렇게 보는 거야?"

"야스우라 씨 맞죠?"

가토가 윗도리에서 수첩을 꺼내 슬쩍 보여 주었다.

야스우라 다쓰오의 안색이 확 바뀌었다. 침을 꿀꺽 삼킨다.

"나, 아무 짓도 안 했다고."

목소리에서 당혹스러움이 약간 묻어난다.

"당신이 뭔 짓을 했다는 게 아니고, 얘기를 좀 하고 싶어서 그래. 밖으로 나가지. 어차피 오늘도 운이 없어 보이는데."

야스우라의 눈이 분노로 이글거렸다. 그러나 형사를 상대로 되받을 말은 생각나지 않는지, 입을 꾹 다물었다.

"이제 정신 차릴 때도 되지 않았나. 부인이 나가서 일하는데, 적당히 그만할 줄도 알아야지."

가토가 야스우라의 어깨를 툭 쳤다.

"내가 한잔 사지."

야스우라의 얼굴이 갑자기 환해졌다.

둘은 오지역 옆에 있는 선술집에 들어갔다. 가토는 맨 구석에 있는 테이블을 골랐다. 맥주와 정종 중 어느 쪽이 좋으냐고 묻자, 야스우라는 정종이 좋다고 대답했다.

"후쿠타 공업에 대해서 얘기 좀 해 봐."

야스우라 잔에 술을 따르면서 가토가 말했다. 그 순간 그의 얼굴이 일그러졌다.

"그 영감탱이가 또 뭔 짓을 한 건가?"

"그 공장은 망했어. 후쿠타 사장도 거의 목이라도 매달고 싶어 하는 표정이더라고."

호오, 하면서 야스우라가 입가를 비틀었다.

"그거 잘됐군."

"당신, 그 공장에서 오래 일했다면서."

"10년 정도는 되지. 그런데 그 영감탱이, 내가 부상을 좀 당했다고 나를 잘랐어."

야스우라가 왼손으로 술잔을 단숨에 비웠다. 오른 손등에는 자상의 흔적이 흉하게 남아 있다.

가토는 또 술을 따랐다.

"손가락이 이제 움직이는 모양이군."

"움직이지. 가끔 떠는 일은 있지만. 별거 아니야."

그러나 그 손가락으로 기술자 노릇은 할 수 없겠지, 하고 가토는 생각했지만 말하지는 않았다.

"후쿠타 공업에서, 뭘 만들었지?"

"뭐라니, 이런저런 부품이지. 그런 건 사장에게 물으면 되잖아."

"야스우라 씨, 내가 그렇게 뻔한 걸 물으려고 당신을 여기까지 데려왔겠어?"

가토가 또 술을 따른다.

"자, 자, 마시라고. 말만 해 주면 술은 얼마든지 추가할 수 있어."

"뭘 더 말하라는 거야. 실제로 이런저런 부품을 만들었을 뿐인데. 그런 공장은 해 달라는 일은 다 하겠다고 가리지 않고 넙죽넙죽 받을 수 있어서 좋은 거라고."

"그럼, 당신이 그만둘 즈음에는 뭘 만들었지? 좀 더 구체적으로 묻지. 공장에 도면이 많이 남아 있을 거야. 당시에 어떤 도면이 많았지. 생각나는 대로 전부 말해 봐. 메모는 내가 할 테니까."

야스우라가 술잔을 든 채로, 이상하다는 표정으로 가토의 얼굴을 바라보았다.

"그런 건 왜 묻는 거지? 그 공장이 무슨 사건에 관계된 건가?"

"당신은 관계없는 일이야."

그렇게 말하고 가토는 문득 생각난 것을 덧붙였다.

"아니지, 전혀 관계가 없다고는 할 수 없겠군. 그래, 어쩌면 발단이 당신일 수도 있겠어."

"내가?"

"당신 그 손, 여자에게 당한 거지?"

가토가 묻자, 야스우라는 오른손을 테이블 밑에 숨겼다.

"그 여자 얼굴, 기억하나?"

"그런 걸 어떻게 기억해. 어두운 데다, 얼굴을 힐끔거리지는
않았다고."

"만나면 알아볼 수 있겠나?"

가토의 물음에 야스우라의 눈이 동그래졌다.

"만날 수 있는 거야?"

가토는 대답 대신 안주머니에서 사진을 꺼냈다. 전부 여섯
장이었다. 그 가운데 다섯 장은 관계없는 여자 다섯 명의 얼
굴 사진이고 한 장은 신카이 미후유를 몰래 찍은 것이었다.

"그 여자가 이 안에 있나?"

야스우라는 술잔을 내려놓고 사진으로 손을 뻗었다. 눈을
크게 뜨고 한 장 한 장을 뚫어져라 본다. 사진을 든 오른손이
파들파들 떨린다.

"잘 모르겠는데."

야스우라가 안타깝다는 듯이 말했다.

"화장을 워낙 짙게 해서. 게다가 시간도 많이 흘렀고."

"그렇군. 어쩔 수 없지."

가토는 야스우라의 손에서 사진을 가져갔다.

"어이, 잠깐. 그게 무슨 뜻이지? 그 사진 중에 나를 찌른 여자가 있다는 거야? 그리고 그런 사진을 왜 당신이 갖고 있는 거야."

"그건 말할 수 없어. 수사의 비밀이라서 말이지. 잊어버려."

가토가 별일 아니라는 듯이 말했다.

"그게 그리……."

"단,"

가토가 술병을 들었다.

"사건이 해결되면 특별히 가르쳐 주지. 하지만 그러기 위해서는 당신의 협력이 필요해. 왜 그러고 있어, 마시라고."

야스우라가 비운 잔에 가토는 또 술을 따랐다.

"후쿠타 공업에 대해서 아는 대로 털어놓기만 하면 돼."

한 시간 후, 가토는 후쿠타 공업에 쳐들어갔다. 문을 왈칵 열어젖힌 다음 씩씩거리며 안채로 들어갔다. 후쿠타는 이부자리에 드러누워 있었다. 아내의 모습은 보이지 않는다.

"야, 사장, 일어나."

가토는 후쿠타의 몸에 올라타 멱살을 잡았다.

후쿠타는 눈을 희번덕거리고 있다. 얼굴은 벌겋고, 입에서는 술 냄새가 났다.

"너 이 자식, 나를 속였어."

"왜, 왜 이러는 거야."

"헛소리 집어치워. 도면을 팔았을 뿐이라고? 아니지. 공장을 사용하게 한 거지?"

후쿠타의 낯빛이 달라졌다. 입은 뻐끔거리는데 소리는 나오지 않는다.

"미즈하라에게 기계를 사용하게 해 준 거 맞잖아. 아니지, 재료도 제공했겠지. 기계가 전부 멈춰서 사용할 수 없다더니."

"아니라고. 당신이 저번에 찾아왔을 때는 정말 사용할 수 없었어."

"미즈하라가 왔을 때는 어땠지?"

후쿠타는 어색한 듯이 고개를 옆으로 돌렸다. 그 뺨을 가토가 갈겼다.

"똑바로 말해. 놈이 기계를 사용할 수 있게 해 준 거 맞지?"

"자, 잠깐……."

"어느 정도야. 한 시간? 두 시간?"

"아니……."

"얼마 동안 기계를 사용했는지 묻잖아. 대답해."

"사, 사흘 정도."

"이런 바보 자식."

가토는 후쿠타를 내동댕이쳤다.

12장

1

문을 노크하는 소리가 들렸다. 책상과 마주하고 서류를 훑어보고 있던 다카하루는 안경을 벗고 고개를 들었다. 슬리퍼를 질질 끌며 걷는 발소리가 났으니 가사 도우미 니시베 하루코가 틀림없다. 일은 잘하지만 다소 거친 점이 옥에 티다.

"들어와."

다카하루가 대답하자, 문이 열리면서 아니나 다를까 하루코가 동그란 얼굴을 들이밀었다.

"사모님이 돌아오셨는데요."

하루코가 집주인에게 그렇게 말했다. 말투가 빠른 데다 사용하는 말도 촌스러운 구석이 있는 여자다.

"아래에 있나?"

"네, 거실에 계십니다."

"알았어."

다카하루는 의자에서 일어났다. 그런데 하루코가 무슨 말을 하고 싶어 하는 것 같아 동작을 멈췄다.

"왜 그러고 있어?"

"아, 아니에요, 그냥……."

하루코가 고개를 내저었다.

"아, 그리고 니시베 씨. 내일부터는 저녁때까지만 있으면 돼. 한 달 동안 수고 많았어."

알겠습니다, 하고 하루코는 돌아서서 문을 쾅 닫았다. 그 소리에 다카하루는 또 인상을 찡그렸다.

1층에 내려갔다. 미후유는 거실 창가에 서서 정원을 바라보고 있었다. 하얀 투피스를 입은 모습이다. 어깨까지 내려오는 갈색 머리가 조금 더 밝아진 듯하다. 머리도 염색했나, 하고 다카하루는 생각했다.

기척을 느꼈는지, 다카하루가 말을 하기 전에 미후유가 돌아보았다. 그 순간, 그는 하려던 말을 삼켰다.

미후유의 얼굴이 한결 작아졌다. 물론 그건 착각일 것이다. 얼굴 각 부분의 미묘한 변화가 전체적인 인상을 그렇게 만드는 것이다.

"어때요?"

미후유가 그에게 웃어 보였다.

"조금은 아름다워졌으려나."

다카하루는 눈썹 위를 긁적거리면서 아내에게 다가갔다. 뭐라 대꾸할 말을 찾고 있었다.

그때 등 뒤에서 소리가 났다.

"그럼, 저는 가 보겠습니다."

돌아보니, 퇴근할 준비를 마친 니시베 하루코가 거실 입구에 서 있었다.

"아, 수고했어. 가 봐요."

다카하루가 말했다. 약간 잠긴 목소리다.

하루코가 사라지는 소리를 들으면서 다카하루는 조금 전에 그녀가 하려던 말의 내용을 상상했다. 그녀도 미후유의 변화에 당황한 것이다.

다시 미후유 쪽으로 몸을 돌렸다.

"괜찮네."

그러나 그는 아내와 눈을 마주칠 수 없었다.

"괜찮은 것 같아. 왜, 당신은 마음에 안 들어?"

"아뇨, 정말 마음에 들어요."

미후유가 고개를 끄덕이며 두 손을 뺨에 댔다.

"이런 얼굴이 되고 싶었어."

"당신이 만족하면 된 거지."

다카하루는 얼굴을 돌리고 소파에 앉았다.

미후유가 윗도리를 벗고 그의 옆으로 다가왔다. 그는 테이블에 놓인 담뱃갑에서 담배를 꺼내고 라이터로 불을 붙였다.

"당신, 왜 그래요?"

"뭐가?"

"왜 내 얼굴을 제대로 보지 않는 거죠? 불만스러운가요?"

"그런 건 아니지만……"

"그런 건 아니지만? 역시 마음에 안 드나 보네."

"마음에 들고 안 들고의 문제가 아니라."

그가 담배를 손가락에 끼운 채 손을 살짝 흔들었다.

"이해하기가 조금 힘들어서 그래."

미후유가 한숨을 쉬었다.

"또 그 얘기인가요?"

"그 얘기를 되풀이하려는 게 아니야. 다만 뭐랄까, 솔직한 감상을 말했다고 해야 하나."

"그게 되풀이하는 게 아니고 뭐예요?"

"난 말이지, 예전의 당신도 충분히 아름답다고 생각했어. 처음 만났을 때의 당신 얼굴 말이야. 나만 그런 게 아니고 다들 그랬어. 대체 뭐가 불만이야?"

"그럼 지금 내 얼굴은 싫어요?"

"그런 말이 아니잖아."

"부탁이에요, 이쪽을 봐요."

미후유는 다카하루의 무릎에 손을 얹었다.

다카하루가 그녀 쪽으로 고개를 돌렸다. 시선이 그녀의 눈에 가서 닿았다. 눈초리가 살짝 치켜 올라간 커다란 눈이 남편의 얼굴을 똑바로 바라보고 있었다. 마음이 빨려 들어갈 듯한 눈이다. 그 눈만은 예전과 다르지 않았다. 그러나 콧대의 날카로운 선은 한층 완벽해졌고, 턱은 뾰족해졌다. 주름이 전혀 보이지 않는 피부는 사람의 피부라는 느낌이 들지 않았다.

인형 같다, 하고 다카하루는 생각했다. 또는 컴퓨터 그래픽으로 그린 얼굴 같다. 인공적인 냄새로 그득하다.

"어때요?"

그녀가 또 물었다.

"이런 얼굴, 싫어?"

다카하루는 눈길을 돌렸다. 담뱃재가 길어졌다. 허둥지둥 재를 털었다.

"모르겠군. 당신처럼 아름다운 여자가 왜 얼굴에 칼을 대려고 하는지 정말 모르겠어. 이런 시기에 한 달이나 집을 비우면서 말이야."

"당신을 힘들게 한 건 사과할게요. 하지만 일에는 지장이 없었을 거예요. 나, 일 처리를 빈틈없이 해 놓고 갔고, 입원 중에도 전화와 메일로 연락을 주고받았어요."

"그런 걸 말하는 게 아니잖아. 당신 심리를 이해 못하겠다는 거라고."

"예뻐지고 싶고 언제나 젊음을 유지하고 싶은 건 모든 여자의 공통적인 꿈이에요. 우리의 일도 그런 꿈이 있어 성립하는 거잖아요."

"당신은 아름다웠고, 젊었어. 그런데 뭐가 불만이야? 적어도 나는 만족스러웠어. 무엇 하나 불만이 없었단 말이야."

"고마워요."

미후유가 싱긋 웃었다. 그러나 다카하루 눈에는 그 표정조차 컴퓨터 화면에 비치는 얼굴처럼 보였다. 그 얼굴로 그녀가 얘기를 계속했다.

"하지만 콤플렉스라는 건 당사자가 아니면 그 누구도 이해할 수 없는 거예요. 그 얘기는 이번 수술 전에도 했잖아요."

"불만을 늘어놓자면 끝이 없지. 몇 년 지나서, 얼굴에 잔주름이 생기면 어쩔 거냐고. 또 수술할 거야?"

"그건 지금은 알 수 없어요. 그때 가 봐야 알죠."

다카하루가 담배를 재떨이 안에다 짓눌러 끄고는 고개를 옆으로 저었다. 그런 그의 목에 그녀가 팔을 감았다.

"여보, 나를 봐요."

그녀가 남편의 얼굴을 자기 쪽으로 돌렸다.

"당신도 젊어졌다고 생각하죠? 병원에서도 그랬어요. 이십 대라고 해도 믿겠다고. 당신, 아내가 젊어진 게 반갑지 않아요?"

인형 같은 얼굴의 아내는 원치 않는다, 그렇게 말하고 싶었지만 도저히 그럴 수는 없었다. 대신 그는 그녀의 손을 자신의 목에서 떼어 냈다.

"피곤할 텐데 옷이나 갈아입지."

"아, 그래! 투피스를 입고 있어서 그런가 보네. 평상복으로 갈아입으면 당신도 틀림없이 다르게 말할 거예요. 아무튼, 잘 갔다 왔어요."

"어, 그래."

미후유는 다카하루의 목을 껴안고 그의 볼에 키스하면서 요염한 미소를 흘리고는 몸을 뗐다. 그리고 소파에서 일어나 춤을 추듯 빙그르 몸을 돌려 거실에서 나갔다.

다카하루는 그녀의 입술이 닿았던 부분에 손을 대었다. 그곳만 열기를 띠고 있는 듯하다. 그래서 그나마 조금은 안심이 되었다. 그 입술에는 체온이 있다. 피가 통하고 있다. 플라스틱으로 만든 것이 아니다.

그는 거실 장식장에서 브랜드 병과 잔을 꺼냈다. 첫 번째 수술은 결혼 직후에 했다. 눈 아래 있는 잔주름이 거슬린다면서 수술하고 싶다고 했다. 그는 신경 쓸 정도는 아니라고 생각했지만, 큰 수술이 아니라 별다른 위험도 없을 듯해서 원하는 대로 하라고 했다. 다만, 그 말은 누구에게도 하지 않았다. 수술 후의 변화를 다른 사람들은 전혀 알아차리지 못했다. 화장하면 가려질 정도의 잔주름이었고, 원래 미인인 여자가 그 얼굴에 조금 손을 댔다고 해서 부자연스러움을 느끼는 이는 없다.

그런데 얼마 지나자 또 다른 말을 했다. 이번에는 처진 볼

살을 없애고 싶다는 것이었다. 다카하루 눈에는 그녀의 볼이 처진 것처럼 보이지 않는데, 본인은 몹시 신경을 쓰는 눈치였다. 그럴 필요는 없다고 반대했지만, 결국 그녀는 멋대로 수술을 받고 말았다. 그 이후, 그녀는 툭하면 성형 수술을 받는 듯했다. 모두 단기간에 끝나서, 다카하루는 그녀가 어디를 어떻게 고쳤는지 거의 파악하지 못하고 있다. 정기적으로 뭔가를 주입하는 간단한 시술도 있는 듯해서, 다카하루도 크게 염두에 두지 않았다.

그런데 이번에는 좀 사정이 달랐다. 그녀가 한 달 동안 미국에 가 있겠다고 한 것이다. 그 이유를 듣고서 그는 놀라 자빠질 뻔했다. 얼굴을 전면적으로 정리하고 싶다는 것이었다.

"내 얼굴, 이상하지 않아요?"

그때 미후유는 남편을 똑바로 바라보면서 말했다.

"좌우 균형이 맞지 않아요. 눈도 대칭이 아니고, 코도 조금 비뚤어졌어. 입도 위치가 약간 어긋났고요. 게다가 윤곽이 완전히 비대칭이에요."

인간의 얼굴은 누구나 좌우 비대칭이라고 그가 말했지만 그녀는 고개를 휘휘 내저었다.

"당신, 갓난아기 얼굴 본 적 있어요? 갓난아기는 얼굴이 좌우 대칭이야. 그런데 성장하면서 생활 습관과 노화의 영향으로 점점 비대칭으로 바뀌는 거예요."

그렇다면 어쩔 수 없지 않느냐는 남편의 의견을 그녀는 귀 담아듣지 않았다.

"거울을 볼 때마다 짜증이 나요. 완벽해질 방법이 있는데 그 러지 않는다는 게 견딜 수가 없다고요. 당신이 반대해도 나는 미국에 갈 거예요."

다카하루가 뭐라고 말해도 미후유는 이미 확고해진 결심을 바꾸려 하지 않았다. 그녀는 자신이 자리를 비우는 동안의 일 까지 충분히 고려하고 있었다. '하나야'가 다시 문을 열 때 행 사에도 지장을 초래하지 않겠다고 약속했다.

"그렇잖아요, 당신이 어떻게 해서 준 기회인데 그걸 소홀히 하겠어요. 지금까지 내가 'BLUE SNOW'에서 해 왔던 일을 이 번에는 '하나야'를 무대로 할 수 있는 거잖아요. 그런 기회를 내가 무산시키는 일은 절대 없어요."

그녀는 그렇게 말하면서 다카하루의 손을 꼭 잡았다.

물론 그녀가 자신의 사업을 소홀히 한다는 건 있을 수 없는 일이었다. 당신이 준 기회, 라고 하지만 사실 이번의 대대적인 새 단장을 제안한 것도 그녀이다.

다카하루는 왜 하필 이런 때 수술을 해야 하느냐고 물어보 았다.

"빨리 하는 편이 나을 것 같아서 그래요. 내년에는 지금보다 훨씬 바빠질 테니까요. 게다가 사업적으로도 새로 구상하는 게 있고요."

미용 성형 부문을 도입하는 것, 이라고 그녀는 말했다. 건물을 넓히고 인테리어를 새로 하는 이번 공사로 '하나야'는 지금껏 'BLUE SNOW'에서 주도해 왔던 미용, 건강 분야로까지 사업의 폭을 넓히게 된다. 미후유는 병원과 제휴해서 성형 사업을 구축하려고 생각하고 있었다.

"법적인 면에서는 여러 가지 문제가 있지만, 빠져나갈 구멍이 없는 건 아니에요. 언젠가는 여자도, 아니 남자도 수술로 아름다워지려는 시대가 반드시 와요. 그러면 이 사업은 성공할 거예요. 다시 말해서 아름다움의 블랙박스가 완성되는 거죠."

그래서 우선 자신이 그걸 실천하는 것이라고 미후유는 자신만만하게 말했다.

다카하루는 그렇다면 왜 좀 더 적극적으로 사람들 앞에 나서지 않느냐고도 물어보았다. 미후유는 공개적인 장소에는 거의 얼굴을 내밀려 하지 않았다. 지금까지 '하나야' 주최의 파티에도 내내 참석하지 않았다. 올해의 마지막 날에는 밀레니엄을 축하하는 파티가 예정되어 있는데, 그 자리에 참석할지도 아직은 미지수다.

"내가 몇 번이나 말했잖아요, 그런 거 싫다고. 게다가 당신은 '하나야'의 얼굴이에요. 나는 결혼한 그 순간부터 뒤에서 당신을 받쳐 주는 그림자 같은 존재로 있기로 했어요. 아름다움의 블랙박스를 실천하겠다고 했지만, 광고탑이 될 마음도 없고요. 나는 기획자의 역할을 다하고 싶을 뿐이에요."

결국 미후유는 미국으로 떠났다. 그리고 오늘 밤에 돌아온 것이다.

자신이 정말 말도 안 되는 여자를 아내로 삼았는지도 모르겠다고 다카하루는 생각하기 시작했다. 그저 재능만 풍부한 것이 아니다. 그녀 안에는 마성이라고 할 만한 무언가가 숨어 있고, 그것이 그녀의 모든 것을 조종하는 것처럼 느껴졌다. 그걸 미처 모르는 채 거기에 손을 대려고 하면 바로 그녀의 술수에 휘말리고 만다.

발소리가 났다. 거실 문이 조용히 열리더니 미후유가 들어왔다. 그녀는 연보라색 실크 가운을 걸치고 있었다.

"많이 기다렸지."

그녀가 벽에 붙은 스위치를 만졌다. 조명이 어두워졌다. 어슴푸레한 빛 속에 그녀의 육체가 떠올랐다.

"뭐 하는 거야?"

그녀는 미소를 머금은 채 천천히 그에게 다가왔다. 가운 속에서 두 다리가 요염하게 움직였다. 마침내 그녀가 걸음을 멈췄다.

"병원에서 그러는데, 몸은 전혀 손댈 필요가 없대. 아직도 이십 대 못지않게 아름답다면서."

미후유가 가운의 앞자락을 열었다. 다카하루의 눈앞에 하얀 알몸이 드러났다. 그는 숨을 삼켰다. 들고 있던 잔이 기울어 브랜디가 흘렀다.

미후유는 가운을 벗고 다카하루에게 몸을 기댔다. 그는 그녀의 몸을 안았다. 다음 순간, 둘의 입술이 포개졌다. 그는 브랜디 잔을 내려놓고 그녀의 허리를 두 팔로 감싸며 등을 애무했다.

사고가 정지되어 가는 느낌이었다. 이 여자와 있으면 늘 이렇다. 아무것도 생각할 수 없게 된다. 조종당하고 있다고 생각하면서도 그것이 쾌감으로 이어졌다.

머릿속이 새하얗게 변해 갔다. 그런데도 다카하루의 뇌리에 한 가지 의문이 생겨났다. 미후유는 결혼 후에 달라졌다. 수술을 통해 한층 아름다운 미모와 젊음을 갖게 되었다.

그러나 과연 결혼 후에만 그랬을까.

자신을 만나기 전에는 그런 욕구를 해소하려고 든 적이 한 번도 없었을까.

●

2

택시에서 내렸을 때, 가토는 겨드랑이에 땀이 차 있었다. 차가운 바람이 불어왔지만, 그는 코트를 손에 든 채 후카가와 서로 향했다.

그가 오늘 만나기로 한 사람은 생활 안전과의 도미오카라는 남자로, 경찰학교 동기다.

내빈실에 나타난 도미오카는 예전보다 살이 좀 찐 듯했다. 그렇게 말하자, 그는 가토를 멀뚱멀뚱 바라보았다.

"자네야말로 어떻게 된 거야. 오늘따라 유난히 초췌하군. 자네도 스트레스를 받는 일이 있나."

입이 건 것은 여전했다.

가토는 작위적인 미소를 띠고 본론으로 들어갔다.

"밀조한 총을 압수했다면서?"

도미오카는 담배에 불을 붙이다 말고 말했다.

"빠르기도 하군. 잡아들인 게 그제인데."

"총기 대책과 사람에게 들었어. 어떤 놈이 갖고 있었지?"

"별거 없는 권총 마니아야. 조직과도 관계없고. 몬젠나카초 거리에서 불량소년들을 상대로 총을 자랑하는 걸, 근처 가게 주인이 목격하고 신고했어. 신고를 받고 그놈 방을 수색했더니, 그런 총이 나온 거지."

"그 자식, 지금 유치장에 있나?"

"그렇지 뭐, 조사하면 여죄도 여러 가지로 나올 것 같아서, 천천히 취조할 생각이야."

"여죄라고?"

"권총 마니아들끼리 거래를 많이 했던 모양이야. 인터넷을 사용한다더군. 요즘 나쁜 놈들은 컴퓨터에 밝은데, 우리 경찰들은 깜깜이니. 참 해 먹기 힘든 세상이야."

"그놈이 콜트를 입수한 것도 불법 사이트를 통해서였나?"

가토의 질문에 도미오카의 낯빛이 험악해졌다. 꼬고 있던 다리를 풀고, 몸을 앞으로 내밀었다.

"자네, 무슨 짓을 하고 다니는 거야?"

"혼자서 쫓고 있는 놈이 하나 있는데, 그놈과 관계가 있을지도 몰라서. 만나게 해 줄 수 있을까?"

도미오카의 얼굴이 일그러졌다.

"무슨 바보짓이야. 혼자 잘난 척하면서 수훈을 세워 봐야 출세에는 보탬이 되지 않는다고. 그 정도는 자네도 잘 알 텐데."

"부탁하지."

가토는 머리를 숙였다.

"힘 좀 빌려줘."

도미오카가 이마에 손을 대었다가 그 손으로 머리를 긁적거렸다.

"내게는 뭐가 떨어지지?"

"대충 윤곽이 잡히면, 자네에게 제일 먼저 정보를 흘릴게. 어때?"

도미오카는 잠시 생각에 잠겼다가 혀를 끌끌 찼다.

"지금 한 말, 잊지 마. 시시한 거 들고 오면 가만 안 놔둘 거야."

"고마워."

도미오카는 취조실 한 곳을 제공해 주었다. 다만 그도 동석한다는 조건이 붙었다.

취조실에서 기다리는 동안, 가토는 후쿠타 공업에서 일했던 야스우라와의 대화를 되새기고 있었다.

"그 당시에 자주 만든 게 에어건이었지, 아마. 에어건 부품. 원래는 플라스틱으로 만드는데, 장난감으로 만족하지 않는 마니아들이 많았어. 그래서 금속제 부품을 파는 거지. 마니아들은 그런 부품을 사들여서 제 손으로 바꿔. 전부 바꾸고 나면 거의 진짜 비슷해진다더군. 그리고 모델 건도 만들었어. 에어건보다 숫자는 적었지만."

야스우라는 그렇게 털어놓았다.

"어떤 모델 건이지?"

"나는 잘 모르는데, 뭐 콜트 같은 거였어."

"보통 모델 건이었나? 에어건처럼 마니아를 위해 잔재주를 피운 건 아니고?"

가토의 지적에 야스우라가 순간적으로 눈을 내리깔았다. 그러고는 천천히 얼굴을 들고, 작은 소리로 물었다.

"협력하면 정말 그 여자에 대해 가르쳐 줄 건가. 내 손등을 찌른 그 여자 말이야."

"거짓말은 안 해. 알고 있는 게 있으면 빨리 불어."

그러자 야스우라는 주위를 쓱 돌아본 다음, 전혀 예상치 못한 말을 했다.

후쿠타 공업에서 밀조한 총을 팔았다는 것이었다.

"물론 사장이 제멋대로 한 짓이야. 우리에게는 모델 건이라고 하고 진짜 총의 부품을 만들게 했다고. 그리고 그걸 누군가에게 팔아넘겼어. 손님이 총 마니아인지 조직에 몸담은 인간인지는 모르겠지만. 그게 아마 벌이가 쏠쏠했을걸."

"당신이 그걸 어떻게 알지? 모델 건 부품이라고 들었을 텐데."

야스우라가 후후 웃었다.

"장난감인지 아닌지 정도야 알지. 하긴 다른 두 사람은 몰랐을지도 모르겠군. 가장 중요한 부품은 나 혼자 만들었으니까. 야근까지 하면서 만들었어. 총알이 나가지 않는 모델 건에, 라이플이 든 총신은 필요 없잖아. 그것도 고도의 정교함을 요구했다고. 그러니 단번에 눈치챘을 수밖에. 그러나 왠지 위험할 것 같아서 입 다물고 있었어."

"당신이 알았다는 건, 후임인 미즈라도 충분히 알 수 있었다는 얘기가 되겠군."

가토가 묻자 야스우라는 입가를 비틀며 고개를 끄덕였다.

"그렇지, 그놈도 알았을지 모르지. 내가 그만둔 후에도 사장이 총을 계속 팔았다면."

가토는 확신했다. 미즈하라가 후쿠타 공업에서 사들인 도면은 그 총을 만들기 위한 것이었다.

야스우라를 만난 날부터 가토는 생활 안전과와 총기 대책과의 움직임을 주시했다. 밀조한 총에 관한 정보가 처음 들어오는 곳이 바로 이 부서들이기 때문이다.

그리고 오늘, 후카가와 서에서 밀조한 총을 압수했다는 얘기를 들었다. 총은 콜트 38구경을 정교하게 모방한 것으로, 총기 대책과에서 발사 실험을 해 본 결과 실용성이 충분했다고 한다. 감식반에서도 모델 건을 개조한 것이 아니라 모든 부품을 손으로 만들었으며, 공작 기계를 다루는 데 상당히 숙련된 사람의 짓일 것이라고 말하는 듯하다.

문이 열리고 도미오카가 들어왔다.

데려온 남자의 이름은 구사카베였다. 나이는 스물다섯 살. 안색이 좋지 않고, 눈이 움푹 들어갔다.

"그 총을 입수한 경로에 대해서 알고 싶은데."

가토가 말하자, 구사카베는 맥이 풀리는 듯한 표정을 지었다.

"또요? 벌써 몇 번을 말했는데."

"몇 번을 묻든 대답해야 할 거 아냐!"

도미오카가 옆에서 호통을 쳤다.

"이쪽은 본청에서 나온 형사야. 우리와 달라서 봐주지 않으니 괜히 서툰 짓을 했다가는 큰코다치게 될 거야."

구사카베가 살짝 한숨을 쉬며 입술을 핥았다.

"제가 운영하는 마니아 사이트를 통해 그쪽에서 접촉을 시도했습니다."

"메일이 온 건가?"

"네. 수제 총이 있는데, 실탄과 교환해 줄 사람을 소개해 줬으면 한다는 내용이었어요."

"그래서 뭐라고 회신했지?"

"아무래도 수상하다 싶어서, 실탄은 다루지 않지만 수제 총에는 관심이 있으니까 가능하면 어떤 총인지 가르쳐 주었으면 한다고 했죠."

"그랬더니?"

"다시 회신이 왔어요. 총의 부품 사진이 담긴 파일이 첨부되어 있었고요. 그걸 보고 믿어도 되겠다 생각했죠."

"그래서 거래를 받아들였나?"

"받아들이겠다고는 하지 않았어요. 일단 만나서 얘기를 하자고 했죠. 실물을 가지고 나오면 그 자리에서 어떻게든 대처하기로 했어요."

자신이 실탄을 취급한다는 사실을 마지막까지 밝히지 않은 듯하다. 그렇게까지 신중한 놈이 아이들을 상대로 총을 자랑하다니, 모자라도 한참 모자라는군, 하고 가토는 생각했다.

"상대의 이름은?"

가토가 물었다.

"스기나미라고 했어요. 물론 가명이겠죠."

그렇겠지, 하고 가토도 생각했다.

"실탄은 어떻게 입수했지?"

"그것도 인터넷이죠. 형사님도 알잖아요. 지금은 인터넷에서 온갖 것을 다 살 수 있다고요. 인터넷 뒤의 세계에는 실탄을 파는 업자도 있어요."

도미오카가 책상을 쳤다.

"그러니까, 판 사람을 대라는 거잖아."

구사카베는 얼굴을 찡그린 채 이리저리 흔들었다.

"상대 정체는 모른다고 했잖아요. 나는 지시받은 대로 돈을 보냈을 뿐이에요. 그랬더니 우편으로 왔더군요."

"이름도 모르면서 돈을 보냈을 리 없잖아."

"그럴싸한 회사 이름이 있기는 했는데, 그런 걸 어떻게 기억하겠어요. 그런 회사는 수시로 이름을 바꾼다고요. 주소도 늘 바뀌고요. 아무리 다그쳐도 모르는 건 모르는 겁니다."

"잘도 둘러대고 있군."

"정말이라니까요."

구사카베는 답답하다는 듯 머리를 긁고는 고개를 옆으로

돌렸다.

도미오카가 말하는 여죄라는 게 이런 부분이겠군, 하고 가토는 이해가 갔다. 도미오카를 비롯한 생활 안전과로서는 놓칠 수 없는 점일 것이다. 그러나 가토에게는 관심이 없는 대목이었다.

"그래서, 언제 어디서 거래했지?"

가토가 화제를 제자리로 돌려놓았다.

"열흘 전쯤에, 에타이바시 다리 옆에서……."

"그쪽은 몇 명이었어?"

"한 사람요. 내가 보는 한, 옆에 다른 사람은 없었어요."

"즉시 물건을 교환했나?"

"우선은 내가 물건을 보여 달라고 했죠. 그랬더니 바로 꺼내더라고요. 생각보다 훨씬 좋아서, 솔직히 좀 놀랐습니다."

"그래서, 실탄과 교환했다고?"

구사카베가 고개를 끄덕거렸다.

"다른 얘기는 안 했어?"

"아무 얘기도 안 했는데요. 그 사람은 총에 대해 꼬치꼬치 묻는 걸 싫어하는 눈치였어요. 그래서 곧바로 헤어졌습니다."

"어떤 남자였지? 키나 어떻게 생겼다는 것 정도는 기억하겠지."

"키는 컸어요. 180센티미터 정도 되지 싶던데. 얼굴은 잘 보지 않았고."

"나이는?"

"나보다 위였어요. 서른이 좀 넘었을까. 별로 자신은 없지만."

"특징 같은 건 없었나? 뭐든 괜찮아. 옷이든, 말투든."

"옷은 검었다는 것밖에 기억이 없어요. 검은 옷이 서로를 알아보는 표시였으니까요."

"그 외에는?"

"그 외에……."

구사카베가 생각에 잠겼다.

그러자 옆에서 도미오카가 말했다.

"간사이 사투리 썼다면서. 그랬다고 했잖아."

"간사이 사투리?"

가토가 도미오카를 봤다가 구사카베에게로 시선을 돌렸다.

"간사이 사투리 쓴 거 맞나?"

"아니, 꼭 그랬다는 게 아니라 그런 기분이 들었을 뿐입니다. 나는 간사이 사투리를 잘 모르니까, 어쩌면 다른 지방 사투리였을 수도 있고요. 아무튼 억양이 조금 이상했어요."

가토가 도미오카를 향해 고개를 끄덕여 보였다.

구사카베를 유치장으로 돌려보낸 후, 가토가 도미오카에게 물었다.

"저놈 컴퓨터는 벌써 조사했을 테지."

"물론 조사했지. 뭐가 많이 나왔어. 그런데 그 총을 밀조한 남자는 모르겠더라고."

"구사카베가 거짓말을 하는 것 같지는 않던데."

"내 생각도 그래. 그래서, 거래를 했다는 에타이바시 다리 근처에서 탐문 수사를 하고 있는 중이야. 아직 수확은 없지만."

그렇게 말한 다음 도미오카는 목소리를 낮추고 물었다.

"자네가 쫓고 있는 놈과 관련이 있을 것 같나?"

"글쎄, 이 정보만 가지고는 뭐라 말할 수 없겠는데."

"정말이야? 나를 따돌리려는 수작은 아니겠지."

가토가 도미오카의 얼굴을 보면서 피식 웃었다.

"그렇지 않아."

"대체 어떤 놈인데 그래. 힌트 좀 줘 봐."

"조만간 알게 될 거야. 만약 이쪽 수사에 도움이 되겠다 싶으면, 누구보다 먼저 자네에게 알리지. 그건 약속해."

"거짓말 아니지?"

"거참."

후카가와 서에서 나온 가토는 택시를 잡았다.

틀림없다, 미즈하라다.

3

도착 게이트에서 사람들이 줄줄이 나왔다. 하나같이 얼굴에 긴 여행의 피로감이 역력했지만, 표정은 밝아 보였다. 여기저기에서 마중 나온 사람을 일찌감치 찾아 환하게 웃으면서 인사하는 모습이 보인다.

시게키는 다른 승객보다 다소 늦게 나타났다. 완전히 하얗게 센 머리가 눈에 띄었다. 요리에는 남편과 눈을 마주치려 하는데, 그쪽은 좀처럼 아내를 알아보지 못한다. 조그만 가방을 어깨에 멘 채 어딘지 모르게 멀건 표정으로 걸어 나오고 있다.

시게키 옆에 서른 살 정도의 청년이 있었다. 구사노라는 남자로, 시게키의 조교이다. 구사노가 요리에를 알아보았다. 웃는 얼굴로 고개를 꾸벅 숙이고는 시게키에게 알려 준다.

시게키는 그녀를 보고서도 딱히 표정이 달라지지 않았다. 그저 금테 안경을 살짝 고쳐 썼을 뿐이다.

두 사람은 천천히 요리에에게 다가왔다.

"어서 와요. 피곤하죠?"

그녀는 우선 남편에게 말한 다음 구사노 쪽을 보았다.

"기류가 안 좋았어."

시게키가 뜬금없는 말을 한다.

"기류?"

"일본에 거의 다 와서 약간 흔들렸습니다."

구사노가 설명했다.

"그 기체의 약점이야. 성능은 나쁘지 않은데, 제어 계통에 문제가 있어."

오랜만에 귀국한 남편이 아내 앞에서 처음 하는 말이 비행기 얘기다—요리에는 어이없어하며 남편을 쳐다보았다. 화를 낼 마음은 없다. 몇십 년 전부터 이랬다.

"바로 집에 갈래요? 아니면 어디 들러서 차라도 마실래요?"

요리에가 두 사람에게 물었다.

"저는 어느 쪽이든 괜찮습니다."

"바로 가자고."

시게키가 퉁명스럽게 말했다.

"이런 데서 뭐 하러 맛없는 커피를 마시나."

"그럼, 차를 부를게요."

요리에는 휴대 전화를 꺼내서 주차장에서 대기하고 있는 콜택시 운전사에게 연락했다.

전철을 타고 가겠다는 구사노와 헤어져 요리에는 남편과 함께 승차장으로 갔다. 마침 검은 콜택시가 저쪽에서 들어왔다.

"리무진 버스를 타고 가도 되잖아."

차가 출발한 후에 시게키가 낮은 소리로 말했다.

"다카하루가 준비해 준 거예요. 마중 나가지 못해서 미안하다고요."

시게키가 후. 숨을 내쉬며 어깨를 흔들었다.

"'하나야' 사장이 일부러 맞으러 나올 상대도 아닐 텐데."

"당신은 말도 참……. 오랜만이라면서 만나기를 기대하고 있어요."

"물론 공치사겠지만, 고맙게 들어 두지."

"올해 마지막 날에 파티를 한다면서 매형도 오시라더군요."

"파티?"

"'하나야'의 파티래요. 배를 전세 냈다나요."

"선상 파티라. 그 친구가 그렇게 화려한 걸 좋아하는군."

"어떻게 할래요?"

"나는 안 갈 거야. 체면상 어쩔 수 없다면 당신이나 가."

시게키가 시선을 앞으로 향한 채 거침없이 말했다. 갈 리 없잖아, 하는 뉘앙스마저 풍겼다.

어느 정도 예상했던 대답이라 요리에는 놀라지 않았다. 이유도 묻지 않았다.

천생 학자인 시게키는 원래부터 사업 얘기를 좋아하지 않았다. 그래서 돈벌이를 인생의 보람이나 다름없이 여기는 처남과 성격이 잘 맞지 않는다. 물론 만나면 나름의 대응은 하지만, 마음을 완전히 열지 않는다는 것을 요리에는 잘 알고 있었다.

"시애틀에서 보낸 짐은 도착했어?"

시게키가 물었다.

"이틀 전에 도착했는데, 양이 너무 많아서 깜짝 놀랐어요."

"그래? 꽤 많이 처분했는데도 그렇군."

"자료들은 서재에 옮겨 놓았어요."

음, 하면서 시게키가 고개를 끄덕거렸다.

"구사노를 어떻게든 해 줘야 하는데."

"당신이 학교에 자리 하나 마련해 줄 수 있는 거 아니에요?"

"그럴 생각이지만 아직 확실치는 않아. 학부장과 통화도 해 봤는데 지금은 조교가 남아도는 모양이야. 취직난 때문에 대학에 남는 학생들이 많다는군."

"그럼 어딘가 기업에 취직할 수는 없어요?"

"항공기 업계가 활황이면 우리가 이렇게 돌아오지 않았지. 뭐, 됐어. 구사노는 내가 어떻게든 해 볼게."

시게키는 한숨을 푹 내쉬었다.

"대학이라. 또 그곳으로 돌아가는군. 어쩔 수 없지."

역시 낙담이 큰 모양이네, 하고 요리에는 생각했다. 이렇게 옆에 앉아 있어도, 예전 같은 생기가 느껴지지 않는다. 몇 년 전, 배웅하러 공항까지 나갔을 때는 온몸으로 열기 같은 것을 발산했다. 앞으로의 인생을 신형 제트 엔진을 탑재한 차세대 형 점보 개발에 걸겠다고 호언하기도 했다.

그에게 국제 전화가 걸려 온 것은 2주일 전이다. 서둘러 귀국하게 되었다는 내용이었다. 오로지 연구밖에 모르는 인간도 밀레니엄은 고국에서 맞고 싶은 건가 했더니, 그렇지 않았다. 연구가 중단되었다고 한다.

자세한 상황은 요리에도 모른다. 그러나 요즘 저조한 항공기 산업의 현황과 무관하지 않다는 것만은 분명했다. 미국에는 여객기가 넘쳐난다는 얘기도 종종 들었다.

시나가와 자택이 가까워질 때까지 시게키는 거의 말이 없었다. 그의 답답한 가슴속을 상상하자 요리에도 우울해졌다. 안 그래도 무뚝뚝한 이 남편이 내일부터 당장 집안 분위기를 무겁게 할 게 뻔했다. 올해는 힘들게 넘길 것 같네, 하고 그녀는 생각했다.

"우선 목욕부터 해야죠."

그녀가 남편에게 말했다.

"그래야지. 그리고 잠을 좀 자야겠어."

시게키는 뭉친 목을 푸는 것처럼 고개를 돌렸다.

콜택시가 속도를 늦췄다. 집이 바로 앞이다. 그때였다. 집 앞에 서 있는 한 남자가 요리에 눈에 들어왔다. 그 순간, 심장이 쿵쿵 뛰었다.

미즈하라 마사야였다. 회색 코트를 입고 멀거니 선 채 집을 올려다보고 있었다.

차가 다가가자 그가 도로 한편으로 몸을 비켰다. 요리에가 타고 있다는 건 아직 모를 것이다.

차가 정지했다. 요리에는 망설였다. 지금 나가면 마사야가 말을 걸지도 모른다. 그와의 관계를 남편에게 뭐라 설명해야 하는지 재빨리 머리를 굴렸다.

운전사가 먼저 내려 문을 열어 주었다. 내리지 않을 수 없었다. 요리에가 마사야를 바라보자 그와 눈이 마주쳤다.

다음 순간 마사야는 발길을 돌려 걷기 시작했다. 요리에를 알아보는 것과 동시에 그녀가 혼자가 아니라는 사실도 알아차린 듯했다. 그녀는 숨통이 트이는 심정으로 차에서 내렸다. 마사야의 등은 이미 길모퉁이 너머로 사라지고 없었다.

시게키는 목욕을 한 후에 맥주를 한 병 마시고 침대에 누웠다. 역시 장거리 여행에 피곤했는지 이내 코를 골기 시작했다.

요리에는 아무것도 손에 잡히지 않았다. 저녁 준비를 해야 한다고 생각하면서도, 머릿속에는 마사야 생각밖에 없었다. 그가 대체 왜 온 것일까. 뭔가 용건이 있었던 건 아닐까.

마사야에게 전화를 걸어 볼까 했지만 걸지 못하고 있었다. 그가 갑자기 행방을 감췄을 때 몇 번이나 걸었다. 그러나 받지 않았다. 그때의 상실감을 두 번 다시 맛보고 싶지 않았다.

그를 잊었다고 생각했다. 그런데 오랜만에 얼굴을 보니 풍화되었을 감정이 되살아나고 말았다. 만나고 싶은 마음이 예전보다 훨씬 간절했다.

자신의 휴대 전화가 울린다는 것을 저녁 준비를 시작해야겠다며 일어섰을 때야 알았다. 거실 소파에 놓아둔 가방에서 벨이 계속 울렸다.

요리에는 허둥지둥 가방을 열었다. 휴대 전화 화면에 낯선 번호가 떠 있었다. 그런데도 주저하지 않고 통화 버튼을 눌렀다.

"네."

자신도 모르게 톤이 높은 목소리가 나왔다.

"얘기 좀 할 수 있나요?"

그리운 목소리였다. 잊을 수 없는 목소리다. 요리에의 가슴이 후끈 달아올랐다.

그래, 하고 그녀가 대답했다.

"아까는 미안했어요. 당신이 그렇게 돌아올 줄 몰랐어요."

"그건 됐고, 대체 무슨 일이야?"

"별다른 일은 없어요. 충동적으로 잠깐 갔을 뿐이에요. 이제 집에 가는 일은 없을 테니 걱정하지 말아요. 그 말을 하고 싶어서 전화했어요."

"내가 묻고 싶은 건 그런 게 아니야."

답답한 나머지 목소리가 커졌다. 그녀는 거실 문을 바라보면서 목소리를 낮췄다.

"자기, 지금 어디 있어?"

마사야는 대답하지 않았다. 전화를 끊으면 어쩌나 요리에는 초조했다.

"있지, 부탁이야. 어디 있어?"

한숨을 쉬는 소리가 들렸다. 그다음 그가 중얼거리듯 말했다.

"시부야에요."

"시부야? 알았어. 지금 그리로 갈게. 시부야 어디지?"

"그러지 말아요, 남편이 있는데."

"자고 있어. 한동안 깨지 않을 거니까 괜찮아."

"그래도."

"대답해. 시부야 어디 있지?"

마사야는 또 말이 없었다. 전화기를 쥔 요리에의 손바닥에 땀이 배었다.

"알겠어요. 그럼 내가 시나가와로 갈게요. 그러는 편이 당신에게 부담이 덜할 테니까."

"부담 될 건 없는데……."

마사야는 역 옆에 있는 호텔 라운지로 장소를 정했다. 알겠다고 하고 요리에는 전화를 끊었다.

흥분되었다. 그녀는 침실을 들여다보고 남편이 곤히 자고 있는 걸 확인한 다음 준비를 시작했다. 서둘러야 한다. 그러나 화장을 대충 할 수는 없었다. 옷도, 숙고해서 골랐다.

집 옆에서 택시를 잡았다. 이미 약속한 시간이 지났다. 운전사가 너무 얌전히 차를 몰아 답답했다.

후다닥 호텔 라운지로 뛰어 들어갔다. 저녁때라 그런지 손님이 많았다. 그런데도 그녀는 마사야를 금방 찾을 수 있었다. 그는 안쪽 테이블에서 담배를 피우고 있었다. 옷차림은 아까 봤을 때 그대로였다. 그녀는 숨을 가다듬고, 심호흡을 한 번 한 후에 걸어갔다. 그에게는 허둥대는 꼴사나운 모습을 보이고 싶지 않았다.

"더 말랐네."

그렇게 말하면서 그녀는 마사야와 마주 앉았다. 웨이터가 다가와서, 밀크티를 주문했다.

"남편이 귀국하셨나 보군요."

마사야가 그녀 눈을 보면서 말했다.

"응, 오늘 돌아왔어. 그래서 나리타에 마중 나갔던 거야."

그가 커피를 마셨다.

"그보다 자기, 내게 할 얘기가 있지 않아?"

그녀의 말에 마사야는 훗 웃었다.

"왜 갑자기 사라졌느냐, 그건가요?"

"사정이 있었겠지만, 그래도 아무 말도 없이 사라지는 건 좀……."

"비겁한가요?"

"그렇지 않아?"

요리에가 고개를 갸웃했다.

마사야는 담배에 손을 내밀었다.

"개인적인 이유예요. 당신과는 무관해요. 걱정을 끼칠 마음은 없었어요."

"그런 문제가 아니잖아."

밀크티가 나와 잠시 대화가 끊겼다. 마사야는 담배만 피우고 있다.

"나와의 관계를 끊고 싶었다면 그렇게 말해 주면 되는 거였어. 혹시 내가 스토커로 변할지도 모른다고 여긴 거야?"

"죄송해요."

마사야가 살짝 고개를 숙였다.

"다른 사정이 있어서 사라진 겁니다. 당신에게 알릴 여유조차 없었어요. 그래도 전화 한 통 정도는 했어야 하는데……."

요리에가 찻잔으로 손을 내밀다 말았다. 손끝이 떨리는 것을 알아차렸기 때문이다.

"그래서, 내게 무슨 볼일이 있었지?"

"전화로도 말했잖아요. 딱히 볼일이 있는 건 아닙니다. 그저 충동적으로."

"행방을 감췄던 사람이 충동적으로 나타나기도 하나 보네."

마사야는 여전히 모호한 미소를 머금고 있었다. 믿지 않아도 어쩔 수 없다는 태도로 보였다.

"남편이 연말연시에 무슨 일정이라도 있어서 오신 건가요?"

"아니, 별 일정은 없어."

혹시 자신과 함께 보내자고 할 계획인가 하고 요리에는 생각했다. 지금 와서 그런 말을 하면 곤란하다고 생각하면서도 한편으로는 시게키에게 뭐라고 둘러댈지 궁리하기 시작한다.

"밀레니엄이라고 다들 시끌시끌한 데다, '하나야' 관계로 당신도 여러 가지로 일이 많지 않을까 했는데요."

"나는 '하나야'와 직접적인 관계가 없어. 동생 내외는 바쁜 것 같지만."

"무슨 특별한 이벤트라도?"

"섣달 그믐날 밤에 선상 파티를 한다네. 바다 위에서 2000년을 맞이하자는 뜻인가 봐."

"선상 파티를요?"

그 순간 마사야의 눈이 빛난 것처럼 느껴졌다.

"장소가 어디죠?"

"도쿄만이야. 히노데 선착장에서 출발하려는 것 같던데, 그건 왜 묻지?"

"당신이 어디에서 새해를 맞는지, 그게 궁금했을 뿐입니다.

그렇군요, 바다 위에서 새해를."

"아직 참석할지 안 할지 몰라. 다른 일정이 생길 수도 있고."

요리에는 약간 눈을 치켜뜨고 마사야를 보았다. 그의 입에서 뭔가 말이 나오기를 애타게 기다렸다.

그러나 그는 코트 주머니에 손을 밀어 넣더니 천 엔짜리 지폐를 한 장 테이블에 꺼내 놓았다.

"당신을 만나서 좋았습니다. 행복하세요."

"아니……."

"당신에게 멋진 2000년이 찾아오기를 기도하죠."

그러고서 마사야는 출구를 향해 걷기 시작했다.

●

4

가토는 걸음을 멈췄다. 요즘 거의 매일 찾는 장소다. 담배를 입에 물고 불을 붙였다. 연기를 뿜어내면서 길 건너에 있는 '하나야'를 올려다본다. 후카가와 서를 찾아갔던 날 이후 틈만 나면 이러고 있다. 그러나 아무런 진전이 없었다. 미즈하라 마사야가 언제 나타날지 전혀 감이 잡히지 않았다.

미즈하라는 총을 한 자루 제작했을 것이다. 그래서 실탄이 필요했다. 그가 미후유의 목숨을 노리고 있다는 건 의심의 여지가 없었다.

손목시계를 보았다. 저녁 7시가 조금 지나 있었다. '하나야'
의 출입문은 이미 닫혀 있다. 평소 같으면 아직 열려 있을 시
간이다. 그러나 올해의 마지막 날에는 평상시보다 한 시간 빨
리 폐점한다는 것을 가토는 사흘 전에 알았다. 이유는 2000년
문제인 듯하다. 컴퓨터의 오작동이 어떤 형태로, 또 어느 정
도 발생할지 누구도 예상할 수 없는 상황이다 보니, 일찍 영
업을 마감하고 사태에 대비하는 편이 낫다고 판단했을 것이
다. 은행도 올해는 일찌감치 영업을 마무리했다. 총리가 사흘
치 식량을 확보해 두는 편이 좋다는 둥의 말까지 했으니, 각
업계가 전전긍긍하는 것도 무리는 아니다.

가토를 비롯한 수사원들도 오늘은 일찍 업무에서 해방되었
다. 그러나 사건이 발생했을 시에는 언제든 출동할 수 있도록
하라는 엄명이 있었다.

밀레니엄을 코앞에 둔 날인데 거리가 자못 차분한 것은 사
람들이 2000년 문제를 의식하기 때문일 것이다. 올해는 해외
여행객 수도 줄었다고 한다. 항간에 집에서 가만히 지내는 것
이 무난하다는 분위기가 지배적이었다.

미즈하라도 오늘부터 이삼 일은 움직이지 않을 거라고 가토
는 예상했다. 미후유가 집 밖으로 나오지 않을 것이라고 여겨
지기 때문이다. 미즈하라는 빨라도 '하나야'가 새해 업무를 시

작하는 날이나 되어야 움직일 것이다. 문제는 어떤 타이밍을 노리고 있느냐는 것이다.

가토는 미즈하라에 관해서는 일절 상부에 보고하지 않았다. 아무리 생각해 봐도, 상대해 줄 것 같지 않아서였다. 총을 몰래 만든 남자가 '하나야'의 사장 부인을 노리고 있다. 그 남자는 사장 부인과 함께 소가 다카미치라는 남자를 살해했을 수도 있다. 또 사장 부인은 신카이 미후유의 이름을 도용한 다른 사람일 가능성이 있다─그런 얘기를 그 앞뒤가 꽉 막힌 이들이, 출세밖에 모르는 치들이 귀담아들어 줄 리 없었다. 아니, 얘기를 끝까지 들어 줄지도 의문이다. 추론과 망상의 결과라고 일소에 부치고는 기껏해야 지금까지 계속해 온 단독 행위에 책임을 묻겠다고 나설 것이다.

게다가 가토는 처음부터 이 문제를 타인에게 맡길 의사가 없었다. 그 여자를 낚을 사람은 오직 자신밖에 없다고 정해 놓고 시작했다.

드디어 신카이 미후유의 덜미를 잡을 확실한 기회가 코앞에 닥쳤다고 가토는 생각하고 있었다. 미즈하라가 그녀를 노리는 순간이다. 그 자리에서 미즈하라를 체포하면, 그 대단한 여자도 모른다고 발뺌할 수는 없을 것이다.

가토가 담배를 다 피웠을 때였다. '하나야' 건물 옆에서 한 여자가 나타났다. 하얀 코트를 입고 있다. 아는 얼굴이었다.

실종된 소가 다카미치의 아내, 교코다.

며칠 전, 미즈하라가 찾아왔던 일에 대해서 그녀에게 얘기를 들을 때, 더불어 한 가지 중요한 정보를 얻었다. 그것은 그녀가 줄곧 숨겨 왔던 일이었다.

소가 다카미치가 신카이 미후유의 연락처를 알아낸 경위다.

소가는 미후유의 옛날 주소지를 찾아갔다가, 옆집에서 연하장을 한 장 받은 듯하다. 거기에는 잠시 머물고 있는 지인의 주소와 전화번호가 적혀 있었다고 한다.

그 번호로 전화를 걸자, 전화가 다른 번호로 연결되었다. 전화를 받은 사람에게, 소가는 자신의 신원과 신카이 미후유를 찾고 있다는 뜻을 전했다.

그리고 그날 바로 상대를 만났다. 집에 돌아온 소가는 교코에게 이렇게 말했다고 한다.

"얼마나 놀랐는지. 만나 보니까, 초면이 아니더라고. 전에 미후유 씨가 일하던 가게 사장이었어. 그런데 몰라보게 젊어졌더라고, 얼굴도 많이 변했고. 이름을 듣지 않았으면 정말 몰라봤을 거야."

교코가 이 일에 대해 잠자코 있었던 것은, 남편의 실종과 무관하다고 여겼고, 미후유가 그렇게 부탁했기 때문이라고 한다.

"전에 큰 신세를 진 사람이라서 누를 끼치고 싶지 않다고 했어요. 그래서 말을 안 하고 있었는데, 이제는 수사도 거의 안

하는 것 같아서 일단 얘기하기로 했어요."

그 얘기를 들었을 때, 가토는 온몸에 소름이 돋았다. 소가가 살해된 진짜 동기를 찾았다고 생각했기 때문이다.

신카이 미후유에게 옛날 사진을 갖고 있는 소가는 더없이 거추장스러운 존재였을 것이다. 그러나 사진의 경우 어렸을 때와는 얼굴이 많이 변했다든지, 어떻게든 둘러댈 수가 있다. 문제는 소가가 가짜의 얼굴을 예전부터 알고 있었다는 점이었다. 그것이야말로 미후유에게 최대의 문제였다.

가토는 횡단보도를 건넜다. 교코는 중앙로를 따라 걷고 있었다. 서두르는 기색은 없는데, 간간이 손목시계를 보았다.

어느 카페 앞에서 그녀가 걸음을 멈췄다. 가토는 그 기회를 놓칠세라 부리나케 쫓아가, 소가 씨, 하고 뒤에서 말을 건넸다. 최대한 부드러운 투로 말한다고 했는데, 그녀는 흠칫하면서 돌아보았다. 가토를 보더니, 조금 놀란 듯이 입을 벌렸다.

"지금 집에 가시는 길인가요?"

가토가 웃는 얼굴로 물었다.

"네, 아니, 저, 왜 이런 곳에……."

"걱정 마십시오, 교코 씨를 감시한 것은 아니니까. 우연히 보고 인사나 건네자 싶었을 뿐입니다."

아아, 하며 그녀의 표정이 약간 누그러졌다.

"올해는 가게도 문을 빨리 닫았나 봅니다."

"네. 2000년 문제로 시스템을 관찰할 필요가 있대요. 저는 무슨 말인지 잘 모르겠지만요."

"설 지나고 3일부터 오픈한다고 쓰여 있던데요."

"3일 오전 10시 오픈이에요. 그런데 해가 바뀌면서 무슨 문제가 발생했을 경우에는 변경될 가능성도 있다고 들었어요."

"그럼 오픈 날에는 '하나야'의 사장을 비롯해 간부 직원이 전부 모이겠군요."

가토가 넌지시 핵심을 찔렀다. 그중에 신카이 미후유도 있을 것이라고 생각하는 것이다.

소가 교코는 고개를 끄덕였다.

"아마 그렇겠죠."

"그런 날에는 무슨 특별한 행사라도 합니까? 예를 들면 간부 전원이 모여 사원들에게 떡을 나눠 준다든지."

글쎄요, 하고 그녀는 쓴웃음을 지으며 고개를 갸웃거렸다.

"그런 일은 지금까지 없었어요."

"그래도 밀레니엄인데……."

"그렇긴 한데 혹시 모르죠, 무슨 이벤트가 있을지."

"들으신 건 없나 봅니다."

"네. 3일에 출근하라는 지시밖에 없었어요."

"그렇군요."

혹시 신년 행사가 있다면 미즈하라 마사야가 그때를 노릴지도 모른다고 생각했는데, 교코의 얘기를 들어 보니 그런 일은 없는 듯했다.

교코가 시선을 가토의 등 뒤로 향했다. 아울러 그녀는 약간 어색한 표정을 지었다. 가토가 돌아보니 베이지색 코트를 걸친, 사십 대쯤 되는 남자가 다가오고 있었다. 모르는 얼굴이다.

남자가 수상쩍어하는 눈빛으로 가토를 바라보고서 그 시선을 교코에게 돌렸다. 이 사람 누구야, 하고 묻는 눈빛이었다.

"저……, 경찰이에요."

교코가 남자에게 말했다. 변명하는 듯한 뉘앙스다.

"경찰?"

"남편 일을 조사하고 있는 형사님입니다."

그녀의 설명에 남자는 그제야 알겠다는 듯이 고개를 끄덕였다.

"진전이 좀 있었나요?"

남자가 가토에게 물었다.

"아뇨, 그래서는 아니고요."

그렇게 대답하고 나서 교코가 가토를 보았다.

"직장의 과장님이세요."

그녀가 약간 짓눌린 목소리로 말했다.

"모리노라고 합니다. 소가 씨에 관해 혹시 새로운 소식이 있으면 저도 꼭 듣고 싶군요."

모리노라는 남자가 가토의 얼굴을 빤히 바라보았다.

가토는 이내 둘의 관계를 간파했다. 가게 문을 닫은 후에 만날 약속을 한 것이다. 그녀가 시계를 자주 봤던 이유를 알 것 같았다.

"아니요, 우연히 뵌 김에 인사를 드렸을 뿐입니다. 안타깝지만 새로운 정보는 없습니다."

그래요, 하면서 교코가 눈을 내리떴다. 그다지 실망하는 눈치는 아니었다. 남편의 실종에 관해서는 이미 체념했을 것이다. 그래서 다음 파트너를 찾으려는 것일 수도 있다.

그런 교코를 비난하는 건 당치 않은 일이다. 남편이 실종된 후로 몇 년 동안 그녀는 불안과 고독에서 헤어나지 못했을 것이다. 의지할 수 있는 상대가 생겼다면 오히려 반겨야 할 일이다.

시간은 여지없이 흘러가고, 사람 마음도 변해 간다는 것을 가토는 새삼스레 깨달았다. 또 그렇게 변하지 않고는 살아갈 수 없는 경우도 있다.

"이거 실례가 많았습니다. 그럼 이만."

가토가 두 사람을 번갈아 보며 말했다.

"2000년 문제는 어떻게 될 것 같습니까?"

모리노가 물었다.

"경찰에서도 예상되는 문제에 대해 여러 가지로 대비하고 있다고 들었는데요."

"글쎄요, 저는 잘 모르겠습니다. 담당이 아니라서요. 아무튼 해가 바뀌는 순간에는 외출을 하지 않는 편이 좋겠죠."

"저희도 그럴 생각입니다. 집 안에 얌전히 있어야죠."

모리노가 교코를 힐끔 보았다.

그가 독신이라면 그녀의 아파트에 같이 머무를지도 모르겠군, 하고 가토는 생각했다.

그런데 모리노가 말을 이었다.

"선상 파티에 초대받을 만한 신분도 아니니까요."

"선상 파티라니요?"

"우리 사장이 친척과 간부를 초대해서 파티를 한다더군요. 컴퓨터 문제로 비행기가 추락하는 일은 있어도 배가 침몰하는 일은 없을 거라면서요."

"그 파티가 오늘 밤에 열립니까?"

가토가 맥박이 빨라지는 것을 느끼며 물었다.

"그렇게 들었습니다만."

"장소가 어디랍니까? 다케시바인가요?"

"흠, 자세히는 모르겠지만, 그 근처에서 출발하지 않겠습니까."

"몇 시죠?"

"글쎄요, 그건……."

모리노가 당황한 표정을 지으며 고개를 저었다.

"왜요, 무슨 문제라도 있습니까?"

"아, 아닙니다. 그럼 이만 실례하겠습니다."

가토는 꾸벅 인사하고 발길을 돌렸다.

●

5

흑맥주가 잔의 절반쯤 남았을 때 마사야는 손목시계를 보며 시간을 확인했다. 밤 9시가 조금 넘은 시각.

앞으로 한 시간쯤 남았다.

그는 코트 주머니에 손을 넣었다. 금속의 무게와 감촉을 확인하고, 또 잔으로 손을 내밀었다. 취할 정도로 마시지는 않는다. 그러나 지금의 무거운 기분을 조금이라도 잊으려면, 알코올의 힘을 빌리는 수밖에 없다.

해안 길에서 조금 들어간 곳에 있는 바다. 1900년대의 마지막 밤을, 사랑하는 사람과 함께 지내려는 커플들의 모습이 눈에 띈다. 혼자 카운터 자리에 앉아 있는 사람은 마사야뿐이다.

웨이터는 무심한 척하고 있지만, 가게에 들어와서도 코트를 벗지 않는 이 으스스한 남자 손님에게 신경이 곤두서 있을 것이다. 내일 이후, 살인 사건 담당 형사들이 이 가게로 들이닥칠 것이다. 그리고 마사야 사진을 웨이터에게 보인다. 웨이터는 증언한다. 네, 지난해 마지막 날 밤에, 이 사람이 틀림없이 우리 가게에 왔었습니다.

형사들은 뭐 때문에 나의 발자취를 쫓을까, 하고 마사야는 생각했다. 그때 형사들은, 그런 일이 무의미하다는 것을 알고 있을 것이다. 그러나 그들은 그 무의미한 일을 계속한다. 이 세상은 그렇게 무의미함이 모이고 쌓여서 이루어졌다.

마사야가 이 가게를 선택한 것에도 특별한 이유는 없었다. 이 부근의 어느 가게든 상관없었다. 하기야 이 가게 입구에 옛날 영화 포스터가 붙어 있었기 때문에 들어왔는지도 모른다.

가게 안에도 포스터가 붙어 있다. 〈제3의 사나이〉, 〈사랑은 비를 타고〉, 〈분노의 함성〉. 모두 제목만 알았지, 본 적 없는 영화다.

〈바람과 함께 사라지다〉 포스터는 없었다. 주인이 좋아하지 않는 영화인지도 모른다. 그러고 보니 소위 대작이라 불리는 영화 포스터는 없는 듯하다.

스칼렛 오하라 같은 여자.

진짜 신카이 미후유는 그렇게 표현하며 한 여자를 존경했다고 한다. 그 여자는 '화이트 나이트'라는 부티크를 경영했다.

그 여자와 신카이 미후유는 함께 외국에 갔다. 그리고 돌아와서, 함께 미후유의 부모님이 사는 아파트를 찾았다. 그 시점까지는 아마 '여자'에게 구체적인 계획이 없었을 것이다.

그런데 천재지변이 발생했다. 한신 아와지 대지진이다. 모든 것을 파괴해 버린 그 대지진으로 인해 '여자'는 일생일대의 승부에 나서게 된다.

'여자'는 과거를 싹 지워 버리고 싶었을 거라고 마사야는 생각한다. 어떤 과거인지는 상상이 되지 않는다. 범죄 이력이 있을 수도 있고, 막대한 빚이 있을 수도 있다. 그러나 그건 큰 문제가 아니다.

왜냐하면, 인간은 누구나 지우고 싶은 과거가 있기 때문이다. 또 완전히 다른 사람이 되어 지금까지와는 전혀 다른 인생을 살고 싶은 것도 만인이 은밀하게 품고 있는 꿈이 아닐까. 게다가 그녀의 경우는 젊음을 되찾을 수 있다는 특전도 있었다. '여자'는 진짜 신카이 미후유보다 아마 예닐곱 살 위일 것이다.

그 대지진이 발생하던 날 아침, 그녀는 결단을 내렸다. 사방이 공포와 혼란에 빠져 있는데도 그녀만은 냉철하게 상황을 분석하고, 자신이 다시 태어날 수 있는 기회라는 걸 확신했다. 무너진 집더미 아래 깔려 있는 세 구의 시신. 신카이 부부와 그들의 딸. '여자'는 시신의 신원을 밝힐 수 있는 사람이 자기밖에 없다는 것을 알고 있었다.

정말 완벽했다고 표현할 수밖에 없다. 운도 그녀 편이었을 테지만, 탁월한 판단력과 통찰력, 그리고 무엇보다 정신력 없이는 불가능한 일이다.

그녀가 어떻게 그런 힘을 체득했는지 마사야로서는 짐작할 수조차 없다. 그녀의 반생이 험난했던 것은 분명하다. 아마 그 반생이야말로 지우고 싶은 과거였을 것이다.

그러나 그녀는 도가 지나쳤다. 자신의 과거를 지우기 위해 한 인간을 살해했다. 뿐만 아니라, 한 남자의 영혼도 죽였다.

다시 시계를 본다. 그동안 바늘이 조금밖에 움직이지 않았다. 그 사실에 안도하는 자신을 깨닫고, 마사야는 속으로 피식 웃었다. 달리 웃는 게 아니다. 아직도 주저하는 것이다. 그녀에게 총구를 들이대는 순간을 미루려 하고 있다.

주머니에 손을 넣었다. 손가락으로 그걸 만진다.

스스로 자부하는 작품이다. 생애 최고의, 그리고 유일한 작품을 만들었다. 이 콜트는 자신의 목적을 한 치의 오차도 없이 이뤄 줄 것이다.

잔에 이제는 흑맥주가 남아 있지 않다. 그는 천천히 담배를 한 대 피우고 일어났다. 웨이터가 즉시 다가와, 감사합니다, 하고 말했다. 역시 내가 자리에서 일어나기를 기다리고 있었군, 하고 마사야는 생각했다.

바깥 공기는 싸늘했다. 마침 딱 좋다. 적은 양이지만, 알코올 덕에 얼굴이 조금 따끈해졌다. 머리는 차가울수록 좋다.

총구를 들이대면 그녀는 어떤 표정을 지을까. 그런 여자도 두려움에 얼굴이 일그러질까. 울면서 목숨을 구걸할까.

마사야는 후훗 웃었다. 어리석기는. 그 여자가 그럴 리 없지 않은가.

코트 주머니 안에서 총을 꽉 쥐었다. 앞에 부두가 보였다.

●

6

가토는 다케시바에 있는 유명한 호텔 로비에 한 시간 넘게 앉아 있었다. 올해의 마지막 밤, 게다가 기념비적인 밀레니엄을 맞이하기 직전이라서 밤 10시가 넘었는데도 로비는 멋지게 차려입은 남녀로 북적거렸다. 가토는 자신의 차림새가 이 자리에 어울리지 않는다는 것을 충분히 자각하고 있었고, 호텔 직원이 이상한 눈으로 바라보는 것도 느끼고 있지만, 지금은 이 자리를 떠날 수 없다고 생각했다.

선상 파티를 한다고 들었을 때 가토의 뇌리에서 무언가가 번뜩였다. 미즈하라는 틀림없이 그때를 노릴 것이다. 미즈하라가 그 절호의 기회를 놓칠 리 없었다.

문제는 그때가 언제냐는 것이다. 미즈하라가 초대 인사들에 섞여 파티장에 잠입하기는 쉽지 않을 것이다. 그렇다면 손님들이 배에 오를 때나 내릴 때가 기회다. 배는 승강구가 한 군데뿐이다. 그리고 손님들은 한 명씩 순서대로 오르고 내린다. 그 부근에 잠복해 있으면 미후유를 처치하기가 수월하다. 파티에 들뜬 손님들은 주위에 총을 가진 사람이 있을 거라고는 상상도 하지 못할 것이다.

가토로서는 승선 전에 어떻게든 미후유의 소재를 파악할 필요가 있었다. 그래서 그는 '몬·아미'에 전화를 걸었다. 지금은 그 미용실도 '하나야' 산하에 있다.

평소라면 이미 폐점했을 시각인데 '몬·아미'에는 아직 직원이 남아 있었다. 오늘은 한 해의 마지막 날이라 특별히 연장영업을 하는 듯하다. 가토는 아오에를 바꿔 달라고 했다. 그러나 아오에는 없었다.

"그럼 '하나야'의 파티에 가신 모양이군요?"

가토가 슬쩍 떠보았다.

"그렇게 들었습니다."

여직원이 그의 유도에 걸려들었다.

"그렇군요. 배를 타기 전에 어디에 모입니까?"

"네. 저, '하나야' 분들과……."

직원이 호텔 이름을 말했다. 듣자마자 가토는 고맙다고 인사하고 전화를 끊었다.

신카이 미후유가 이 호텔 어딘가에 있다.

아무튼 그녀 옆에 있으면 미즈하라가 나타날 것이라고 가토는 확신했다. 미즈하라는 총을 만드는 솜씨는 뛰어날지 몰라도 사격 솜씨는 서투를 것이다. 설사 시험 사격을 한다 해도 두세 발 쏘는 것으로는 탄도가 안정되지 않는다는 것을 정기적으로 사격 훈련을 받는 가토는 누구보다 잘 알았다. 불과 5미터 거리라도 상대를 정확히 맞히기는 어렵다.

미즈하라는 아주 가까운 곳에서 미후유를 쏘려고 할 것이다. 그다음에는 어쩔 셈인가. 그 자신도 목숨을 끊을 작정일까. 아니면 주위 사람들이 공포에 휩싸인 틈을 타서 어둠 속으로 도망칠 계획일까.

어느 쪽이든 상황이 여러 가지로 미즈하라에게 유리할 것은 분명했다. 밀레니엄을 앞두고 사람들은 평정심을 잃고 있다. 또 2000년 문제에 대비해 온갖 시스템이 휴지 상태에 있다.

가토는 몇 개비째인지 모를 담배를 꺼내려고 했다. 그런데 담뱃갑이 비어 있었다. 눈으로 자동판매기를 찾으면서 일어났다.

그때 프런트 뒤쪽에 있는 엘리베이터 홀에서 열 명 정도 되는 남녀가 나타났다. 모두 호화로운 코트를 걸치고 있었다.

그중에서 한층 돋보이는 여자가 있었다. 가토의 시선은 그녀에게 고정되었다.

그러다 순간적으로 사람을 잘못 봤나, 하고 생각했다. 그가 머릿속으로 그렸던 미후유의 얼굴과는 너무 달랐기 때문이다. 아니다, 잘 보면 그렇게 큰 차이는 없다. 그러나 전체적인 인상이 완전히 달라졌다. 미후유는 더없이 요염하게 빛나고 있었다. 사람들 속에 마력을 품은 인형이 섞여 있는 듯한 느낌이었다.

가토는 윗도리 주머니에서 휴대 전화를 꺼내면서 그 자리를 떠났다. 화장실로 가는 통로 옆에 서서, 사전에 기억한 번호로 전화를 걸었다.

두 번 벨이 울리고 상대가 받았다.

"그쪽에 신카이 미후유 씨라는 분이 계실 텐데요."

"신카이 씨요?"

"신카이 미후유 씨입니다. '하나야'의 아키무라 사장 부인 말이오."

아아, 하고 호텔 직원이 알겠다는 듯이 대꾸했다.

"실례지만, 성함을 여쭤봐도 되겠습니까?"

"미즈하라라고 합니다."

미즈하라 님, 하고 확인하면서 상대는 전화기를 떠났다.

가토는 전화기를 귀에 댄 채 미후유의 움직임을 살폈다. 그녀는 정면 현관 가까운 곳에 서서 사람들과 담소하고 있다. 가토를 알아챈 기색은 없다. 그녀 주위에 남편 아키무라와 아오에 신이치로, 그리고 구라타 요리에의 모습이 보였다. 요리에 옆에 서 있는, 머리가 허연 남자는 그녀의 남편일까.

검은 복장의 호텔 직원이 미후유에게 다가가 뭐라고 귀엣말을 한다. 가토는 그녀 얼굴을 응시했다. 화사하던 표정에 아주 잠깐 그늘 같은 것이 어렸다. 제아무리 냉철한 그녀도, 미즈하라라는 이름을 듣고는 동요했을 것이다.

그녀가 호텔 직원의 안내에 따라 프런트 쪽으로 걸어간다. 다른 사람들이 딱히 신경을 쓰는 눈치는 없다.

그녀가 프런트 끝에 있는 전화의 수화기를 들었다.

"여보세요."

가토의 귀에 목소리가 들렸다. 틀림없는 그녀 목소리였다. 경계하는 기색이 역력했다.

"안심하시죠. 미즈하라가 아닙니다."

가토가 말했다.

"당신은……."

"가토입니다, 경시청 형사 가토. 잊으셨나요?"

그녀는 할 말을 잃은 듯하다.

"지금 당신 가까이 있습니다. 화장실 쪽을 보시죠. 그 옆에 관엽 식물 화분이 있습니다."

미후유가 수화기를 든 채 얼굴을 빙 돌렸다. 마침내 그녀가 가토를 알아본 듯하다. 그를 향해 희미하게 미소를 지은 것처럼 보였다.

"올해의 마지막 장난인가요? 애를 많이 쓰셨군요, 가토 형사님."

그녀가 말했다. 벌써 여유를 되찾아 가는 듯하다.

"중요한 얘기가 있습니다. 잠시 시간을 내 주시죠. 15분, 아니 10분이라도 좋습니다."

"턱없는 소리 말아요. 거기에서 빤히 보면서, 내가 지금 그럴 수 없다는 걸 모르세요."

"긴급한 일입니다."

"나도."

미후유가 느긋하게 말했다.

"밀레니엄까지, 그럴 시간이 없어요."

"부탁드리죠. 당신을 위한 일입니다. 당신 목숨이 걸려 있어요."

"과장이 심하군요."

"호텔 직원에게 들었을 텐데요. 내가 미즈하라라고 이름을 댔어요. 그러면 당신이 전화를 받을 거라고 생각했으니까요. 그 미즈하라가 당신을 노리고 있단 말입니다."

미후유의 표정에서 미소가 싹 사라졌다. 그녀가 가토 쪽을 지그시 노려보았다. 거리가 있음에도 그의 마음은 그 눈동자에 빨려 들어갈 것 같았다.

"얘기가 길어질 것 같군요. 그럼 새해에."

"지금이 아니면 안 된다니까."

"곤란합니다. 그럼 끊을게요."

"기다려. 그럼, 한 가지만 묻지."

가토가 숨을 쉰 다음 말했다.

"당신, 누구지? 거기에서 신카이 미후유로, 아키무라 다카 하루의 아내로 행세하고 있는 당신은 대체 누구야?"

미후유의 눈에 깃든 빛이 점차 깊어지는 것을 가토는 거리 가 떨어진 곳에서도 확실히 알 수 있었다. 그녀가 수화기를 든 채 그를 노려보았다.

몇 초 동안의 침묵이 지나고 그녀가 입을 열었다.

"내 방은 2055호실이에요."

그러고서 그녀는 전화를 끊었다.

가토는 휴대 전화를 집어넣으면서 미후유의 모습을 눈으로 좇았다. 그녀가 화사한 표정을 지으며 원래 장소로 돌아가 남 편의 귀에 뭐라고 속삭였다. 아키무라 다카하루는 약간 어처 구니없다는 표정으로 아내를 보았지만 그 얼굴에도 이내 미 소가 돌아왔다. 그리고 미후유를 향해 고개를 끄덕였다.

미후유가 발길을 돌려 엘리베이터 쪽으로 걷기 시작했다. 그 녀의 모습이 사라진 것을 확인한 다음 가토도 자리를 옮겼다.

20층까지 엘리베이터를 타고 올라가, 발소리를 완전히 먹어 버리는 카펫을 밟으며 복도를 걸었다. 2055호실 문 앞에 서서 한 번 심호흡을 했다.

노크를 하자 곧바로 문이 열렸다. 미후유는 코트를 걸친 채였다. 그녀 등 뒤로 야경이 펼쳐져 있었다. 희붐한 어둠 속에서도 그녀 눈동자가 빛났다.

"딱 5분. 그 이상은 안 돼요. 남편이 이상하게 여길 수도 있어요."

"그럼 짧게 말해야겠군요."

가토는 방 안으로 발을 들이밀었다.

소파 세트가 있었다. 그 외에 장식장도 책상도 있다.

"스위트룸에 들어와 보기는 처음입니다."

그가 실내를 휘휘 돌아보았다.

"그런 얘기로 5분을 다 쓸 생각인가요?"

"아니죠."

가토가 그녀 쪽을 돌아보았다.

"미즈하라가 당신을 노리고 있어요. 죽일 작정입니다. 수제 권총으로."

"미즈하라 씨? 어느 미즈하라 씨 말인가요?"

"상황이 이런데도 딴청을 부리는 거요."

가토는 소파에 털썩 앉았다.

"놈은 모든 것을 알고 있어요. 당신에게 이용당했을 뿐이라는 것도, 당신의 진짜 이름이 신카이 미후유가 아니라는 것도 말입니다."

그녀가 선 채로 그를 내려다보면서 입가에 미소를 머금었다.

"나는 아키무라 미후유예요."

가토가 입술을 비틀었다.

"이봐요, 이제 그러지 말라니까 그러네. 정말 노리고 있단 말이야. 미즈하라가 당신을 죽이려고 해요."

"무슨 말씀인지 모르겠군요. 그럼 내가 누구라는 거죠?"

"그건 내가 할 질문이지. 당신이 신카이 미후유가 아니라는 건 알고 있어요. 교토에 가서 당신의, 아니지 신카이 미후유 씨의 옛날 사진도 보고 왔어요. 당신과는 전혀 다른 사람이었지."

그의 말이 끝나자 그녀는 후, 숨을 토해 냈다.

"겨우 그런 이유 하나로 나를 가짜 취급하는 건가요?"

"겨우 그런 이유 하나? 그렇게 말할 일이 아닐 텐데."

그러자 그녀는 그때까지 걸치고 있던 하얀 모피 코트를 벗었다. 그녀는 그 안에 새빨간 드레스를 입고 있었다. 가토는 그 선명한 색감에 실내가 갑자기 환해진 듯한 착각에 빠졌다. 그녀의 하얀 피부가 한층 돋보인다.

"우리, 오랜만에 만나는 거죠? 오늘 나를 보고 느낀 점이 없었나요?"

미후유가 그를 내려다보면서 물었다.

가토가 대답하지 못하자 그녀가 다시 말했다.

"나라는 걸 금방 알아보았나 모르겠네."

그녀가 하고 싶은 말이 무엇인지 가토는 그제야 이해할 수 있었다.

"예전과 인상이 좀 달라졌다고는 생각했는데……."

"인상만요?"

그녀가 고개를 갸우뚱했다.

"아니, 그게……."

"그래요. 얼굴도 달라졌죠. 전에 만났을 때는 어느 단계였더라……."

"단계라니요?"

"이미 알아차렸겠지만, 나, 성형을 받고 있어요. 그것도 단계적으로 나누어서. 지금도 계속되고 있죠. 완벽으로 가는 길이 정말 멀고도 힘드네요."

"성형 수술을 받았다는 말인가요? 그래서 옛날 사진과 얼굴이 다르다는 거예요?"

"성형 수술이라는 건 얼굴을 바꾸기 위한 것이잖아요."

"그럼 대체 언제 그 얼굴이 되었다는 거예요? 수술을 언제 처음 받았죠?"

"그걸 말해 주면 그런 어리석은 망상을 떨쳐 버릴 건가요?"

"그야 들어 봐야 알겠죠."

말해 준다고 해서 믿을 생각은 없었지만 가토는 일단 그렇게 대답했다.

미후유는 벗어 놓았던 코트를 집어 들었다. 벽에 걸린 시계를 본다. 약속한 5분이 거의 지나갔다.

"대학을 졸업한 후에 여러 가지로 길을 모색했어요. 어떻게 살아야 할지 잘 몰라서요. 그 와중에 한 여자를 만났죠. 나는 그 사람이야말로 나의 이상형이라고 생각했어요. 나는 그 사람 옆에서 일했고, 언제나 그 사람과 행동을 함께했어요. 그 사람이 모든 것을 내던지고 외국에 나가 살려고 했을 때도 나는 그 사람을 졸라 함께 갔죠."

"그 여자가 대체 누굽니까?"

"그건 당신과 아무 상관도 없지 않나요?"

미후유가 슬쩍 말하고는 심호흡을 한 번 한 후에 말을 계속했다.

"나는 그 사람이 되고 싶었어요. 그래서 그 사람의 모든 것을 흉내 내게 되었죠. 마침내는 그 모습, 그러니까 얼굴까지도 그 사람처럼 되고 싶다고 생각하게 되었어요."

"설마 그래서 수술을……?"

"설마가 아니죠."

미후유가 싱긋 웃었다.

"그 여자 사진이 여기 없는 게 아쉽군요. 만약 있었으면 댁한테 보여 줬을 텐데. 그리고 내가 얼마나 그 사람에게 가까워졌는지 당신이 확인할 수 있을 텐데 말이죠."

"말해 봐요. 그 사람이 누구인지. 아주 중요한 문젭니다."

가토가 일어서서 미후유를 노려보았지만 그녀는 더욱 날카로운 눈초리로 그의 눈길을 마주 보았다. 동시에 마음을 빨아들이는 그녀의 마력도 발휘되었다. 가토는 그녀에게 더 다가설 수 없었다.

"그 사람은 내게는 태양이에요. 그런 사람의 이름을 함부로 말할 수는 없어요."

미후유가 의연하게 말했다.

"그 여자가 바로 당신이잖아요. 옛날에 진짜 신카이 미후유 씨가 당신을 그렇게 추종했죠. 그리고 그 무렵 당신은 소가 씨를 만났어요. 그래서 신카이 미후유로 사는 당신에게 나타난 그가 거치적거렸던 거예요. 아닙니까?"

그러나 그녀는 그의 말을 무시하듯 코트를 걸치더니 문을 향해 걸어갔다.

"기다려요."

"시간이 다 되었어요."

그녀는 그대로 방에서 나갔다.

"당신 때문에 몇 사람이 불행해졌는지 압니까? 하마나카도 소가 씨도, 그리고 미즈하라도 모두 불행해졌어요. 그 밖에도 또 있겠죠."

"무슨 그런 터무니없는 말씀을."

미후유가 엘리베이터 문을 바라보면서 입가에 미소를 머금었다.

"당신도 나 때문에 불행해졌나요?"

엘리베이터 문이 열렸다. 그녀가 타자 가토도 발을 들이밀었다.

"당신의 과거를 알고 싶어요. 어떻게 살아왔는지, 어쩌다 그렇게 되었는지."

"무슨 뜻이죠?"

"정상이 아니니까. 당신은 마치 무언가에 조종되고 있는 것 같아요."

"내가 무엇에 조종된다는 말이죠?"

"그걸 알고 싶다는 겁니다. 당신도 태어났을 때부터 그렇지는 않았을 거 아니에요. 무엇이 당신을 그렇게 만들었을까요. 어쩌면 트라우마일지도 모르죠."

"트라우마라고요?"

미후유가 웃음을 터뜨렸다.

"걸핏하면 그 말을 꺼내는 사람들이 있는데, 어렸을 때 입은 상처가 나를 조종하고 있다는 거예요? 그런 싸구려 스토리는 집어치워요."

"그럼 과거에 아무 일도 없었다는 겁니까?"

"가령 있었다 해도, 나는 그런 것에 얽매이지 않아요. 다만 살아가는 방법을 학습해 갈 뿐이지."

엘리베이터가 1층에 도착했다. 엘리베이터에서 내린 미후유가 가토를 돌아보았다.

"내 뒤를 곧바로 따라오지 말아요. 남편이 수상하게 여길 거예요."

"당신을 경호하게 해 줘요. 노리는 남자가 있다는 걸 알면서 그냥 놔둘 수 없습니다."

"그럼 왜 당신 혼자 왔죠? 오늘 같은 날 한가한 경찰이 당신만은 아닐 텐데요. 결국 당신도 당신이 지껄이는 소리가 망상이라는 걸 아는 거예요. 적어도 다른 사람이 들으면 망상이라고 비웃을 거라는 걸 알고 있지."

미후유는 그에게 한 걸음 다가와, 싱긋 웃으면서 덧붙였다.

"똑바로 가르쳐 주죠. 망상이에요."

그러고서 그녀는 빙그르 몸을 돌렸다.

"미즈하라가 이 근처에 있어요. 반드시 당신을 노릴 겁니다."

미후유는 고개만 살짝 가토 쪽으로 돌렸다.

"그런 일은 있을 수 없어요. 왜냐, 나는 미즈하라라는 사람을 전혀 모르니까요."

"아니, 잠깐 기다려요."

그러나 미후유는 가토의 말을 무시하고 걸음을 옮겼다. 지금 무모하게 그녀의 앞을 가로막았다가는 주위 사람들에게 제지당할 뿐이다. 자칫 잘못하면 그 자신이 움직이지 못하게 될 우려가 있었다.

가토는 조금 떨어진 곳에서 미후유의 거동을 살폈다. 그녀가 남편과 함께 호텔 현관을 나가는 참이었다. 차를 타려는 것이다.

그들의 모습이 보이지 않자 가토는 출구로 향했다. 유리문을 지나 택시 승차장으로 서둘러 갔다. 빈 차에 올라탄 뒤 히노데 선착장으로 가 달라고 했다.

"바로 코앞인데 걸어가시는 게……."

운전사가 투덜거리듯이 말했다.

"알았으니까 그냥 출발해요."

가토가 경찰수첩을 내보였다.

택시가 급하게 출발했다. 가토는 등에 압력을 느끼면서, 조금 전에 들은 미후유의 말을 되새겨 보았다. 나는 미즈하라라는 사람을 전혀 모르니까.

대체 어떻게 된 여자인가, 하고 생각했다. 자신을 위해 사람까지 죽인 남자를 마치 다 써 버린 립스틱처럼 버리려 하고 있다. 게다가 낯빛 하나 바뀌지 않는다. 자신을 노리고 있다는 말을 듣고도, 전혀 동요하는 기색이 없다.

그녀가 트라우마 따위에 지배당하고만 있지는 않을 것이다. 살아가기 위해서 어떻게 해야 하는지, 그녀 나름의 확고한 의

지가 있다. 그것은 땅속에서 압축된 암반처럼 단단해서 절대 흔들리지 않는다.

미즈하라 마사야. 가토는 아직 만나 본 적 없는 남자를 생각했다.

아마도 미즈하라야말로 최대의 피해자일 것이다. 하마나카와는 비교도 되지 않는다. 신카이 미후유를 사칭하는 여자의 마성에 사로잡히고 조종당하면서 자신의 인생을 희생당한 남자.

그리고 지금, 그 막을 내리려 하고 있다.

호텔에서 히노데 선착장까지는 일직선이다. 잠시 후 왼쪽에 도쿄만 관리 사무소의 벽돌색 건물이 보였다. 그 건물 앞을 조금 지나쳐서 택시가 멈춰 섰다. 가토는 천 엔짜리를 운전사에게 건넨 다음 택시에서 내렸다.

히노데 부두 영업소의 주차장에는 몇십 대의 승용차가 주차되어 있었다. 모두 오늘 밤의 파티에 참석하는 손님들이 타고 온 차일 것이다. 관광버스도 서 있는데, 그쪽은 잠잠하고 인기척이 없다.

주차장 앞에 납작한 건물이 두 채 나란히 서 있다. 정기선이 출발하는 선착장과 크루징 레스토랑을 이용하는 손님을 위한 건물이다. 가토는 주저 없이 두 번째 건물로 향했다.

건물 입구가 화려하게 장식되어 있었다. 줄줄이 들어가는 단장한 손님들에 섞여 가토도 자동문을 통과했다.

건물 안은 더욱 화려했다. 마치 여기가 파티장이 아닐까 싶을 정도였다. 백여 명 가까운 남녀가 여기저기에 삼삼오오 모여 담소하고 있다. 손에 음료를 들고 있는 이도 있다.

가토는 재빨리 사방을 쓱 훑었다. 우선 미후유를 찾았다. 그러나 그녀 모습은 보이지 않았다. 아키무라 다카하루도 보이지 않는다. 벌써 도착했을 테니까 어딘가에서 대기하고 있을 것이다.

그는 손님 한 명 한 명을 관찰했다. 미즈하라의 얼굴을 모르지만, 만약 있다면 발견할 자신이 있었다. 사람을 죽이려고 작정한 인간은 틀림없이 비정상적인 분위기를 풍길 거라고 생각했다.

그러나 아무리 둘러봐도 그럴싸한 인물이 없었다. 가토는 구석으로 이동하면서 사람들 전체를 훑었다. 눈빛이 날카롭다는 것을 스스로도 느꼈다.

"손님 여러분, 오래 기다리셨습니다."

어디선가 남자 목소리가 들렸다.

데크로 나가는 출입구 앞에 베이지색 유니폼을 입은 남자가 서 있었다. 출입구 위에는 'A HAPPY NEW YEAR 2000'이라고 쓰인 간판이 걸려 있다.

"지금부터 승선하겠습니다. 아무쪼록 서두르지 말고 순서대로 승선하십시오."

남자가 그렇게 말한 직후였다. 건물 안쪽에 있던 사람들이 우르르 양쪽으로 갈라졌다. 그 너머에 선상 결혼식 상담실이 있다. 전면 유리인데, 지금은 하얀 커튼이 쳐져 있어 내부가 보이지 않았다.

그곳의 유리문이 열렸다. 그곳에서 나온 사람은 은회색 턱시도를 입은 아키무라 다카하루였다. 그리고 뒤이어 신카이 미후유가 나타났다. 그녀는 새하얀 드레스를 입고 있었다.

손님들 사이에서 환성도 탄식도 아닌 소리가 흘러나왔다. 말할 필요도 없이 미후유를 향한 것이었다. 그녀는 마치 눈의 여왕 같았다.

둘은 데크로 나가는 출입구 앞에 가서 나란히 섰다. 부부가 승선하는 손님들을 맞이할 모양이었다. 그렇다면 그들은 맨 마지막에 승선하게 될 것이다.

손님들이 잇달아 데크로 나갔다. 아키무라와 미후유는 그들 한 사람 한 사람에게 인사를 건네며 머리를 숙였다. 출입구 문이 열린 탓에 차가운 바깥 공기가 흘러들었다. 미후유는 어깨가 드러난 드레스 차림이면서도 전혀 추운 내색을 하지 않았다.

손님들이 얼마 남지 않았다. 가토는 그들 중 누군가가 갑자기 미후유를 습격하지 않을까 우려했지만, 어쩐지 그런 걱정은 기우로 끝날 듯했다. 그렇다면 미즈하라는 여기에 나타나지 않을 것인가. 오늘 밤 미후유를 노릴 것이라는 예상이 빗나간 것인가.

마지막 손님이 데크로 나갔다. 이제 대합실에는 직원 몇 명과 가토밖에 없었다.

아키무라 다카하루의 눈이 그에게로 향했다. 동시에 미후유도 그를 보았다. 노려보는 것 같기도 하고, 한편으로 무언가를 즐기는 것처럼 느껴지기도 하는 시선이었다.

미후유가 남편 귀에 대고 뭐라고 속삭였다. 관계없는 사람이야, 그렇게 속삭였을지도 모른다. 실제로 아키무라 다카하루는 흥미를 잃었다는 듯이 가토에게서 시선을 돌렸다.

직원 둘이 부부의 코트를 가져왔다. 코트를 걸친 그들은 데크로 나갔다. 미후유도 더는 가토 쪽을 돌아보지 않았다.

가토가 출입구로 다가갔다. 그러자 베이지색 유니폼을 입은 남자가 그의 앞을 가로막고 서서 문을 쾅 닫았다. 그 얼굴에 관계자 외에는 들어갈 수 없다고 쓰여 있었다.

할 수 없이 가토는 유리창 너머로 두 사람의 모습을 따라갔다. 부두에는 호화 여객선이 정박해 있었다. 지붕이 있는 짧은 연결 다리가 걸려 있다. 미후유는 남편과 함께 천천히 그 다리로 다가갔다.

미즈하라가 하선 때를 노리는 것일까, 하고 가토는 생각했다. 손님들이 혼곤하게 취했을 때가 틈이 생기기 쉬울 수도 있다고 계산하고 있는지도 모른다.

"저 배가 몇 시에 돌아옵니까?"

가토가 유니폼 입은 남자에게 물었다.

"일단은 새벽 1시로 예정되어 있습니다."

"1시라……."

중얼거리면서 가토가 손목시계를 보려 했을 때였다. 시야에서 뭔가 움직였다. 그는 고개를 들고 창밖을 보았다.

옆에 있는 정기선용 데크에서 울타리를 넘는 사람이 있었다. 키가 큰 남자였다.

가토는 유니폼 입은 남자를 밀치고 유리문을 연 다음 데크로 뛰어나갔다. 키 큰 남자가 막 눈앞을 지나가려 하고 있었다. 가토는 힘껏 태클을 걸었다. 남자의 몸이 균형을 잃는가 싶더니 다음 순간 그도 데크에 나뒹굴었다. 재빨리 일어났지만, 상대도 벌떡 일어나 공격 태세를 갖추었다. 둘은 서로를 노려보았다. 배는 가토 등 뒤에 있다. 이 광경을 미후유가 보고 있을지는 알 수 없다.

"포기해, 미즈하라."

남자의 눈썹이 약간 움찔했다. 그러나 표정은 여전히 가면 같다. 저 어두운 눈빛, 하고 가토는 생각했다. 절망으로 흐려진 유리알 속에서 증오의 불길이 일렁이는 듯했다.

남자는 손을 코트 주머니 안에 넣은 채였다. 그 손이 총을 쥐고 있다는 것은 보지 않아도 명백하다.

"가토……로군."

남자가 말했다.

●

7

이 남자가 가토라는 형사로군, 하고 마사야는 생각했다. 자신들의 주위를 성가신 파리처럼 맴돌던 남자다. 왜 이 남자가 여기 있는지는 알 수 없었지만, 그런 건 아무래도 상관없었다.

마사야는 남자의 어깨 너머로 배를 바라보았다. 미후유가 남편의 손을 잡고 배에 올라타고 있다. 그녀가 힐끔 그를 보았다. 둘의 눈이 마주쳤다.

왜 그랬지, 미후유? 마사야는 자신의 생각을 눈빛에 담았다.

왜 나를 배신했지? 왜 내 영혼을 죽였어? 우리에게 낮 같은 건 없다고 당신이 말했잖아. 언제나 밤이라고, 밤을 살아가자고 했잖아.

그래도 난 좋았어. 진짜 밤이라도 괜찮았어. 하지만 너는 그것조차 내게 주지 않았지. 내게 준 것이라고는 환영뿐이었어.

그러나 미후유의 눈에는 아무런 대답도 담겨 있지 않았다.

슬며시 눈길을 돌리고 남편에게 미소를 지어 보이더니 행복한 표정을 지으며 배 안으로 사라졌다.

"포기하지."

그 목소리에 마사야는 눈앞에 있는 남자에게로 시선을 돌렸다. 가토는 아까부터 줄곧 마사야를 지켜본 듯했다.

"자네의 원한은 내가 풀어 주겠네. 그러니 어리석은 짓 하지 말게."

"원한이라고?"

"그 여자의 가면은 내가 벗길 거야. 그때까지 기다려."

그러자 마사야는 가토의 눈을 바라보며 한숨과 함께 미소를 지었다. 이 남자가 무슨 말을 하는 거야.

"왜 웃지?"

가토가 물었다.

바로 그때 기적이 울렸다. 호화 여객선이 천천히 항구에서 멀어지고 있었다. 마사야는 그 모습을 눈으로 좇았다. 배가 점차 작아져 갔다. 갑판에 미후유의 모습은 보이지 않는다.

지금쯤 그녀는 가장 화려하게 몸치장을 하고 그 아름다움을 과시하고 있을 것이다. 그녀의 목표가 무엇인지 마사야는 끝내 알 수 없었지만, 그곳에 이르는 계단을 계속 올라가고 있는 것만은 분명했다.

"미즈하라, 총을 이리 내."

가토가 손을 내밀었다.

"자네도 체포해야 하겠지만, 저 여자 역시 교도소로 보낼 거야. 내 약속하지."

마사야는 총을 쥔 채로 코트 주머니에서 손을 뺐다. 가토가 심호흡하는 소리가 들렸다.

마사야가 가토에게 다가섰다. 그리고 그의 손에 총을 건네는 척했다.

그러나 그는 총에서 손을 떼지 않았다. 미후유와 운명을 함께하려고 만든 특제 총이다. 방아쇠에 손가락을 걸고, 가토의 목에 총구를 겨눴다. 동시에 그 자신도 총에 몸을 바짝 갖다 댔다.

"그건 안 되지."

마사야가 말했다.

"나와 그녀만의 세계에 들어오지 마."

그리고 방아쇠를 당겼다.

●

8

아키무라는 씁쓸한 심정으로 휴대 전화를 끊었다. 상대는 이 지역 경찰서의 서장이다. 그 몇 분 전에 그는 직원에게서 불쾌한 보고를 받았다. 하필 자신들의 배가 출발한 직후에 히노데 선착장에서 사건이 발생했다는 것이다. 폭발 사건인 듯했다. 아닌 게 아니라 엄청 큰 소리가 나는 걸 아키무라도 들었다. 그때는 밀레니엄용 폭죽을 잘못 쏘아 올린 게 아닐까 하고 다른 손님과 얘기를 나누었다.

상황이 궁금해서 잘 아는 서장에게 전화를 걸었지만 자세한 얘기를 해 주지 않았다. 어쩌면 서장도 아직 정확한 보고를 받지 못했을지 모른다. 방금 일어난 사건인 만큼.

"권총이 폭발하지 않았나 싶습니다만."

서장은 그렇게 말했다.

"권총이라니, 그런 걸 가지고 다니는 사람이 있단 말입니까?"

"아니, 확실하지는 않습니다. 아무튼 일반적으로 생각하기 힘든 강한 폭발인 것 같아요. 두 사람이 사망했습니다."

"두 사람이나……."

새해 벽두부터 불쾌한 얘기를 들었다고 생각했다. 모처럼 좋았던 기분을 망치고 말았다. 일단 손님들에게는 알리지 말라고 직원에게 지시했다. 배는 귀항지를 다케시바 선착장으로 변경했다. 현장에 시체의 살점이 튄 모양이었다.

자신들이 배에 오를 때 남자 둘이 다투고 있었는데, 죽은 사람은 그들일까. 그런데 왜 이런 때 그들은 그곳에 있었을까.

아키무라는 표정을 다시 부드럽게 바꾸고 파티장으로 돌아갔다. 미후유를 찾았지만 보이지 않았다. 주위에 있던 사람들에게 물어보니 조금 전에 갑판으로 나가는 걸 보았다고 했다.

그는 코트를 걸치고 밖으로 나갔다. 미후유가 흰 드레스 차림으로 바람을 맞고 있었다.

"뭐 해, 그런 차림으로?"

아키무라는 자신의 코트를 벗어 아내의 어깨에 걸쳐 주었다.

고마워요, 하며 미후유가 코트의 앞자락을 여몄다.

그녀의 등 뒤로 레인보우 브리지가 보였다. 오늘 밤은 계속 조명을 켜 놓을 모양이다. 그 빛을 받아 그녀의 두 뺨이 빛나고 있었다.

아키무라는 그녀에게 사건에 관해 말하지 않기로 했다.

"안으로 들어가지. 오늘 밤은 우리가 호스트잖아."

"그래요. 미안해요."

아키무라는 걸음을 옮겼다. 그러나 아내가 따라오는 것 같지 않아 뒤를 돌아보았다.

"왜 그러고 있어. 기분이 안 좋은가?"

"아니요, 이렇게 멋진 밤은 처음인걸요. 환영 같아요."

그녀가 요염하게 미소를 지었다.